中国原始神话与传说100例

「中国原始神话与传说」丛书

于成鲲 编著

上海科学技术文献出版社
Shanghai Scientific and Technological Literature Press

图书在版编目（CIP）数据

中国原始神话与传说100例/于成鲲编著． —上海：上海科学技术文献出版社，2022
（"中国原始神话与传说"丛书）
ISBN 978-7-5439-7869-0

Ⅰ．①中… Ⅱ．①于… Ⅲ．①神话—作品集—中国—古代 Ⅳ．① I276.5

中国版本图书馆 CIP 数据核字（2019）第 074745 号

本书由上海文化发展基金资助出版

责任编辑：于学松
封面设计：幻灵广告

中国原始神话与传说100例
ZHONGGUO YUANSHI SHENHUA YU CHUANSHUO 100 LI
于成鲲　编著
出版发行　上海科学技术文献出版社
地　　址　上海市长乐路 746 号
邮政编码　200040
经　　销　全国新华书店
印　　刷　商务印书馆上海印刷有限公司
开　　本　720mm×1000mm　1/16
印　　张　20.75
字　　数　383 000
版　　次　2022 年 3 月第 1 版　2022 年 3 月第 1 次印刷
书　　号　ISBN 978-7-5439-7869-0
定　　价　98.00 元
http://www.sstlp.com

于成鲲，男，生于1933年，四川西充人。原复旦大学和上海大学中文系教授，原中国《写作》杂志副主编，中国写作学会创建人之一。1959年、1965年先后出席上海市和全国青年文学创作积极分子大会。现离休。出版过《现代服务业文书写作规范》《现代企业管理文书写作规范》《公务与事务文书写作规范》《科教文与社交文书写作规范》《中国应用文大全》《中国高校通用教材：现代应用文》《现代应用文教程》《中西喜剧研究》《吴炳与粲花》《怎样写论文》《追梦人生》《凡人小记》等著作。并在报刊杂志上发表散文、小说、戏剧等文学作品300多篇。

前　言

《中国原始神话与传说100例》中的这些故事是我读闲书时随手摘录的，大大小小有100多个。我将它们编号分类。故事的时间跨度，从距今4万年的九头神到秦汉间的牛郎织女，上下数万年；内容从天地开辟、地母创世，图腾创生到三代兴亡、百物创造、星空神话，包罗万象，无所不有。但不包括公元以后四大宗教（道教、佛教、基督教、伊斯兰教）宣传宗教哲学的神话与世俗神话。为保持故事的原始风貌，本人对故事的背景作必要的注释。

原始神话研究开拓了中国神话研究新的学科领域。创世神话并非是唯一的神话。除创世神话外，还有许多神话值得研究，如黄河地域神话、创造神话、治水英雄神话、星空对应神话等。但大量存在于世的是创造神话。这是特别值得珍视的。创造精神不仅是推动历史前进的动力，也是现实的需要。

本书按故事本身的特点分为创世神话、图腾神话、创生神话、地域神话、创造神话、星空神话等。为保持故事的原汁原味，只进行整理，不作艺术加工，希望为未来的研究者提供一点研究资料。古希腊神话是经过加工的艺术品，中国原始神话是没有经过加工的原材料，它显得有些琐碎、粗糙，缺少曲折完整的情节，但却质朴、凝练、淡雅，是原始思想光辉的实录，远古生活片段的照映。婴儿嘴边的话语不连贯，但句句都是真话。银河的光辉，虽不知是谁发的光，但那里的星星都是会发光的。中国的原始神话，不都是最动听的故事，它像满天星斗一样，每一颗星星的背后都有动人的故事。世界上许多伟大作家与作品都是从神话故事堆里钻出来的。我深信中国的未来也同样。

于成鲲

2022年3月25日

于海鸿公寓

目 录

第一章 中国的开辟创世神话

一、盘古王开天辟地 / 005

二、时间神为混沌开窍 / 007

三、阴阳神烛龙分昼夜 / 008

四、九头神的传说 / 009

五、有巢氏架木为巢 / 011

六、燧人钻木取火 / 013

七、《晚周楚帛书》中的伏羲创世 / 015

八、伏羲始作八卦 / 017

九、伏羲女娲兄妹为婚 / 020

十、苗族巨人神开天辟地 / 022

十一、阿昌族遮帕麻与遮米麻造日月 / 023

第二章 中国的地母创世神话

十二、谷神华胥 / 029

十三、造人补天生育 / 032

十四、蚕神嫘祖 / 038

十五、日母羲和 / 041

　　（一）常仪生十日 / 041

　　（二）尧命羲和制定历法敬授民时 / 041

　　（三）羲和驾六龙御日 / 042

十六、三个西王母 / 045

第三章　图腾创生神话

十七、个体山神 / 061

十八、氏族祖先神 / 063

十九、氏族联盟主神 / 065

二十、华夏民族的图腾旗帜——龙 / 067

　　（一）蛇身人首的二龙神 / 067

　　（二）龙为帝王瑞兆 / 067

　　（三）豢龙食龙 / 067

二十一、东夷民族的图腾旗帜——凤 / 071

　　（一）凤为相风知时鸟 / 071

　　（二）凤为太阳鸟 / 072

　　（三）凤为瑞兆鸟 / 072

二十二、孔门仁兽——麟的传说 / 078

　　（一）大野获麟 / 078

　　（二）麒麟送子 / 079

　　（三）金牛产麟 / 079

　　（四）麟吐玉书 / 080

二十三、羲氏与和氏历象日月星辰 / 083

二十四、大耳朵长脚杆神夸父 / 085

二十五、盘瓠娶亲 / 087

二十六、玄鸟生商 / 090

二十七、后羿射日 / 092

　　（一）逢蒙学射 / 092

　　（二）后羿射日 / 092

　　（三）后羿射河伯 / 094

　　（四）后羿之死 / 095

第四章　地域洪水神话与中兴传说

二十八、滔滔洪水 / 101

二十九、懒婆神用神棍戳破天引发了大洪水 / 104

　　女娲以苇灰止大洪水 / 104

三十、精卫填海 / 108

三十一、黄河的传说 / 109

三十二、昆仑神话 / 113

  （一）昆仑之墟 / 113

  （二）昆仑三角 / 113

  （三）昆仑铜柱 / 113

三十三、三门神话 / 115

  （一）铜翁仲 / 115

  （二）砥柱捉鳖 / 115

  （三）马沟斗龙王 / 115

  （四）老君列石 / 116

  （五）梳妆台 / 116

三十四、扶桑神话 / 118

  金乌负日 / 118

三十五、愚公与智叟 / 121

三十六、共工怒触不周山 / 123

三十七、廪君和盐水女神 / 125

第五章　兴亡训诫的传说

三十八、蚩尤的三大发明 / 133

  （一）蚩尤小传 / 133

  （二）蚩尤的第一大发明：明天道 / 134

  （三）蚩尤的第二大发明：作兵 / 134

  （四）蚩尤的第三大发明：制刑曰法 / 135

三十九、三神大战 / 137

四十、夏后起用美女行贿天帝换《九歌》/ 141

四十一、商汤为民请命 / 143

  （一）商汤求哭 / 143

  （二）商汤求雨 / 143

  （三）商汤求贤 / 143

四十二、伊尹陪嫁 / 144

四十三、巫咸的传说 / 146

四十四、少康与玄冥神 / 147

四十五、孔甲食龙乱政 / 148

四十六、武丁与傅说妇好的传说 / 150

四十七、武乙射天 / 152

四十八、周穆王宾于西王母 / 154

四十九、褒姒 / 157

第六章　中国的原始发明创造之神

五十、狗尾巴草 / 163

五十一、鸟衔穗，象耕田 / 164

五十二、神农柱 / 165

五十三、农神后稷 / 166

五十四、距今 8 000 年的玉玦 / 169

五十五、嫘祖献丝 / 171

五十六、仓颉造文字 / 174

五十七、偃师造机器人 / 178

五十八、距今 7 000 年的弓矢 / 181

五十九、距今 7 000—4 000 年的水井 / 184

六十、王亥经商的传说 / 186

六十一、彭祖的传说 / 188

六十二、8 000 年前跨湖桥人发明了独木舟 / 191

六十三、八卦符号与二进制 / 192

六十四、中医九针 / 194

六十五、宁封制陶 / 196

六十六、韩娥卖唱 / 199

六十七、古笛 / 201

　　8 000 年骨笛与曾侯乙编钟 / 201

六十八、编钟 / 203

六十九、围棋 / 204

七十、醴酒 / 206

七十一、飞车与铁轮车 / 208

七十二、指南车的发明创造 / 210

第七章　水神与治水英雄神话

七十三、黄河水神河伯的神话传说 / 217
　　（一）河伯行贿 / 217
　　（二）河伯兴波 / 218
　　（三）河伯娶妇 / 219
七十四、涡淮水怪无支祁 / 223
　　淮河儿女怨气多 / 224
七十五、汉水女神延娟与延娱 / 225
　　延娟与延娱 / 225
七十六、巫山女神——瑶姬 / 227
七十七、湘潇神女 / 230
　　洞庭二女 / 230
七十八、鲧伯治洪水的传说 / 232
　　（一）鲧是神兽玄鱼神 / 232
　　（二）鲧治洪水 / 232
　　（三）鸱龟曳衔与洪水 / 234
七十九、大禹治水的传说 / 236
　　（一）两个大禹 / 236
　　（二）禹伯 / 236
　　（三）大禹其人 / 237
　　（四）受命治水土 / 238
　　（五）禹命大辛竖亥步地 / 239
　　（六）禹凿龙门 / 239
　　（七）鲤鱼跳龙门 / 240
　　（八）开三门劈砥柱 / 240
　　（九）涂山娶妇 / 241
　　（十）石破得子 / 242
　　（十一）二龙负舟 / 243
　　（十二）禹访伯成子高 / 243
　　（十三）大禹铸鼎 / 244
　　（十四）禹功神助 / 245
八十、杜宇导江 / 246
八十一、鳖令浮尸西蜀 / 248
八十二、李冰治水 / 251

第八章　中国的星空神话

八十三、美丽的星空 / 259

八十四、中国的第一天帝——喾 / 260

八十五、中国的五行天帝 / 263

八十六、中国的玉皇大帝 / 265

八十七、羲和之国的传说 / 266

八十八、嫦娥奔月 / 268

八十九、太白金星与皇娥 / 271

　　（一）太白金星与皇娥 / 271

　　（二）西方少昊 / 273

九十、东方少昊 / 275

九十一、春神句芒 / 279

　　（一）句芒赐寿 / 280

　　（二）九隆神话 / 280

九十二、夏神祝融 / 282

　　火正祝融 / 282

九十三、秋神蓐收 / 284

　　（一）虢公贺梦 / 284

　　（二）西望日入 / 284

九十四、冬神玄冥·归墟·禺强 / 287

　　（一）归墟与龙伯巨人 / 287

　　（二）北海有鱼 / 290

九十五、牛郎织女的传说 / 292

　　（一）天文学上的牛郎织女星 / 294

　　（二）民俗的牛郎织女 / 295

　　（三）民俗七夕节 / 295

九十六、造父、王良御天车 / 297

　　（一）造父之御 / 297

　　（二）王良之御 / 297

　　（三）王良造父之御 / 298

九十七、实沈与阏伯 / 301

　　实沈与阏伯失和 / 301

九十八、尧女令仪狄作酒 / 305

    大禹禁酒的传说 / 305

九十九、从甲骨里拣回的古王朝 / 306

一百、狼妻 / 308

一百〇一、拓跋氏的传说 / 309

一百〇二、北周的传说 / 310

参考文献 / 311

后　记 / 317

第一章
中国的开辟创世神话

中国的创世神话现在实际上通行的都是为父系唱赞歌，认为天地是父系开辟的。他们很重要的功绩是开辟时间与空间观念、打破混沌状态，没有提到男性之前的母系社会。

我们这里列出几个与父系并存的残存的母系创世功绩，其中最突出的是女娲世系。到颛顼时女性世系就丧失了独立的地位。殷奴隶社会中期的妇好也只是女性从历史舞台陨落的一抹星光。

中国原始神话的一个重要内容，是洪水。无论是少数民族迁徙，过黄河涉大江，还是汉民的补天、治水、斗水怪，都离不开洪水为背景，也许和地震造成的堰塞湖崩溃，未形成主河道河水"乱流"，遇暴风雨成灾害记忆有很大的关系。

一、盘古王开天辟地

二、时间神为混沌开窍

三、阴阳神烛龙分昼夜

四、九头神的传说

五、有巢氏架木为巢

六、燧人钻木取火

七、《晚周楚帛书》中的伏羲创世

八、伏羲始作八卦

九、伏羲女娲兄妹为婚

十、苗族巨人神开天辟地

十一、阿昌族遮帕麻与遮米麻造日月

一、盘古王开天辟地

三国时徐整《三五历记》(《玉函山房辑佚书》自《艺文类聚》)记载:"天地混沌如鸡子,盘古生其中。万八千岁,天地开辟,阳清为天,阴浊为地。盘古在其中,一日九变,神于天,圣于地。天日高一丈,地日厚一丈,盘古日长一丈。如此万八千岁,天数极高,地数极深,盘古极长。后乃有三皇。"[清]马骕纂《绎史》(一)录《五运历年记》说:"元气濛鸿,萌芽兹始,遂分天地,肇立乾坤,启阴感阳,分布元气,乃孕中和,是为人也。首生盘古,垂死化身,气成风云,声为雷霆,左眼为日,右眼为月,四肢五体为四极五岳,血液为江河,筋脉为地理,肌肉为田土,发髭为星辰,皮毛为草木,齿骨为金石,精髓为珠玉,汗流为雨泽,身之诸虫,因风所感,化为黎甿。"

《述异记》解释说秦汉间民俗说盘古的故事,讲盘古的头为东岳,腹为中岳,左臂为南岳,右臂为北岳,足为西岳。先儒说盘古泣为江河,气为风,声为雷,喜为晴,怒为阴,吴楚间话盘古夫妻为阴阳之始也。有人说南海有盘古氏墓,亘三百余里。故有人说盘古是西南少数民族的祖神,还有人说河南郑州新郑西南二十余里有盘古城,证明盘古曾是中原的王者。

所有这些传说,说明的问题是:

第一,盘古的故事是秦汉以来在民间广为流传的故事。无论南方北方,先秦王侯或黎甿都在传这个故事。为什么这个时候突然传起这个故事来呢?《绎史》的一条注说:"盘古氏名起自杂书。"一方面可能是阴阳学派为宣传自己的观点而编造的。这一点在盘古故事中亦有迹可寻。诸如"阳清为天,阴浊为地""启阴感阳",以及"阳神要开天,阴神反对开天""盘古夫妻为阴阳",等等。另一方面也突出表明这时的人民都在思考自己的祖先是谁?天地是怎样形成的?

第二,古人开始探索自己民族的历史。盘古不一定是真实的王者,而是上古人创造的一个口头艺术形象。传说的现实是,盘古之后有三男三女合生子三世为合雄氏。后又因通纪寿命而名通纪四姓,生子二世。他们群居连逋,生子一世,通纪五姓。这时天下群居,以类相亲,男女众多,便分为九头,各处一方。九头神生子三十二世,为提挺氏,提挺氏再生子三十五世,后来才有燧人氏、有巢氏、伏羲氏等三皇问世，这个过程很长。

第三，盘古故事的中心思想是阴阳相合而为天地，而生人类。在阴阳未分之前，万物混杂一起，处于混沌状态，开辟之神将天地万物从混沌状态中分离开来，分为天地乾坤阴阳。用现代哲学的话来说，即是将一个统一体内的矛盾分为正反两个方面，这一点在古代无疑是认识事物的最高境界。

二、时间神为混沌开窍

混沌开窍故事源于《庄子·应帝王第七》一书。故事的内容是讲南海之帝为儵（shū），北海之帝为忽，中央之帝为混沌。儵与忽谋报混沌之德，曰："人皆有七窍以视听食息，此独无有，尝试凿之。"日凿一窍，七日而混沌死。

这个故事的内容是说混沌和阴神、阳神是好朋友。阴神阳神见混沌无七窍，就为他开窍。七窍开好了，混沌就死了。在历史上，混沌是一个很古老的氏族。传说伏羲时代有混沌氏族。《世本》《山海经》有记载。混沌也是古老的哲学观念。《列子·天瑞》说："昔者圣人因阴阳以统天地。"他们认为有形的事物产生于无形，开始只是一团和气，所以有太易、太初、太始、太素之分。"太易者，未见气也；太初者，气之始也；太始者，形之始也；太素者，质之始也。气形质具而未离，故曰浑沦。浑沦者，言万物相浑沦而未相离也。"这是列子对混沌的哲学概括。《山海经》第二卷《西山经》记载崇吾山之首，"又西三百五十里，曰天山，多金玉，有青雄黄。英水出焉，而西南流注于汤谷，有神鸟，其状如黄囊，赤如丹火，六足四翼，浑敦无面目，是识歌舞，实惟帝江也"。毕阮注，"帝江指帝鸿氏有不才子，掩义隐贼，好行凶德，惹天下怒，谓之混沌"。这个混沌的意思是指帝之不才子，思想糊涂，跟坏人干坏事，是非不分。前者指一个统一体中所包涵不同特性的事物为混沌，后者指糊涂人办糊涂事为混沌。两者有差别。混沌开窍应属于前者之列。

三、阴阳神烛龙分昼夜

这则神话见于《山海经·大荒北经》，故事内容讲的是：西北海之外，赤水之北，有章尾山。有神，人面蛇身而赤，直目正乘，其瞑乃晦，其视乃明，不食不寝不息，风雨是谒。是烛九阴，是谓烛龙。

烛龙是烛龙氏族的图腾神。其神形为"人面蛇身而赤"，它住在章尾山即钟山。现代人叫阴山的北山坡。因此称之为阴神，人们叫它烛阴，或烛九阴。据说它是一个纵目人，长了一双千里眼，它的眼睛一闭起来就是黑夜，一张开来就是白天。人类的白天黑夜是怎么来的？就是他的眼睛一张一闭造成的。它不吃不睡，它吸一口气就是冬天，呼一口气就是夏天，鼻子里出一下气就是大风大雨，它的眼睛像蜡烛一样，能照亮九阴之地。

这个故事有戏娱成分，盛传于民间，也是讲阴阳二气之神的。或许这是战国时期阴阳学派留下的杰作。它既不是阴神，也不是阳神，而是主宰阴阳二气、有人面龙身图腾标记的超自然神。

四、九头神的传说

传说中的九头神时代，是完全的原始时代。这是我们所见有关原始神话传说的真实记录，值得珍视。现转录于下：

《纬书集成·春秋元命苞》说："天地开辟至春秋获麟之岁。凡二百二十六万七千岁，分为十纪。其一曰九头纪，二曰五龙纪，三曰摄提纪，四曰合雒纪，五曰连通纪，六曰叙命纪，七曰循蜚纪，八曰因提纪，九曰禅通纪，十曰疏仡纪。"过去讲三皇，是把中国史前史分成天皇、地皇、人皇三个历史时期，不是指三个人。天皇十三头，地皇十一头，人皇九头。即是说九头神是人皇时代的开始。人皇九头神以后才是有巢氏、燧人氏、伏羲女娲时代。所以九头神的传说时代是距今十分遥远的时代。

春秋大野获麟在鲁哀公十四年，为公元前481年。从这一年往前推226.7万年，即距今226.95万年。当然这是前人推算出来的。即使按这个时间，九头神生活的年代，距今也有226.95万年。虽然这不是十分科学准确，但总是与相关传说相应的。

我们都知道，划分九州是距今4 000多年大禹治水时发生的事，现在说226.95万年之前九头神就有了，难以令人置信。

传说中说九头神是九个兄弟，他们分别管理九州，一个人管一个州，是那个州的头领，也不合适。那时不仅九州没有，连人也没有。许多地方都是荒芜的，白茫茫的，瘴气横生，河水乱流，人与动物无别，正如《路史》所说，"地皇氏作，出于雄耳龙门之岳"，"地皇有十一君，皆女面龙颡（sǎng 额，脑门）马蹄（蹏）、蛇身"。《水经注》也说兄弟十一人"面皆女子，兽足龙门"。《春秋纬命历序》解释说，"九头纪时有臣无官，其间九皇六十四世"，说明九头神时代是中国的母系社会时代，而九兄弟管九州是男性时代的开始。《华阳国志》引《洛书》说，"人皇始出，继地皇之后，兄弟九人，分理九州岛，为九囿；人皇居中州，制八辅"，即便是把分九州算到炎帝头上，也只有几千年的历史。

《鹖冠子校注》卷上·天则第四有关于九皇之制的传说，大意说九皇的时候，王者都是干实事的，他们的王位不是虚设的。臣子们享受有尊贵的荣誉和丰厚的俸禄，也不是虚得的，而是凭他们的本事干出来的。那时候的人不图虚名，没有分封，没有宗法制度，王者和大臣都来自老百姓。他们是老百姓选出来的最为贤能的人。他们不重名号，否则就当不成王者和大臣。

综合上述种种传说可见，九皇之制也同样是虚拟的，是战国时文人出于对封建宗法分封制的抗议与不满，借九皇之制发泄己怨，并非是200万年前九头神的实录。

附录

1.《路史》

天皇氏逸，地皇氏作，出于雄耳龙门之岳，铿名岳姓，马蹄妆首。十一龙君。（注：指地皇十一君，皆女面龙颡马蹄。《水经注》荣氏云："兄弟十人，面貌皆如女子而相类也，兽足，龙门山。"）

2.《路史，前纪二·中三皇纪·地皇氏》

其一曰九头，是为一姓纪。则泰皇氏纪也。有天地则有万物，有万物则有男女，有男女则有夫妇，有夫妇则有父子，有君臣道也。昔者太极泮[1]，而浑敦氏职马。混敦氏逸，而有初三皇君三皇射。后乃有十纪。其六在巨灵氏之前，其四在巨灵氏之后。纪自黄帝始。其一曰九头，是为一姓纪。泰皇即人皇，人皇九人。

3.《春秋纬命历序》

九头纪时有臣无官，其间九皇六十四世。人皇九头，乘云车，驾六羽，出谷口。

4.《华阳国志》引《洛书》

人皇始出，继地皇之后，兄弟九人，分理九州岛，为九囿；人皇居中州，制八辅。

5.《始学篇》

地皇兴于熊耳龙门山，人皇九头，依山川土地之势，裁度为九州，各居其一方。荣氏说："人皇兄弟九人，生于荆马山，身九色。"

6.《鹖[2]冠子校注》（中华书局，第38—39页）

九皇之制，主不虚王，臣不虚贵，尊卑名号，自君吏民。次者无国，历宠历禄。副所以付授[3]，与天人参相结连，钩考之具不备故也。

注

[1] 泮（pàn）：融合，分散。

[2] 鹖（hé）：一种善斗的鸟。

[3] 副所以付授，指上面的按劳付酬；钩考，指钩用官员的考士制度。

五、有巢氏架木为巢

上古的时候，人大多住在山洞里，男人们出去打猎，妇女在洞里看孩子。打到了猎物就拿回洞里烧烤了撕开了吃。后来人们从山上来到平原，不住山洞，怎么办呢？这时候住在山东琅琊山南坡的一个聪明人，见从山上下来的人在平地上睡觉，常常被虫叮，被蛇咬，有时还被野兽侵害，不是人被咬伤，就是孩子被叼走了。他就叫人们在半坡上挖一个浅洞，再在外面用树木枝条架个半楼，成为半地穴式房屋。再往后，干脆不挖地穴，直接在森林里利用树木枝杆绑在大树上造成一个楼房，再架上个梯子，每天从梯子上爬到楼房里睡觉。这样既干燥又安全。后来人们就把这个发明架木为巢的人叫有巢氏，尊称为巢父。有巢氏叫啥名字不知道。由于他发明改穴居为巢居，人们叫他为巢父。

架木为巢是很简单的，但却是现代房屋建设的始祖。它解决了衣食住行中"住"的问题，向文明社会大大推进了一步，是人类文明的新起点。所以人民不会忘记他。

《韩非子·五蠹》篇说："上古之时，人民少而禽兽众，人民不胜禽兽虫蛇。有圣人作，构木为巢以避群害，而民悦之，使王天下，号曰有巢氏。"这里讲的是"有巢氏"称号的来历。唐徐坚等的《初学记》引《始学篇》说："上古皆穴处，有圣人教之巢居，号大巢氏。"这个有巢氏在哪里呢？《遁甲开山图》说在东夷石楼山。"石楼山在琅琊。昔有巢氏治此山南"。这个有巢氏是古东夷氏族人。

上古人从穴居改成巢居，是一大进步。巢居是现代房屋建造的开始，只不过它是最原始的。其形式可能是多样的。先在树干之间用藤条或绳子绑一些树枝，放一些柴草，像个鸟窝似的。也有可能是在几棵树之间多绑几根绳子或藤条就可以卧在上面睡觉了。这两种形式现在依然存在。如在美国的一些住宅后面的树林里就可以看到在树干间架的小木屋或绳床。古代的原始发明成了现代文明的贡品和第一块基石。

当然，从架木为巢到现代化房屋，有一个漫长的发展过程。在不同环境和条件下，因势因时因地的不同建筑物在形式上有显著差别。如8 000年前贾湖遗址的房屋就是半地穴式半榫接式的房屋建筑。这里是南北交界处，半地穴式房屋可能是北方人摆脱地穴居的开始；由半地穴式改成全榫接式房屋，上面一层楼上住人，楼下养猪养牛防潮，这是南方原始人的居住方式，南方掘地三尺就是水，无法穴居，只能巢居。距今 7 000 年的河姆渡人的住房即如此。这类建筑与现代的傣家竹楼无异。上述这些房屋建筑就是因地理环境和条件的不同，用的材料不同。有的地方用泥墙，有的地方用砖墙，有的地方用石头墙；有的地方用草盖，有的地方用泥盖，有的地方用瓦盖，有的地方用石片盖。所有这一切都是后来因地制宜发展出来的，有巢氏只是让人离开低矮潮湿的地面，仿鸟筑巢于树干之间，以防鸟兽虫湿之害。

六、燧人钻木取火

在那遥远的年代，遥远的地方，有一群人聚在一起，住在太阳照不到，月亮照不到的石洞里，一年四季分不清白天黑夜，那就是燧民国。

燧民国有多大不清楚，反正那儿有棵大树，那树像一把雨伞一样撑在地上。树幅曲盘万顷，遮住了太阳，遮住了月亮。所以人们很少能见到光亮。有一天有一个圣人游历到了这里，在树下休息，看到一只啄木鸟在树上啄虫子，啄着，啄着，突然树干上冒出火星来。这对他有很大的启发，他便从地上拣了根树枝，也学着用树枝在树干上钻了起来，也冒出了火花。从此他就有兴趣发明人工钻木取火。后来他想两个木头擦之所以出火，是因为它们都很坚硬。因此他便在地上拣了两块硬石头（米花石）相互敲击，结果也迸发出火花来。接着他又找易燃物如干树叶之类的东西放在冒火星的地方引火，真的被引燃了。从这时候起他就教人们如何取火，用火烧烤兽肉鱼肉吃。这样不仅味道鲜美，还摆脱了过去吃生腥茹毛饮血容易生病夭寿的苦恼，晚上还可用火照明。

火虽然发明了，但每次用火都要重新取火，实在很麻烦，于是他又反复试验如何保存火种的办法，将燃烧着的木柴用热灰淹埋起来，使它成为暗火，要用时将木柴拿出来吹一吹就成了明火。他就用这个办法解决了保存火种问题。大家知道后都十分高兴，都跟着学。传说火是上帝私物不可随便示人，只有人类有过失才发山火惩罚。现在燧人私自发明火为人类解决饮食照明取暖的大难题。因此燧民国人一致拥戴燧人氏为王。为王那天，大家围住燧民王举着火把，一边"嗨嗨嗨"地唱着，一边举着火把有节奏地跳着。

《人民日报》2015年7月19日刊载了记者余荣华的一篇报道说："用火遗物遗迹的密集出现，为北京人用火再添力证。"文中说在周口店北京人遗址第一地点（猿人洞）2009—2014年的清理发掘过程中，古人类用火遗物遗迹如火塘、原地烧结土、烧石、烧骨等用火遗物遗迹密集出现，除动物烧骨外，还发现石灰岩被烧成白色的石灰。火塘有两三处。灰烬分析测试显示，因燃烧形成的富集的元素碳、砷和植物硅体在灰烬样品中有足够数量的存在。上述发现表明北京人已经会用火，且能保留火种，是在有控制地用火。

有证据证明我国2万年以前已有了用火烧制陶器，1万年之前已出现了保存火的陶罐，说明我国早已学会人工"造火"，人工"控制火"，人工"保存火"了。

恩格斯说：人类学会使用火是比蒸汽机发明更伟大的事件。他认为火的使用"第一次使人支配了一种自然力，从而最终把人与动物分开"。

普罗米修斯从上帝那里偷火种到人间，人民感激他，称他为英雄。燧人氏没从上帝那里偷火种，而是自己动脑筋"造火""保存火"，同样是伟大的英雄。燧人氏不一定是一个实际的个人，而是历史上众多发明火、创造火的代表者。

七、《晚周楚帛书》中的伏羲创世

《晚周楚帛书》的发现，可以说是一个伟大的事件。它不仅让我们看到了我国的神话史，也让我们看到了我们民族的创世史。

《晚周楚帛书》人称《战国楚帛书》。其实这两者虽然实物一样，但在存在的时间上是有区别的。周在战国中期时力弱，便依附于晋，结果晋亡周亦亡。三家分晋的时间是公元前376年。《晚周楚帛书》是公元前376年以前的作品。《战国楚帛书》表示它可能是公元前376年之后至前220年这段时间之内的遗作。两者在时间上是有细微差别的。

《晚周楚帛书》是中国"创世纪"的图文文献。1942年9月在湖南长沙东南子弹库出土。1944年蔡季襄先生整理成册，以《晚周缯书考证》之名发表。原件不知因何丢失，现藏于美国纽约大都会博物馆。1973年湖南省博物馆再次发掘，又获楚帛画。香港学者饶宗颐先生亲自考察实物并摹写放大了原件，历经数十年研究，整理成文，于1993年以《楚地出土文献三种研究》出版，再一次轰动国内国外。

帛书的内容包括宇宙创造神话，天地四时吉凶，12月神与禁忌，书写在一块正方形的缯上，分为内外两层书写，书写方向相反，两篇文章，一左一右。在右一篇为创世神话故事，共8行3段。左面一篇为占星问吉凶，共13行2段。外层分为16个时区。四角用青、赤、白、黑四色示五行之色。四边12区为12月神将。每3神一组，分居四方，代表一年四季的12个月。帛书的内容由于文字艰深，一般人看不懂。天文学家冯时与何新等均有译文。现将冯时的译文加以简述如下：

神话故事说在天地尚未形成的远古时代，大能伏羲氏降生了。他生于华胥，居于雷夏，靠渔猎为生。当时的宇宙广大而无形，晦明难辨，草本繁茂，洪水浩渺，一片混沌景象。后来伏羲与女娲结为夫妻，生下了4个孩子。他们立定天地，化育万物，于是天地形成，宇宙初开。

后来夏禹和商契为天地的广狭周界立法，辛勤地往来于天地间，勘定了九州，抚平了水土，又上分九天，测量了天周度数。由于山陵横阻，河道淤塞，洪水泛滥等使人民受苦，禹和契便导山导水，跋涉于山陵、激流、泥沼之间，使山川四海的阴气阳气疏通。

当时日月还没有产生，于是伏羲女娲的4个孩子依次在天盖上步算时间，轮流更替，确定了春分、夏至、秋分、冬至。

在分至四时产生的千百年后，日月才由帝俊孕育而产生。当时九州地势不平，西高东低向一侧倾斜，四子便爬到天盖上，推动天盖绕北极转动，并守护着支撑天盖的5根天柱。炎帝又命祝融定出四时太阳在天盖上运行的三条轨道，又将天盖用钢绳固定在地的四维，定出东西南北的四正方向。三天四极奠定之后，帝俊才开始操纵着日月的正常运行。

后来，因共工步算历法的错误，使阳历长于阴历10天，而使四时失度，伏羲四子用归岁余闰的办法才解决了这个问题，人间才有了朝、夕、昼、夜的区别。

很明显，这个故事是由好几个故事组成的。其中有天盖论、步时论、创世论、大禹与契治洪水等，把大禹治水放在帝俊驾日月运行之前，这里的帝俊驾日月运行的传说类似羲和御日的传说。这个故事中特别值得注意的是伏羲创世的那一部分的内容。

故事里说，伏羲生于华胥，居于雷夏，即雷夏泽，在那里以渔猎为生。伏羲身世与诸多传说一致。

故事里明确讲到伏羲娶女娲为妻，生了4个孩子，他们爬到天盖上，推动天盖绕北极运行。他们认识到天是运动的，是绕北极运动的。地是倾斜的，西高东低。于是有了东南西北四正的方位和春夏秋冬四时的观念。

特别值得注意的是故事里说伏羲女娲"他们立定天地，化育万物，于是天地形成，宇宙初开"。立定天地，大约就是确立天地。化育万物的意思，似乎有些抽象，仍不很明白。但如果我们将它与创世纪中的"太一生水"联系起来看，就更具体清晰了。在《太一生水》一段文字的何新译文中有"太极生水，水与太极相搏，于是形成了天；天与太极相搏，于是形成了大地。天地相搏，于是形成了日、月、星、雷、电等（神明）。神明又相搏，于是形成了阴阳；阴阳相搏，形成四时。四时又相搏，于是形成寒暑；寒暑又相搏，于是形成水旱。"[1]故事的原作者认为太极藏在水中，运行于时空，是万物之母。太极与水才是根本的，是创立天地的本源，虽然这一思想并不一定是伏羲的思想，但至少可以说是战国中期的人对水本源的认识和以五行哲学对伏羲立定天地的传说的注解。从而为伏羲创世神话注进了水本源的内涵。

注

[1]何新著，《楚帛书与夏小正新解——宇宙起源》，时事出版社，第32页。

八、伏羲始作八卦

传说八卦是太昊伏羲发明的。那八卦是什么样子，是不是就是周易中的阴阳八卦呢？没人知道。他作的八卦是干什么用的？是用来算命的么？不知道。他是怎样发明出来的？这倒是有记载的。

《周易·系辞下》有一段文字说："古者，伏羲氏之王天下也，仰则观象于天，俯则观法于地，观鸟兽之文与地之宜，近取诸身，远取诸物，于是始作八卦，以通神明之德，以类万物之情。"看了这段文字，我们明白了以下三点：一是八卦是伏羲发明的，但没有说明伏羲发明的八卦是什么样子；其二是八卦是他观象于天，观法于地，观察人类自身和万物的发展变化规律以后制作出来的一样器物；三是伏羲发明这个东西的目的是"以通神明之德，以类万物之情"，这话是什么意思，不是很清楚。是不是指这个器物是一种既可以通神明又可以反映自然规律的历法神器呢？

关于伏羲这个人，（晋）皇甫谧《帝王世纪》记载说："太昊帝庖牺氏，风姓也。蛇身人首，有圣德，都陈。燧人氏没，庖牺氏代之，继天而王，首德于木，为百王先。帝出于震，未有所因，故位在东方，主春。象日之明，是称太昊。作瑟三十六弦，制嫁娶之礼，取牺牲以充庖厨，故号曰庖牺皇。"

还传说其"母曰华胥。燧人之世，有巨人之迹出于雷泽之中，华胥履之，生庖牺于成纪。蛇身人首，有圣德，为百王先。主春，象日之明，是称太昊"。死"葬南郡"，"冢在山阳高平之西"，"在位110年，子孙59姓，传世5万代"。这就是中华民族龙族的人文始祖太昊的简历。由于是传说，各说不一，争论也比较多。如有说他是陇西人，有说他是东夷鲁西南人。目前没有统一的说法。"冢在山阳高平之西"云云，本人去找过，未见。他是公元前9000—前8000年时人，如何传5万代呢？

伏羲一生最大的贡献是"始作八卦"，他发明的八卦是什么样子？用来干什么的呢？说它是一种气象历法仪器，或许比较合乎情理。

1989年第10期《文物》刊载，安徽省文物考古研究所著《安徽省含山县凌家滩新石器时代墓地发掘简报》报道了该考古队发掘出公元前3000年，即距今

5 000年的巨型磨制石斧、猪头双翅鹰和雕刻玉版玉龟等文物。

该玉版为长方形，长11厘米，宽8.2厘米，是米黄色，两短边各5孔，一长边是9孔，另一边是4孔。玉版的中间刻有两个同心圆。里圆的中心刻有八角星图案。两圆之间用直线均分四方四隅成八区。每区内各琢一脉纹矢状标识，分别指向四方四隅，外圆之外琢有4枚矢状标识，分别指向四隅。

玉龟由背甲和腹甲组成，灰白色。背甲圆弧形，两边各钻有两个孔，中央钻4孔。腹甲呈弧形，两边钻两孔，中央钻1孔，出土时玉版夹放在玉龟的腹甲和背甲之间。这正是汉以前流行的"元龟衔符""元龟负书""大龟负图"等传说的形象。

陈久金、张敬国两位专家著文，《含山出土玉片图形试考》，1989年发表于《文物》第4期，两位先生在文中指出此物"代表了史前时代普遍存在的共同观念或心理，学界普遍认为'八角星'纹图案表示太阳的光芒，认为是古史传说中的'洛书'，玉片上所刻的图形应该就是先夏时代原八角图形"。这是很有创见的看法。它让我们看到了什么是伏羲始作的八卦。[宋]朱熹撰《周易本义》说："《洛书》盖取龟象，故其数：戴九履一，左三右七，二四为肩，六八为足。"从而构成了一副洛书数字图。这个数字图配上卦名为一乾二兑三离四震五巽六坎七艮八坤就成伏羲八卦的次序，如按方位配上卦名，乾南坤北离东坎西，震东北，兑东南，巽西南，艮西北，加上阴阳符号，就成了伏羲八卦的方位图案。在次序和方位的配置上，伏羲八卦都和文王八卦有重大差别。文王八卦的次序是按乾父坤母，震长南坎中男艮少男巽长女离中女兑少女的次序安排的，在方位上成坎居北，离居南，震居东，兑居西，乾西北，坤西南，巽东南，艮东北的次序排列。

据此可见，伏羲神话中的所谓"帝出于震"，具有周易文王八卦的影子。

对比一下玉版八角，我们可以清楚地看到它的上边9孔，表示9；下边4孔表示4，左边5孔表示5，右边5孔表示5，即9 545之数。这9 545之数与传统的坐北朝南为九五之尊的传说相关连。

特别值得一提的是，不仅玉版八角的方框里的脉纹矢状标识指向四隅代表了一年的四季，两圆之间的8个脉纹矢状标识表示八个节气，从而构成一年有四时八节，更重要的是核心圆里有一个八角形符号，仔细看一下，这个八角形符号是由一个竖形的"⋈"符号和一个横形的"⋈"符号重叠在一起形成的，而"⋈"符号是两个立竿测影符号构成的，它表示着这仪器是一个太阳历法指示仪。它至少表示这样几层意思：

（1）表示着宇宙间寰球内分为东西南北四方和东北东南西北西南四隅，即四面八方。八卦代表了八方的观念。

（2）表示其时已有了时间观念。一年之内可分为四时八节。八卦已破除了混沌状态，具有了时间宇宙观念。

（3）这四时八节是用立竿测影的办法测太阳得来的，是一种太阳历。说明距今5 000年已有太阳历了。

（4）这种历法有数的约定。表示其时已有十进位的存在和阴阳、奇偶之分。

（5）这个宝物是神物，是由神龟衔来。这神龟住在洛河里，碰到圣王时就会出现。《初学记》和《皇帝御览》都有记载说：黄帝五十年秋，七月庚申，天大雾三日，帝游洛水之上，看见了一条大鱼，认为是神来了，就杀猪宰羊请人打醮，结果天就下起雨来了。一连下了七天七夜，后来见那条大乌龟送来了一叠图书。到尧当政时也有一次洛出图书。那是尧东巡狩猎时候，想到东边去视察，同时到泰山去玩玩。他先到黄河边看了一看，结果见到一个大乌龟衔了图书出来，丢下就走了。到大禹治水时，也多次出现过大龟送治水之策的图书的事。这些事是真的吗？不一定。是假的吗？不一定。因为事可能是假的，但玉版八角是乌龟衔着的，这一点不假。它表明这玩意儿是古代的历法神器，是伏羲的一大发明。

九、伏羲女娲兄妹为婚

伏羲女娲兄妹为婚的故事在我国流传很广。西南少数民族有此故事，汉族也有这个故事。[汉]李冗著《独异记》就记载了这个故事。内容讲的是天地初开之时，天下还没有人民，只有兄妹两人在昆仑山上。传说上帝为惩罚下民把天下人都淹死了，只留伏羲、女娲二人在昆仑山上。为繁衍人类他们商量结为夫妻，但又都不好意思。后来他们就在昆仑山上对天发誓说："天若允许我们兄妹二人为夫妻就让山两边的青烟合在一起，如果不同意，就别合在一起，各自散去。"过了一会儿山两边的青烟真的合在一起了。他们明白结为夫妻是天意，因此就结为夫妻。他们结草为同心，取叶为扇，以障其面。中国人为什么结婚讲米结草同心，要送扇子呢？此风俗就是从这儿来的。

《路史·女皇氏》后纪第二卷，[1]记载："女皇氏娲，云姓，一曰女希，蛇身牛首，大昊氏之女弟。出于承匡，生而神灵，少佐太昊，祷万神，祈而为夫妇，正姓氏，职婚姻，通行媒，以重万民之判，是曰神媒。"世称高谋（媒）。这是另一种说法。传说女娲本是伏羲的助手，伏羲死后继承王位是为女皇氏，治于中皇山一带，因此那山又名女娲山，昵称女娲为女希。女弟，说明不是亲妹妹，是表妹。这个故事说实行婚媒制度是从女娲开始的。所以人们称女娲为高谋神。

辽宁省凌源县建平交界处的牛河梁，几年前发掘出一个女神像，怒目横睁，斜口大肚，如孕妇一般，被许多学者认定为女娲神。《战国楚帛书》的开头说："天地尚未形成的远古时代，大能伏羲氏降生了。他生于华胥，居于雷夏，靠渔猎为生。当时的宇宙广大而无形，晦明难辨，洪水浩渺，无风无雨，一片混沌景象，后来伏羲娶女娲为妻，生了4个孩子，他们立定天地，化育万物，于是天地形成，宇宙初开。"

这一段文字说明伏羲女娲是夫妻，他们生了4个孩子，立定天地，化育万物，才形成了天地，开辟了宇宙。讲他们在天地还没有开辟，世上还没有人烟的时候就实行婚聘制度，不很合理，讲他们实行自由婚姻，兄妹为婚，或许比较符合原始社会之初的特点。

兄妹为婚的故事在西南少数民族中流传比较多。白族的创世神话说，洪水到来之前，天神阿伯偷偷告诉人们：地上要发大洪水啦，你们赶快搬到葫芦里去住吧！人民不相信，只有阿布怗和妹妹阿约怗相信阿伯的话，躲进葫芦里去住了。几天后，果然发了99天大洪水，把地上的人都淹死了，只有阿布怗和阿约怗因躲进葫芦顺水漂流，才活了下来。洪水退了阿布怗要求和阿约怗结成夫妻，妹妹说要问天神的意思。哥哥放了一个贝壳在河西，妹妹拿了根银棍在河东，请示天神说，若将银棍丢过来正好打中银贝壳，兄妹就成婚。结果天神同意了，银棍打中了银贝壳，于是他们兄妹二人结成了夫妻。后来妹妹生了5个女儿，分别嫁给了熊、罴、虎、蛇、鼠，从此才有了人类。

还有许多兄妹为婚的故事，情节大体相似，不述。

很多兄妹为婚的故事，都是洪水灭绝人类引起的。其实，这是一种误解。无论兄妹为婚还是娶嫁婚姻，都是不同历史阶段的产物。在原始时代实行野合婚是普遍的。五帝时期的王者都是野合婚，并不是娶嫁婚。兄妹为婚是血缘婚，婚媒则是族外婚。父母指定婚姻更晚。按历史顺序来说应当血缘（兄妹婚）、族外婚（野合婚）、指定婚、媒婚。表兄妹结婚的历史很长久，很普遍，一直到新中国成立后都有，即便到现在也同样存在。因此伏羲女娲表兄妹（弟妹）为婚不足为奇，即使是亲兄妹在创世之初也是很自然的。[2]

注

[1]［宋］罗泌著，《路史·女皇氏》后纪，第二卷，商务印书馆。

[2]［汉］李冗著，《独异记》，第387条记述，昔宇宙初开之时，只有伏羲、女娲兄妹二人在昆仑山上，而天下未有人民，议以为夫妇，又自羞耻，兄即与其妹上昆仑山，咒曰："天若遣我们兄妹二人为夫妻，而烟悉合，若不，使烟散，于是烟即合，其妹即来就兄，乃结草为扇，以障其面。今时娶妇执扇，象其事也。"

十、苗族巨人神开天辟地

天地是由巨鸟神啼生出来的，同时又生出了开天辟地巨人神。天地刚生出来的时候是连在一起的，连凿子都凿不进去。巨人神就用斧子砍，把天地分开来。巨人神往吾用天锅煮天煮地，把公、样公拍天捏地，使天地伸长，但天还是压着地，坐着要低头，脑袋都靠着膝盖了。这时八双手臂的巨人府方走过来用力把天一顶，把地一踩，天才升上去，地才降下来，成了现在的样子。风才来回吹，鸟才自由飞翔。

后来巨人养优造了山，修纽造了江河，火耐造了火，姜央造了狗、鸡、牛、田，宝公、雄公、且公运金运银，打柱撑天，铸造了日月。

当然，造日月不是那么简单。开始时四公看见山上的石头滚下山掉进潭，荡起水圈，又圆又好看，就照着水圈样子造日月，你挽袖子，我撩裤脚管，"锤子轻轻打，半空起风暴，锤子狠狠打，山山岭岭跳，惊得雷公吼，震得龙王叫。你累我来接，我累你来敲，水也忘了喝，饭也忘了吃。越打越有劲，汗珠颗颗掉"。好不容易把日月造好了，要请好汉把它送上蓝天。

开始由好汉里公来送日月。只见他脑壳顶着太阳，肩膀扛着月亮，星星放在袖管里，银河拴在腰杆上。可是当他走到落脚坳时，日月从他身上滚落下来，掉进了深潭。他送日月没成功。

后来由好汉雄天来送。可是当他从潭里捞起日月，扛着日月直奔蓝天时，日月却从他身上滑了下来，掉到山下去了。

第三次由好汉冷王送日月上蓝天。他从山下拣起日月扛在肩上，直奔蓝天，这时一朵乌云奔过来了拦住了去路，冷王先有准备，带上了一把斧子在身上，他从身上取下斧子朝乌云一劈，只见云开雾散，一下就到了南王门，可是雷公不肯开门，经过一番争辩，雷公才开了门，把日月星在蓝天安排停当了。[1]

注

[1] 本故事为《苗族古歌》的一部分。《苗族古歌》由贵州民间文学组整理，田兵选编，1999年，贵州人民出版社。全书7 000余行，内容分为《开天辟地》《枫木歌》《洪水滔天》《跋山涉水》4组。本故事摘自《开天辟地》，陶阳、牟钟秀著，收入《中国创世神话》，上海人民出版社，2006年4月，第85页。

十一、阿昌族遮帕麻与遮米麻造日月

太古的时候，世界混沌不清，既不刮风，也不下雨。天公遮帕麻造天，地母遮米麻造地。遮帕麻高大威武没有穿裤子，没穿衣裳，腰杆上系着一根神奇的赶山鞭。他手下有许多神将，30员神将挑银沙，30员神兵担金沙，3 600只白鹤列队飞翔，衔来圣洁的仙水拌泥巴。遮帕麻首造日月，他用仙水泥巴掺加银沙造月亮，又用仙水搅和金沙泥巴造太阳。为了造福人类，他扯下自己的左乳房变成太阳山。扯下右乳房变成太阴山，所以太阳在太阳山上，月亮在太阴山上。两山中间有一颗梭罗树，让太阳和月亮绕着梭罗树转。后来又定了四极，设立东南西北四方天神，这样天就造好了。至今男人们少了乳房，就是那时候割了的。

地母遮米麻也没闲着。她用编织的方法造地，摘下自己的喉结当梭子，拔下脸上的汗毛织大地，拔下左腮和下颌、额头的汗毛织四方的大地，累得浑身大汗，流下的汗水化成四海，海里长满了鱼虾龟鳖，派了四海龙王去管理。天造好了像个大锅盖，地造好了像个方托盘。可是天小地大，盖不周全，遮米麻抽了3根地筋，大地便皱褶了，凸出的地方是高山，凹进去的地方成了山菁。所以后来女人们都没有喉结。[1]

注

[1] 以上根据陶阳、牟钟秀著，《中国创世神话》，上海人民出版社，2006年删改。原创世文诗1979年阿昌族赵安贤巫师演唱、阿昌族杨叶生译，兰克、杨智辉整理成《遮帕麻与遮米麻》。本文删去了原文的后一部分。

第二章
中国的地母创世神话

地母是土地之母。世界上的天神都是地母所生。地母是最早的祖母神。呈现在这里的地母神主要是女娲、嫘祖、羲和、西王母这四大氏始祖神。她们都是创造之神。

十二、谷神华胥

十三、造人补天生育

十四、蚕神嫘祖

十五、日母羲和

十六、三个西王母

十二、谷神华胥

木禾指谷物，谷物之神即谷神。华胥是中国最早的谷神。《史记·补三皇本纪》说："太昊庖牺氏，风姓，代燧人氏继天而王，母曰华胥。"《帝王世纪》载"太昊帝庖牺氏，风姓也，母曰华胥。燧人之世，有巨人之迹出于雷泽，华胥以足履之，有娠，生伏羲于成纪。蛇身人首，有圣德，为百王先。"这段有关华胥的记载告诉我们华胥处于"燧人之世"，华胥履巨人迹于雷泽，生伏羲于成纪。

[晋] 王嘉《拾遗记》根据上古传说进行注释，说："春皇者，伏羲之别号，所都之国，有华胥之洲，神母游其上，有青虹绕神母，久而方灭，即觉有娠，历十二年而生伏羲。"

《列子》黄帝一节中有华胥之国的描述。故事说的是黄帝想清静无为，三月不亲政事，大白天做了一个梦。他梦见自己游历了华胥之国。华胥之国在弇州之西，台州之北，不知去齐国几千万里，那是舟车足力都到不了的地方。华胥国里没有帅长统治，老百姓都自由自在地生活。他们没有特别不好的嗜好，如吃喝嫖赌之类，不知乐生，不知恶死，不知亲戚，不知疏物，不谋私利，没有爱憎，没有背顺，没有利害冲突。人与人之间平等相待，自然和谐，无爱无恨，无畏无惧，入水不怕淹死，入火不怕烧死，总有人搭救。砍无伤痛，鞭无瘙痒，有人扶持，人人过着如神如仙的日子。在天上行走如履平地，云遮雾绕迷不住他们的眼睛，电闪雷鸣震撼不了他们的虚静，美的丑的迷惑不了他们纯洁的心灵，高山峡谷阻挡不了他们成事的行止。他们过着神仙一样的日子。显然，这一切并非历史的真实，而是战国时代的神仙道士们厌倦战乱而幻想出的神仙境界，无助于我们追索历史上真实的华胥。

《中国巫傩史》转载了《考古》杂志1990年第7期刊载的一幅马家窑出土的彩陶华胥造像。[1]标题为《5 000年前的华胥氏造像》。图下有一行文字：马家窑文化浮塑人面彩陶像。该浮塑人像竖立在一个大口双耳彩陶瓶的正面。中央有一个椭圆的黑色粗大的勾边框。框内是一个人像。人头为一个女子。她，净白的鸭蛋脸、细眉大眼、挺鼻小嘴、神态自然、和蔼可亲、温柔美丽。这个美人头像珍藏在一颗麦粒籽实之中。她的身躯也是由椭圆的黑边勾画，身躯内包裹着一株苗壮生长着的禾苗。禾苗伸展着四对对称的叶片。据说，该陶器上塑有一个"芈"（mǐ）字。这幅美人图出现在马家窑考古文化中。马家窑的考古年代，董立章《三皇五帝前断代》确定为马家窑型（公元前 3480—前 2790 年）、半山型（公元前 2790—前 2420 年）、马厂型（公元前 2420—前 2120 年）三个不同的历史阶段。王大有的《三皇五帝时代》确定的年代为：马家窑型（公元前 3100±190 年）、半山型（公元前 2600—前 2300 年）、马厂型（公元前 2200—前 2000 年）（均为树脂校正）。按两位先生的不同测定方法得出的数据证明马家窑型当在距今 5400 年和 5000 年之间。也就是说这个浮塑彩陶像是根据 5 000 年前的人听到的传说而塑造的。林河先生认为中华的华是从华胥的华（花）演变来的，有马家窑彩陶作证。华胥、神农、后稷是中国最早的三大农神。他们代表了我国上古不同历史阶段的农业发展。华胥是最早的开创者，是始祖。这里有几个问题值得讨论。

第一，华胥的华字是怎么来的？据王大有先生说那彩陶罐上有一个"芈"字。"芈"是一个古華字。華与芈本是一个字。

第二，华胥氏所处的时代。前述华胥继燧为氏而王天下，说明华胥氏在燧人氏王朝之后，炎帝王朝之前，理应在 1 万年左右。按王大有先生的说法，华胥氏在甘肃西和仇夷山生下伏羲，距今（2005）9 771 年。这一推测虽无考古事实证明，但在中华大地上存在 8 000 年左右的谷物也不少，如武安磁山遗址、山东北辛文化遗址、河南贾湖遗址等都有八九千年前的粟黍存在。

第三，关于华胥生活的地方。按王大有先生的说法，华胥"居于华胥之渚"是"住在现在甘肃华亭、华池、合水一带的河边"，即六盘山周边的陇西地区。六盘山区确有华亭，但在陇西天水秦安大地湾乃至西和、成县地区未见有雷泽这个地理痕迹。倒是在山东鲁西南地区有雷夏泽。逢振镐先生的《东夷文化研究》说："雷泽即雷夏泽，地在今山东菏泽、鄄城交界处。"[2]

通过上述叙述，我们是否可以为华胥立个小传：华胥氏是生活在雷夏泽附近的古老氏族。这里地处泰山与太行山之间，面临东海，俯仰浅滩大泽，是崦嵫、燧人、有巢氏族的世居之地。华胥氏随燧人氏也来这一带居住。这里山青水绿，湖泊纵横，气候也较温和。华胥氏在这里从事农业种植，试种莱麦成功，开辟了一条崭新的生活通道。进而她又利用新近发明的磨盘棒，将莱麦磨成粉做面食吃。这样，就使北方人不仅有粟黍可食，还有白面可食，从而解决了人们的吃饭问题。

华胥年轻时长得漂亮，常和好友到雷泽边玩。有一次，她看到了泽边有几个似人神的大脚印，就跑过去踩印玩，没想到回家后就身怀有孕了。怀胎十月生了个儿子。他就是中华民族的始祖伏羲。由于伏羲继承了母亲的事业，大力发展农业生产和天文历法研究，创造了八卦纪历法，被后人称为东方木德天帝。

注

［1］林河著，《中国巫傩史》，花城出版社，第209页。
［2］逄振镐著，《东夷文化研究》，齐鲁出版社，第93页。

十三、造人补天生育

在我国民间流传着许多有关女娲的故事。

其中最为流行的是，在女娲时代发生过一次大洪水，这次洪水与积石山黄河溃堤造成的大洪水不同，是天下暴雨造成了漫天大洪水，淹死了许多人，造成了种族灭绝的灾难。传说女娲与伏羲本是兄妹，为再造人类，他们结为夫妻，为发展更多的人类，她在中皇山抓了一把黄土捏成了泥人。搓成人后，吹一口气，就让它变成了一个有生命的黄种人。后来嫌这样做人太慢，就找谷草搓了一条绳子，在泥水里搓绞，绞出的小泥点经她一吹赋予了灵气，也都变成了一个个男人与女人。大地上的人就是经她这么造出来的。但这些人活在世上是有区别的。经她手搓用好泥巴做的人就是富人，在水泥塘里用绳子绞出的泥点人就穷苦人。

人造好了，由于天天都在下雨，那些泥人只能躲在山上的岩洞里生活。天天淫雨下个不停，人们认为是天河底被妖神戳了个大洞，所以才造成了洪水、淫雨。为了堵住这个大洞，女娲用骊山的五彩石，在坩埚里熬炼成浆，双手托着飞到天上把那漏洞补起来，这才止住了洪水。大洪水、兄妹为婚、用泥造人、女娲补天，这些神奇动人的故事正是从牛河梁女神庙那个时候流传下来的。不用说别的，只要看一看那女娲神像就明白了。她赤身裸体告诉我们她是生育女神，是造人神；她那怒目横眉的神态，表明她是对付一切妖魔的神，是人类与世间万物的地母神。

为纪念这位伟大的创世女神，中国各地都有后人为她建的庙宇和神像。据倪民先生编著《三皇五帝追踪》（旅游教育出版社）一书说，河北凤凰山有娲皇宫，娲皇宫有房屋135间，占地面积达76平方米。中皇山曾是女娲称帝建都的地方。娲皇阁里有一块石碑，石碑上绘有伏羲女娲人首蛇身交尾图。娲皇阁还有钟鼓楼、梳妆楼、蚕姑洞。山下有朝元宫、停骖宫、广生宫等。传说这广生宫就是女娲捏黄土造人的地方。

临潼有女娲祠，俗称老母殿。祠建在骊山西绣岭第二峰上，殿有山门、前殿、后殿，殿里供有女娲神像。传说这里是女娲在骊山采五彩石补天的地方。

河南西华县有女娲城、女娲坟。东边是淮阳县，伏羲氏族建都的地方。有一条河从这里流过，也借女娲之名被命名为娲河，娲与淮古音同，被后人称为淮河。

山西洪洞县赵城镇也有女娲庙。据《文献通考》说："女娲葬赵城县东南在晋州"，女娲陵东面有女娲庙，庙由仪门、过门、戏台、钟鼓楼厢房、山门、正殿、寝殿等部分构成。两侧还有"华胥圣母庙""补天观"等建筑。[1]

注

[1] 倪民编著，《三皇五帝追踪》，旅游教育出版社，第27—34页。

附录

中国5 000年前的女神庙
——世界最早的神庙

辽宁省建平县凌源县位于辽宁省西部，与内蒙古敖汉旗赤峰市、河北省承德市相交处。这里是清人的腹地，我国东北部地区政治经济文化的中心区，上古时属红山文化区域。周围有老哈河、瀑河、大凌河环绕，是努鲁儿虎山、北大青山、南大青山和黑山松岭环抱的丘陵地带，大山最高峰1 000余米，丘陵平均海拔50余米，这是一片富饶而美丽的地方。早在5 000年前这里就有人居住了。

1983年，我国考古工作者来到建平县凌源县交界处的牛河梁进行勘察，（因

1976年时曾发现北山梁比其他地方高，是一块人工筑成的台地，又在这里捡到一个人体雕像的鼻子），1984年进行正式发掘，在牛河梁高台上发掘出女神庙一座。庙址南北东西各长约200米，四周有石块砌成围墙。神庙依山势而建，台地北边有塑像残片和建筑架构，继而在这里又发掘出一庙，两庙相连形成了一个整体。

神庙基址由一个多室和一个单室构成。多室在北，有一个主室、几个侧室和前后室，单室在南，为附属建筑。

考古工作者在主室西侧出土了彩绘泥胶塑人像的许多碎块，包括头、肩、臂、手、乳房，还发现了一个"猪龙"的头、蹄，及庙里的彩绘墙壁面残块儿与特大型彩陶片，镂空豆形器盖、钵，锥形纹塔形器的残片。

其中有一个巨大的泥塑人头像，高22.5厘米，脸面宽16.5厘米，装上那只鼻子即还原成为一个巨大的朱红色的与现代人相似的女神。

庙里除了这个女神外，还有五六个裸体女神个体。经测定，该遗址距今5 000余年。[1]

注

[1] 李坤编著，《中国大考古》，陕西师范大学出版社，第52页。

女神像的特征

据众多学者描述该女神为圆额头，扁鼻梁，尖下巴，两颊突起，一双眼珠由晶莹碧绿的圆玉镶嵌而成，炯炯有神。

神话考古学家陆思贤先生描述说："其中一件如现在真人一样的女神头部，是当今世界上最精致的雕塑艺术珍品。女神头像作方圆脸，宽平额，两眼横竖，睁目圆睛，眼梢向上吊起，是怒目而视，又有所痛苦的情态；高颧骨，低鼻梁，鼻翼微张，鼻孔微微扬起，使嘴部显得宽大，嘴角概因脸部肌肉的上抽，也有向上抽搐之状。这是一副凶相，缺少温柔和爱的表情，尤其用玉磨砺的眼珠，炯炯有光，有叱咤风云之势。"

除这位女神外，其他多位女神身躯只有身躯残块，未见头部，乳房比普通人大三倍，裸体，似孕妇。其中有两个小女神，为黄色胶泥捏塑，着红色陶衣，挺大肚子，左手弯曲着放在大肚子上，腹下有性器官记号，臀部肥大突起，身躯微微前倾。

陆思贤先生对女神的考定

陆思贤先生是我国著名的神话考古学家，他著有《神话考古》，文物出版社

1995年出版。该书第二章女神庙的发现和女娲神话,考定了牛河梁女神主为女娲神。

该章共三节。第一节女娲为生育神的考古踪迹——红山文化裸体孕妇像为女娲神考;第二节女娲"背方州,抱圆天"的宇宙模式——东山咀祭坛遗址讨论;第三节伏羲女娲"风"姓是春天季候风神话——仰韶文化"鱼鸟纹图案"探讨。

他的考定依据是女娲的娲字,本为"呙",偏旁"女"是后来加上去的。"呙"音"瓜",指孕妇的大肚子,腹形似瓜,葫芦瓜。女神庙后殿设计的是筒形袋状,即葫芦状,证明这是女娲神。红山文化是古城古国,说明女娲在这里被视为开天辟地的创世女神。

《说文》说,"呙"为"口戾不正",如蜗牛类斜口动物的口。蛆也与蜗牛相似是甲壳类动物。它们也是女娲神变的。女娲神嘴角向上吊起,表明女娲神是万物之祖。

女神庙中的女神的叱咤风云之态,表明她具有雷神的性格,猪嘴龙和猪一样,也是大肚子,雷鼓造人,不仅有鼓、有鼓棒,实现了"女娲氏作为生育神又兼地母神的本意"。

由此,陆先生得出结论说:"女神庙就是远古时代的春社,也是最古老的女娲庙。"[1]

注

[1] 陆思贤编著,《神话考古》,文物出版社,1995年,第42—43页。

欧亚著名神庙的比较

牛河梁神庙让我们看到我国存在距今5 000多年的完整的神庙与神像,实在意义非凡,令人振奋。我国无论北方、南方考古发掘出的神坛不止一处,但大多是祭祀天的露天土台,完整的庙宇和胶泥菩萨少见。即使在世界上也是罕见的。现在我们不妨举几个例子比较一下。

埃及卢克索神庙,位于尼罗河卢克索,存在时间为公元前2040—前1085年。

埃及卡尔纳克神庙在距卢克索5 000米的阿斯托南小岛上,供奉太阳神阿蒙及生育女神伊希斯,存在时间也在公元前2040—前1085年。

埃及阿布辛贝勒神庙,据阿斯托约200千米,建于公元前1300—前1233年。

伊拉亚述尔神庙,供奉着太阳神战神亚述尔,地点在摩苏尔以南150千米处,建于公元前2500年,公元前800年被毁灭。

亚述的伊西塔神庙,地点在尼姆鲁德亚述那舍巴尔二世(存有奠基铭文),

建于公元前 875—前 865 年。

亚述尼尼微生育女神胡萨克有两组神庙（包括文字神昂那、爱神西斯塔），地点在尼尼微城，公元前 18 世纪建城，公元前 612 年毁灭。

古希腊的留存神庙如下：

一是卫城帕提农神庙，即雅典娜主神庙，地点在雅典卫城，建于公元前 421—前 405 年，神像被东罗马帝国掠走而失踪了。

二是希腊厄瑞克提翁神庙，建于公元前 449—前 421 年。

三是希腊德尔斐阿波罗神庙，位于科林斯湾北岸福基斯的帕尔纳苏斯山南麓，建于公元前 7 世纪。

四是希腊宙斯神殿，位于雅典卫城东南奥林匹斯山，建于公元前 470 年，于公元前 456 年被焚毁。

五是希腊阿尔忒弥斯神殿，位于希腊爱菲索斯古城，建于公元前 550 年。

意大利罗马万神殿，位于罗马，此庙以拱卷圆顶穹顶结构著称，建于公元 120 年。

印度卡朱拉候神庙，位于印度东北地区，由 85 座神庙组成，其中有 22 座完好，建于公元 950 年。

据记载，以色列有 5 000 年前的女神像，穆哈塔（Munhata）女神，是一座粗糙的石雕像，眉目不清，没有庙。

据《世界最早的农民》一书说：法国南部的巨石雕像有 140 座，分布于普罗托斯，德鲁埃尔格、兰克多，法国圣塞尼教堂有一石雕女神，没有嘴巴和脚趾。即使欧洲的第一座人体雕像时间也超不过距今 5 000 年。

中国的牛河梁女神庙，位于中国辽宁建平牛河梁，存庙两间，有胶泥塑人像裸体生育女娲神及残片六裸体女神。时间距今 5 000 多年。

通过上述事实的比较，我们看到的是：

第一，中国的神庙时间最早。国外最早的神庙是亚述神庙，建于公元前 2500 年，约为尧舜时代前期。中国的神庙存于距今 5 000 年之前，约为传说中的黄帝时代。中国神庙存在的时间最早。

第二，中国的神庙很完整，不仅有庙，还有众多的神像存在。

第三，中国神庙的主神是主持生育的裸体女神，并有众多生育女神做配神，神位配置完整。

第四，女娲神像塑造水平极高。在上述比较中，我们可以看到大多有神庙的叙述，没有神像的具体描述。以色列的石雕像虽早，却十分粗糙，面目不清。法国圣赛尼教堂的石雕女神，没有嘴巴，面孔刻有花纹，乳房间的项链上挂着一个坠子，一条腰带，着衣服，以两条垂直刻纹表现了她的腿和脚趾，这一切表明他确实是早期欧洲的雕刻艺术品，但不是完整的神像。中国的女娲神像却十分完整，是5 000年前的中国人用胶泥塑造的女菩萨。这个女菩萨体态优美，形象逼真。她横眉怒目，斜口碧眼，灵光四射，让人望而生畏，很远就知道她是一个很了不起的神，从而勾起人们对民间传说和史书记载的女娲的种种记忆，实难忘怀。

十四、蚕神嫘祖

嫘祖是黄帝的元妃。《帝王世纪》记载"黄帝有四妃,生25子。元妃西陵氏女,曰嫘祖,生昌意;次妃方雷氏女,曰女节,生青阳;次妃彤鱼氏女,生夷鼓,一名苍林[1];次妃嫫母[2],班在三人之下。"《国语·卷十·晋语四》记载了一个故事,说晋公子重耳外逃19年将归晋时路过秦国,秦伯送给他5个女子,欲以成婚,其中包括子圉之妻赠以为媵(陪嫁)。照规矩在出嫁女中,是嫡为室,媵奉盥(即端洗脸、洗脚水),因此重耳不高兴,见媵妾送来盥洗水,就泼了。圉听到这消息后大怒。重耳很害怕,自囚以听命,以便赶快逃走。晋大夫胥臣臼便对他说不论男女,凡同父而生,德性同者,乃为兄弟,从前"黄帝之子25人,其同姓者二人而已,唯青阳与夷鼓皆为已姓。青阳,方雷氏之甥也。夷鼓,彤鱼氏之甥也。其同生而异姓者,四母之子别为12姓。凡黄帝之子,25宗,其得姓者14人为12姓。姬、酉、祁、已、滕、箴、任、荀、僖、姞、儇、依是也。唯青阳与苍林氏同于黄帝,故皆为姬姓,同德之难也如是"。许顺湛先生在《五帝时代研究》第三章五帝专论中解释说这个青阳当为帝喾。黄帝25子,即25宗,也可以说25支。这25支系的名称及如何发展,史书没有明确记载。但12姓对后世的影响还是有蛛丝马迹的。"总共12姓,101属地,510个氏。无氏者共20个属地","属地,就是后来的12个族团,又分散在101个地区,甚至有的形成了诸侯国。在这100多个地区,又发展为510个氏"。

《山海经·海内经》说:"黄帝娶嫘祖,生昌意,昌意降处若水,生韩流而后有颛顼、鲧、禹、穷蝉、敬康、舜象、老童、重黎、吴回、陆终,后来又有彭祖等几大世系等支脉。"从这个角度上看嫘祖之子应是五帝系统中的主要支系,嫘祖也是中华民族五帝集团中占大半个江山的氏族集团的始祖母。这一功迹是无人可及的。

嫘祖是西陵氏女,与黄帝并非一族,也非一地一国之人。黄帝娶四妃皆不同姓,不同地域。黄帝娶四妃于四方,实行非族内婚制度,具有远大的战略意义,有利于把中华民族的各方子孙凝聚为一个统一的整体。

嫘祖的另一个伟大的功绩是她发明蚕丝。《世本》"胡曹作衣",解决人民的穿衣问题。嫘祖养蚕缫丝织绸解决的是王公贵族的穿戴，和老百姓的零用"钱"问题，不是普通老百姓的穿衣问题。

嫘祖养蚕成为蚕神的神话与传说，史书上有很多记载。《山海经·海外北经》记载："欧丝之野，在大踵东，一女子跪据树欧丝。三桑无枝，在欧丝东。"《路史·后纪》记载："帝之南游，西陵氏殒于道，式祀于行。以其始蚕，故又祀为先蚕。"有说："嫘祖从帝南游，死于衡山，遂葬之。今岣嵝[3]有嫘祖峰，上有嫘祖之墓，谓之先蚕冢。其峰下曰西陵路，盖西陵氏始蚕，后人祀之为先蚕也。"三国吴人张伊著《太古蚕马记》记载："川人因蚕身似女子，蚕头如马头而称之为马头娘。"赵均中著《嫘祖与盐亭》一书中说："黄帝称为中原部落联盟首领，西陵部落向黄帝敬献嫘祖首创的丝绢，黄帝大喜，西行入蜀，与嫘祖结婚，并封为正妃。"

《绎史》记载："黄帝斩蚩尤，蚕神献丝，遂称织维之功。"上述这些记载说明嫘祖善养蚕缫丝织绸，为表达对西陵氏的敬意，黄帝亲自跑到四川盐亭上门求婚迎亲。四川的传说中说嫘祖是伏羲的后代，巴人，四川盐亭女。嫁给黄帝后为他生了两个儿子，一个降若水，一个降江水。倪民编著的《三皇五帝追踪》一书中说，如今那里还保存了许多遗迹。诸如嫘祖居住过的嫘祖山、嫘祖穴、王凤岩（嫘祖的小名叫王凤），嫘祖教人养蚕的蚕子山、蚕丝山、桑林坝、丝织坪、桑树坡、黄帝与嫘祖相见定情的轩辕坡、天子山、嫘轩宫、嫘轩殿、西陵寺等。

在我国民俗中三月十五是嫘祖的生日，全国的养蚕人都要烧香祭祀。当然，纪念嫘祖的地方不止一处，全国各地都有，湖南、湖北西陵峡地区也都讲嫘祖是那里的人。

有人说我国的纺棉织纱是公元7世纪才从印度传过来的。这简直是笑话。中国无论南方北方考古发掘了许多5 000年之前的纺轮、纺锤，甚至还发现了许多蚕丝织品。如：

山西夏县西阴村遗址发现了蚕茧；

浙江7 000年前的河姆渡遗址的牙雕小盅上发现了4条小蚕；

5 000年马家窑文化甘肃临洮冯家坪遗址出土了群蚕纹二连陶罐；

1958年良渚钱山漾遗址出土5 000年前的残绸片、丝带和丝线等遗物，经切片鉴定，认定其性状具蚕丝特征，与现代150～250平方微米蚕丝切片面相近。上述这些事实说明我国七八千年前就开始养蚕织绸了。创始者正是嫘祖。嫘祖一生的功绩：育2子，繁12姓，510氏，支持了黄帝团结各民族的统一大业；发明了养蚕织绢，改善了子孙的生活。族人都纪念她，为她建庙，祀奉她为蚕神和祖母神。

注

[1] 苍林,传为黄帝妃彤鱼氏所生之子。

[2] 嫫母,黄帝妃,相貌丑,所以她的地位在西陵氏、方雷氏、彤鱼氏之下。但因发明纺织功劳大,在黄帝庙中,她是与嫘祖并列的。

[3] 岣嵝,山名,衡山主峰,也指衡山,在湖南。

十五、日母羲和

羲和俗名常仪、常羲、姮娥、嫦娥。在我国的传说中，有说她是帝喾的第四位妻子，娵訾氏女，是一位擅长天文历法的神女，也有说她是后羿的妻子，因偷吃了后羿从西王母那里弄来的神药而飞奔进了月宫，成了月娥，在那里又和吴刚相好。这两种传说中后一种是封建社会女人为摆脱男女不平等争取婚姻自由而编织的。我们这里仅就前一种说法选摘几个故事。

（一）常仪生十日

《山海经·大荒南经》有："东南海之外，甘水之间，有羲和之国。有女子名曰羲和，方日浴于甘渊。羲和者，帝俊之妻，生十日。"《山海经·海外东经》说："下有汤谷，汤谷上有扶桑，十日所浴，在黑齿北。居水中，有大木，九日居下枝，一日居上枝。"

《启筮》说羲和是"天地始生"，主日月的大神。远在扶桑之地还是苍苍茫茫的时代，就有了羲和，她是专管日月的神。所以才有"瞻彼上天，一明一晦，有夫羲和之子，出于旸谷"。这里我们需要特别说明一下旸谷与汤谷。旸谷即汤谷。据说那里有温泉，水是热的。水里长着许多扶桑树，太阳一共有10个，他们都是羲和的儿子。每天早起，太阳妈妈羲和先给10个太阳一个一个洗了澡，才让他们一个挨一个从水里爬出来爬到扶桑上，沿着扶桑树梢向天穹爬去，然后从东向西运行。所以才有"方日浴于甘渊""十日所浴""九日居下枝，一日居上枝"等说法。

（二）尧命羲和制定历法敬授民时

历象日月星辰，就是根据日月星辰之象制定历法，决定一年四季。我们现在知道的春夏秋冬四季的判定，按《尧典》说法就来自羲和。

《尚书·尧典》有尧命羲和定四时的命令。不过这里的羲和已不是一个人，或一个神的代称，而是羲氏、和氏两个氏族的4个人，更不是帝喾的妻子常仪了，也许是常仪氏族的后代。

《尧典》中有尧命羲和定四时的记载。文中说尧命羲和历象日月星辰，敬授民时。这句话的意思是尧命令羲氏与和氏推测日月星辰的运行规律，制定出农业历法，恭恭敬敬地把一年四季的季节告诉老百姓，以利于农业生产。他先命令羲仲"宅嵎夷，曰旸谷。寅宾出日，平秩东作。日中，星鸟，以殷仲春"。意思是羲仲你住到东海边上嵎夷那地方一个叫旸谷的地方去，半夜三更就要准备迎接尊贵宾客太阳的到来，任务是测定太阳升起的时间，方法是以南方七宿（朱雀星鸟）出现在南中天的时刻为依据，准确确定仲春（中春），即春分是那一天；接着命令羲叔"宅南交，平秩南讹，敬致，日永，星火，以正仲夏"，意为羲叔，你住到最南的那个叫交阯的地方去，测定太阳南行的情况，恭敬地迎接太阳的南回，以白天最长（日永）的那天为依据确定夏至这个节气，方法是以东方七宿的大火星出现在南中天作为依据，以正确判定仲夏这个季节。

继而再命令"和仲，宅西，曰昧谷。寅饯纳日，平秩西成。宵中，星虚，以殷仲秋"，意为和仲，你住到西部太阳常落下去那个叫昧谷（蒙谷）的地方去，半夜三更就要准备好迎接太阳的归来。以夜半北方七宿中的虚宿出现在南中天为依据，确定白天晚上时间长短相同的那一天作为秋分，判定秋天的来临。

最后尧申命"和叔，宅朔方，曰幽都，平在朔易，日短，星昴，以正仲冬"，意为和叔你住到幽州（宁夏包头一带）那地方去，观察太阳向北方运行的情况，找出以白天最短的那一天为冬至，方法是用西方七宿白虎星中的昴宿出现在南中天为依据，以正确确定仲冬这个季节。

羲和经过艰难刻苦奋斗，才以春分夏至秋分冬至这两分两至的方法确定了一年的4个季节，人们依据这两分两至进行播种管理收获储藏，从而为农业种植找到了一条客观规律。

当然这只是一个有意义的传说，以二十八宿判定一年四季是否起于尧时，尚不能确定。两分两至是否起于尧时也值得研究。但有一点是可以肯定的，那就是在很长的历史时期中，住在山沟里的农民都是以观察日出日落确定时辰，以月亮的朔晦圆缺判定旬月的。东西方人各以不同的方法观察最明亮的星星作为判定季节变化的依据。上述星鸟、星火、星虚、星昴的鸟、火、虚、昴都是天上最亮的星星。

（三）羲和驾六龙御日

神话中说羲和驾六龙御日，即羲和驾着金马车由6匹天马拉着太阳从旸谷到昧谷。这件事《淮南子·天文训》一书有记述："日出于旸谷，浴于咸池，拂于扶桑，是谓晨明。登于扶桑，爰始将行，是谓朏明。至于曲阿，是谓旦明。至于曾泉，是谓蚤食。至于桑野，是谓晏食。至于衡阳，是谓隅中。至于昆吾，是谓正中。至于鸟次，是谓小还。至于悲谷，是谓晡时。至于女纪，是谓大还。至于渊虞，时谓高舂。至于连石，是谓下舂。至于悲泉，爰止其女，爰息其马，是谓县车。至于虞渊，是谓黄昏。至于蒙谷，是谓定昏。"以上从日出于旸谷到至于蒙谷共 16 个时辰。至于"……"是地名，是谓"……"是时辰。这 16 个时辰讲的是太阳每天从旸谷升起来，先在咸池里洗个澡，然后来到扶桑树下这个时辰叫晨明；爬到扶桑树顶开始出处，这个时辰叫朏（féi）明（指月出星落时辰）；接下来阿曲山，即旦明；继而到水泽曾泉，这个时辰叫早（蚤）食，俗称早早饭；早食后是晏食（早饭），半个上午时辰叫隅中（过隅中地了），到达南面的昆吾丘之地是吃中午饭的正午时辰，大约过了两个时辰左右到达西南方的鸟次那地方是小还，到西南大壑悲谷是晡时，即半个下午饭，现时叫加点心，西南人叫打"幺台"，接下来是大还。小还大还是小迁大迁之误，迁即指往西移动，接着是高舂、卜舂，即日影西斜、开始往下坠落，此时也是碓舂和息舂时辰，再接着是御女羲和停车让马休息一下的时辰所以叫悬（县）车。大约这时候天就要黑了，人们要吃晚饭了，此时为黄昏时辰。黄昏之后是定昏，天已黑了。

据说这 16 个时辰的制度在夏以前是实行过的。这里需要特别加以说明的是：

一是 16 个时辰的命名中有上古劳动者的体力劳动，因此在一日三餐之间都有加餐。早早饭一般在早饭之前两三个小时，出工之前在家里吃一点东西再出工，半个上午与半个下午在农忙时也有加餐，通常是家里人送到田头地边去的点心类食物，如解渴的酸汤、薄粥、饼、薯之类。

一是把一天划成 16 个时辰。这一天指白天，从太阳出来到太阳落下去，并不包括晚上。后来改为 12 个时辰。这就是古人对一天时段的具体划分。

综合上面三个故事，我们可以这样说：羲和氏族的始祖是帝喾的妻子，名常仪，老百姓叫她嫦娥，她的真名叫羲和，传说是伏羲女娲的后代。她是我国古代十分了不起的天文学家，传说她生了 10 个太阳，12 个月亮，即发明了十月历和十二月历纪时。她和她的氏族是专门搞天文历法的，先后有三大贡献。

第一大贡献是，把一年 366 天分成 10 个月或 12 个月，并以闰月相调节，这一点以《尚书·尧典》为证。

第二，把一年 366 天分成了 4 个季节，以观测二十八宿中最亮的几颗星星为依据，确定一年四季中春分、夏至、秋分、冬至的具体日子，找出农业生产的播种、管理、收获、储藏的特殊规律，对古农业历法作出了很大的贡献。

第三，是根据每天太阳从出来到陨落所经过的地方，把一天的时间划分为16个时辰，以指导人们在一天中什么时间该干什么事儿。

从以上三方面看，可以说羲和是我国上古天文历法研究的佼佼者。

羲和是神也是人。先是人，后是神。作为测定日月星辰，制定历法的执行者，羲和是人，是羲和氏族的始祖。由于制定天文历法有功，被历代朝廷法定为天文历法官职：羲和官。这种官职一直到汉武帝时都有。很不幸的是羲和氏族的天文官到夏朝仲康王朝时，因淫逸误时，受到了严厉的惩罚而消失了。曾荣极一时的羲和之国，也和西沉的太阳一样，从辉煌降至黯淡，最后沉寂在黑暗之中，光环完全消失了，实在可惜。但羲和氏族的老祖宗，始祖羲和却因其首创之功，被后人敬为日母神与月母神。她成了神仍就和从前一样，给太阳洗个热水澡，扶太阳爬上扶桑树梢，然后驾六龙驭着太阳乘着金马车从东一直向西天运行……日母羲和依旧在，太阳光辉并未灭。

十六、三个西王母

西王母国是位于神话中的昆仑山北坡的古老王国。那儿是月出月入的地方，被称为月亮之国。月亮之国的汉语译名为西王母国。其王者是女王，被尊为女神。后来又被尊为西天司厉疫的天神，即阴神，专门管瘟疫，管死亡，管阴间的天神。所以，民间有"送你上西天"之说。我们所接触的西王母，不止一个，至少是三个，三个西王母有三种形象。

第一个西王母，其形象是虎齿豹尾，头戴玉饰。《山海经》里有多处描绘这一形象。《山海经·西次三经》说："又西三百五十里，曰玉山，是西王母所居也。西王母其状如人，豹尾虎齿而善啸，蓬发戴胜，是司天之厉及五残。"《山海经·海内北经》描绘："西王母梯几而戴胜杖，其南有三青鸟，为西王母取食。"《帝王世纪》对这位古王者的描述是："昆仑之北，玉山之神，人身虎首，豹尾蓬头，戴胜拂几杖，皓然白首，石城金室而居。"

所这些描述综合起来，可以让我们看到一个比较完整的西王母神像：

西王母神是一年纪很大的老祖母神。现在的祁连山在神话中叫昆仑山，是天帝的下都，天帝和许多天神都住在那里。昆仑山的北坡产玉叫玉山，是西王母住的地方。西王母年纪很大，头发全白了，额头嘴角边都是皱纹，她的头发高高地向上挽着，像两只羊角盘在头上。头发上插了一个玉制的头饰，叫玉胜，那玉胜像一个玉簪，一头朝上，四四方方的，上面刻有花纹，一头朝下像一根针一样，插在挽着羊角发簪的顶端。她的身上穿着宽厚的衣服，并没有虎皮之类的斑纹，但身后露出豹子尾巴。西王母面容和善，嘴角常露出几颗虎牙，所以人们称之为虎齿。她进进出出常拄着一根大拐杖。她住北山的石室里，大概这里打扮得金碧辉煌，故而有人讲她住金屋。由于她是一方王者，附近的大鸷氏、少鸷氏、青鸟氏都来供奉她，为她送些好吃的东西。这就是神话中的三青鸟为之觅食。

传说，这个西王母神就是管月亮，管人间，管阴曹地府，管天上的五残星——灾星的凶神。但她的形象展现给人们的是和善可亲的印象。

第二个西王母是阴山岩画中的西王母。萧立广、谭士俊先生编写的一本书叫《岩石上的呼麦》，文物出版社 2014 年出版，该书的 054 页有迎送西王母，图 2-2

迎接西王母，图 2-3 欢送西王母。

这里的西王母与前者不同，她生得鸟首蛙身，以玉兔为伴，青鸟为使，出行骑白马或梅花鹿，众鸟兽相随，沿途民众迎送。图是真实的岩画，转摘自《阴山岩画》一书。对图 2-2 迎接西王母岩画，萧谭二位先生在图下解说，说此图存于巴彦淖尔市乌拉特中旗几公海勒斯太沟东。图作一鸟首蛙身人骑在鹿上，下部为一人手拿礼品表示欢迎，旁边是马、羊等。

从图的布局看可分为三部分：上面一部分是西王母骑在鹿上；下面左边为一兽；右边为一人拎着一个礼品——一个小猎物张开双臂表示欢迎。图里西王母鸟首蛙身立在鹿上，低垂着两只张开的脚，头朝后注视着一只兔子。

图 2-3 欢送西王母，画得也是一个鸟首蛙身人。她骑的是一匹马，前面有饮马人，后有护送人，旁边有青鸟使者，图下有人在为她表演侧手和连臂舞。这幅图出现在巴颜淖尔市磴口县托林沟，是一幅欢送西王母的赛神会杂技表演图。该书在"摔跤、杂技和马术"一节中也引用了此图。

这里的西王母也同样是鸟首蛙身站在马上。她双手上举舞着过顶的彩带，马前"有奔羊、引领人，后有护送人，再后由化妆倒立献艺者，化妆青鸟信使"。身后"有连臂作绳舞者四人"。其绳舞姿态宛若骑在自行车上一样优美。

这里的西王母形象完全打破了虎齿豹尾的西方厉役之神的特点，成为鸟首蛙身人而别具一格。那鸟首蛙身颇有东方生育女神的特征，耐人寻味。一是蛙身肚子大，比拟孕妇肚子大，具有生育女神的内涵，同时蛙也具有癞蛤蟆、青蛙保护庄稼为民除害的内涵。在甘肃、四川、川北一带地区，每年过年正月十四，十四夜要张蛤蟆灯，唱蛤蟆歌"十四夜，送蛤蟆，蛤蟆公，蛤蟆婆，我把蛤蟆送下河；十四夜，癞疙宝，河这边多，河那边少，保佑年年庄稼好"。

在民俗中，有正月十五看月亮的习俗，说是月亮里有一只癞蛤蟆，一个小白兔，那癞蛤蟆就是月母神，如果说月母神是西王母，且是蛙身具有生育之神的特征，岂不与女娲神重叠？是传说进程中的复合还是分裂呢？抑或误传，需要进一步研究。

第三个西王母是美女神，故事见于穆天子传。周穆王名满，是周武王的玄孙，周昭王之子，公元前 976—前 922 年在位。传说在周穆王三十七年，约前 959 年北征、西征之后的一天甲子时辰，他到了昆仑的北坡拜访西王母国。这一天他带着大队人马挟良弓良将，驾八骏之乘，左绿耳右华骝、赤骥、逾轮、山子、渠黄等千里马，车子由神人造父、三百、耿翛、苟等神人为他驾着车子，后面还跟了一大群著名的猎犬，如重工、彻止、蘣猰、来白等名犬，旌旗飘扬、鼓乐宣天，浩浩荡荡向玉山走来。

到了玉山跟前，他们拾级而上，眼前银光闪烁，祥云西来，拥着他们直朝西王母石室走来。

这一切早已有人向西王母通报了。西王母是一位年轻美貌的王者，为迎接周天子的到来，她走出了石室，站在宫门之外，如春风扑面，如细柳弯腰，喜悦地注视着向她走来的大队人马。片刻之后，穆满带着大队人马来到她的跟前。此时乐声四起，满山人歌鸟鸣，西王母一躬身，把穆满等人引进了白石城石室金屋之内。穆满见坐在他对面的女子，眉弯如月，面如碧玉，身如垂柳。她端端正正地在一把镇山椅子上坐下，身后是一张巨大的白虎皮，虎头上有一双大眼圆瞪着，椅子下一条大尾巴在微微摆动着，俨然司天厉及五残之神站在身后。

穆满一眼见尊神，一眼见美女，十分兴奋，一挥手叫人献上珠宝，拱手朝贺。这些珍宝中有西王母最喜欢的黑碧数枚，彩锦百纯，彩缎三百纯。霎时，广乐四起，歌舞相合，西王母兴奋地令人给穆满斟上美酒，把盏同饮于瑶池之上，西王母兴之所至，难以自抑，便乘兴唱道：

白云在天，
丘陵自出，
君王不远万里，
不畏山川阻隔，
不为艰难，
来到我们这里，
欢迎啊，
欢迎你的到来。

歌声将歇，穆天子也立即应答道：

我归东土，
治理诸夏，
万民安乐，
我带着他们的盛情
前来朝拜，
倍感荣幸！

穆天子唱罢，西王母又唱了一曲：

你来到我们西土，
到这荒野，
虎豹成群的地方，
与鹊相处，
不怕艰苦，
不肯退缩，
作为天帝之女，
实在感激，
很可惜，
用不了多久
你又要走了，
真是吹笙鼓簧，
心中翔翔，
世民之子，
唯天之望。

唱完之后穆满还想答和，西王母却起身要带穆满游弇兹之山。当然这是穆满求之不得的。穆满转身一看，背后原来就是昆仑神山的凉风山。凡人到了此山便可不死。凉风山上有天帝的悬圃，到了这里便可呼风唤雨。人到悬圃，就是到了天庭，就化为神了。一听西王母要带他游山，自然格外高兴。到了弇兹之山，周穆王难掩兴奋之情，令人取来笔墨在石头上写了五个大字"西王母之山"又在旁边栽了一棵槐树，以作纪念。

三个西王母虽都住在天都昆仑山下，都是女王，但形象截然不同，使命各异。这证明三个西王母是不同时代和不同民族心中的西王母。人身虎首西王母，最早最原始的图腾西王母；阴山下的岩石西王母，可能是古幽州一带人心中的西王母；美女西王母可能是商周人心中的西王母，周穆王喜欢西王母是一位知书达礼的美女王。而在美女西王母心里，西王母族与华族本是一家人，周穆王来拜访她不过是走亲戚而已。

附录

中国母系社会的唯一遗存
——云南摩梭人、普米人、他鲁人、利米人的原始习俗

迄今为止，我们未在古文献中找到有关我国上古时期母系氏族社会的比较完整的记载。堆积在脑子里的是一大堆问号：我国上古是否存在过母系社会？如果存在，是在哪一历史时期？是在三皇之前，还是三皇之后？抑或是在五帝时期？我国母系社会为何无影无踪地消失了？……最近，我看了和建全著《泸沽湖女儿国》（云南大学出版社），才突然所悟。根据泸沽湖的母系管理制度，走婚习俗，猪槽木船，头戴牛头马面图腾面具的喇嘛引领等原始特征的推断：他们的基本的社会形态就是我们汉民族早已消失了的母系社会形态。现根据和建全著《泸沽湖女儿国》提供的有关资料简述如下。

1. 泸沽湖

泸沽湖地处金沙江上游，位于云南宁蒗彝族自治县永宁乡与四川盐源县左所乡交界处。

沿湖居住着彝族、摩梭族、普米族、汉族、纳西族、壮族、白族、藏族等民族。

其中摩梭人和普米人仍保留着母系社会的习俗和文化传统。他们生活在小凉山地区的狗钻洞山、古尔山、格姆女神山、牦牛山等面积约300平方千米的群山之中。泸沽湖就在这个盆子里。它如金如翠如玉，湖天一色，湖面达50平方千米，海拔2 680米，湖上有8岛14湾17滩。那些母系氏族环湖而居，和睦共处，尽享地母赐予的爱与自由。

2. 摩梭人的婚姻与家庭

据记载，摩梭人有好几种婚姻形式和家庭形态。

一种婚姻形态叫阿夏异居婚。即男子晚上住到女方家，早上回到自己母亲家。家庭形式为母系大家庭。阿夏交结有规定：一个人不可以同时交结两个或多个朋友，必须在一个终止了，才可以交结第二个。交结自由，离异自由。

一种婚姻形式是一妻一夫制的法定形式。

母系家庭人口多，一般在20～30人。以母系为血统计算，财产按母系继承。在母系为主的家庭里，没有男子娶妻、女子出嫁的规矩与烦恼，无父系亲属如翁婿、婆媳、妯娌、姑婆等上下左右的关系，男人晚上来住，白天回自己家劳动。

在母系家庭里是母掌财，舅掌礼。一切财产的使用、管理、生产安排、接待、家务都由母亲负责；一切礼仪，如婚丧喜事、祭典、交换、买卖由舅舅做主。生育子女为女方家庭成员，由女方抚养。

在母系家庭里少见私利之争，很有礼貌，禁止说脏话、粗话，禁止粗暴行为，他们对人热情、恭敬，尊老爱幼，礼让为先，老弱病残都会受到照顾。

据说住在格姆女神山之下泸沽湖边摩梭人的这种以母系血缘为纽带的母系大家庭，和男不娶女不嫁自由结合，自愿离散的阿夏婚姻传统，已有4 000多年的历史了。许多人都记得他们的女首领叫领念祖阿牛，她曾领导过摩梭人反对黑彝剥削压迫的斗争。

3. 摩梭人的传说

摩梭人喜爱猪槽船，即独木舟。据说在很久很久以前的一天来了洪水，一个摩梭女急中生智跳上一个猪食槽（木槽）拿起喂猪食的瓢当桨，才没有被淹死。从此以后猪槽就变成了猪槽船了（见本书《跨湖桥独木舟》）。独木舟在我国已有8 000多年的历史了。猪槽船是摩梭人悠久历史的见证。

泸沽湖东边有一座神山叫格姆女神山，海拔高3 754米，十分雄伟峻美。每年农历七月二十五日，摩梭男女都要来此烧香敬神，过转山节。每逢那一天男女青年都会穿着色彩艳丽的衣服，戴着金银首饰，带上酒肉佳肴，从四面八方赶来过转山节。朝拜的队伍似潮水涌向神山。有的人骑马，有的人步行。前面由喇嘛和吹鼓手吹着唢呐、大号，打着鼓钹开路，后面走着马队，挂着马铃跟随，最后是欢欢喜喜步行的人。到了山上就烧香、磕头、跪拜，祈求山神保佑一方平安，免灾免病。各色佛纸经幡挂满了树枝，祈求山神保佑五谷丰登，六畜兴旺。祭祀毕人们在草坪上野餐，吃猪膘肉、糌粑、香肠、饵块粑粑、酥油，喝苏里玛酒，然后跳牛头马面舞和凤凰舞，还有赛马、荡秋千、打跳对歌等活动。

歌颂自然神（山神）的美丽，跳牛头马面舞和凤凰舞与猪槽船一样是原始的信仰与习俗。

4. 普米人的神话

传说在远古时候，天下妖魔作怪，到处抢人吃人，害得人不得安宁，冲格甲布的父亲在与妖魔的战斗中，被妖魔杀死。不久冲格甲布出世了，在不到一岁时他的母亲被妖魔抢走了，他只得投靠姑姑。冲格甲布十分聪明、勇敢，他长到十五六岁时，已成彪形大汉了，他从姑姑那里知道了父母被害的情况，十分愤恨，决心杀掉妖怪，为父母报仇。后来他下定决心苦练本领，成了著名的箭神。

他经过艰苦努力，不断地与妖怪斗争，最终消灭了妖怪，为父母报了仇。

5. 普米人过吾昔节打锅庄

普米人是古羌人，原在甘肃青海一带生活，公元7世纪才迁徙到川康边境地区居住，全民族约3.3万人，在宁蒗地区只有8 000人左右。他们的习俗和汉族相似，兴过吾昔节。汉族人叫过年。吾即年，昔即新。过吾昔节即过新年。他们过年的时间与汉族不同，一般在农历腊月初六、初七、初八。按习俗要过9天。快过年了，家家户户忙着砍柴、碾米、磨面、煮苏里玛酒、烤青稞白酒、杀猪、宰羊、浆洗被褥、沐浴、择吉日打扫室内外卫生、做新衣、栽青松、挂经幡。过年时，一家人在火槽周围放上鲜花，摆上12碗菜，诸如猪膘肉、腊肉、猪头肉、猪脚肉、香肠、香酥、豆腐、羊肉、牛肉、香菌、石花菜、清炖鸡等佳肴。夜晚，男女青年围着篝火跳锅庄舞，老人们一边饮酒一边唱本民族的创世歌，讲本民族的习俗。传说锅庄舞有72调，现在大部分失传了，只能唱10来个调子，如《蹉只》《纺麻线》《洗麻线》之类，又歌又舞，又乐，十分热闹。

6. 火把节

在泸沽湖边上的彝族人，兴过火把节。从农历六月二十四日那天开始过火把节，一连过3天。家家户户杀猪宰羊，举行"转头"仪式。传说从前天上有个大力士叫波补勒伙。他有回天之力。地上有一个大力士叫惹夸迪基，他有拔山之力。天上的大力士因天上无敌手来到地上挑战。地上的大力士出来应战。他们相约在农历六月二十四日摔跤，比力气。结果天上的大力士被地上的大力士摔死了。天帝知道后很生气，派了九九八十一万只蝗虫到人间来讨还命债，它们吃光了树叶、禾苗，因此人们纷纷举起火把烧蝗虫，但烧不绝，越烧越多。经过派代表与天神谈判，决定每年六月二十四日赔偿命价，兹莫用骟牛赔，富者用羯羊赔，贫者用鸡赔，鳏夫用鸡蛋赔，寡妇用荞粑辣子赔，人间从此才免除了蝗灾。火把节从那以后就在民间流传开来。

7. 他鲁人、利米人的婚俗

《文化人类学专题研究》(汪宁生著，敦煌文艺出版社)刊载了汪宁生1962年9—10月在云南永胜县、1981年10月26日—11月5日在云南沧源县的调查所整理的专题论文。本文有关他鲁人利米人的婚俗，就是根据该书的资料简述的。我们可以借此推测我国上古时期母权与父权交错社会的一些基本情况。

他鲁人住在云南丽江永胜县，与宁蒗县相邻。1954年总人口2 178人，在鲁河地区居住的仅1 592人。他们说彝语，无文字。农业以种水稻、包谷为主，畜牧羊、牛、马、猪，以牧羊为主，闲时兼渔猎。以麻与火草纺线织5寸宽的窄幅麻布，5天织一筒，可做男女穿的上衣两件。粮食自给自足，无商品交换。自然村无统一组织，各村有一"老民"为负责人。"老民"由选举产生，一年选一次。"老民"负责一年两次的祭祀自然神，"着恶"山神和修桥、补路、修水利等事。村子建立在半山腰上。每村都建有碉楼，防人抢掠。老百姓住的房屋都是土墙、草顶、双斜面的平房。屋子正房中用木板或地坯搭成床、坑、坑上有火塘。

未成年妇女穿白色无领短衣，下身系裙子，头项束发，套无领外衣，梳双辫，缠黑帕。男人上穿派左，下穿大裤脚的长裤，脚踏草鞋，头梳辫子，缠黑帕或戴瓜布帽。

他鲁人每年农历六月二十四至二十六日过火把节，正月初八至十二过年，九月初一至初十祭公山。过年过节都要插柞树枝祭祖先。他们为什么以柞树为图腾目前尚不清楚。他鲁人认日出为东，日落为西，南为日尾，北为日头。他鲁人不许近亲婚配，不许同姓通婚，不许姨表通婚，姑表可通婚，可妻姐妹婚、夫兄弟婚，但姐夫不可续妻妹、妹夫不可续妻姐。白天男女各自在自己家田里劳动，晚上男女相会，有感情了，女送男自织的麻布，男送女从外面买来的小礼品，如针线、棉布之类。有固定配偶的男女，仍可以与其他异性交往发生性关系。有许多终生不婚配。为啥？男的说"这样自在"，女的说"懒得受汉子管"。因此中年以后男无依无靠，女的则儿女成群，生活都很困难。

他鲁人流行节日放纵的习俗。六七月间他们要上山采大草，供来年织布用。男人不带妻子带相好，女人不带丈夫带男伴，在野外男采女剥，吃饭过宿，要20多天才回家，回家后照老样子过日子。

他鲁人有正式的婚姻约定。他们十五六岁即开始找朋友过自由的性生活。25岁才从众多朋友中选准对象正式结婚。他们的选偶标准是：一是人品好；二是能劳动，男的会干农活，女的要会织麻布；三是妻子的年龄要比丈夫大；四是选好配偶告诉父母，由父母请巫师"烧羊膀"卜问可否，然后再托人说亲、吃订婚茶，最后才是结婚。结婚一般都比较简单，男方请一平辈女往女方接亲，接亲时给女方送的礼物是粑粑。新娘带上衣物和自织的布及织布的工具，有子女的带上子女跟着迎亲的人前往男方。他们不兴送聘礼，没有陪嫁，不行礼仪。结婚如此，如不合要离婚也很方便，不用到民政部门登记或找法律部门解除婚约，只须告诉村里负责人"老民"，给他送上一斤白酒即可。如一方要离，一方不肯离，则由"老民"裁决，赔偿一些东西了事。财产平分，子女从母，土地归男，女方原物带走。他们的婚姻自由、原始、朴素、纯洁。在他们那里事实上存在的是父系与母系交错的社会。

利米人居住在云南沧源地区。沧源佤族自治县在云南省西南部澜沧江西岸，南临缅甸。为缅藏语彝语支，他们自称是楚雄彝族人。全部利米人约 10 000 人。长期以来，他们都以狩猎刀耕火种为生。农业以种包谷、荞麦、稻子为主。至1980 年为止，人均口粮一年 270 斤，现金收入 6.9 元。全族没有一个大学生。没有工业，没有商业。利米人会酿酒、打铁、做石、木工手艺。吃盐靠马帮驮运。村子由头人管理。头人由几个村子联合在每年 6 月选举。头人称丛头，主管防盗、乱放牛马等事。乡里有乡老，管全区的事。部落头领称利米王，那时的利米王是李华甫。当时乡、区没有政权，一律由部落利米王管理。

妇女穿传统的黑衣服，大裤脚裤子，梳辫子，包黑帕子，戴大耳环，打赤脚，发辫上扎流苏，脖子上戴银项圈。男子改穿汉装。以前穿传统的黑衣，无领、包头帕，裹腿。

每年的一三四月去神林祭祀。祭祀由大家公选的头人"掌堂"，祭祀都要杀猪宰羊炖鸡。他们以干支纪日，计量度用手拃，十分原始。

利米人不与他族通婚。姨表不可通婚。兄弟妻室可转房。择偶不计较对方的财产和年龄，主要看模样，看人品，看有病没病。女方要求男方会犁地，男方要求女方会织布。男女从十三四岁起就可以交异性朋友，"玩姑娘""玩小伙"。男女约会送树叶，决定见面的时间地点，在树下或洞中。约会一般在晚上，一个小伙可带几个姑娘，一个姑娘也可带几个小伙。他们相互约定，背上罗锅上山煮饭、消夜。但这种聚会安排不允许相互不可婚的对象参加。他们可以整夜在外，天亮才回家。相识久了才相互赠送礼物，如男送女花布，女送男腰带之类。交好朋友，如愿结婚，才告诉父母，托老媒人说亲。媒人多为男性。媒人请其问字，要上门两次。结婚兴喝牛角酒，杀猪设宴亲友贺喜，新娘次晨要为贺婚的长辈送洗脸水。他们结婚不兴送贺礼与陪嫁，男女双方送一点象征性的礼物即可。姑娘只要带随身衣物饰品往夫家即可。

利米人婚姻自由离婚方便，所以离婚率很高。据作者统计 130 户中 30 岁以上未离过婚者只 18 人。大多数都离过三四次婚，离婚 5 次以上者也很多。

利米人实行一夫一妻制。子女结婚要与父母分开住，女儿离婚带子女回娘家住。

利米人同时实行父系继承制。

8. 结语

从上述母系社会资料，我们可以看到：

（1）我国西南地区一些少数民族因祖辈住在大山之中，交通不便，文化交流少，到1949年前，甚至1949年初，都过着原始社会的生活，保持着原始的母系氏族的管理制度。摩梭人、普米人、他鲁人、利米人的婚俗，只是几个例子。我相信类似情况，1949年前在全国一些偏远地方也都存在。

（2）在母系社会中，无论男女都跟自己的母亲生活，一般都是大家庭。在这个大家中，财产权、支配权为母亲所有。但主持外部事务和家族公共事务如巫仪等的是舅舅。外甥有嗣舅舅的权利。母系社会中的婚姻关系，一般是男子晚上到女方家住，白天回自己家劳动。进入父系社会后，父亲享有财产权。男女有正式婚嫁，女的嫁到男方，到男方居住，成为男方的家庭成员。

（3）在上述几例中，我们还可以看到：性自由和婚姻是两个不同的概念。他们允许男女十三四岁相互交往，发生性关系，在试婚中发现真正的结婚对象才确定婚姻关系。他们的婚姻有严格的规定，如托媒、订亲、不准送礼、由巫师举行仪式，有婚宴、迎贺亲者等。

（4）他们保存了许多原始的知天知时习俗。如以观察日出日落日尾日头确定春夏秋冬，以天干地支纪岁时，以火把节、赶山节、过年、尝新、祭神林公、祭公山、赶街子、祭祀等节日进行娱乐活动。男女青年借此娱乐，相识相爱，他们吹树叶、吹口弦（响篾）、跳舞、打歌，在山坡上，在吹风的山丫口拜山（祭

拜自然神），希望山神保佑他们，一年祭两次。火把节到了农历（六月二十四至二十六日）都要杀猪宰羊插松枝、跳舞、打秋千，"老民"们打跳，小伙子吹芦笙，分食祭品，老人们在篝火边饮酒讲故事，唱老歌。他们有根有据地说：远古有一个帝王，想播种谷子，可缺乏稻种，就发誓说谁能找到稻种，他就把女儿嫁给他。有一只狗长途跋涉找来了稻种，狗遂与其女成亲。那女的就成了人类的祖先，而狗却在烧山播种时被烧死了。现在他们的"打跳"（舞），就是纪念狗祖宗的，这舞蹈中的"顿脚"动作，就是由叹息狗被烧死而来的。

第三章
图腾创生神话

图腾创生包含多种含义。一是认为妇女怀孕是图腾投胎所致,如遇日月星辰、风云雷电、山川土木水泽或飞禽走兽虫鱼等神灵而孕;二是图腾信仰,相信图腾转世,认为一种图腾可转化为另一种图腾。一个人这世做坏事,下世会变为牛马,到阴间也会受苦。现世做牛马,下世亦可变为好人,到人间享福;在形态上多是人与他们熟悉的事物相结合。如"人+动物""人+植物""人+X",以便相互间的识别与记忆。这些在《山海经》里都有不少记述。

十七、个体山神

十八、氏族祖先神

十九、氏族联盟主神

二十、华夏民族的图腾旗帜——龙

二十一、东夷民族的图腾旗帜——凤

二十二、孔门仁兽——麟的传说

二十三、羲氏与和氏历象日月星辰

二十四、大耳朵长脚杆神夸父

二十五、盘瓠娶亲

二十六、玄鸟生商

二十七、后羿射日

十七、个体山神

山神最鲜明的特点是这些神都住在山上,住在洞穴里。个体形象为"人+动物"或"人+植物",或人加其他生物。以《五藏山经》为例:

人+蛇(龙)　　5例
人+马　　　　3例
人+猪　　　　26例
人+牛　　　　7例
人+羊　　　　2例
人+兽　　　　2例
马+龙　　　　1例
鸟+龙　　　　1例

虽然这个统计不完全,我们亦可看出这些神的若干特点。

首先,这些神实际上就是最早的人类。如《南次二经》的裏,它住在尧之山,其状如人而虺鱻,穴居而冬蛰;《西次二经》的七神,他们皆人面而牛身,四足而一臂,操杖而行,是为飞兽之神;《中次三经》说青要之山有武罗神,其状如人面而豹纹,小腰而白齿,而穿耳以锯,其鸣如鸣玉;《中次九经》里熊山的神,是人神,穴居,夏启而冬闭;《中次七经》中有帝女姑媱之山,其神名女尸,是帝女姑媱变的,幻化为䔄草,服之媚于人。上面这些神都是原始人,完全不同于现代宗教里的神,它们不是抽象的理念,而是住在山上最早的人类。

其次,他们的思想行为都是人的思想和行为。例如,它们"穴居而冬蛰""操杖而行",冬天他们身上披着一张整牛皮,四个牛蹄都露在外面,有一胳膊露在外面等等。在他们心里人物不分。人是物,物也是物,物物同类。所以人加上他们熟悉事物就成了他们心中的神灵。这是他们最基本的思想观念。

再其次,他们都有各不相同的图腾标志。图腾是他们的信仰。人们将神划分为3个等级:帝、冢、神。他们认为地位最高的主宰为帝,次一等的为冢,第三等级为神。根据这一思想,他们认为群山之中最高的山为帝,其次为冢,具体的山为神。对人的看法也如此,地位最高者为帝,其次为冢,再次为神。由于等级不同，他们享受的祭器和祭品也有很大的差别。

例如騩山，帝也；熊山，帝也；华山，冢也；历山，冢也；升山，冢也；堵山，冢也；阳帝之山，冢也；翰山，神也；首山，神也等等。等级不同在享受祭礼上也有很大差别。騩山，帝也，其祠羞酒，太牢具，合巫祝，二人舞，婴（埋）一璧。太牢之礼除享受全牛全羊之礼和美酒外，还有巫祝主持，还要跳舞；次一等的是享受少牢之礼，稍差一点。而那些以人与动物结合的人神和一般山神或天上下界来的天神，即神的第三个等级，享受祭礼又低一等，或一白鸡祠，或一雄鸡祠，或祈一白狗了之。对人神可以祭白米饭粟米饭吃。

从上述祭祀等级，我们可以看到山神的等级差别、祭祀差别和思想观念的发展变化。

十八、氏族祖先神

《山海经》海经部分的国家有 120 多个。可查有传的约 40 多个。《淮南子》记述的有 36 国："凡海外三十六国：自西北至西南方，有修股民、天民、肃慎民、白民、沃民、女子民、丈夫民、奇股民、一臂民、三身民；自西南至东南方，有结胸民、羽民、欢头国民、裸国民、三苗民、交股民、不死民、穿胸民、反舌民、豕喙民、凿齿民、三头民、修臂民；自东南至东北方，有大人国、君子国、黑齿民、玄股民、毛民、劳民；自东北至西北方，有跂踵民、句婴民、深目民、无肠民、柔利民、一目民、无继民。"这 36 国，即 36 个比较强大有名的氏族国。这些是住在中原地区以外的氏族国。居住中原地区为中央之国即中国。围绕在中国四周的氏族国，其民族"民"或"人"，其国称为方国。他们向中央之国称臣纳贡。

这些国度的人，无一例外都是以不同的图腾为标志的。传说那修股民腿很长，手臂很长。据说他们的手臂有二丈长，脚有三丈长；白民，他们的皮肤是白的，深目，披着长头发，头发也是白色的；沃民国的人很富裕，唯"凤鸟卵是食，甘露是饮"；据说黄池那地方有个女子国，那儿有一个湖泊叫黄池，妇人到池里洗澡后就会怀孕；有的国家的人长相很奇特。如一臂民，只有一臂一手一个鼻孔；三身民有一头三身；三头民则相反，有一身三头；羽民和讙头民都生羽有翼，以鸟喙捕鱼为生；还有不穿衣服、赤身裸体的；有的是结胸、畸形脚、有的吃黄土，有的人半身是毛，有的人胸有窍，有的人无肠，有的人一目，有的人无嗣，有的人跂踵，所有这些长腿长臂、白头、食鸟卵、不婚生子、三首三身都是图腾标志。

《山海经》海经部分有几种类型的神灵：

一类是具有英雄色彩的神。他们的打扮都是珥两青蛇，践两赤蛇或黄蛇，穿行于天地之间。如东方句芒，鸟身人面，乘两龙；

西方蓐收，左耳有蛇，乘两龙；

南方祝融，兽身人面，乘两龙；

北方禺强，人面鸟身，珥两青蛇；

南海渚中，有神，人面，珥两青蛇，践两赤蛇，曰不廷胡余；

夸父，其为大人，右手操青蛇，左手操黄蛇。

夏后启乘两龙，云盖三层，左手操翳，右手操环。在大运山北。

《山海经·中次十二经》有神于儿，其状人身，而手操两蛇，常游于江渊，出入有光。

夏禹往返天地之间，到四方巡视，也都是乘龙或驾龙的。

黄帝死也是乘龙而去的。由上述可见海经部分的践蛇、乘龙也同样是图腾。

为什么会这样呢？我猜想是否有这样几层原因。一是此前的神都是住在山上的。那时是以山为贵、以山为尊。帝指最高的山，并不是天外之神。天上的神要下到地面的山上去朝帝，地上的山神、人和野兽植物都得受山帝冢神管；二是后来的帝不是最高的山，而是变成了住到天上的天帝，地上的人或神要上天去朝拜，接受他的统治，没有工具怎么办呢？古人想出了几种办法，一是从树梢上爬上去；一是从高山顶爬上去（如上昆仑山）之类；一是乘会飞的龙蛇飞上天，或自己造飞车飞上天。有些人物如刑天夏耕等，他们的头被人砍了，也不屈服，在胸脯上长出两只眼睛继续战斗，连天帝也很感动。天帝要召他们上天，没有工具，怎么办呢？令人珥两黄蛇驾两龙带他们上天。所以，操蛇驾龙既是天地的交通工具，又显示英武，还能增强神话的神秘性。

山海经中的另一类神有授时崇拜的特点。《山海经·大荒北经》有夸父逐日神话。"大荒之中，有山名曰成都载天，有人珥两黄蛇，把两黄蛇，名曰夸父。后土生信，信生夸父，夸父不量力，欲追日景，逮之于禺谷。将饮河而不足也，将走大泽，未至，死于此。应龙已杀蚩尤，又杀夸父。"对这个故事的理解，有一些误解。一个误解是把夸父当成一个"自不量力"而逐日的笨蛋，故而嘲弄他。另一个误解是认为干渴而死的夸父与被应龙杀死的夸父是一个人，前后自相矛盾。其实，这是不同时代的夸父，不是一个人。一个是图腾祖神夸父，即逐日的夸父。那个被应龙追杀的夸父是夸父族的后代。三是对故事内容的误解，认为这是真人在追日影，而未想到过去山里人的定时方法。住在山沟里的人如住在东沟，眼望西山，可见太阳是沿山上树梢顶上落下去的。后来才从树干测日影发展到竖立竿测日影。所以夸父逐日是一则立竿测影授时神话。可见这个故事的内容，最本质的正是立竿测授时历法。他不是笨蛋，不理解他，把他当笨蛋的人，才是笨蛋。

十九、氏族联盟主神

《春秋左传·昭公十七年》记载：鲁昭公十七年，秋，郯子来朝，鲁昭公设宴招待，问他"少皞氏鸟名官，何故也？"郯子说："吾祖也，我知之。昔者黄帝氏以云纪，故为云师而云名。炎帝氏以火纪，故为火师而火名。共工氏以水纪，故为水师而水名。大皞氏以龙纪，故为龙师而龙名。"这段文字的意思是说公元前525年秋郯国国君来鲁国朝拜，鲁昭公叔孙昭子设宴招待他，席间问他为什么郯国要以鸟的名字命名官员。郯子告诉他从前黄帝用云纪事，以云的名字为百官命名；炎帝用火纪事，用火的名字为百官命名；太皞氏用龙纪事，所以用龙为百官命名。少皞氏以鸟纪事，用鸟的名字为百官命名。这种纪事名官制度反映了太皞、少皞、炎帝、黄帝、共工氏族集团当政时期的基本政治制度。

实际上，在上古时期的中华大地，存在的是三大势力集团：东方集团、西方集团、南方集团。东方集团以太皞、少皞为代表，西方集团以炎黄为代表，南方集团以三苗为代表。这几个都是当时最大的联盟集团。东方集团占据东夷及中原东部，炎黄集团占据中西部地区，三苗集团占据江汉中游地区。东夷集团太皞之后，少皞被分裂收买，蚩尤被杀。黄帝炎帝实现联盟，打败蚩尤分化少皞集团，势力大增，三苗集团势单力薄，虽据沃地千里，也难抵御炎黄联盟。这就形成了以炎黄为首的国家联盟形态。所以在图腾标识上汇聚了龙（蛇）、鸟（凤）等形态。因而龙凤就成了华夏民族联盟的代表性标识。有的图腾，如麒麟，虽然孔子赋予它以仁兽的内涵，儒家进行了不懈的大力宣传，由于它不是伴随民族诞生成长的图腾，不能被全民公认，所以孔子提出的政治主张可以被人接受，他制造的麒麟图腾始终无法成为民族的象征，无法成为天兽。迄今为止，成为中华民族公认的图腾有两个，一是龙，二是凤。夏朝统治者的旗号是龙，殷朝统治者的旗号是凤。周朝统治者本来生活于西部，其图腾是虎，成为全民族的统治者以后却悄悄放弃了虎图腾改信龙图腾。从此以后，一个人当了皇帝，叫做得龙位，穿的衣服叫龙袍，坐的椅子叫龙椅，得了儿子叫得龙子，招的女婿，叫乘龙快婿，皇帝死了，叫乘龙归天。当皇后的则以凤名。皇后的帽子叫凤冠，穿的鞋子叫凤履，坐的椅子叫凤榻。

天长日久，龙凤成了一种吉祥的象征，一种民族习俗：如划龙船、吃凤酒、望子成龙、望女成凤、龙凤呈祥、吉祥如意、龙头凤尾，等等。
　　实际上龙与凤都是现实中并不存在的事物，它们只是诸多氏族图腾互相融合的产物。

二十、华夏民族的图腾旗帜——龙

（一）蛇身人首的二龙神

太皞帝庖牺氏，风姓也。母曰华胥。燧人之世，有巨人之迹出于雷泽之中，华胥以足履之，有娠，生伏羲于成纪，蛇身人首，有圣德。燧人氏没，庖牺氏代之，继天而王，首德于木，为百王先。帝出于震，未有所因，故位在东方，主春，象日之明，是称太昊，都陈。（《绎史·太皞纪》）

《尚书·序》正义、《史记·补三皇本纪》）说："女娲氏，亦风姓也。承庖牺制度，亦蛇身人首，一号女希，是为女皇。"唐徐坚等著《初学记》（九）中华书局版第196页说："女娲氏没，次有大庭氏、柏皇氏、中央氏、栗陆氏、骊连氏、赫胥氏、尊卢氏、混沌氏、昊英氏、有巢氏、朱襄氏、葛天氏、阴康氏、无怀氏，凡十五氏，皆袭庖牺之号。"

（二）龙为帝王瑞兆

几乎所有上古帝王的出身都与龙瑞有关。有龙瑞必为王。

《史记·天官书》说："黄帝人首蛇身，尾交首上。黄龙体。"如玉玦龙饰品，首尾相衔。《韩非子·十过》中说："昔者黄帝合鬼神于泰山之上，驾象车而六蛟龙，毕方并辖，蚩尤居前，风伯进扫，雨师洒道，虎狼在前，鬼神在后，腾蛇伏地，凤凰覆上，大合鬼神，作为《清角》。"这是一则极美的神话。这里的象车，指象牙装饰的车子；毕方，指毕方鸟。木神、句龙、雨师、风伯皆天神。《清角》，指优美的乐调。故事写黄帝乘龙合鬼神游泰山的情景。从颛顼、帝喾、尧、舜到鲧、禹及后世诸王，所有华夏民族帝王没有不说他是其母遇龙有感而生的。故而称为"龙种""龙子"，从而形成了以龙为贵，以龙为尊，以龙为荣的传统。

（三）豢龙食龙[1]

到夏朝以后龙图腾神的观念淡薄了，减弱了龙作为氏族旗帜的神圣性。周宣王时，王府的一个小妾生了一个女婴，不是王子，很害怕就把她扔到路边上，被一对卖桑木弓矢的夫妇拣了去，带到褒国去抚养。孩子长大后成为绝色美人，卖桑木弓矢的夫妇把她献给褒君，褒君姁又把她献给朝廷。周幽王娶以为妃，宠爱有加，唯妇言是行，从而酿成了褒姒灭国之祸。所以周书《训语》才讲了这个故事告诫说："夏之衰也，褒人之神化为二龙[2]，以同于王庭[3]，而言曰：'余，褒之二君也。'夏后卜杀之与去之与止之，莫吉。卜请其漦而藏之，吉。乃布币焉，而策告之，龙亡而漦在，椟而藏之，传郊之。及殷、周，莫之发也。及厉王之末，发而观之，漦流于庭，不可除也。王使妇人不帏而噪之，化为玄鼋，以入于王府。府之童妾未既齓而遭之，既笄而孕，当宣王时而生。不夫而育，故惧而弃之。为弧服者方戮在路，夫妇哀其夜号也，而取之以逸，逃于褒。褒人褒姁有狱，而以为入于王，王遂置之，而嬖是女也，使至于为后而生伯服。"这个故事讲的是西周厉王流于彘，共和十四年死，十五年宣王立，立四十六年，幽王在位11年而灭。灭亡的原因是"周法不昭，而妇言是行"。

《左传·昭公二十九年》有：昔有飂叔安，有裔子曰董父，实甚好龙，能求其嗜欲以饮食之，龙多归之。乃扰畜龙，以服事帝舜。帝赐之姓曰董，氏曰豢龙。封诸鬷川，鬷夷氏[4]其后也。故帝舜氏世有畜龙。及有夏，孔甲扰于有帝，帝赐之乘龙，河、汉各二，各有雌雄，孔甲不能食，而未获豢龙氏。有陶唐氏既衰，其后有刘累，学扰龙于豢龙氏，以事孔甲，能饮食之。夏后嘉之，赐氏曰御龙，以更豕韦之后。龙一雌死，潜醢以食夏后[5]。夏后烹之，既而使求之，惧而迁于鲁县，范氏其后也。

注

[1] 上海师范大学古籍整理组校点，《国语》(下)，上海古籍出版社，第519页。

[2] 先夏时天降雌雄二龙，为褒之二君与夏后饲养的龙，所食的龙是两个不同的概念。前者指夏为龙族，其始祖图腾神为二龙神，现被他们抛弃了，故必亡；后者指可豢养可食之龙，如蛇鳄一类动物。豢龙之事，甲骨文里也有记载，如：

丙戌卜	王获龙	后41.2
贞	呼取龙	合6589正
巳亥卜	负贞，毓（育）龙	合18937

《通志·氏族略》："龙氏舜臣也。龙也纳言，子孙以名为姓"。

[3] 同于王庭：指交合于王庭之上。漦（chí），龙的吐沫，精气。

[4] 鬷（zōng），釜的一种；扰龙、豢龙：均指养龙。

[5] 潜醢以食夏后：偷偷剁成肉酱给夏后吃。意指龙即是蛇的化身，蛇就是

图腾禁物，夏弃祖宗神，违禁食龙，所以必亡。

上述周书《训语》的大意是：夏末时褒国的二龙神相交于王庭之上，夏后想杀之不能，去之不能，止之也不能，后来给它磕头求他去，留点沫保存，这二龙神才留沫而去。夏人将龙沫装在盒子里送到郊区供起来，殷周以来，没人敢打开看一眼，到周厉王时，妃子们打开看了，国便亡了。

究竟什么是龙，自古以来说法不一。现解说如下。

1. 龙是古部族的图腾神

传说中的三皇五帝都以蛇为部族的图腾神。在上古人心里龙是一种长长的水生动物。所以他们把泥鳅、蛇、鳄鱼一类动物都叫龙。伏羲是他妈妈踏了雷泽中扬子鳄的脚印生下的龙种。他与女娲等等氏族都是以蛇预报季节变化的。他们以两个人首蛇身相交合为氏族的标志，使之成为这一氏族集团崇拜的图腾神。后世称之为二龙神。在历史上，凡以二龙为承传标志者，均为伏羲女娲氏族的继承人。凡将二龙神杀之去之止之者，均是对祖宗的背叛与敌对者。上述褒之二君、天降二龙都是讲龙氏族始祖神伏羲女娲二神。孔甲、厉王之亡都是背弃了龙族的始祖的治世精神，荒于授时为民的传统，骄奢淫逸，不能不亡。

2. 龙为天文历法

经过长期的摸索、观测、实践，人们以龙命名天文星宿。如东方苍龙。它管东方七宿。其中的主星是大火星宿二，人们以它的出现进行农业生产的安排。所以八卦乾卦中的"潜龙勿用""见龙在田""终日乾乾""或跃在渊""飞龙在天""亢龙有悔"都是对气象而说的。

3. 龙是一种可豢养的动物

史书记载豢龙氏豢龙，刘累扰龙。那龙究竟是什么龙？是天龙么？不是。是现代的综合龙么？不是。那是什么龙呢？是蛇？是鳄鱼？从事孔甲"以食夏后""嗜欲以饮食之"等记录来看，龙是一种可以畜养的动物，如蛇鳄一类动物，否则便难潜醢以食夏后。以"夏后烹之，既而使求之"，推测这种龙或许就是蛇或鳄鱼之类。至今我国南方海南岛以及东南亚泰国等地养蛇食鳄之风也很盛行。可见，"畜龙"从孔甲时代，甚至唐尧时代就开始了。

既然龙本是一种可食的动物，怎么会一下就变成了一种不可食的图腾神呢？原因可能是多方面的。

闻一多先生说，龙"是一种图腾，并且是存在于图腾中而不存在于生物界的一种虚拟的生物，因为它是由许多图腾糅合成的一种综合体"。从神形发展过程来看，我以为龙神可分为单一动物形状的龙神和综合形状的龙神。单一动物形状的龙，其形状如泥鳅、蜥、蛇、鳄鱼等一类长条形的动物，它们是现实存在的可食的动物，早期的氏族图腾标志。这在早期的陶画中可以看得很明白。另一类是综合型的龙。它是只存在于神话传说中，不存在于自然中的动物。它有蛇的头、马的鬃、象的鼻、猪的嘴、鹿的角、蛇的身、鸡的爪、鱼的鳞、眼似兔、掌似虎、耳似牛，有鳍能潜水，有脚会爬行、有翅能高飞；能幽能明，能细能巨，能短能长，春分祭天，秋分潜渊，置身鳞虫之长，会兴云播雨，是令华夏子孙敬若神明的动物王者。它是华夏氏族成员的复合标志，也是华夏人类综合智能高度发展的产物。还有一种是艺术造型中的龙，如玉制首饰，如首尾相衔的龙形玉镯、项圈之类。

龙形并不是一开始就是综合形态。它的形态与内涵发展有一个历史过程。正如龙学家庞进先生所说"伏羲十一氏族群团，皆以龙为图腾。为了彼此区别，于是在图腾柱上把龙的形象加以改变，因而伏羲氏族便有长龙、居龙、降龙、上龙、水龙、青龙、赤龙、白龙、黑龙、黄龙等多种。龙是以蛇图腾为主体的远古华夏氏族部落不断战胜、融合其他氏族部落，即蛇图腾不断合并其他图腾逐渐演变为龙的。"[1]

从考古发掘出的陶器中我们看到了人首蛇身的龙图腾和汉代伏羲女娲人首蛇身图腾神像，可见最早的龙不是多种动物的综合，只是人首与蛇身组合成的图腾神像，正如仰韶彩陶瓶上所画的那样，圆圆的脑袋上一双圆眼、一张大嘴和一双手爪，身体似泥鳅又似蛇，身体总是弯曲着的。考古学家指明这是太皞伏羲氏族的"图腾在仰韶彩陶中的出现"。单一的蛇形龙俗称小龙。综合的龙称为大龙。龙能古音相同。所以伏羲叫大能氏，说明他是综合龙氏族的代表者。综合龙之所以称大龙，一方面表示其体形巨大，一方面表示龙是天下的王者与强者，伏羲氏族集团的旗帜与象征。传说中鱼龙是称霸海洋的动物。《山海经》里有关于鱼龙的记载。中央电视台第四套节目2011年4月11日晚播出一则消息说，贵州安顺关岭县发掘出2.5亿年前的海底古生物化石：鱼龙。形似巨蜥，形似综合龙，保存非常完好。也许祖先们早已知道有这种动物了[2]。随着伏羲氏族的强大，各种图腾的氏族都纷纷加入其中。因此，龙就再也不是小蛇而成了大龙。

注

[1] 庞进著，《八千年中国龙文化》，人民日报出版社，第194—195页。

[2] 谢世俊著，《中国古代气象史稿》，重庆出版社，第97页。

二十一、东夷民族的图腾旗帜——凤

凤是我国上古时期各鸟图腾神的综合图腾神。它是东方大地上数千年以来，一直传颂、崇拜的吉祥鸟。它的造型优美，善于自影自舞，是民族精神与美好品德的象征。虽然在实际生活中，并不存在这种神鸟，但由于它代表了一种民族精神，它身集众鸟之长，心聚人类仁义礼智信的"后妃之德"，人们相信它，人们信仰它，以它为荣，尊它为百鸟之王。帝王以它自况。东西南北它无处不在，从古至今，它无时不有。它不仅是古代鸟民族的图腾神，历代王者德政的象征，也是中华民族龙凤文化的代表。

这里，我们不妨摘几个有关凤的故事，说给你听听。

（一）凤为相风知时鸟

帝子与皇娥泛于海上，以桂枝为表，结熏茅为旌，刻玉为鸠，置于表端，言鸠知四时之候，故《春秋传》曰"司至"，是也。今之相风，此之遗象也[1]。

凤源于相风。凤凰的传说起源于东夷，本是主管季风，执掌物候历法的风神。相风鸟本是古代的一种测风向的仪器。有立于平地的，"凡候风必于高平远畅之地，立五丈竿。于竿首作盘，上作三足乌，两足连上外立，一足系下内转，风来则转，回首向之，乌口衔花，花施则占之"（原载《观象玩占》）；也有立于车船上的，"车驾出，刻乌于竿上，曰相风竿。今樯乌乃其遗意。"（《隋唐嘉话》）[汉]张衡还创制过相风铜鸟。可见，相风鸟是一种测风仪，自古以来一直采用。到现在为止，这种风向标依然在使用。风与凤通，凤鸟或风神鸟，是立竿测风的神化。

注

[1] 前秦王嘉等撰，王根林等校点，《拾遗记》外三种，上海古籍出版社，第11页。

（二）凤为太阳鸟

《山海经·大荒东经》："汤谷上有扶木，一日方至，一日方出，皆载于乌。"

《括地图》："桃都山有大桃树，盘曲三千里，上有金鸡，日照则鸣。"

司马相如《大人赋》：西王母"有三足乌为之使"。

《河图括地象》：有"三足神乌，为西王母取食"。

金鸡、乌与三足乌都是指凤凰。

乌，见前注《观象玩占》所述："于竿首作盘，上作三足乌，两足连上外立，一足系下面内转。"可见三足乌来自相风仪的相风鸟，后来被神化，成为太阳神鸟。

（三）凤为瑞兆鸟

王有德者，凤鸟至。

《帝王世纪》说：黄帝服斋于中宫，坐于玄扈（注：洛南玄扈山）洛上。乃有大鸟，鸡头、燕喙、龟颈、龙形、鳞翼、鱼尾，其状如鹤，体备五色，三字成文，首文曰顺德，背文曰信义，膺文曰仁智。不食生虫，不履生草。或止帝之东园，或巢阿阁。其饮食也，必自歌舞，音如箫笙。

《春秋左传·昭公十七年》说：少皞出生时，"时有五凤，随方之色，集于帝庭，因曰凤鸟氏。"

《吕氏春秋·古乐》说："帝喾令凤鸟天翟舞之。"

《山海经·大荒东经》说："有五采之鸟，相乡弃沙。惟帝俊下友，帝下两坛，采鸟是司。"相乡，即相向。弃沙，沙同娑，指鸟羽，婆娑而舞。全句意为有五彩鸟相向而舞。只有帝俊和它交朋友。天帝安在地上的两个神坛，由五彩鸟掌管。帝喾即帝俊，是鹑鸟的化身。夋（qūn），为鸟的形象，鸟头，猴身，一足。

《帝王世纪》载："尧崩，三年丧毕，舜年八十一，以仲冬甲子即位，东巡狩，登南山，观河洛，受图书，褒扬群臣……乃作大韶之乐，《箫韶》九成，凤凰来仪，击石拊石，百兽率舞。"

综上所述，可见凤在上古时代，为知时神鸟、太阳神鸟、氏族祖神鸟、王者吉祥鸟、百鸟之王，中华鸟文化的象征。

根据上述故事，我们可以将一个古老而美丽的神话故事复原展现在眼前。

1. 凤的传说

在那太阳升起的地方，有一片绿洲，那里丘陵起伏，古木参天，天蓝水碧，草绿如茵。每年春天来临，这儿就百花盛开，百鸟争鸣，热闹极了。这儿的常住居民不分南北，也不分老幼，公鸡、锦鸡、鸣雁、紫燕、莺歌、朱雀、鸳鸯、白鹭、鸵鸟、鹌鹑、布谷鸟、乌鸦、喜鹊、猫头鹰、鹞子、啄木鸟、野鸭子、小麻雀……都到这儿来玩。它们把这儿当成了鸟儿的天堂。不论是谁，想飞就飞，想唱就唱，想吃啥就吃啥，想到哪儿就到哪儿，叽叽喳喳，胡言乱语，也没人管头管脚，到外面去玩也没有红绿灯、人民警察管着，真是一个完完全全的无政府主义的自由王国。

但鸟儿们也有许多不开心的事情。比如鸟儿们经常争吵，为争窝吵架打架，不是你叨我一嘴，就是我踩你一脚，打死也没人来管一下；老母鸡下了蛋准备孵小鸡，被鸭子抢走了或小红蛇偷吃了，哭诉无门，弄得老母鸡整天提心吊胆，哭哭啼啼，到处喊冤；乌鸦刚在高枝上搭了个漂亮的窝，一转眼就被不讲理的喜鹊霸占了，或者在别人的窝的上面再搭一个窝，想找个地方打官司，也找不到人管；猫头鹰天天上夜班，给很多树木看病，白天想睡一会觉也不成，被那些整天吊嗓子的嚼舌头的吵得一点也睡不着，直埋怨天帝管理无能，没给他们派个国王来管一管这码子事儿。

天帝知道这些情况后，多次让他们搞民主选举，推选一个国王，可鸟儿们个个都想当国王，年年推选，年年落空。因此，今年下定决心要解决这个问题，派了天上的火神前来主持这件事。

2. 百鸟笑凤

火神来到鸟王国后首先开了一个大会，要求鸟儿们自报公议，看谁能出任鸟王国的国王。

火神问你们当中谁想做国王呀？愿意的，请拍拍翅膀。结果鸟儿们全部都扇动起了翅膀。"好。你们都愿意。"

火神又说："做国王是要本事的，那你们凭什么本事当国王呀？"

大红公鸡说："我会打鸣，叫太阳起床。"

乌鸦说："我会背太阳下山。"

鸵鸟说："我会陪太阳跳舞。"

鸿雁说："我会一飞冲天。"

鹞鹰说："我有一对明亮的眼睛。"

黄莺说:"我会唱歌。"

鹭鸶说:"我有一双长长的脚。"

孔雀说:"我有美丽的羽毛。"

燕子说:"我有洁白的喉毛。"

火神说:"国王必须有高尚的品德。你们当中谁有,说一说。"

"什么品德呀?"

火神说:"你们的国王必须是一只喜欢太阳的神鸟。"有鸟插话:"我们都喜欢太阳。"火神纠正说:"它不仅喜欢太阳赐予的温暖,还必须经受住太阳的考验。敢于飞进太阳,哪怕是羽毛烧光,把自己烧死,也不怕。你们当中有谁能做到这一点。"没鸟响应。火神又说:"这还不算,还必须接受寒冷冰雪的考验,为了别的鸟儿,宁可把自己身上的羽毛拔光,被冻死,饿死也在所不惜。你们当中有谁能做到这一点?"也无鸟应。"好,既然你们都不敢答应,那么就由我做一只鸟儿和你们比一比。谁能赢,你们就选谁做国王,好不好?"众鸟都回应:"好。"

"那好。大红公鸡请你把鸡头鸡喙贡献出来,燕子请你把下巴颏贡献出来,鹳鸟请你把脑门儿贡献出来,鸳鸯请你把腮帮子贡献出来,鸵鸟把身背贡献出来,鹞鹰请你把翅膀贡献出来,鹭鸶请你把脚杆贡献出来,让我用你们大家的优点合成一个新的鸟儿,你们同意吗?"无鸟应。火神说:"咦?你们不是答应我的,你们都乐意做国王么?怎么变了?"四面鸦雀无声。鸟儿们都嗦嗦发抖。这时火神将手一挥地面上便出现了一个巨大的绞盘。开始旋转,惊叫,呼喊,就像孩子们在公园里坐上摩天轮、海盗船、过山车那么惊险,可怕、刺激、喜悦。不大一会工夫一只新的鸟儿出现在大家面前。

前面山岗上有一个相风仪。一根光秃的扶桑木,约有十几米高,顶端横着一根小木杆,小木杆一头竖立着一根小木棒,木棒一头有一个三角箭头在随风转动着,另一头是空着的。火神用手掌托着新做成的鸟儿往天上一抛,那鸟儿一下飞上了有箭头的小木棒的另一端停了下来,一动也不动地站在上面,变成了一只能随风向转动的鸟。许多鸟儿看着它,都觉得有地方像自己有的地方又不像,大家都对着嗤嗤发笑。火神知道他们不信任这只鸟儿,说了声:"你们都一起接受考验吧,谁胜利,谁就是百鸟之王。"说罢就走了。

3. 百鸟求凤

相风鸟在高空中随风转动,不吃也不喝,像个木头鸟似的,鸟儿们并不把它放在眼里。有一天它从木杆上飞下来对众鸟们说快去准备吃的东西,冷风要来了。没有鸟听它的。过两天,它又飞来说,快储藏吃的东西,要下雪了,鸟儿们都笑它讲疯话，这地方从来没下过雪，再说都已经是四月份了，还下什么雪呀。又过了几天，它飞下来帮助大家藏好食粮，并大声呼叫："快躲藏好，暴风雪要来了。""赶快躲藏进山洞、石缝、大树底下去，快把竹粒、荞麦籽、松子藏起来。"许多鸟儿依然不听它的。在这种情况下，凤鸟只好亲自动手帮助储藏食物，刚藏好食物，这天夜里就刮起西北风，夹着雪花，慢慢地天色暗了下来，迷迷茫茫混沌一片，接着是纷纷扬扬的大雪，不分日夜一连下了半个月。山被封住了，路被封住了，鸟窝压塌了，锦鸡把头埋进雪地里只留下尾巴在外面，啄木鸟也躲进树洞了，往日的喧哗消失了，山岗上到处是冰雪和鸟兽的尸体。那些过惯了南方天气的鸟儿们纷纷跑来向凤鸟求救，说它们饥饿、寒冷，凤鸟没法只好从自己身上拔下彩色的羽毛盖在它们身上，给它们温暖，又将储藏的食物分一点给每一位求"救"者。可怜的凤鸟凭着仅有的几根羽毛温暖着自己，站立在扶桑木杆子上，一动不动，像个木头鸟似的，在寒风中颤抖，任寒风宰割，有好几次它都被冻在木杆上了，仍一声不吭地站立着，直到风雪停止，太阳出来，冰雪融化。凤鸟用自己的生命给大家带来了温暖。

4. 百鸟哭凤

风雪停止了，太阳出来了，可这太阳一出来就像用根钉子钉在天上似的一动不动，不肯下山，一直对着大地照耀。照得大地像一个大火炉一样，河里干涸了，田里龟裂了，老百姓到处找不到水喝，禾苗枯死了，人们哭天号地喊救命。山上的草死了，竹子开花了，野兽发狂似地踏进村子里吃人，鸟儿们更是凄凉万分，找不到水喝，飞的飞走了，饿的饿死了。到处都在烧旱魃求雨，哀恳玉皇大天神的哀求声不绝于耳，那情景真是惨不忍睹。

凤鸟找老乌鸦问，这是怎么回事。乌鸦告诉它说："那太阳公公也实在让人烦心。很早的时候它让羲和驾着6条龙的车子，拉着它在天空奔跑，当它出发时，若木花就发出了灿烂的光芒。后来它突然又不干了，非要大红鸡叫它，它才起来，起来后一定要我背它上天。上天之后一定要按照它的路线走。后来听说你本事大，就不让我背，非要你去背它才肯进太阳宫。"听了老乌鸦的叙述，凤鸟二话没说，为了解除人间的痛苦，它立即答应了太阳的要求上天背太阳进宫。临走时，它吩咐鸟儿们去帮助老百姓找水，在背阳的田角上用鸟嘴啄出一丈多深一丈见方的坑，就会见到地下冒出的水来。说完振翅上天去背太阳进宫。可这太阳是一团烈火，凤鸟背着它把自己身上的毛烧光了，皮肤烧焦了，到了西边天上一把将它推下山去，可太阳不肯放手，一直拉住凤鸟把它送进宫去。那宫里像一座炼钢炉似的，凤鸟刚一靠近就被烧死了。地上的老百姓因旱情解除了，又找到了水，都十分高兴。但一见到禺谷的蓝天都染得红彤彤的，便想起了凤鸟。神鸟是烧不死的，它被烧死，却又新生，张着翅膀飞回了鸟的王国。在它到来之前，山岗上百鸟哀鸣，哭声一片；当它突然出现，又惊诧万分，喜极而泣。这时候，只有这时候，众鸟才打心眼里钦佩它是一只太阳神鸟。

5. 百鸟朝凤

人们战胜了久旱，赢得了丰收，喜悦非常。可是好景不长。正当人们丰收在望的时候，下起了暴雨，一连下了好多天，引起了山洪暴发，河水泛滥，山体滑坡，房屋倒塌，牛羊被冲走，人亡家破，瘟疫流行。凤鸟就运用天帝赋予它的神力，率领鸟儿们叼走阻挡水流的山头，叼来树枝草木救世护民，没用多少时间洪水击退了，它们回到乐园。这时在东海边的一块岩石上，发现一对男女青年，在抱头痛哭，哭罢就拉着手往万丈深渊跳去。凤鸟眼疾手快，展翅飞到岩下，让那对年轻人不偏不倚正好落在它的背上，把他们带到一个安全快乐的地方。后来凤鸟问他们为什么跳岩，那对青年告诉它，是因为他们自由恋爱受到财主阻止，财主企图强迫女青年与财主成婚，于是他们便逃婚，财主就带着家丁追赶，在无奈之际，只好携手跳下深渊，不想被你相救。真是感谢您了。不过，我们不能在这

里久留，财主会追随而来的。凤鸟回答说："不用怕，我们凤鸟也会使用武力的，我们有天神保护。"鸟儿们为男女青年的勇敢、忠诚、专一引吭高歌。

这一胜利，引来了百鸟朝凤的盛典。这一天天上五彩云飞，地上百鸟争鸣，火神突然降临了。火神见鸟儿们一齐展开了双翅，"选鸟王的事，有不同意的吗？"没有鸟吭声。"那就是说都同意凤鸟做国王了？大家放开歌喉，以歌声向它祝贺吧！"歌声四起，溢于山巅。最后火神说鸟王国的国王既然定了，大臣就由它决定了。乌鸦说："凤鸟做了国王，总该有个老婆吧！""对呀！""对呀！""那么选谁好呀？""燕儿，玄鸟。""好，那就以燕子为凰吧！"有很多鸟儿不同意，认为这不公平。火神说："不同意算了，让我给你另想个办法。把凤鸟分成阴阳两个。"说着抓住凤鸟往阴的一方一转，另一只不同的鸟儿就出现在大家面前，这就是凰鸟。（本故事参阅了庞进先生著《凤图腾》的有关故事）

大量的考古事实也证明了这一点。许多考古遗物证明凤凰的出现是出于凤朝阳的授时观念，表现的是对太阳的崇拜。朝阳是鸟类的共同特性。所以凤凰是各种朝阳鸟特性的综合。这一点在遗物中我们看得明白。例如：庙底沟仰韶文化遗址出土了《黑鸟驮日图》彩陶，图中描述了一只鸟在飞翔，背上背着一轮红日。

上海青浦崧泽文化（距今5 800—4 900年）的一个陶罐底部有一凤纹，其形为：直立、耸颈、圆头、白眼睛、喙与冠翘展于两侧，身躯突出一个大圆，圆中有7个圆点。人们认为这是踆鸟形。即"日中有踆乌""日中三足乌"的形象。

河姆渡文化遗址（距今7 000年）有"双头凤纹"骨匕，图中两凤鸟身体相连，两头相背，身体相连处有一轮太阳。两凤同体，喙如钩，爪如钩。另有一图《双凤朝阳》是两头相对，拱护一轮红日。安阳妇好墓出土短翅长尾白玉凤，美轮美奂。

2001年成都西北金沙遗址出土了一个金饰图案文物，其外径12.5厘米，内径5.29厘米，重20克，外廓圆形，分内外两层布局：内层是一个巨大的太阳，伸展着12根芒刺，闪闪发光，正在向顺时针方向转动；外层有4只神鸟，引颈、伸腿，正奋力沿太阳逆时针奋飞。2005年8月16日，国家文物局将这一太阳神鸟确定为"中国文化遗产标志"，图中表达的"追求光明，团结奋进，和谐包容的精神，体现出中华民族传统文化强烈的凝聚力、向心力、自强不息、昂扬向上的精神风貌"。

从以上叙述，我们也可以看到，凤的形态变化的发展历程，已从凤鸟变成了太阳神鸟，进而变为王鸟，最后变成了一种大众文化，成了普通百姓刺绣、装饰、佩戴的精美图案、绘画图案、玩赏图案，完全脱离了远古的神性、圣德，变成了一种具有美学价值的欣赏品。

二十二、孔门仁兽——麟的传说

麟是一种真实存在的动物,指麋或麇麋一类动物,甲骨文里也有记载,但孔门弟子冠之以"仁"兽之名,把它列为中华图腾四兽之首。由于它不是原始的氏族图腾神,难以获全民认可成为族神与星神。但它的思想影响是很大的。数千年来一直为文人墨客所崇敬。其来龙去脉如下。

(一)大野获麟

《春秋左传·鲁哀公十四年》经:"十有四年春[1],西狩获麟。"传:"十四年春,西狩于大野[2],叔孙氏之车子鉏商[3]获麟,以为不祥,以赐虞人[4]。仲尼观之,曰:'麟也。'然后取之。"

《春秋公羊传》说:为什么打柴的人得到麒麟都尊敬它呢?因为麒麟是一种仁兽,有王者它就来,没有王者它就不来,有人告诉孔子说:有人打着"长着角的麇鹿了"。孔子说:"谁让你来的呀!"说完就撩起袖子擦脸,涕泪沾满了衣服,说:"唉呀!老天断绝我呀,我的路走到头了。"《春秋》为什么在鲁哀公十四年结束了呢?孔子回答说:"这段历史至此已经完了。"

注

[1]十有四年:为公元前481年。古人认为这个时间节点很重要,因为它是上古历史的句号。孔子作《春秋》与获麟事有关。

[2]大野:今山东巨野县北。

[3]车子鉏商:车,车士。子鉏(chú)是氏。商,名字。是他打到了麟。

[4]虞人:当地管山林水泽的官员。

这个故事的全文大意是:

中国古代有四大吉祥物:麟凤龟龙。麟居首位。在获麟后的中国2 500年历史中,有关麟的传说和遗迹,巨野最多,成了国人关注的中心。从《春秋经》"大野获麟"起,麟为仁兽,孔母梦麟,麟出盛世,麟死圣去,麟就成了孔子治世的理想和化身,儒家治世思想的代名词。巨野亦因此成了麟文化的发祥地、培育园、博物馆。那儿有麟山、麟洞、获麟集、麒麟寺、麒麟台、麒麟冢、圣母殿、昌邑、文庙和种种残碑断碣;巨野出版了麒麟文化丛书:《麒麟诗词歌赋大观》,汇集诗经以来的麒麟诗词歌赋 2 000 余首;《麒麟艺术集萃》包括石雕、根雕、泥雕、牙雕、砖雕、漆线雕、浮雕、木雕、铜雕、鎏银、鎏金、玉镶、布贴、剪纸、蜡染、潮绣、水晶、翡翠、青花琉璃等各种雕塑或造塑的麒麟,多姿多彩,美轮美奂,应有尽有;《麒麟的传说》汇集了麒麟的各种神奇传说千百种。巨野城里还有麒麟文化园、麒麟广场、麒麟文化收藏馆;会跳担经舞、唱麒麟歌者满阡陌,会讲故事的老农民载入了史册。2006 年 8 月 25 日独山镇农民李传金(55岁,初中文化),讲了《金牛生麒麟》等故事;2006 年 8 月 24 日麒麟镇陈胡庄农民李来元(63 岁,高中文化),讲《麒麟送子》等故事。本文引用的故事就是他们讲的故事。瑞麟寺本来是有的,到民国末荡然无存,农民李来元夫妇为保护麒麟冢,舍家弃田把家安在麒麟冢旁,又倾尽其家所有,加上苦心募捐才重新盖起来。他们还在旁边重建了圣母殿,以纪念孔母、孟母、泰山老母、金山老母、青山老母。每年农历三月三日、九月二十八日远近州县的人都要来这里烧香磕头纪念山神圣母,赶庙会,买小吃,跳担经舞,十分热闹。

(二)麒麟送子

孔子的母亲叫颜征,河南商丘人。她在曲阜认识卫国叫叔梁纥的人,他就是孔子的父亲。有传说说颜氏在从曲阜回商丘途中,经过巨野的麟山,就在麟山脚下的一棵大树旁的石头上坐下休息。片刻不觉身子乏了就打起盹来。她梦见一个白麒麟撞入怀中,不久就感而有孕。颜氏回到娘家住了几天就回到了曲阜,11 个月后生下了孔子。据说在孔子出生前两天那只麒麟又到颜氏身旁住了几天走了。麟山原来并不叫麟山,叫焦山。海拔只有几米高,面积 1 333 平方米。因这小山产麟,有灵气,后人将焦山改名为麟山。

传说中的孔圣人是麒麟送来的。麒麟送子已成巨野习俗。除麒麟送子外还有许多麒麟送财、送宝、送锅的故事,情节类似。

(三)金牛产麟

清本《曹州府志》《巨野县志》均记载雍正十年,公元1732 年,六月初五辰时，农民李恩家的母牛生了一头麒麟。山东巡抚岳濬为此给雍正上贺表《恭贺瑞麟表》。文中说李恩家的牛生了一头麟，它"身长一尺八寸，高一尺七寸。麇身牛尾，头含肉角，顶戴旋毛，目如水晶，额如白玉，遍身鳞甲，悉系青色，甲缝俱为紫色绒毛。脊背黑毛三节：中节毛皆直竖，前节毛向前，后节毛向后。胯腹腕蹄，皆白毫，毛长五寸五分，尾尖有黑毛四缕……"如此具体细腻的描述让人惊讶，也让人生疑：家牛如何生灵物呢？一件奇事未了，另一件奇事又来。

2009年，巨野文物部门从新城王街发掘出一座石碑，碑上有"麟冢碑"三个大字。碑文与雍正十年的《恭贺瑞麟表》相同。并说此物"玉定文顶，光彩灿然，越三日而逝。已奉巡抚山东都察院岳濬题报，爰葬于瑞麟庄南，俾天下万世咸知。圣人在位，天兽出现。信而有征云。通判管巨野廖开春敬立"。

改革开放后，金乡县南园庄一李姓人携《麒麟李氏族谱》前来麒麟镇寻根，说他祖先并不叫李恩。谱中记载说雍正十年六月，新城北关农民李化东家的牛产下一头怪物，鹿身、牛尾、马蹄、头上长肉角，以为不祥，慌忙将其打死。有好事者告到官府。李化东遂逃至金乡县南园村一亲戚家。官府追查，村里人遂告之假名李恩。这事虽然前后相缘衔续，亦实在令人难解，灵物再现，历历在目，似实有其事，并无假造斧凿之迹。这是怎回事呢？令人不解。

（四）麟吐玉书

巨野许多人都晓得孔子原先学问并不深，但他善于学习，四处求教，包括向他的学生学，向田头地旁的老百姓学习。他的学问是他刻苦学来的。他很喜欢读书，可是当时没有他可读的书。一天夜里，他做了一个梦，梦见大野泽里有赤红的烟雾聚在一起，久久不散。他便叫醒学生颜回、子夏一块到大野去查看。到了那里他见一个小孩正用石头打麒麟。孔子忙下车想察看。小孩害怕就把麒麟拉到树林子里藏起来，用草盖好。孔子问小孩："你刚才看见什么了？"小孩说："我看见了一个怪物。""在哪？""跑了。"孔子知道小孩说谎，跑到树林子里扒开草堆，见麒麟前脚已经受伤了。它见了孔子两眼直流泪。孔子拿出了绸布为它包扎好伤口，又抱出了麒麟，不断抚摸安慰它。麒麟很感动，用舌头舔孔子的手，接着从口中吐出三卷书来，转身逃进了沼泽地，没有了踪影。

有关孔子与麟的记载，有几个问题须澄清。

其一，孔子撰《春秋》卷十六记载的是一个事实。"鲁哀公十四年春，西狩获麟。"其余种种说法都是后人对这4个字的解释与补充。《左传》添油加醋加进了"十四年春，西狩于大野，叔孙氏之车子鉏商获麟，以为不祥，以赐虞人。仲尼观之，曰：麟也，然后取之"。《公羊传》加进了"西狩获麟，孔子曰：吾道穷矣"。点出孔子喟叹的内容"吾道穷矣"。到了孔子的第九代孙孔鲋撰的《孔丛子》里，一变而为一个更详细更吸引人的故事了："叔孙氏之车子曰鉏商，樵于野而获兽焉，众莫之识，以为不祥，弃之五父之衢。冉有告夫子曰：'麕身而肉角，岂天下之妖乎？'夫子曰：'今何在？吾将观焉。'遂往，谓其御高柴曰：'若求之言，其必麟乎？'到视之，果信。言偃问曰：'飞者宗凤，走者宗麟，为其难致也。敢问今见，其谁应之？'子曰：'天子布德，将致太平，则麟凤龟龙，先为之祥。今宗周将灭，天下无主，熟为来裁？'泣：'予之于人，犹麟之于兽也，麟出而死，吾道穷矣。'乃歌曰：'唐虞世兮麟凤游，今非其时来何求，麟兮麟兮我心忧。'"到魏王肃注《孔子家语》时，又补充了"折其前左足"，载以归。叔孙氏以为不祥，弃之于郭外，使人告孔子曰："有麕而角者，何也？"孔子往观之，曰："麟也。胡为来哉？胡为来哉？"反袂拭面，涕泣沾襟。叔孙氏闻之，然后取之。子贡问曰："夫子何泣尔？"孔子曰："麟之至，为明王也。出非其时而害，吾是以伤焉。"在这里我们可以看得很清楚：故事从头到尾，诸如"折足""反袂拭面""出非其时"云云，均是后人加给孔子的。

由上述可见：西狩获麟的麟实为麋鹿一类动物。即獐子，或麋，四不像一类动物。麟古时也叫麇，比鹿大，有角，有鳞甲。不论是鹿，是獐，是麋，还是麇，它都指的是打到的是一个鹿一样的猎物，这并不是什么神物。经过孔子后人不断的解说，改变了故事的原有内涵，使它变成了孔子的化身，具有了孔子的命运和对其时代变换所影射的灵物。

在《春秋》中，孔子并没有讲他自己是神，也没有说过"吾道穷矣"，这些都是后人杜撰的。

其二，大野获麟是上古时代的句号。

《春秋命历序》说："自开辟至获麟，2 276 000 岁。分为 10 纪，每纪为 227 600 年，凡世 70 600 年。"《路史》《汉书·律历志》沿用此一看法。这是从开天辟地到奴隶制结束的年代。大野获麟在鲁哀公十四年（公元前 481 年）春，孔子作《春秋》，九月书成。次年孔子卒，时年 73 岁。古人认为这是春秋时代的终结，战国时代的起始点，周朝进入了晚周时代的标志。

《春秋命历序》说的西周共和元年为公元前 841 年之前：殷 629 年，夏 432 年，西周初 122 年，合计为公元前 2024 年。尧在位 98 年，舜 39 年，舜居丧 3 年，共计 140 年。按此推算尧舜在位时间当在公元前 2164 年。如不是少统计了西周的 122 年则推算出的时间和现代的断代时间相差不多。所以，说西狩获麟这个时间节点很重要。它不仅标志着一个时代的兴衰，也标志一个历史阶段的终结与另一个历史阶段的开始。西狩获麟的意义，不在麟的被猎获，或神秘化。被神化的麟不是氏族的图腾神，它并不是代表或象征华夏民族或东夷民族的图腾神，也不是孔氏家族的图腾神，而是孔子个人的图腾神，是孔子"仁"的哲学精神的化身。它既是"仁"的化身，自然也是儒家学者和帝王推崇的对象。但并不是全国大众心中的神灵。它真正的价值不是别的，正是中华民族有记载的 2 276 000 年光辉历史中的一个句号。

二十三、羲氏与和氏历象日月星辰

《山海经·大荒南经》里说"东南海之外，甘水之间，有羲和之国。有女子名曰羲和[1]，方日浴于甘渊。羲和者，帝俊之妻，生十日[2]。"晋郭璞注说：此言羲和"生十子，各以日名名之，故言生十日"，又说"羲和盖天地始生，主日月者也。故《启筮》曰'空桑之苍苍，八极之既张，乃有夫羲和，是主日月，职出入，以为晦明'，又曰'瞻彼上天，一明一晦，有夫羲和之子，出于旸谷。'[3] 尧因此而立羲和之官，以主四时，其后世遂为此国。""作日月之象而掌之，沐浴运转之于甘水中，以效其出入旸谷虞渊也，所谓世不失职耳。"

这里把问题已经说得很明白。《尚书·虞书·尧典》有尧"乃命羲和，钦若昊天，历象日月星辰，敬授民时。分命羲仲，宅嵎夷，曰旸谷。寅宾出日，平秩东作。日中，星鸟，以殷仲春。厥民析，鸟兽孳尾。申命羲叔，宅南交，平秩南讹，敬致，日永，星火，以正仲夏。厥民因，鸟兽希革。分命和仲，宅西，曰昧谷。寅饯纳日，平秩西成。宵中，星虚，以殷仲秋。厥民夷，鸟兽毛毨。申命和叔，宅朔方，曰幽都，平在朔易，日短，星昴，以正仲冬"。

将上述故事联合起来用现代语言来表述就成为这样一个故事。

传说东南海之外，有一个羲和之国。那里山清水秀，有山谷，有甘泉，景色优美，气候宜人。有一个女子叫羲和，她是天帝帝喾的妻子，住在那儿的甘渊边上，在那里生团10个太阳宝宝。太阳妈妈羲和每天一起床就给儿子在温泉里洗个澡，然后送他们到扶桑树下，教他们学爬扶桑树。10个儿子，9个儿先等在下面，一个先爬到上枝去，然后另外9个再一个一个往上爬。

羲和教会了他们爬树后，又教会他们像现代人带孩子到公园坐摩天轮一样，乘坐着金马车由6条巨龙拉着从东向西沿着扶桑树顶驰行，走过一个地方，就是一个时辰。

这是一个十分优美的历法神话故事，生动地讲述了16个时辰的来历。比希腊的金马车故事还要精彩，内含还要丰富。

从现有资料分析，羲和可能是一个古老的以天文气象为业的氏族，因有功而被封国于东方的海中。他们最大的功劳是测日制定十月太阳历。这也是古代最高的机密和王权的所在。所以有封国传世。

从故事中"日乘车，驾以六龙，羲和御之"看，羲和是神，氏族神，是御六龙的氏族太阳神。

到尧时代，羲和变成了一种测日的官职（历法官员），因分东南西北四方的测日任务，而分列为羲仲、羲叔、和仲、和叔4个官职。

夏朝仲康时，这个氏族因淫逸误时而被消灭了。不过羲和这种历法官员一直到汉武帝时都存在。

羲和的后人，以羲和制十月太阳历为荣耀，而以其名自命十日族。尧时大旱，尧命大巫祈雨，十日族人对大巫不敬，大巫暴死，尧怨是十日族人害死，故命后羿镇压，后羿与尧联合，消灭了十日族，而产生后羿射日神话。

注

[1] 羲和：上古两个著名的天文氏族：羲氏族、和氏族。
[2] 生十日：发明十日历法。
[3] 旸谷：神话中为太阳出来的地方。

二十四、大耳朵长脚杆神夸父

从前有一个神的耳朵很大，脚杆很长。耳朵有多大呢？没有测量过，据说那人想睡觉，也不用铺席子，把耳朵扯起来铺在地上就可当草席睡。

他的腿很长。有多长呢？也没人量过。反正，他家住在河南西部鼎湖边的夸父山下，从那儿到海边少说也有上千里地，可他几步就走到了。传说东海本来有5座仙山，现在只剩下2座了。为啥？那3座山听说漂走了。是怎么回事呢？原来东海归墟，就是龙王爷住的很深的地方，有5座仙山。这5座山的每一座都是由一个大乌龟驮着固定在海上的。每一个山上都住着许多神仙。他们每天都过着无忧无虑的生活，山上金花银树，仙桃蜜果多得很，陆地上修行的人都想到那里享受一番，可是都没有那福分。有一天那长脚杆神拿了钓鱼竿香饵从夸父山出发，几步就到了东海边上。他在泰山边上找一块石头坐下来，拿出钓鱼竿，装上香饵，一下抛出3根钓竿，垂钓于东海之上。那时候泰山以东一带全是海。不一会儿功夫，3根竿子都动了，那人收起竿子，钓着3只大乌龟。他也不讲什么，拿起乌龟和钓竿回家了。可这东海上本来有5座仙山，由5个乌龟驮着，现在因3个乌龟被钓走了，失去了支撑漂走了，漂到哪去了不知道。有人说漂芜湖去了，那儿有三山、三山区、三山寺就是证明。有人说没漂走，沉到海里去了。谁知道呢！反正5座仙山就剩下2座了，一个叫蓬莱仙山，一个叫普陀仙山。这些事都是大耳朵长脚杆造成的。那大耳朵的耳朵大，不完全是为了睡觉当席子用。耳朵大，招风，所以叫顺风耳。千里之外，有什么声响它都能听见，就像我们现代的无线电收音机一样，千里万里都能听见。

脚杆长，跑得快，也有特别用处，可以参加追风追太阳比赛。有一次他和风打赌。看谁能先追到太阳落山时的影子，谁先追上谁赢，谁后追到谁输。结果，这长脚杆虽然在太阳落下去的禺谷追上了太阳逮住了太阳的影子，却累得口干得不得了，他端起黄河渭河想喝个够，可是把河渭喝干了也不解渴，又想把北泽（在内蒙）当水瓢，一口气把北泽的水都喝干了。结果还没喝完就渴死在那里了。不信你可以去看看，甘肃北面内蒙西面那儿就是北泽海，因水喝干了现在变成了沙漠，夸父渴死以后，一撒手把手杖丢在地上，那桃木手杖却生了根发了芽，化

成了一片桃林。

　　这个神叫啥神？叫夸父神。他和蚩尤是好朋友。黄帝炎帝和蚩尤打仗的时候，他想去帮忙，被黄帝阻止了，没帮成。如果他能帮上忙，涿鹿之战谁输谁赢还没一定呢。听说他后来被黄帝用计让应龙把他杀死了，死在南方。所以南方多雨。

　　有人说这是两个夸父。前一个夸父是旱神，就是最早的夸父祖神。后一个夸父也是神，是老夸父神的子孙神。他们一北一南是两个神，神性不同，一个是旱神，一个水神。

附录

（1）夸父逐日。

《山海经·大荒北经》《山海经·海外北经》记载："大荒之中，有山名曰成都载天，有人珥两黄蛇，把两黄蛇，名曰夸父。后土生信，信生夸父，夸父不量力，欲追日景（影），逮之于禺谷。将饮河而不足也，将走大泽，未至，死于此。"

"夸父与日逐走，入日；渴，欲得饮，饮于河、渭不足，北饮大泽。未至，道渴而死。弃其杖，化为邓林。"

（2）应龙已杀蚩尤，又杀夸父，乃去南方处之，故南方多雨。

二十五、盘瓠娶亲

距今 4 500 年左右。

淮阳。帝喾王宫。内宫。

一老妇坐在椅子上用右手小手指的细长指甲挖耳屎。不一会儿她挖出一团黄色的耳屎，就随手将耳屎放在桌子上的一个小盘子里。片刻，老妇消失了，回天上去了。那放在盘子里的耳屎随即变成了一条二丈长的黑色哮天犬，它的名字叫盘瓠。

这一天，帝喾在内宫里踌躇不安地思考着如何应对南方防王的入侵。这时，下人报告，防王的军队正在向淮阳进发。帝喾命令军队全力抵抗。但敌方来势凶猛，难以阻挡，严重威胁帝喾王朝的安危。

帝喾立即作出了一个重大的决定：发布榜文，昭告天下，有能取防王首级者，赏黄金千金，沃地千里，并以小女赐之。布告发布后，没人敢去揭榜。偏偏在这当口，帝喾家的天犬盘瓠站了出来，表示它愿前去取防王首级。帝喾虽是高兴，可众大臣却不知所措。正在为难之时，帝喾的女儿从外面回来了。她头上戴了一个藤条圈，两片绿叶遮在额头上，犹如刘海。她背着一张红色大弓，一个灰色的箭袋，箭袋里插了几支长箭。她左手拎着两只野兔，甩着右臂气喘吁吁地奔进门，大喊一声："爸爸！看！你喜欢吃的！"

帝喾见状一惊："你，你怎么这……"女儿也不理会地说："你们在说什么？"大臣们急忙掩饰。女娃说："别遮掩了，我都听到了，让它去吧！"帝喾对盘瓠说："你有能耐你去吧！"

盘瓠是一条神犬，犬首人身，英勇无畏。他与防王是好朋友，有人担心，有人放心。盘瓠进帐见了防王，一番闲谈之后，二人就话不投机吵了起来。等防王手下人闻声进门来时，那盘瓠神犬早已不见了，只见无头的防王血淋淋地躺在地上。

盘瓠衔防王首级归来，众人十分高兴。可帝喾却高兴不起来。为什么？因为他曾许诺过谁取防王首级的三个条件：赏一千金，一千里地，赐女为婚。众大臣也一致反对，理由是一个美丽的公主怎么可以嫁给一只狗呢？正在帝喾与大臣们为难之时，帝喾的女儿站了出来说："爸爸，不要改主意了。你是王者，一诺千金，不可说话不算数。如果这次失言，你以后怎么管理国家呢？"帝喾一想也是，只好默认了。这样盘瓠心满意足地扛起公主就走。他们回到了山里，走进了封地，在那里生了6个儿子、6个女儿，相互婚配成家，播散四方，各兴一俗。有的结树皮为衣，有的编蓑草为衣，有的以兽皮为衣，语言不通，习俗不同，各居一方。每每祭祀，他们都"糁杂鱼肉，叩槽而号"，以祭盘瓠始祖。有的穿着露出大腿的超短裙，以示继承盘瓠的风俗；有的实行盘瓠的自由的管理制度；那里没有生意买卖，没有欺诈，没有租税之赋；没有君长管制；也没有海关文书印信的束缚；人们十分自由；没有饮食之忧，更没有交往的束缚；虽然处在"赤髀横裙"时代，生活十分艰苦，但依旧使人留连向往。

附录

盘　瓠

畲族有个《狗皇歌》。歌词说："当初出朝高辛[1]王，出来嬉游看田场。皇后耳痛三年多，医出金虫三寸长。医出金虫三寸长，放在金盘里面养。一日三时望长大，变成龙狗二丈长。五色花斑尽成行。五色花斑长得好，皇帝圣旨叫皇龙。收用番王是偆人，爱讨皇帝女结亲。第三宫女生僿愿，金钟内里去变身。断定七日变成人。头是龙狗身是人，爱讨皇帝女儿亲。皇帝圣旨话难改，开基蓝、雷、盘祖宗。"这是《古史辨》第七章上编172页畲族《狗皇歌》的大意。歌是后人的说唱词。

[晋]干宝《搜神记》里有这个故事。名为《神犬盘瓠[2]擒敌记》。内容是：高辛氏有老妇人，居于王宫，得耳疾历时。医为挑治，出顶虫[3]，大如茧。妇人去后，置于瓠篱，覆之以盘。俄而顶虫乃化为犬。其文五色，因名盘瓠。遂畜之。时戎吴强盛，数侵边境，遣将征讨，不能擒胜。乃募天下有能得戎吴将军首者，赠金千金，封邑万户，又赐以少女。后盘瓠衔得一头，将造王阙。王诊视之，即是戎吴。为之奈何？群臣皆曰："盘瓠是畜，不可官秩，又不可妻，虽有功，无施也。"少女闻之，启王曰："大王既以我许天下矣。盘瓠衔首而来，为国除害，此天命使然，岂狗之智力哉！王者重言，伯者重信，不可以女子微躯，而负明约于天下，国之祸也。"王惧而从之，令少女从盘瓠。

盘瓠将女上南山，草木茂盛，无人行迹。于是女解去衣裳，为仆竖之结[4]，着独力之衣，随盘瓠升山，入谷，止于石室之中。王悲思之，遣往视觅，天辄风雨，岭震云晦，往者莫至。

盖经三年，产六男六女。盘瓠死后，自相配偶，因为夫妇。织绩木皮，染以草实。好五色衣服，裁制皆有尾形，后母归，以语王，王遣使迎诸男女，天不复雨。衣服褊褳[5]，言语侏离[6]，饮食蹲踞，好山恶都。王顺其意，赐以名山，广泽，号曰"蛮夷"。蛮夷者，外痴内黠，安土重旧，以其受异气于天命，故待以不常之律。田作，贾贩，无关繻、符传[7]、租税之赋。有邑，君长皆赐印绶。冠用獭皮，取其游食于水。今即梁汉、巴蜀、武陵、长沙、庐江郡夷是也。用糁杂鱼肉，叩槽而号[8]，以祭盘瓠，其俗至今。故世称"赤髀横裙[9]，盘瓠子孙"。（此故事摘自畲族[10]《狗皇歌》）

注

[1] 高辛：帝喾。上古帝王。殷人周人的祖先，中国最早的天帝。

[2] 盘瓠：南方蛮夷诸族的祖先。

[3] 顶虫：金虫、盘瓠均是天神耳屎变出来的神犬。指以龙犬为图腾的民族。

[4] 仆竖之结：指从公主打扮改成奴仆之髻，作"独立之衣"。

[5] 褊褳（biǎnlián）：衣服斑烂。

[6] 侏离：语言难辩，话听不懂。

[7] 关繻：繻（xū），古代一种用帛制的通行证，通关证明。符传，调兵信符。

[8] 糁杂鱼肉，叩槽而号：这是一种图腾祭仪。据记载有以祭盘瓠这种祭仪。每值正朔，家人负狗环行炉灶前三匝，然后举家男女向狗膜拜。是日就餐，献上鱼肉糁杂的祭品。叩槽而号：蹲地而食，以纪念盘瓠。

[9] 赤髀横裙：赤，裸露；髀，大腿；黄裙，遮前身的短裙。苗族等喜欢穿这种短裙。

[10] 畲族：汉藏语系。37万人。分布于福建、浙江、广东、江西、安徽等地。我国流行《高辛与龙王》的创世神话。传说高辛时，人们还住在黝黝的天地里，高辛用松枝编成球，点着了挂在天上，天上才有了月亮。天破了，高辛捡来宝石作钉子，把天补起来，闪亮的宝石就都变成了星星。由于高辛把女儿嫁给了他们氏族的首领，他们不能忘记，所以才编成歌子唱。《狗皇歌》重于颂扬高辛的美德。盘瓠擒敌记，立意于阐述汉民与少数民族的血缘关系，对高辛功迹的叙述。故事情节完整，朴实生动，保留了许多极为珍贵的风俗人情资料。

二十六、玄鸟生商

《史记·殷本纪》有:"殷契,母曰简狄,有娀氏之女,为帝喾次妃。三人行浴,见玄鸟堕其卵,简狄取吞之,因孕生契。"契长而佐禹治水有功。帝舜乃命契曰:"百姓不亲,五品不训,汝为司徒而敬敷五教,五教在宽。封于商,赐姓子氏。"契,即益,商人的祖先,尧时因治水有功,封于商地,为伯,称伯益。

"玄鸟生商"的传说,并不始于《史记》,早在《诗经》就记载了许多关于"玄鸟生商"的传说。《诗经·玄鸟》有"天命玄鸟,降而生商,宅殷土芒芒。古帝命武汤,正域彼四方。方命厥后,奄有九有"。《诗经·长发》有"有娀方将,帝立子生商。玄王桓拨,受小国是达,受大国是达。率履不越,遂视既发。相土烈烈,海外有截。帝命不违,至于汤齐"。

传帝喾有4个妃子,元妃姜嫄生稷,为周人的祖先,次妃简狄生契,殷人的祖先,次妃陈丰氏生尧,次妃常仪生挚,曾在尧之前执政9年。《史记》关于玄鸟和商的传说讲得很清楚,毋庸累述。玄鸟即燕子。殷人以燕子为氏族图腾。故其始祖称为玄王。《诗经》中的《玄鸟》《长发》两首诗均存于《诗经·商颂》,都是祭祀乐歌,是用于宇庙祭祀、祈祷和赞颂神明的颂歌。这两首诗都是商王朝的颂歌,前一首《玄鸟》是殷商中期,即殷鼎盛时期高宗武丁祭祀列祖列宗的颂歌,此诗的中心是歌颂武丁的丰功伟绩的。诗文大意是说神燕奉天命来到人间,生下了契(益)才有了殷商氏族。殷商的土地又宽又广。开始时上天命契的十数世孙成汤(从尧历夏至成汤约20余王)征讨天下安四方,昭告天下各方诸侯,九州之土归商所有。接着歌颂了殷高宗武丁的贤良,使殷人有沃土千里,使殷百姓安居四方,四海来朝,受福安祥。《长发》是歌颂商的列祖列宗的。诗从大禹治水安四方讲起,颂有娀氏女儿是天帝的妃子,生了个儿子叫契,是他创立了殷商。因契是玄鸟所生,立于商地为王,称之为玄王。玄王十分英武,很善于治理,把小国治理得很好,后来殷商变大了,他也把大国治理好,他能"率履不越,遂视既发",即遵守法纪,巡视各地,让大家也遵行。到了相土时,相土也很显赫,威风烈烈,四海一统。到了成汤时,成汤更是了不得,他起兵灭了夏,成立商朝,功与天高,但成汤仍谦卑不敢懈怠,圣德名声溢于海外。他能接大法受小法,施行仁政，不争不贪，不刚不柔，结果是一棵老树3个杈，天下九州归一统。上天降下贤卿伊尹（阿衡）给他，使他国力强大放光芒。他真是上天的好儿子啊！

从玄鸟生商的故事中，我们可以看到三大统治观念的出现。

第一个观念是天族观念。前面说"天命玄鸟，降而生商"，那个天，并不是自然界的天，而是指天神，即天帝。是它命玄鸟生的商。后面说"帝立子生商"。这个帝有二解，一是古帝，即帝喾；一是指天帝，亦即中国的第一个天帝，殷人祭祀的天帝，帝喾。商朝王者宣传他们的氏族是天族，从玄王契到相土到武丁无一例外都是天帝的子孙。他们为此自豪。这一观念，使他们认为自己是天神的后代，继承统治是天意，天然是家事，是神的家事别人奈何不得。他们更认为自己拥有全部的神权和治世权是十分合理的。

第二个观念是天命观念。诗中的天与帝都指的是天帝。天帝之命是人无法违抗的。在《玄鸟》与《长发》里处处表达了这一观点。除"天命玄鸟"之外，其他如"古帝命武汤""方命厥后，奄有九有"。（命令各方诸侯听着，俺有九州（有），即九州归我所有），殷商列祖先王（商之祖先和王者），"受命不殆"，"殷受命咸宜"，殷商受命统治是最合适的，切莫与它争天下；"帝命不违，至于汤齐"，上帝旨意不敢违，成汤功高与天齐。"上帝是祗，帝命式于九围"诚心祭告天帝，根据天帝的命令统领九州做榜样。从这些诗句里我们看到殷人是用天命观来宣传自己统治是合理合宜正当的。

第三个观念是天子观念。《长发》中有"帝（天帝）立子生商"，说明商是天帝之子立而产生的。《长发》诗的最后一句说"允也天子，降予卿士。实维阿衡，实左右商王"。意思说成汤是天之子，所以上天降下贤卿辅佐他。那个卿士就是伊尹，俗名叫阿衡，他会全意全心蹲在商王左右辅佐他的。这里非常明确地提出了天子的概念。成汤是人王，不是神，把他说成是天子，是上天派来的一下就变成神了，因而他就拥有了无尚的权力。在商汤求雨的传说中，他不能不站出来祈求上天下雨，并断指发誓没有违背人民意愿，所以上天立刻降雨解除了旱情。可见，这时的商汤并不是以上天之子的身份出现，而是以一个初登王位的普通人出现的。成为上天之子后，就把身份改变了，变成了神——天神。既然王者成为天子就拥有无尚的权力，不仅有征伐权、祭祀权，而且有统治权。因而天子可集统治权、神权与惩罚权于一身。这一统治思想被传承就成为日后封建时代一切帝王维持统治的基本思想，前前后后延续了数千年之久。

二十七、后羿射日

（一）逢蒙学射

羿（yì），有穷国君主，人称后羿。因其是东夷人，善射，天帝帝喾赐以"彤弓素矢"，世称夷羿。也就是说后羿是东夷地区一个以射著称的氏族的王者。

传说后羿是天帝派下来的天神，射箭技术非常好。天帝让他到人间来帮助治乱世。他的射技好到什么程度，没法估量。打个比方，假如有只飞鸟从头上飞过，让他射飞鸟的左眼，他决不会射着右眼。

《孟子·离娄下》说后羿家丁中有一个人叫逢蒙，他的射技也非常好。可他一心要向后羿学射。目的并非是诚心当后羿的学生，而是想找机会射死后羿，由他称霸天下。所以孟子讲"逢蒙学射于羿，尽羿之道，思天下唯羿为愈己"，故要杀羿。有一天，逢蒙约后羿比箭法，后羿同意了。

比赛在旷野里举行。见天上有小鸟飞过，后羿说就射天上飞过的那群麻雀的第二只的眼睛。说罢一同放箭，那第二只麻雀应声落地，走过去一看逢蒙的红箭在麻雀的脚趾上，后羿的白箭射在麻雀的眼睛上。后羿赢了。可逢蒙妒火中烧，大喊了一声："师傅！"就朝后羿背后发了一箭，后羿转身一箭将逢蒙的箭击落在地。正当后羿想训斥逢蒙时，只听得"嗖"的一声，又一支红箭朝后羿的咽喉飞来，被后羿一侧身将来箭一口咬住，并将红箭吐给了逢蒙，说："看来我教你的啮镞法，你还没学到家呀！"闻言，逢蒙十分羞愧，扑通一声跪到地上，哭着说："师傅，弟子对不起你，此后再也不敢了。原谅我吧！"后羿说："这要看你以后的表现啰！"

（二）后羿射日

《山海经·海外西经》记载："女丑之尸，生而十日炙杀之。在丈夫北，以右手障其面，十日居上，女丑居山之上。"郝懿行注："十日并出，炙杀女丑，于是尧乃命羿射杀九日也。"这就是后羿射日神话的来龙去脉。这个神话故事的意思

是讲天旱如十日并出，太热了，希望由天神射掉9个太阳。相传尧舜之前即公元2400年以后就开始干旱。从公元前2366—前2357年连续9年干旱，井里没水，渴死了很多人；河里没水，田里龟裂了，秧苗都被烧焦了；牛羊没有青草吃，人到田角上挖一个一丈多深的坑，也见不到一滴水；庄稼被烤焦了，人跑到几十里的山里也找不到一滴水，喝尿，连尿也没有了；夜里烧旱魃，没用，白天抓县长抬狗，没用。什么办法都想光了，就是不下雨。黄桷树下，庙堂之前，到处是哀求之声："哀恳玉皇大天神，河里开了龟，田里打丈坑，天哪，天哪！"

洪水可怕，干旱也可怕。汤时大旱7年无雨，商汤只好断指发誓，保证童叟无欺才下了雨。

尧时大旱9年，也同样用尽各种办法求雨无用，嫁祸于十日族。十日有两种含义。一是指自然界有10个太阳。一是指东夷地区的十日族。后羿射日，神话里指射掉天上10个太阳中的9个，人类现实中指射杀十日族。据吴任臣说羲和原是黄帝日官，黄帝赐土扶桑。扶桑后君生有十子。皆以日为名，故号十日。其中九日为凶，号九婴，分扶桑之国为十，各居一方用兵不止。

到了尧的时候，因9年无雨，就找到尧母陈丰氏那里一个叫女丑之尸的大巫前来作法求雨，那十日族人以为是强占他们的地盘，不允。所以女巫在烈日下求雨。结果女巫被晒死了。这事引发了陈丰姜炎氏族和东夷阳夷十日族的严重冲突。他们相互械斗，谁也阻止不了。这时当政的是尧的哥哥帝挚。尧认为他偏袒东夷十日人，软弱，早就想取而代之。因此尧就联络了东夷中除十日外的另一个强大的氏族首领夷羿，请他出面一起镇压十日族，许诺其为射正官。后羿答应了尧的要求，便出兵与尧联合对付十日族人。

这一点在《淮南子·本经训》里也讲得很清楚：

"逮至尧之时，十日并出，焦禾稼，杀草木，而民无所食。猰貐[1]、凿齿[2]、九婴[3]、封豨[4]、脩蛇[5]，皆为民害。尧乃使羿诛凿齿于畴华之野，杀九婴于凶水之上，缴大风[6]于青丘之泽，上射十日而下杀猰貐，断脩蛇于洞庭，擒封豨于桑林，万民皆喜，置尧以为天子。"原来射天上的十日是一个美丽的谎言。真实的目的是尧镇压东夷十日族的反抗，以武力夺取王位。神话中说，羿为了救灾一口气射掉9个太阳，这都是尧的后人编出来的。

注

[1] 猰貐（yàyǔ）：亦写成窫窳。一种善走食人的怪兽。

[2] 凿齿：齿长3尺，善持戈盾以战的怪兽。

[3] 九婴：风伯，鸷鸟名，能毁屋舍。

[4] 封豨：豨（xī），大野猪。

[5] 脩蛇：大蟒蛇。能吞象，3年而取其骨。

[6] 大风：东夷氏族。

以上均为十日族的怪兽图腾神，是十日族的族神标志。尧命后羿射十日，实际上只是一个借口，并不是10个太阳射掉了9个，而是射杀了以日命名的东夷十日族人。

再说，尧是绝不会允许射日的。因为射日就是射他自己。在尧的家乡山西临汾，到现在为止，仍旧不叫太阳为太阳，而叫尧窝。尧窝就是尧王，尧王就是太阳。后羿射十日本来是一个以天神制止"十日并出"的抗旱故事，在这里变成了一个为尧登基扫除障碍的故事。

（三）后羿射河伯

有人向后羿报告黄河神常在夜里抢民间女人，弄得天下很不安宁，所以天帝要派后羿来人间查看实情。后羿来到人间后一直抓不到证据，现在听到报告说黄河神常在月白之夜在黄河拐弯的地方抢劫民女，就让人趁月色暗淡的夜晚将后羿打扮成民女送上。

　　这天夜里月色朦胧,星光闪烁,一群人在女巫的簇拥下来到黄河边上。他们之中有老妈子在哭喊,有小姑娘在惊叫。后羿被盖上红头盖夹在人丛中。乡绅土豪们在河边的祭坛上点上香烛,女巫们大声祷念,振振有词。不一会儿工夫,只见黄河中惊涛喷射,浊浪翻卷,浪尖上一个翩翩白衣少年。他着月白衣衫,径直朝有红盖头的人走去,伸手欲揭盖头,反被盖头下的人一把抓住。很可惜没抓牢那人,只扯落了他的一截袖子。黄河神拼命奔逃,后羿在后面使劲追赶。当黄河神跃入黄河涌浪回首张望那一刻,后羿放了箭,正中黄河神的左眼,使它成了一条独眼龙。民间叫一只眼睛瞎的为独眼龙,就是从这儿来的。

　　那河伯知道是后羿射瞎了他的眼睛后,愤恨不已,就到天帝那里告御状,说后羿加害与他。

　　天帝问:"你在哪里受了伤?"

　　河伯说:"我在黄河边上巡游,他把我眼睛射瞎了。要求天帝作主,杀了后羿。"

　　天帝说:"叫后羿!"后羿上。天帝问:"你为什么把它眼睛射瞎了?"

　　后羿:"他经常夜里跑出来抢民女,弄得人间不得安宁。为惩戒他一下,才给他留了一只眼。"

　　河伯:"你胡说,我哪里抢民女,那是他们自愿送的。"

　　后羿:"你还赖?!八月十五晚上,下人报告说河伯要来抢民女,就给我搞了红布盖在头上要我去抓他。我去了。果然他来了,正当他揭红盖头时被我一把抓住。他奋力挣脱逃走,这不,他的袖子也被扯掉一截,把我的手都抓出血了。他挣脱后,拼命要逃,不听我的命令,我追到河边上在他回头时才射瞎了他的一只眼睛。"

　　天帝听了不禁哈哈大笑,对河伯说:"你还有什么话说?"

　　河伯:"我在巡游,他不该……"

　　天帝:"好了,事情已经很清楚了。你是黄河神,不在河里巡游,跑来岸上干什么?后羿为什么不射别人,而射了你呢?好了,你就忍了,做你的独眼龙吧!这次只是一个警告,再为非作歹,就没命了。"又对后羿说:"你做得对!特别要盯住王公们,不这么做就没有安宁日子!好了,回吧!"

　　河伯告御状讨了个没趣,只好回到人间。

（四）后羿之死

　　后羿帮助尧得了天下,平了天下,有功劳,当了尧的射正。可他年迈了,弓也拉不动了。孤独难忍,就醉心于田猎。常常一个人到外面去游荡,给他的封国,他也不管了。他一直凭借善射这一本领,辅佐了尧舜禹这3个王朝。老后羿死了,小后羿继位,紧紧盯着夏朝的王位,并趁机成了夏王。可是小后羿的想法与老后羿不同。他想天下是我老子凭本事打下来的,为啥一定要让给你呢?俗话说前人栽树后人也要栽树。如果只管个人娱乐,不管政事,不务正业,每天约几个酒肉朋友出去打猎喝酒游乐一定要家破人亡的这话不错。可后羿不听劝。有一天正当他在林子里独自寻找猎物时,背后突然窜出一帮人来,他们拼命用棒子打他。后羿说:"别打了,别打了,我是后羿!"那帮人说:"你是后羿?对了,我们要打的就是后羿,谁叫你堕落!"过了一会儿,他见拿棒子的人中有逢蒙,就叫着:"逢蒙,救救我呀,我是后羿!"逢蒙说:"我知道你是后羿,谁叫你不学好,不务正业?给你天下你不坐,留着你干什么?"逢蒙带领着一帮家众用棒子把后羿活活打死了。不仅如此,他们还把他的身体剁成肉酱,蒸熟了给他家人吃,并夺了他的家室。

后羿本是一代英豪,落得这副下场,真让人唏嘘不已!英雄悲剧的发生,不是被他人毁灭,就是自我毁灭。正如孟子所说:"是亦羿有罪焉。"

附录

(1)《山海经·海外西经》:"女丑之尸,生而十日炙杀之。在丈夫北,以右手障其面。十日居上,女丑居山之上。"郝懿行注:"十日并出,炙杀女丑,于是尧乃命羿射杀九日也。"

(2)《山海经·海外东经》:"下有汤谷,汤谷上有扶桑,十日所浴,在黑齿北。居水中,有大木,九日居下枝,一日居上枝。"

(3)《楚辞·天问》:"帝降夷羿,革孽夏民,胡射夫河伯,而妻彼雒(luò)嫔?"王逸注:"传曰河伯化为白龙,游于水旁,羿见射之,眇(miǎo)其左目。河伯上告天帝曰:'为我杀羿。'天帝曰:'尔何故得见射?'何伯曰:'我时化为白龙出游,'天帝曰:'使汝深守神灵,羿何从得犯?汝今为虫兽,当为人所射,因其宜也,羿何罪欤?'"

(4)吴任臣引注,《山海经·海外西经》说:"羲和为黄帝日官,赐土扶桑。扶桑后君生十子,皆以日名,号十。而九日为凶,号九婴,分扶桑之国为十,用兵不止,求实无已,炙杀女丑,同恶相济(挤),故曰丛枝胥敖。"

第四章
地域洪水神话与中兴传说

第四章

地震波中子波分析法

中国原始神话的一个重要内容是洪水。无论是少数民族迁徙，过黄河徙大江，还是补天、造人、治水、斗水怪，都离不开洪水这一背景。洪水和暴雨、淫雨、"乱流"、堰塞湖因地震而崩溃等都有关系。本篇集中表述的是地域性的洪水，如黄河流域的洪水，不是全世界全人类的大洪水。

二十八、滔滔洪水

二十九、懒婆神用神棍戳破天引发了大洪水

三十、精卫填海

三十一、黄河的传说

三十二、昆仑神话

三十三、三门神话

三十四、扶桑神话

三十五、愚公与智叟

三十六、共工怒触不周山

三十七、廪君和盐水女神

二十八、滔滔洪水

关于历史上的大洪水,有人说有,有人说没有,各有所据。我相信有。为什么?从历史进程来看,应当有。我曾在自然博物馆看到:米勒·利穆尔著《社会进化史》的地质生物变化表,说人类曾遭遇过洪水。

从这个表上我们看到地球生物开始分为古古纪,这时尚无生物化石;到了上古纪,始有生物;后来是中古纪,就有飞鸟这类生物了;再后来是近世纪,始有人类。

人类是在灾难中产生,在波折中前行的。人类产生后,到近世纪中期的洪积纪时期,就是一个冰期。这个冰期从古冰期、过渡冰期到新冰期。古冰期约50万年,过渡冰期约10万年,新冰期3万—5万年。人类熬过这三个冰期生存下来,实在太不容易了。

在我们中国，新冰期时代就是北京猿人时代，他们是躲在洞穴里才逃过冰期存活下来的。在这一时期，由于气候变暖，冰消雪融，遍地泽国。公元前2300年左右，巴比伦文献记录那时有大洪水。希伯莱人留下的《创世纪》中有诺亚洪水。同一时期，我们中国的古文献《尧典》记载也有洪水。其时洪水之大，令尧王哀叹，"汤汤洪水方割，荡荡怀山襄陵（尧住的地方），浩浩滔天"，在这种情况下，命禹治洪水，禹完成了治水任务，所以禹被尊为辟地大神。《尚书·大禹谟》中也多次提到治水问题。舜曰："禹，汝平水土，惟时懋哉！"希望能担任起司空的任务，继续治水；"禹伯，降（洪）水儆予，成允成功，惟汝贤！"意思说："禹伯，洪水告诫我们一定要信任你的治水承诺，你很好地完成了治水任务，这是你的大德贤能，来吧！这个大君之位是你的啦。"

王大有先生著的《三皇五帝时代》一书中记载，中国在公元前0.9万年时"冰川消融达于高峰，乌达海泛滥约19年，海平面上升；公元前7200年时全球性大洪水，中国境内第二次大洪水，黄海大回潮，海平面达最高峰"；公元前3790—前3380年"共工治水"；公元前3503—前3380年，海平面上升，比今高5米，海岸西移，中国境内第五次大洪水，黄河水患。公元前2357—前2128年为帝尧时代，洪水时代；公元前2208年，第六次大洪水，持续88年，尧命共工治水，49年不成。命鲧治洪水不成，公元前2120年命禹治洪水成功，作《禹贡》。

2016年8月6日，《参考消息》第7版，刊登法新社美国迈阿密8月4日电美国《科学》周刊上的一篇文章《夏以前黄河大洪水证据首次被发现》。文章说，地质学家发现了4000年前，黄河发生大洪水的证据。大洪水后夏朝建立，中华文明诞生。文章的作者是美国珀杜大学达里尔·格兰杰教授团队。他们说尧时发生灾难性大洪水，那是1万年以来最大的一次洪水。水位比现代河流水位高出38米。相当于大雨所导致的黄河洪水规模的500倍。教授认为这次洪水形成的原因是地震引发山体滑坡，滑坡形成了大坝，大坝崩溃，暴发了大洪水。

从上述资料可见，我国上古时期洪水确实存在过，成因有三：

（1）冰川融化，形成了大洪水；

（2）暴雨形成了大洪水；

（3）堰塞湖崩溃形成了大洪水。

尧时洪水88年，可能这三方面的原因都有。

正是因为有大洪水这一事实存在，所以才有女娲补天、共工治水、大禹治水等传说和种种洪水神话的流传。

《文汇学人》2016年8月12日，刊登文章《大禹和千里之外的洪水》，文章是南京师范大学地理科学学院吴庆龙团队写的。文中说造成黄河大洪水的堰塞湖地点是黄河上游积石峡，此峡位于青海境内，全长 25 千米。滑坡遗址靠近敦化。吴庆龙团队野外调查发现其残余坝体，较现在的黄河水位高 240 米，蓄积流量 120 亿—170 亿立方米湖水，溃坝形成了 110—130 米的溃口，溃口泄洪 110 亿—160 亿立方米的湖水，从而造成了其下游地区可达 7—50 米深的洪水。这就是大禹治水为什么要从积石开始的真正原因。但堰塞湖崩溃造成洪水，只能是一次性的，不能说 88 年洪水年年都溃决。可能另有原因。在上古时期，黄河从上游到中下游，都处于"乱流"状态。"乱流"即它由于淤塞等原因，没有固定主河道，任它自由流淌，山洪一来就很容易形成洪水。以唐尧为例，我们略作分析即可明白。

尧都平阳，在山西西南面襄汾陶寺那里。它的北面是汾河，南面是马沟。马沟指三门峡，俗称马沟，由于三门峡的阻止，黄河水流不出去，在这里形成了一个方圆数百里的大湖。这个湖的北面直连襄陆。这就造成了尧都就在湖边的局面，时时威胁尧都的安全。因此尧急于治水。共工、鲧治水的策略是在湖边（马沟北面）筑堤堵水，防止水淹尧都，没抓到点子上，不行。大禹聪明，他组织人力斧劈三门，把三门峡劈出几个口子来，水就流出去了，水流完了湖就见底，变成了平坝。所以大禹被尧舜歌颂，被后人称赞。

二十九、懒婆神用神棍戳破天引发了大洪水[1]

传说天上有个懒婆神，好吃懒做，什么事也不肯干，尽想吃好的。她手里有一根神棍子，她整天拄着这根神棍东走西荡，来到人间，偷吃人家的东西。有一天，她到一家人家里偷吃人家的白米饭，被人抓住打了一顿，还告发到上帝那里。上帝对她发脾气，要处罚她。她很恼火，就举起那根神棍，把天池戳了个大洞，天池里的水漏到地上，淹没了田野、村庄、牛羊、人口，酿成了大洪灾。

另一种传说是：鸱龟曳衔，天池漏了，发生了大洪水。

鸱是猫头鹰的官名，龟是乌龟。不过，这乌龟不是一般的乌龟，而是天上天池里堵漏孔的水塞子。猫头鹰和乌龟是好朋友。猫头鹰总喜欢拉乌龟在夜里出去玩，过夜生活。乌龟怕受处分，又不会飞，所以不肯跟他走。猫头鹰就出了个主意说，这样：你咬住我的尾巴，我拽住你的头，带着你飞不就成了？乌龟答应了。于是他们就一个拽着头，一个咬着尾巴，相互串通一气，在天上飞，到处去玩，这就叫鸱龟曳衔。由于鸱拉走了堵天池的塞子——龟，所以天池漏了，发生了大洪水。《楚辞》等许多古籍里都有这个故事。

女娲以苇灰止大洪水

《淮南子》说是共工撞断了天柱，天柱折，地维绝。四极坍塌，九州崩裂，天不能全部盖着地，地也不能全部承载万物。到处大火不息，漫天洪水不止，猛兽食善良的人民，老鹰叼老弱为食。在这种情况下，女娲站了出来，在中皇山炼五彩石，补苍天，以救百姓。女娲补好天的大洞以后，又把神龟捉来问罪，谴责他，说他擅离职守，把他的四只脚砍了，拿去当天柱支撑塌下来的天，又禁止猫头鹰白天出来活动，女娲把芦苇烧成灰填洪水，经过这番努力，才把洪水止住了。

1. 德昂族：《大水与葫芦》

天神卜帕法因怕洪水要灭绝人类，就设法把人、动物藏进一个葫芦里，以留下人种。洪水退去后卜帕法砍开葫芦，见只有男人没有女人，就到天上去找个女人来到地上帮男人做饭，男人为她带腰箍、手镯、项圈，不让她飞走。

2. 布依族：洪水滔天，伏羲女娲再造人类

天大旱，雷公也在睡觉。杰布到老君炉捞把大火钳，把睡懒觉的雷公的腰杆钳住，又揪住他的耳朵把他从床上拎起来，拉到凡间示众，让众人揪他，打他，掐他，然后把他关进一个笼子里，让他也尝尝人间干旱的滋味，并吩咐大家千万别拿水给他喝。

杰布有一个儿子一个姑娘。儿子9岁，名伏哥；妹妹8岁，叫羲妹。杰布让他们看守好雷公。过了一会儿雷公对这对兄妹说口渴，想讨点水喝，求他们行行好。开始，兄妹二人因有父命不肯给。经雷公再三央求舀点水喝，兄妹二人心软，只答应给点尿让他喝。雷公说喝了尿更渴了，一定要水喝才成。兄妹二人可怜他，就舀一瓢水让他喝。喝完水，雷公恢复了元气逃走了，给他们留下了一粒葫芦籽，让他们种起来。3年之后葫芦籽发了芽，又过3年开了花，再过3年结了个大葫芦，如遇洪水把葫芦挖空钻进去就可以逃生。雷公回到天上，睡了9天9夜后，向玉皇大帝报告了人间的情况，等了9天，下了9天9夜的瓢泼大雨，把地上的一切全淹没了，这时伏羲兄妹已十七八岁了。为躲避洪水钻进了葫芦里，鉴于天下的人都淹死了，太白金星站出来劝他们兄妹成亲，伏羲兄妹说："老人家，我们布依族人是讲礼仪的，不兴兄妹成亲。"太白金星说："这样吧，看天意，若天意赞同你们成亲，你们就结为夫妻。"太白金星把一根针一根线，一起抛向空中，看线能不能穿过针眼儿。结果针线在空中穿在一起了，兄妹二人仍不允。太白金星又出了个主意说，咱们滚磨盘好不好？兄妹二人赞同。他们把一副石磨从山上滚到山下，看能不能重叠在一起。结果石磨上下两扇仍旧合在一起了，可是兄妹二人还是不肯。凡事不可过三，若再一次天意相合就成亲。女娲绕山跑，伏羲在后面追，追上就成亲，追不上就不能成亲。伏羲怎么也追不上女娲。一只乌龟钻了出来，把伏羲摔了一跤说："你好笨哟，反转跑不是一下就追上了？"伏羲听老乌龟的话倒转跑，一下就把女娲抓住了，从此他们俩才成了夫妻。结婚后女娲生了一个肉坨坨，伏羲十分生气，把肉坨砍成99块，环山抛向四面八方，结果，这肉坨坨就全部变成了人了。

3. 苗族：《创世纪》

苗族《创世纪》中"太阳打斗，人死草枯"一节有水淹天下，兄妹乘葫芦逃生的故事。有歌曰："太阳一个走，月亮一个游，夫妻不见面，人兽不忧愁。草底一巢巢，洞王一鳖鳖，树上一窝窝，岭上楼叠楼。雷公不放水，关起门睡大觉，想到蹲铁笼子吃尽苦头，把满满一桶尿拿来往地下倒，还说让你们也尝尝我的尿臊味！"说完仍睡他的大觉。

地上有个英雄叫亨英，觉得不对头，便跑到天上去，见雷公蒙头睡大觉，就揪住他的耳朵，把他拖出被窝，抓到人间，关进一个铁笼子里，用一个大铜锁锁起来。让殷略埋耶兄妹看守着，并吩咐不准给雷公饭吃，不给水喝，雷公见看守的人是小孩子，就给他们一粒葫芦籽，让他们去种起来，多放点鸡屎，多淋点尿，保证3天发芽，6天牵藤，9天开花，12天结葫芦。若涨大水在葫芦上钻个洞，把家安。条件是要把他放了。这两个孩子听了雷公话，要了葫芦籽种起来，把雷公放回天上去了。雷公到了天上打开天肚脐，天上的雨水似瓢泼一样倒了下来，连下两天两夜，这时亨英派天鹅背着乌龟去天池堵天肚脐，乌龟到天池找到了堵水口，用肚子塞住了水口，这才止住了洪水。雷公一觉醒来，发现乌龟堵住了天池的水口，把乌龟掀开，立即电闪雷鸣，洪水漫天，田地被淹了，房屋倒塌了，鸡狗禽兽也被淹死了。由于亨英钻进葫芦里没死，他跑到天上去找雷公算账，关住雷公，止住了洪水，后来从一个葫芦里走出来一对兄妹，他们结为夫妻，才繁衍人类。

4. 仫佬族、瑶族：伏羲兄妹

仫佬族、瑶族的伏羲兄妹情节类似，合并叙述于下：从前，山里住着伏羲兄妹四人和他们的老母亲，兄妹四人中两个哥哥好吃懒做，一瞎一跛，生性残忍，他俩想吃雷公肉，就用计谋捉雷公。他们把老母亲捆绑起来，丢进舂臼里，呼唤雷公来搭救她。他们在舂臼周围丢了许多青苔，雷公来搭救老母亲，踩在青苔上滑了一跤，被他们捉住了关进仓库里，让伏羲女娲看守，并吩咐不许给雷公东西吃，不给水喝。伏羲兄妹丢了点儿西瓜皮给雷公吃，雷公吃了有了力气，从窗户里逃了出来，留了一粒葫芦籽就走了。两个哥哥发现雷公逃走了，把伏羲兄妹打了一顿，赶出了家门。他们兄妹二人无法，只能到山上独自谋生。在种地时将雷公留下的那粒葫芦籽种了起来，并经常浇水上肥。不久，葫芦长大了，结出葫芦瓜。后来，他们把葫芦瓜摘下来挖空，藏了许多饭锅巴。过了不久，下起了大雨，一连下了3年又6个月，引起山洪暴发，田地房屋都淹没了，伏羲兄妹躲进了葫芦里，结果葫芦飘到南天门，惊动了玉帝，玉帝令雷公关闭了天河的闸门。雨停了，天下人都淹死了，伏羲兄妹才从葫芦里钻出来，东看西看，找有没有人。山脚的一只金乌龟说："别找了，没人了，你们兄妹二人结为夫妻，生儿育女吧。"他们不肯，金乌龟说："你们不肯，天下就没有人了。"闻言，兄妹二人才听天意成亲。他们两个一个在前面跑，一个在后面追，女娲跑了四九三十六圈，伏羲追了九四三十六圈也没追着。金乌龟说："你好笨哟，掉过头跑不就追着了吗？"伏羲氏醒悟，转身追逐，果然一下就逮住了女娲，他们二人就结为夫妻。

仫佬人村村寨寨为伏羲女娲立庙，称他们为人伦神。

瑶族、毛南族、土家族、傈僳族也有自己的洪水神话，情节大同小异。

藏族的女娲娘娘补天造人神话和汉族的女娲补天神话比较接近。

5. 藏族：**女娲娘娘补天造人**

有一天，女娲娘娘到河边去玩，用手去捏泥巴。她先捏成圆的，后捏成长的，最后捏成像她那样的人。她把泥人放在地上，泥人会走，就把泥人放到森林里，见到兔子，就告诉他这是你的朋友，见到老虎就告诉他，这是你的敌人，以后一定要分清敌友，才好结交朋友。

有一天，小泥人儿到森林里和兔子玩没回来。许多年以后，女娲到森林里玩儿，见到了一个小女孩，问他："你在这里干什么？"小女孩儿说，我在听河水唱歌，女娲想可能是小女孩儿没东西玩儿，就给她做了芦笙、箫管，让她玩儿，又让小泥人陪小姑娘玩儿。

又一天，因火神、水神打架，碰到不周山，撞漏了天河，漫天都是大洪水，怪龙趁机到处吃人，女娲娘娘站出来打败了怪龙，又去补天。她先找泥巴补，不行，漏；又用木头，不行，漏。大虾鱼对他说："砍掉我的四只脚补天吧。"女娲不肯，大虾鱼就咬断四只脚，说："拿去把天撑起来吧。"女娲从自己的裙子上撕下四块布贴在大虾鱼的断腿上，让他养伤，然后用大虾鱼的长的两只脚顶在东边天上，用短的两只脚顶在西边天上，然后在大山上、海底下找五彩石，冶炼成浆，飞上天，去把漏的破洞补起来，用剩下的五彩石填地，填地由北向南，填到南五彩石用完了，南边没有填，所以形成了北高南低的地形，所以水要向南流。

天补好后，女娲就死了，人们为纪念她，给她建了女娲宫。

注

[1] 这几则故事摘自谷德明编，《中国少数民族神话》（上下册），中国民间文艺出版社，1987年11月，第513，614，545，146页。

三十、精卫填海

　　几亿年之前，太行山东边的山菁里都是冰川。太行山东面的华北平原是一片白茫茫的冰盖，到距今1万年左右，由于天气变暖，冰川冰盖消失了，大地现出了原形：山变绿了，地变青了。这时候，太行山与泰山之间的高坡上出了一个大神，人们称他为炎帝。

　　炎帝有三个女儿。一个跟大骗子赤松子跑了，去修行去了；一个因上山采草药从岩上摔下来，变成了一颗菟丝草；一个留在他身边跟他一块采药种地，他的名字叫女娃。那时候太行山东南、泰山西南那片地方是与渤海连在一起的，还是一片深海。有一次，女娃到太行以东的这片海里去游泳，虽然她游术好，也很当心，却被突然高出海平面几十米的海水淹死了。

　　这件事儿，《山海经·北山经》有记载。记载中说，炎帝之少女叫女娃，女娃游于东海，溺而不返。后来她就变成了一只阳雀，因为它的叫声很好听，总是发出"精卫""精卫"的声音，所以人们叫它精卫鸟。精卫鸟为了逼退渤海海平面升高对人们带来的威胁，就到太行山上去衔一些小石头、树枝、树果往太行山以东的这片浅海里丢。她丢下去一个小石子儿，就变成了一个小山包，她丢下去的树种，就在这里发芽生根。海神觉得这女娃不好惹，只好向东退去。从此，太行山、泰山之间这片地方就从一片深海变成了陆地。

　　精卫鸟也从这时起和太昊、少昊一样，被敬为东夷人的族神——阳雀，即太阳鸟。据《述异记》说，精卫还有儿女，她生的儿子叫海燕，他很勇敢，不畏任何风雨雷电，都会到海上巡视，防止海平面突然回升，威胁人们的生存；生的雌性鸟，仍叫精卫，她世世代代成为人们安危的守护神鸟。

原文

　　（1）《山海经·北山经》："炎帝之少女，名曰女娃，女娃游于东海，溺而不返，故为精卫，常衔西山之木石，以堙于东海。"

　　（2）《述异记》："昔炎帝女溺死东海中，化为精卫。偶海燕而生子，生雌状如精卫，生雄状如海燕。"

三十一、黄河的传说

河,指黄河。它是中华民族的母亲河。黄河发源于青海、甘肃、四川交界的巴颜喀拉山北麓,流经四川、青海、甘肃、宁夏、内蒙、山西、陕西、河南、山东九省。全长5 464千米,于今山东省东营流入渤海。黄河,在汉以前都称为河,汉以后,因水颜色变黄了,才称为黄河。河水本来色白,即清澈。有诗为证。《诗经·伐檀》:坎坎伐檀兮,置之河之干(岸)兮,"河水清且涟漪""河水清且直漪""河水清且沦漪";《诗经·扬之水》:"扬之水,白石凿凿""白石皓皓""白石粼粼"。所以郦道元《水经注》说,河水白,白得连河里石头的颜色都能看清楚,白石历历在目,洁白如玉,晶莹泛光。黄河宽广势盛,古人称之为"河水弥弥""河水浼浼"。他们在清澈的河面上,放上一个芦苇筏子,一苇抗之,或租一叶扁舟,诗酒横渡,那真是一种享受。

河流。黄河有1 700多条支流。像人体的血管一样,小河连接大河,密布在大河上下广阔的大地上,所经之处,低洼的地方积水成湖,水少的地方则干涸成塬,有上游的罗布泊、古浦昌海,中游的鼎湖、马沟,下游的荥泽、雷泽、野潴泽等。上古时人烟稀少,人们都住在山上,这1 700多条河在宽阔的大地上自由流淌,随意泛滥,无灾即福,成灾为祸,没有谁能管得了。

河谷。黄河两岸,峡谷丛生,悬崖叠嶂,险滩林立,神奇,雄伟,险峻秀丽,历来是雅士的隐居之地,墨客弄文之所。《水经注》引《白土城记》,有"水出白土城西北下,往东南流入白土城北。河水又东北会两川,右合二水,夹岸连壤,负险相望,河北有层山,山甚灵秀,山峰之上,立石数百丈,亭亭桀竖,竞势争高,远望参嵯,若攒图之托霄上,其下层岩峭举,壁岸无阶。悬岩之中,多石室焉,室中若有积卷矣",无疑,这是红衣羽裳类的仙人炼丹之地[1]。关于龙门孟门,《淮南子》,说昔者,龙门未劈,吕梁未凿,河出孟门之上,水溢逆流,无有丘陵,高阜灭之,名曰洪水。此石经始禹凿,河中漱广。夹岸崇深,倾崖返捍,巨石临危,若坠复倚,水流交冲,素气云浮,往来遥观者,常若雾露沾人,窥深悸魄,其水尚崩浪万寻,悬流千丈,深洪赑(bì)怒,鼓若山腾,浚波颓迭,"迄于下口。方子《慎子》,下龙门,流浮竹,非驷马之追也"。《淮南子》里描述的龙门，包括山西与陕西交界的，从山西吉县壶口，到河南陕西交界的风陵渡，老潼关一段700里黄河。这里山势高举陡峭险要，黄河经过这里，如脱缰之马，一泻千里，可是，到了河南境内老潼关处拐弯东行，却突然停了下来。为啥？被三门峡挡住了，水流不出去，在这里形成了一个很大的湖泊。湖形如鼎，人们叫它鼎湖。为啥这里会成为湖呢？看看地形就明白了。这里是豫西地区，西有孟门山、华阴山，北有中条山，南有荆山，东有秦岭余脉淆山、熊耳山，大山把这儿围成了一个方圆10 496平方千米的大水盆。黄河从这个盆子的东北角的三门峡穿过。因水流受阻，流不出去，注进这个盆子里而形成了鼎湖。三门指人门、神门、鬼门。三门相连，形成了一道大门，横在黄河中央，令诗人不禁惊叹，"望三门，三门开，黄河之水天上来"。传说大禹来到这里，用神斧劈开三门，才让黄河水从三门里流了出去，湖水也从三门流出去了，湖里的水便流干了，这里就变成了肥沃的豫西平原。1952年，毛泽东来这儿视察，作出治理黄河的指示，"要把黄河的事情办好"。1957年4月13日起，在三门峡上筑大坝，即三门峡水利枢纽工程，随之一个面积160平方千米，30万人的新兴城市三门峡市，从盆子底下冒了出来，使这里南北通大桥，东西通铁路，"国道高速"，纵横交错，碧水长流，青山沉醉，编织出了一个崭新的神话。黄河人是最值得骄傲的名字。黄河人代表中国的悠久历史，黄河人代表了坚强不屈的中华人类，黄河人在黄河边上生，在黄河上长。靠黄河水养育，被黄河铸就成英雄的性格。黄河人虽然不能说他们是中国或世界最早的人类，但可以说是最具创造精神的人类。英国学者，H. G. 威尔斯写过一本书，叫《世界史纲·生物和人类的简明史》[2]，有一段话说，"亚非欧三大洲交界处发展之时，另一个特别的文明，正从当时。富饶如今荒凉，且干旱的塔里木河流域的昆仑山，经由两条线路，顺黄河水道向下走去，不久便在长江流域发展不断传播开来"，因此就成了中国人。错了，先生，黄河人不是从昆仑山出来的或外国来的，是土生土长的。黄河，也不发源于现在的昆仑山，不是塔里木河到罗布泊以后钻到地底去，然后再重新钻出来，而入甘肃宁夏东行的。塔里木地区考古发出，有来自波兰的吐火罗人。但这是春秋时代的欧洲人，不是中华人。黄河边的大地湾人、半坡人、姜寨人、仰韶人、裴李岗人、大汶口人，全是中华人。是他们创造了6 000—8 000年的中华文明，晚一点的地方有4 000多年，比古希腊、巴比伦、古印度文明还早，黄河文明既不是外来的，黄河文化也不是外来文化。炎黄和长江两条线路传播的，也不是靠炎黄两个男人传播的，而是历代土著黄河人创造的。他们创造了财富，也创造了文明。中国原始神话，正是他们创造的不朽成果。看吧，盘古开天、伏羲创世、女娲造人、嫦娥奔月、后羿射日、羲和御日、夸父逐日、共工怒触不周山、河伯娶妇、西王母、愚公移山、鲧伯治水、大禹治水、斧劈三门、实沈与阏伯等脍炙人口的神话与传说，都是黄河两岸的水土酿造出来的，黄河的性格是中华民族生存的灵魂，也是黄河神话的灵魂。

黄河是中华之魂，也是为害最深的一条河。这一点黄河人也很难忘记。黄河是一条功德无量，神奇无比，文化悠久，滋养民众最多，贡献最大的河，也是挨骂最多的古河。它从宁夏边上的贺兰山与六盘山之间的缝隙里钻进宁夏，傍山北上，躲过了腾格里沙漠的吞食。时至今日，在地图上我们仍可以看到腾格里沙漠里的冬青湖、头道湖、查干池等地名的存在，要不是贺兰山、六盘山的护佑，恐怕它的命运也同样。幸好它躲过了这一劫。但躲过了初一，躲不过十五。当它穿过宁夏的重重黄土转入内蒙古，而后南下山西时，是从乌兰布和沙漠身边穿过的，从河曲到龙门，依旧是黄土高原，它身披黄土，脚踏黄沙，不能不使它的水色由白变黄。"一石河水六斗泥"，使人们无法饮用灌溉，不能不骂它。这且不说，最使人受不了的是河水泛滥成灾。

黄河的泛滥成灾有两个主要原因。一是自然的，一是人为的。自然的指上古时，黄河没有主河道，和它身边1 700多条支流一样，都处于乱流状态。龙门未开时，黄河从河曲而下，恣意横流，卷走了河套土，害苦了河套人。

另一个方面是人为因素造成了河患。春秋战国时，战争频发，连年不断，黄河两岸，年年烽烟四起，四季马蹄踏踏，车轮滚滚，用火烧，用水淹，造成岸崩堤塌，植被破坏，绿野被毁，山河破碎。《汉书·沟洫志》记载，"汉世，河决金堤，南北离其害"，汉武帝自塞宣室房，河复北决于馆陶县，成帝之世，河决馆陶及东郡金堤，使者王延世塞之。36日堤成，武帝元光中，河决濮阳，氾郡十六。上述种种记载都是人为决堤造成的，类似记载并不止此，历朝历代都有。如金太宗天会六年，公元1128年，为阻金兵南下，二决黄河，形成了黄河长期夺淮，过了100年，黄河改道，从金哀宗时1232年至咸丰五年，即公元1855年，黄河行今道。据记载，仅弘治十五年六月，十六年十一月，嘉靖九年七月十二日，即公元1502年、1503年、1530年，黄河3次大决口，死者不计其数，让我们记忆犹新的是最近的一次决口。1938年6月9日凌晨，蒋介石为阻止日寇进犯武汉，派军队掘开郑州段黄河，即花园口，决口达40里宽，淹死了中国老百姓89万人，淹死日本人1 000多人，使3省44县受灾，受灾面积达100多万平方千米，受灾人口达1 200万。抗战胜利后，光堵决口就用了16个月，到1947年才完成，用掉黄金32万两，390亿个人工。这完全是蒋介石决策失误造成的。从上述可见，从汉至民国，黄河决口在多数情况下都是人为造成的。主要是用黄河阻止干旱或战争，也就是说造成灾害的并不是黄河自身，而是人为的。

1961年三门峡大坝完成后，控制了黄河流域68.8万平方千米的面积，控制来水量占全河的89%，控制全河来沙量的98%。后来又在三门峡下面修建了小浪底水库，在黄河上建了几座大桥，这一切是从大禹时代以来的人们所向往的，神话中的现实变成了现实中的神话。

注

[1]陈桥驿注释，《水经注》，浙江古籍出版社，第24页。

[2]H. G.威尔斯著，《世界史纲·生物和人类的简明史》，北京燕山出版社，第128页。

三十二、昆仑神话

（一）昆仑之墟

《山海经》《淮南子》都说：昆仑之墟在西北，那是天帝的下都。传说昆仑之墟方圆八百里，高万仞，面有九井，以玉为槛，有九门，由开明兽守着，天上百神都住在那里。

山上有木禾、珠树、玉树、璇树、不死树、沙棠、琅玕、绛树、碧树、瑶树。

山上的门很多，除九门外，还有四百四十门。每门有四里，每里九纯，每纯一丈五尺。

北门纳不周之风，有倾宫、旋室、悬圃等景物。凉风、樊桐在昆仑阊阖之中，上有疏圃之池，浸之黄水，黄水三周复其原，谓之丹水，饮而不死。丹水、河水、赤水、洋水为天帝神泉，用以和百药，以润万物。

（二）昆仑三角

传昆仑有三角。一角在正北方，叫阆风巅。一角在正西，叫玄圃台。一角在正东，叫昆仑宫。其处有积金，叫天墉城。城方千里，城上有金台五所，玉楼十二。其北户山还有一个墉城，它渊精玉阙，光碧之堂，紫翠丹房，朱霞九光，为西王母治所。其北有钟山，上有金台玉阙，为天帝居治所。

（三）昆仑铜柱

东方朔《神异经》说昆仑有铜柱，其高入天，谓之天柱。天柱圆三千里，圆周如削，下有回屋，为仙人九府居所。上有大鸟，名曰希有。坐北朝南，鸟张左翼可覆东王公，张右翼可覆西王母。希有背上小处无羽毛，万九千里。据说西王母常登希有翼上，到东王公所。

以上这些全是虚构的，它既不是现实中的昆仑山，也不是现实中的天山葱岭，而是根据祁连山的地形地貌为原型夸张虚构出的神山。它是道士们的理想，不是真实的现实。所以一般人是找不到也上不去的。由于描述入神如画，令俯仰者如痴如醉，冥冥然堕若仙境，而信以为真，拼命追求上昆仑，求不死，梦登天。昆仑信仰不知迷惑了千古多少帝王公侯显贵要人。

其实这只是美丽的骗术，迷人的传说而已。真的昆仑山在新疆境内。新疆的巨大山系有3条。北面是阿尔泰山，与中蒙俄接壤，平均海拔5 000米；中部是天山，高峰为葱岭，东与罗布泊、祁连山相邻，海拔一般在3 000—5 000米，最高峰是托木尔峰，海拔7 435.3米。新疆南部边境的大山脉是昆仑山，其西端是喀喇昆仑山，东端是青海境内的巴颜喀拉山，海拔一般在5 000—6 000米。喀喇昆仑山的最高峰乔戈里峰高8 611米，是世界第二高峰。昆仑山与西藏接壤，有火山，多温泉，少草木，远不如甘肃的祁连山，上帝是不会选这里作下都的。

祁连山位于甘肃河西走廊，它东起乌鞘岭，西接金山口，北有弱水河，南有三危山，古有西王母国，近有敦煌莫高窟，又是出入西域的关口，既是东西方的走廊、要道、"丝绸之路"，也是南北扼守的要冲。况且它上对北斗，下对黄泉，为天地之中，加上不周之风年年从阿尔泰山与天山之间的口子刮进河西走廊，横扫中国，众多的神话产生在这里，众多的上西天的传说产生在这里。因此，人们把这里当成天帝之都，佛国圣地，给祁连山安个"昆仑"的佛界圣景，也就可以理解了。

从昆仑神话产生的时间往上推测，昆仑应是秦汉以后的作品，远不如钟山（春山）一类作品早。由于它位居西北，应合了天地之中的观念，占据了八卦中的乾位，又有西王母古国为依托，所以在上古神话中仍占有一定的地位。加上它在传说中的迷人的神秘色彩与绘声绘色的夸张描述，莫不令人神往，所以昆仑一直为人们所仰慕。

三十三、三门神话

（一）铜翁仲

《水经注》说：陕城，昔周、召分伯将此城分为东西两部分，东邑为虢国的上阳国，虢仲之所都，为南虢。这里是大城套小城，焦国也在城里。北临黄河，悬水百余仞，真叫人害怕。据说有人发现西北边的河里，突然水涌起数十丈高，有人高呼："水怪来了！"老百姓说这儿是铜翁仲的住处。据说那铜翁仲的头常常露出水面，水涨则涨，水减则减，始终与水齐平。它会发出嗟嗟的叫声，声闻数里。翁仲是个什么东西不清楚。有人说秦始皇二十六年，有长狄十二见于临洮，长5丈余，以为祥物，而铸金人十二以象之，那金人各重24万金，坐于宫门之前，人称之为"金狄"。也有记载说那长人，身长5丈，足6尺。汉人也相信长人为吉祥物，铸铜人于未央宫前，名曰翁仲。

（二）砥柱捉鼋

《搜神记》记载：齐景公渡于江、沈之河，鼋衔左骖，没之，众皆惕。古冶子于是拔剑从之，邪行五里，逆行三里，至于砥柱之下，乃鼋也。左手持鼋头，右手挟左骖，燕跃鹄踊而出，仰天大呼，水为逆流三百步，观者皆以为河伯也。

（三）马沟斗龙王

马沟水深湖大，住着一个老龙王，它经常兴风作浪，使这里的水越涨越高，北到山西平陆张店塬，南到河南陕县张茅乡的魏德岭。这一带的老百姓受不了，尧王就派大禹治水。大禹来到这里视察了水情，拎起神斧把挡水的大山砍了三个豁口，分成为四个岛子，这就是狮子头、人门岛和神门岛、鬼门岛，使马沟从一个大湖变成了一个河谷。这可惹恼了老龙王。他把天上的云雾都吞进肚里，在这儿发大水，兴风作浪，淹没了许多田地村庄。大禹很恼火，拔出神剑钻进水里，追到龙宫与老龙搏斗。他们在水里你来我往斗了三天三夜，最后大禹把老龙王刺死了。龙王的血喷到了三门峡两岸的山石上，所以那里的石头和泥土都是红的。

水患平息了，老百姓又回到老家垦荒种地修房盖屋了。时至今日三门峡周围的大山上仍有许多废弃的窟洞，这就是他们当年避难住的地方。

（四）老君列石

三门峡大坝下有一块老君列石。古人为它写过一首诗。诗中说：

三门东去近，激浪早先鸣。
列石鼋鼍现，翻风雀鸟惊。

这列石鼋鼍是怎么回事呢？传说在马沟的时候，水里有个妖怪，经常出来害人，谁也拿他没办法。乘船过河多因风高浪急翻船，人被淹死。

有一天一个老人翻船掉进水里，他抓住了一个木桨，才漂到了北岸。老汉在休息时看到了一个妖怪像两扇门那么大，张着嘴要吃人。老汉仔细一瞧，原来是只老鳖。他回到村里，告诉村里人，村里人找来太上老君擒妖。这里本来归太上老君管辖，太上老君来了，一看果然是老鳖作怪，可它躲在深水里没法捉住它。太上老君就来到石上划了一个豁口，让水顺流出去，河水少了老鳖甲壳露出了水面，太上老君一脚把它踩在脚下，准备把它杀了。老鳖苦苦哀求说："别杀我，别杀我，留着我总有用得着的时候。"老君心想也对，就没杀它。

有一天太上老君想在三门峡上造桥，想过河看看，就扔了一块石头在河里垫脚，可是石头不稳，老君呼道："老鳖何在？"老鳖应道："在。""这石头不稳，你给我爬下去垫稳了。"老鳖答应："噢。"就钻进水里垫在石头底下。由于老鳖的壳子里有珍珠，所以列石台上发着亮光一闪一闪的。

现在三门峡大坝下靠电梯的大块大礁石，就叫老君列石，相传就是太上老君炼丹之处，石头下面有老鳖垫着的，很稳，不会沉底。

（五）梳妆台

三门峡大坝沿电梯下去，左手边那块石头就叫梳妆台。台子下有一条缝，缝里塞了一块石头，据说是王母娘娘垫梳妆台的鞋子。顾名思义，梳妆台应是女人闺房里用的东西。可在故事中却见不到神女梳妆这一类事，留下来的是王母娘娘与太上老君争地盘的故事。传说王母娘娘来到人间，见梳妆台这地方很漂亮，就圈地说梳妆台是她的。可是太上老君是这里的主人，自然不答应。他们因此起了争执。为证明这地方是自己的，太上老君把一根手杖插进地里，王母娘娘也把绣花鞋埋进地里，发现了手杖，便把手杖塞进了鞋肚子里。太上老君要上天告王母娘娘，王母娘娘耍赖撒泼，气得老君没办法，挑了两座煤矿就朝北走了。王母娘娘拉住担子不放，结果太上老君还是挣脱了王母娘娘的纠缠，挑着两个煤矿朝山西走了。王母娘娘没能拉住老君，反而使煤屑撒了一地，把身上也弄脏了，她不得不到梳妆台梳洗打扮。见梳妆台不稳，就把那弄脏了的绣花鞋垫在梳妆台的一只脚下。所以至今梳妆台虽然毁了，但那垫梳妆台脚的绣花鞋还在。不信你可以去看看。人们说山西产的煤是大块煤，那是太上老君把煤矿挑到他们那儿去了。河南产的煤都是末末子，那是王母娘娘拉扯时撒下的。虽然这个故事充满地域物产与风情的特点，但太上老君、王母娘娘、玉皇大帝等表明它不是原始神话，而是很晚的地域神话。

三十四、扶桑神话

金乌负日

《博物志》说:"扶桑,东海之东岸,岸直,陆行登岸一万里,东复有碧海。扶桑在碧海之中。地方万里,上有太帝宫,太真东王父所治处。地多林木,叶皆如桑。又有椹树,长者数千丈,大二千余围。树两两同根偶生,更相依倚。是以名为扶桑。仙人食其椹而一体皆作金光色,飞翔空玄。其树虽大,其叶椹故如中夏之桑也。但椹稀而色赤,九千岁一生实耳,味绝甘香美。"

这段文字讲的扶桑是一种神桑树。它生长在东方的大海之中。树非常之大,有2 000多人牵着手也围不住,有数千丈那么高。这种树像人一样总是雌雄并生,叶子像我们养蚕用的桑树叶子。树上结的桑果是红色的,9 000年才结一次,吃起

来又甜又香，味道绝美，吃了可以长生不老。传说太阳就是从扶桑树梢爬上天，然后从东向西运行的。上古时候的许多王侯都相信有这种神树，不少帝王为追求长生不老而四处寻觅。

《山海经》说："大荒之中有山，名曰孽摇颎羝，上有扶木，柱三百里，其叶如芥。有谷，曰温源谷。汤谷上有扶木，一日方至，一日方出，皆载于乌。"颎（yūn），温源谷即汤谷。乌指三足乌。佚书《云中记》说："蓬莱之东，岱岳之间，有扶桑之树，树高万丈，树岭常有天鸡，为巢栖于树上，每夜半时则天鸡鸣，而日中阳鸟则应之，阳鸟鸣，则天下之鸡皆鸣。"

《山海经·海外东经》说："汤谷上有扶桑，十日所浴，在黑齿北，居水中，有大木，九日居下枝，一日居上枝。"扶桑、樽桑、若木、若华、空桑、蟠木为同一树木。生长在旸谷那地方，树高300里，叶子如芥菜叶子，枝头上栖着10只金乌。每只金乌身上驮着一个太阳。每天黎明金乌带着太阳由最高枝起飞，经过咸池、海洋，到海里洗个澡，然后重新起飞，同一天时间在天空飞一周，最后在一个叫昧谷的地方的山口潜入地下，再沿大地的另一边飞回扶桑。

可以说扶桑神话是我国东部地区最美妙最富有想象力的神话。它反映了古人对太阳运行的理解和认识。

第一，认为太阳是运动的，从东方的大海一个叫旸谷地方出来，沿着扶桑顶穹从东向西运行，到昧谷（蒙谷）那地方落下去，然后在地下（即地球的另一边）运动，第二天早上再回到旸谷，从海里钻出来。在古人的意识里已产生了一种新的意识；太阳在环绕一个圆球运行。

第二，扶桑生长在海里，指代的是黄河下游地区。曲阜一带在众多的史书和民俗中都有扶桑之称或空桑之称。如说少昊出生于"空桑"，金天氏皇娥嬉于"空桑之地"等。扶桑木这种大树并不存在，它是根据桑树夸张想象出来的一种神树，相当于传说中的麻桑树。有一首儿歌唱道："麻桑树万丈高，你把二郎老爷摔一跤，二郎老爷诅咒你，三尺五寸就弯腰。"所以现在的麻桑树都长不高，只有三尺五寸。这和扶桑树一样都是一种想象中的神树。

第三，这则故事的核心反映的是十月太阳历历法。故事中有"九日居下枝，一日居上枝"，说明扶桑这地方是十日所浴之处，即实行十月太阳历的地方。太阳只有一个，不会有10个。这一点古人是清楚的。十月太阳历，是根据太阳运行的规律所制定的历法，该历法的特点是根据太阳在北纬黄道带上所历星区把一年划分为10个月，每个月36天，一年360天，另5天过年。顺序是1—10月依次复现。而每天有16个时辰，从太阳出来到太阳落下去。鸡鸣是报时辰的表示。天明时人们一听鸡叫几遍即知是黎明什么时候，中午也要听雄鸡午时高唱，太阳落山，雄鸡回窝不叫了。所以说这个故事包含有古时时辰的表示，即"一日方至，一日方出"。

第四，故事中说"东西有碧海，扶桑在碧海之中"，提出了一个问题，扶桑在哪里？有的人胡乱猜测，称日本为扶桑，认为那里是东海，在碧海之中。这是没有根据的。

其一，东海所指古今不同。今天的东海指上海浙江东面的沿海。古时的东海并不是今日的东海。在五六千年之前，上海地区、江苏地区乃至山东泰山以东地区的平原都在海里，那些地方都是东海。

其二，其时鲁西南一带低洼地区及河北平原与渤海相连，并非陆地而是一片国泽。所以说太阳从东海里钻出来，并不是今日的东海里日本一带钻出来，而是从山东平原，被称为扶桑的地方的旸谷里钻出来。因此，扶桑不是别的地方，而是山东曲阜附近一带地方。旸谷才是太阳出来的地方，太阳之家。

三十五、愚公与智叟[1]

《列子·汤问》有愚公移山的故事。原文是：太行、王屋[2]二山，方七百里，高万仞。本在冀州[3]之南，河阳之北。北山愚公者，年且九十，面山而居，惩山北之塞，出入之迂也，聚室而谋曰："吾与汝毕力平险，指通豫南，达于汉阴，可乎？"杂然相许。

其妻献疑曰："以君之力，曾不能损魁父之丘，如太行、王屋何？且焉置土石？"杂曰："投诸渤海之尾，隐土之北。"

遂率子孙荷担者三夫，叩石垦壤，箕畚运于渤海之尾。邻人京城氏之孀妻，有遗男，始龀，跳往助之。寒暑易节，始一反焉。河曲智叟笑而止之，曰："甚矣，汝之不惠！以残年余力，曾不能毁山之一毛，其如土石何？"北山愚公长息曰："汝心之固，固不可彻，曾不若孀妻弱子。虽我之死，有子存焉；子又生孙，孙又生子；子又有子，子又有孙；子子孙孙，无穷匮也。而山不加增，何苦而不平？"河曲智叟无以应。操蛇之神闻之，惧其不已也，告之于帝。帝感其诚，命夸娥氏二子负二山，一厝朔东，一厝雍南。自此冀之南、汉之阴，无陇断焉。

注

[1] 王强模译注，《列子全译》，贵州人民出版社，第131页。

[2] 太行，即太行山。王屋，即王屋山。魁父，小山阜。太行山在山西省东南与河北河南交界处，王屋山东山西南部与河南交界，近河南小浪底水库。愚公、智叟人名，愚老人，智老人。三夫，三个男人。京城，氏姓，寡妇。遗，遗孤。龀（chèn），开始换牙的小孩子。操蛇人，夸娥氏，神名。

[3] 冀州，古九州之一，其地含今山西河北全省及河南北部等地区。河曲，黄河大拐弯的地方，厝（cuò）。朔东：朔，今宁夏的东部。雍，雍州，今陕西、甘肃一带。河阳，古县名，在今河南孟县境内，王屋山南面。

故事的大意是说太行、王屋二山，方七百里，高万仞。位于冀州之南，河阳之北。北山愚公年已九十，面山而居。由于山挡住了他家的出路，使他家出入很不方便，他们到南边来要兜很大的圈子。因此他召集家里人开会，说我虽然年已九十，决定与你们"毕力平险，指通豫南，达于汉阴"，他家里人都很赞成。他的老伴有顾虑，说："以君之力，曾不能损魁父之丘，连一个小山头都没办法，怎么能移动太行、王屋这两座大山呢？"最后他们一家人决定齐心移山。愚公便带着子孙们挖山不止。男的挑土，叩石垦壤，这事感动了邻里，他们也来帮忙。连京城氏的寡妇，刚开始换牙的六七岁的小孩也来了，大家背的背，挑的挑，度过了一个又一个寒暑。这时候愚公的一个老朋友，河曲智叟来了，劝他们别这么干了。理由有三："一靠你们几个人的力气是完不成的；二是你们把山搬到哪里去呢？扔到海里，不把海填平了吗？移到别的地方去，不是挡住了别人的去路了吗？三还是动动脑筋，另外想办法吧！"愚公问："想什么办法？"智叟说："比如说不移山，从山北到山南打个洞，不是就可以从洞里出入了吗？"愚公听了也哈哈大笑说："你就拉倒吧！就会胡想八想，算了吧，还是老老实实挖山吧！"

那要挖到什么时候呀？

愚公说："怕啥？唉，你的心太顽固，死硬不开窍，连寡妇小儿也不如。你想过吗，我死了，有儿子，儿子生孙子，孙子生儿子，儿子又有儿子，子子孙孙永无穷尽，而山又不会长的，挖一点就少一点，只要有决心，还怕山不能移走吗？"智叟说："我钦佩你的毅力与勇气，的确只要下定决心，不怕牺牲，排除万难去争取胜利，没有办不成的事。但如果能换一种办法能达到目的，为什么不试一试呢？"

历史的现实证明：智叟的想法是对的。愚公未能把太行王屋搬走。如今王屋山下穿了隧道，又在黄河上架了桥梁，住在王屋北山的人不用绕道开车就可以从王屋山北边直接到河南的晋县（河阳）了。2017年我们就从这条路线走过。意志变成了力量，神话变成了现实。

三十六、共工怒触不周山

共工究竟是一个什么样的氏族，我至今也弄不清楚。从现有材料看，它可能最初在六盘山一带活动。在伏羲时代，伏羲尊始祖雷明王以龙名官的传说，命共工（古称大庭氏）为居龙氏，专门负责治屋庐、筑坝、砌祭坛等事宜，继而升为上相。都城的地址在六盘山崆峒山西侧山脚下，即甘肃天水秦安大地弯。那儿已考古发掘出6 000年以前的宫殿遗址。六盘山的北面是贺兰山。由于它阻挡了西边的寒风沙漠的侵袭，六盘山与贺兰山两大山脉相依而不相衔接，当中留了一个大缺口，黄河就从这个缺口进宁夏，傍山北行东进。这个大缺口在神话中就变成是共工生气撞出来的。因山有缺口为不周匝，所以古时民间叫它不周山。

共工为什么要怒触不周山呢？据王大有先生说，在距今9 719年（公元前7722年）建了一个天文中心。某日，不周山口忽起狂风，风卷飞沙走石，昏天黑地，风头从山顶横来，斜冲大风雨表，天齐建木倾倒，准绳自然中断——系在中央定表上的八索准绳中断——飘在空中；定表向东南倾斜！对这场天灾骊连氏（昆吾，秋官主白竿）认为是共工的责任，共工亵渎了天神，招来了天谴，"不宜作上相"。"女娲听信骊候所言，决定由骊候为上相，共工不服，不交出祭天权，聚族众守山，坚守表木天柱。骊候亦率众攻山，两族在不周山上决战。决战中撞坏了天柱表，天柱废毁。女娲怒，惩处共工。共工含愤而去死于祁连山。"[1]这可能就是共工与女娲争帝，不胜，怒触不周山故事的来龙去脉。

可是到了炎帝时期，共工又成了职能王了。王大有著的《三皇五帝时代·炎帝氏族世系年谱》，帝序6有帝号共工，序号11有共工。这就是说炎帝时期共工曾两度为相。不仅如此，共工的地盘反而越来越大了，天下十分之七的水，十分之三的陆地都由他管。

《淮南子·天文训》说："昔者共工与颛顼争为帝，怒而触不周之山，天柱折，地维绝，天倾西北，故日月星辰移焉；地不满东南，故水潦尘埃归焉。"《淮南子·兵略训》说："颛顼常与共工争矣——共工为水害，故颛顼诛之。"前面说共工与女娲争帝，被女娲处罚，死于昆仑山。这里又说被颛顼杀了。《淮南子·原道训》还说："共工与高辛（帝喾）争为帝，遂潜于渊，宗族残灭，继嗣绝祀。"

《史记·楚世家》也说:"共工氏作乱,帝喾使重黎诛之而不尽。"到尧时,共工治水39年不成,见尧举兵而诛杀鲧于羽山之郊,便向尧进谏曰:"孰以天下而传之匹夫乎?"尧不听,"又举兵而诛共工于幽州之都"。冤!

  由上述可见:共工氏族是一个贡献非常大的氏族。他们的领袖被诛被流放了好几次,它仍旧治水造房筑堤不息。这一切说明被诛的是共工氏族的头人。前面一代的头人被诛,后面一代的新头人继之。华夏民族前前后后经历了三皇五帝三王不同的十几个王朝,长达数千年。共工却一个王朝一贯到底。他们一次次反抗,一次次被镇压,依旧前仆后继,一往无前,顽强不屈,死而无悔。作为氏族,他生于不周山,以治水为目标,立国于三门峡,世世代代防洪治水,功高盖世,却一次次被诛,不能不怒,不能不怨,不能不触不周山,以泄心头之愤。共工,生不改名,死不改姓,不挠不屈,堂堂正正,顶立于天地之间,英名盖世,雄贯古今,它的奋斗精神早已注入了中华民族血液,铸成了中华民族的不可被征服的性格。一切"为害""作乱"云云,都是莫须有的。共工不朽![2]

附录

《淮南子·天文训》

  "昔者共工与颛顼争为帝,怒而触不周之山,天柱折,地维绝。天倾西北,故日月星辰移焉;地不满东南,故水潦尘埃归焉。"

注

  [1] 王大有著,《三皇五帝时代》,时代经济出版社,第110—111页。
  [2] 共工,氏族名,官名,神名。中国的大力古神。善工垒坛治水懂天文。本神话故事借共工解释中国西高东低的地形特点。

三十七、廪君和盐水女神[1]

务相投壶，女神求爱[2]

廪君之先，故出巫诞[3]。巴郡南郡蛮，本有五姓：巴氏、樊氏、瞫氏、相氏、郑氏，皆出于武落钟离山。其山有赤黑二穴。巴氏之子生于赤穴，四姓之子皆生于黑穴，未有君长，俱事鬼神。仍共掷剑于石穴[4]，约能中者，奉以为君。巴氏子务相乃独中之，众皆服。又令各乘土船，约能浮者，当以为君。馀姓悉沉，惟务相独浮。因共立之，是为廪君。乃乘土船，从夷水至盐阳。盐水有神女，谓廪君曰："此地广大，鱼盐所出，愿留共居。"廪君不许。盐神暮辄[5]来宿，旦即化为虫，与诸虫群飞，闭掩日光，天地晦冥，积十余日。廪君不知东西所向，七日七夜，使人操青缕[6]以遗盐神，曰："缨此，即相宜云，与女俱生，宜将去。"盐神受而缨之。廪君即立阳石上，应青缕而射之，中盐神。盐神死，天乃大开。廪君于是君乎夷城[7]，四姓皆臣之。

注

[1] 本文选自《世本》八种陈其荣增订本，中华书局版第12页。齐鲁社《帝王世纪》《世本》《逸周书》《古本竹书纪年》合订本，第53—54页。

[2] 廪君和盐水女神：均为氏族联盟的领袖，君长。《水经注》"江水又东，巫溪水注之。水南有盐井，并在建平县北。盐水下通巫溪。溪水是兼盐水之称矣。"盐水女神即巫溪之女神。

[3] 巫诞：《山海经·海内经》有"西南有巴国。大皞生咸鸟，咸鸟生乘厘，乘厘生后照，后照始为巴人。"说明巴人是伏羲的后代，是十分古老的民族。巴国是古老的国家。常璩《华阳国志·巴志》记载，至汉时巴国"凡统郡一十二（包括巴、巴东、涪陵、巴西、宕渠、汉中、梓潼、武都、阴平、新城、上庸、魏兴），县五十八。但在巴国产生之前这里只有巴氏、樊氏、瞫氏、相氏、郑氏五姓，其先祖出于巫水边上，至今没有首领"。这里的争神，即产生首领。

[4] 仍：作乃。掷剑于石，即掷剑于石白一类东西里，后来的投壶活动源于此。这是一种原始的选举方式。

[5]暮辄：辄（zhé），总是。指天黑总是来取宿。

[6]青缕：缕（lǚ），线状物。青缕，指青丝带，或青麻绳、布带一类的织物。陈其荣《世本》增订本姓氏部分有此故事。结尾文字继"积十余日"之后为"廪君伺其便，因射杀之"。

[7]夷城：指平定盐水女神之城。

这个故事讲的是巴郡南郡那地方的人，有巴氏、樊氏、瞫氏、相氏、郑氏五大姓氏。巴氏、樊氏、瞫氏、相氏、郑氏都生于武落地区的钟离山一带。钟离山上有赤黑两个洞穴。巴氏之子生长于赤穴，四姓之子生长于黑穴。那时候，他们没有君长，碰到问题，全部是求鬼神帮忙解决。南方的部族发展起来时，发生过一些战争，他们只能凭长江三峡的险峻固守，从而保护自己。这几个部落之间发生纠纷，如一个氏族的牛羊践踏了对方的庄稼也没法解决。因此，他们希望通过选举公推一个共同的领袖来管理他们的国家。

怎么推选呢？他们商量决定用投壶的办法进行，即用箭往石臼里投，投进一支得一票。那时还没有壶，有人就搬来一个舂米用的石臼，要求大家往石臼里投。投壶仪式在一个山坡上的小坝子上举行。这一天特别热闹，大人小孩全都来了。连巫溪国的盐水女神也从盐水城赶来。为了保证公平，他们公推了三位长者为监视人。三位长者，有的监视投箭者所站的位置有无违规，报告投壶结果；有的负责收箭递箭；有的负责监视投中与否。他们宣布：投壶人必须站在五十步以外；投中者一轮得一票，连投三轮；谁中得多，谁胜；如互相等同，则再进行一轮比赛，直至分出胜负为止。

第一轮投壶开始了，大人敲梆，小孩叫喊，连鸟儿也高兴得叫个不停，鱼儿欢快地激起朵朵浪花。投壶人一个挨一个往石臼里投箭。结果第一轮樊、相二人各得一票。第二轮瞫、相二人各得一票，第三轮郑、相二人各得一票。三轮下来，务相独得三票。本应宣布务相得胜，但有人提出质疑，怀疑盐水女神作弊，因她开始在现场，后来变成了一只飞蛾，飞走了。故怀疑是她助阵。

监视人当即决定再进行一次浮船比赛。比赛地点在捍关举行。《水经注》说捍关是"廪君浮夷水所置也"。其时巴、楚攻伐，巴人借险设关。这儿离巫溪（盐水）不远。

比赛开始，监视人宣布各人乘土船，即用一段大木头挖空为船，看谁能浮水中，能浮水者为君。大家一一乘上土船冲浪激流，从夷水涉险至盐水盐阳城。这里是盐水女神的统治土地。他们以煮盐种稻维生，生活富裕。女神自然欢迎。但她要求务相答应她，与她相好。务相不同意，说："我不会为获得你而损害我们国家的利益。"盐水女神要求把她的国家并入巴国，拥护务相为廪君，也被廪君拒绝了。廪君说："这要我们国家和你们国家的人民都同意才行。"但当务相进行浮船比赛进入盐阳城后，才发现站在他面前的盐水女神是那么美丽，简直像个玉人似的，小眼、细眉、高鼻梁、小嘴巴，耳朵上还挂了一串绿色的玉缀，挽着葫芦结，穿白布衫，绿筒裙，翩翩而来，飘飘而去。再加上那副薄嘴皮，会说话，快人快语，声音甜美，所以务相很是动心，但他一直没有表白出来。这一点被盐水女神察觉了。

而盐水女神呢，偏偏对巴国务相一见钟情，她一生不知有多少神人追求她，她看都不看人家一眼，可偏偏相中了务相。在投壶时，她暗中相助，使之百发百中，故而引起监视者的怀疑。但她很得意自己的作为。务相来到盐水城后，她便暮辄来宿，旦即化为飞虫离去。正像歌里唱的"花非花，雾非雾，夜半来，天明去"，甚至径直地要求务相娶她，务相也并未允诺，而是一门心思准备着来日的比赛。结果比划船，务相又赢了。监视人宣布务相获胜，成为巴国廪君。

务相成为巴国廪君之后，盐水女神再一次要求与务相成为夫妻，务相不允，这才激起盐水女神的一席话，说他的成功与她的暗中相助有关。这使务相十分恼怒、羞愧，更不愿与她结合。他觉得他必须赶走这个女人。

盐水女神仍如往日，暮来朝去。去后与许多飞虫结群在天空中飞来飞去，掩蔽了阳光，使天地晦冥晦暗，一连七天七夜。开始务相弄不清楚是怎么回事，后来得知是盐水女神搞的，就派人给她送了一根青丝绳，叫她结在头发上，说只有这样，才能博得务相的欢心，娶她为妻。盐水女神信以为真，系上青丝绳与同伴在天空飞舞，被务相发现，朝着青丝绳一箭射去，正中盐水女神。盐水女神其实也知道这是务相的计谋，宁愿死在他的箭下，死的时候还是笑着的，临死时还对她的臣民说："从今以后，我们盐水国就可以加入巴国了。务相就成了我们的廪君。这是我用牺牲自己换来的。你们必须服从他的领导，才能过上好日子。"

几日之后，云开雾散，天气晴朗，务相不安地安葬了盐水女神，进入了盐水国的都城，并答应吸收他们的全体人民加入巴国，成为巴国的一员。

西方世界总是热炒民主选举制，仿佛这是他们的一大发明。这个故事告诉我们选举制并不新鲜，中国几千年前就有了。廪君与盐水女神的故事，非常美，许多文献里都有记载。最早的记载见于《山海经》《世本》《蜀录》《书抄》等文献中。袁珂选译《神话选译百题》上海古籍出版社版亦有载。

这个故事是由好几个故事合成的。一是投壶比赛，一是浮船比赛，一个是与盐水女神的相恋。这几个故事表达的是同一个主题，古人对自由的向往和追求。

投壶表达的是古人对政治自由的追求。这是迄今为止我们见到的古氏族以投壶方式（有的以投豆）选君主的文字记载。可以说这是我们迄今见到的我国原始公社推选氏族首领最为完整的记载。几千年来，我国抛弃了这一民主选举制度，实行的是封建宗法制。国家的权力有父传子、子传孙，一代一代世袭的，有武力夺取的，却没有选举君主的。所以这个数千年前推选君主的故事，特别令人感到新鲜。这使人想到摩尔根《古代社会》中 100 多年前的氏族选举制度，他们也是公推的，和中国 4 000 年以前的投壶选举很相似。选举制是一部分中层人士对民主制的向往，他们借选举表达对世袭制的不满。对于多数下层的老百姓来说，他们并不在乎选举或不选举谁，而是看谁能给他们的生活带来实惠，切实维护他们的利益。

第五章
兴亡训诫的传说

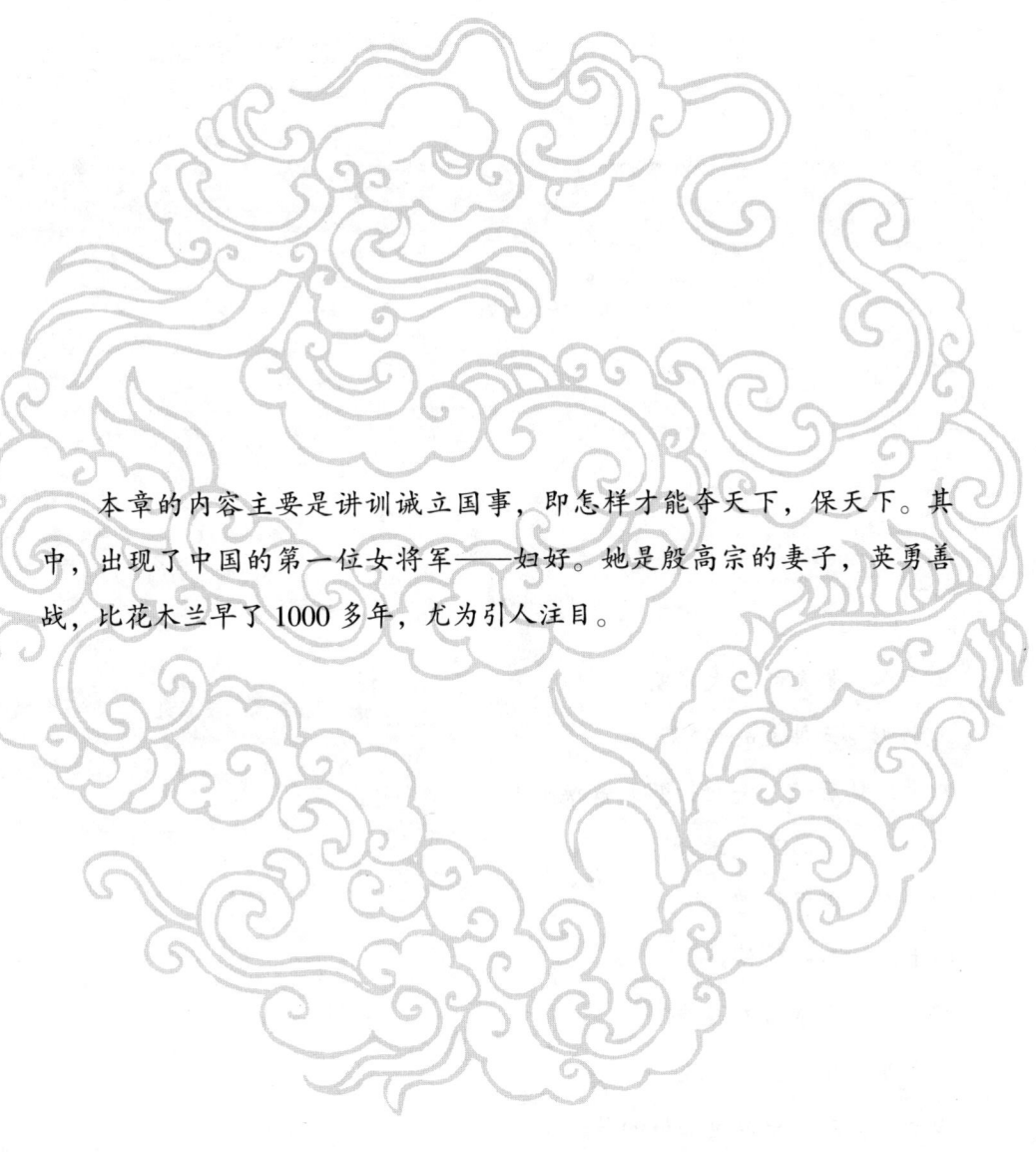

　　本章的内容主要是讲训诫立国事,即怎样才能夺天下,保天下。其中,出现了中国的第一位女将军——妇好。她是殷高宗的妻子,英勇善战,比花木兰早了1000多年,尤为引人注目。

三十八、蚩尤的三大发明

三十九、三神大战

四十、夏后起用美女行贿天帝换《九歌》

四十一、商汤为民请命

四十二、伊尹陪嫁

四十三、巫咸的传说

四十四、少康与玄冥神

四十五、孔甲食龙乱政

四十六、武丁与傅说妇好的传说

四十七、武乙射天

四十八、周穆王宾于西王母

四十九、褒姒

三十八、蚩尤的三大发明

《史记》说:"蚩尤之旗,类慧而后曲,象旗,见则王者征伐四方。"所以蚩尤一向被视为灾星。其实,蚩尤和五帝一样是中华的始祖神。他是第一个将气象用于战争的人,第一个以铜铸兵器的人,第一个发明法律,以五刑治世的人。他功高至伟,被尊为兵神、战神、刑神,因此喜欢他的人称他为善神、创造之神,不喜欢他的人称他为恶神、乱神。

(一)蚩尤小传[1]

蚩尤为九黎之君,其少时曾学于中国。仕于炎帝,使宇[2]少昊,再仕于黄帝,为主金之官,又为当时(主时)之官。黄帝深器之,使佐少昊。其时黎民踢

踖[3]江湖之外，为我所鄙贱。蚩尤既久游外国，稔知[4]诸夏、九黎，终不能并存于世。又默观神农氏衰，知事机不可失，乃潜铸金类，以为利器，遂即率众北向，以反抗中国。

未几，逐帝榆罔而自立，号炎帝。亦曰阪泉氏。蚩尤所率九黎之民先在江南，及战胜榆罔，自号炎帝，时则已逾河北，乃进而益西，与黄帝遇于阪泉涿鹿之野。黄帝使应龙杀蚩尤。

注

[1]摘自夏曾佑著，《中国古代史》上，团结出版社，第16—17页。

[2]使宇：宇，养育，抚养。《逸周书》作"于宇少昊"。蚩尤明天道或于宇少昊有关。

[3]踢踖（jú jí）：踢，意为弯曲处世。踖，意为处处谨小慎微。

[4]稔知：稔（rěn），表示很熟悉，熟知，素知。

（二）蚩尤的第一大发明：明天道

在三大发明中，最重要的是蚩尤明天道。明天道，即知晓天文气象，指蚩尤是第一个将天文气象用于战争的人。

《管子·五行篇》："昔者黄帝得蚩尤而明于天道。——黄帝得六相而天地治，神明至。蚩尤明乎天道，故使为当时。"[1]

《述异记》："轩辕之初立也，有蚩尤氏兄弟七十二人，铜头铁额，食铁石。""人身牛蹄，四目六手。""耳鬓如剑戟，头有角与轩辕斗，以角抵人，人不能向。"

《河图洛书》："蚩尤率泽国之兵，与黄帝控弦之士[2]相角于大野[3]，虽有铜头铁额之固，风伯、雨师之从，亦无所用之。"

注

[1]当时：指掌管天时之官。

[2]控弦之士：指操控弓弩石矢的士兵。

[3]大野：即当今巨野。泽国之兵，指在大野泽之兵。

（三）蚩尤的第二大发明：作兵[1]

说蚩尤是第一个制造兵器的人是有根据的。

《管子·地数篇》管子答桓公地数之问说："出铜之山，四百六十七山，出铁之山，三千六百九十山。——修教[2]十年，而葛庐之山发而水出，金从之，蚩尤受而制之，以为剑、铠、矛、戟，是岁相兼者诸侯九。雍狐之山，发而出水，金从之，蚩尤受而制之[3]，以为雍狐之戟、芮戈，是岁相兼者诸侯十二。故天下之君顿戟一怒，伏尸满野，此见戈之本也。"

注

[1]摘自谢浩范、朱迎平译注，《管子全译》下，贵州人民出版社，第916—919页。

[2]修教：指修政令，颁布宣教政令。

[3]蚩尤受而制之：指蚩尤以上述两山的矿石冶炼制造兵器。所以《尸子》说："造冶者蚩尤也。"《世本》说："蚩尤以金作兵。"苏锷《苏氏演义》点明："蚩尤作五兵，谓戈、殳（shū）、戟，酋矛、夷矛也。"

（四）蚩尤的第三大发明：制刑曰法

蚩尤是第一个制定法律管理国家的人。《尚书·吕刑》王曰："若古有训，蚩尤惟始作乱，延及于平民，罔不寇贼，鸱义奸宄，夺攘矫虔。苗民弗用灵，制以刑，惟作五虐之刑曰法。杀戮无辜，爰始淫为劓、刵、椓、黥。越兹丽刑并制，罔若有辞。"

罔不寇贼，鸱义奸宄，夺攘矫虔：这是周穆王说的话。意思是说，蚩尤制五刑，是说蚩尤借制五制，犹如鸱龟曳衔，与坏人相互串通，干坏事，牵连到平民百姓，在社会上形成无人不作寇贼，轻率不正，内外作乱，抢劫盗窃，诈取豪夺的混乱局面。所谓五刑：

一曰劓：音易，鼻刑；

二曰刵：音尔，古刑割耳；

三曰椓：音涿，宫刑。

四曰黥：音禽，古墨刑，即在脸上刺字；古刑除了以上几种外，还有木手铐木脚镣等桎梏之刑。

蚩尤是九黎三苗集团的首领。由于他明天道，发明了众多的先进武器，又首创了法律，依法治世，重视农业生产，发明水牛犁田，加上八十一兄弟打仗又勇敢，所以在三大集团中处于领先地位。他先后打败了神农集团，黄帝集团。由于黄帝集团与神农集团组成了军事联盟，学习了蚩尤之所长，并采取了分化蚩尤集团的策略，拉拢明天道的少昊，又派旱魃打入蚩尤内部，致使蚩尤被黄帝擒获，戴上木铐，被刀砍斧劈，身手足异处。死葬今山东阳谷寿张，肩髀冢在今山东巨野，每年十月民祀之，以志不忘。

长期以来，蚩尤背上了恶名，他从中华始祖中最伟大的发明家和英明首领，一下变成了恶人。他的恶名是怎样的呢？这就需要研究。

在神话传说中，蚩尤神是一个半人半兽的怪物，有人爱他，有人怕他。其形状成人立状，豹首虎爪，头戴弓，一手持戈，一手持剑，一足登弩，一足蹑矛，十分狞猛。这是武梁祠制五兵的蚩尤神；《楚帛书》十二月神中四月的蚩尤神，其神形为：蛇首青色，口吐歧色，头有四角，双身，一赤一棕，相互纠结为二龙神。类似伏羲女娲交尾蛇，以示蚩尤为伏羲女娲的后代。他也是最早的民间抗旱求雨之龙王神。鱼龙河图等书描绘的蚩尤神有七十二兄弟，一个个人身牛蹄，四目六手，铜头铁额，耳鬓如剑戟，食铁石，兽语人身，能呼风唤雨，会吞云吐雾。打起仗来不仅会使用刀枪剑戟，还会头顶角斗，弄得黄帝拿他毫无办法，不得不求救于九天玄女。这就是角抵戏里说的蚩尤神。

分析一下上述几种蚩尤神，可以发现其特点都与蚩尤的三大发明有关。武梁祠蚩尤神，反映的是发明五兵的蚩尤神；《楚帛书》反映的是明天道，知四时的蚩尤神；鱼龙河图反映的是将天文、气象、五兵、牛耕农业用于战争的蚩尤神。人身牛蹄，头上有角，四目六手，这一切不过是身披整牛皮的原始人的神化；食铁石，铜头铁额等等也同样是对制五兵的神化；发明五刑，受人诅咒，是因为五刑的发明，触及了社会的中枢神经。蚩尤的三大发明更是使他在战场上所向披靡，无人能敌，使蚩尤成了人们又爱又怕又恨的神灵。他的智慧与创造使人爱，他的英勇无畏使人怕，特别是使统治者恐惧，因此，蚩尤就被他们说成了恶神与乱神。

三十九、三神大战

三神：黄帝、神农、蚩尤
地址：涿鹿
时间：距今 6 400 年左右
事由：争夺中原

上古的历史，并不是像儒家学者们描述的那样是圣贤治世，老百姓都过上了和平、安宁、幸福的日子。国家的祥和统一是用血换来的。母系世袭让位于男性统治，生产方式改变了，财富增加了，地域的扩展与争夺，权力的更迭，都是充满了血腥味的。在民族的生存竞争中，炎黄之战、炎蚩之战、炎黄与蚩尤之战、颛顼与共工争神之战、尧令后羿射十日而发生的征伐东夷之战、帝喾与戎狄之战、舜征三苗、大禹南征等等，都是有历史记载的。这些战争的中心点，是争夺中原，争夺中央之国的主导权。其中既有联盟统一的斗争，也有联盟解体或联盟内部夺权篡位的斗争。如尧与羿实行东西方联合，尧利用羿镇压十日族人，夏以后又有羿篡夏政等。为节省篇幅，我们只侧重介绍炎、黄、蚩三神的涿鹿之战。

《史记·五帝本纪第一》有这场战争的相关记载："轩辕之时，神农氏世衰。诸侯相侵伐，暴虐百姓，而神农氏弗能征。于是轩辕乃习用干戈，以征不享，诸侯咸来宾从。而蚩尤最为暴，莫能伐。炎帝欲侵陵诸侯，诸侯咸归轩辕。轩辕乃修德振兵，治五气，艺五种，抚万民，度四方，教熊、罴、貔、貅、䝙、虎，以与炎帝战于阪泉之野，三战，然后得其志。蚩尤作乱，不用帝命。于是黄帝乃征师诸侯，与蚩尤战于涿鹿之野，遂禽杀蚩尤。而诸侯咸尊轩辕为天子，代神农氏，是为黄帝。"对这段文字需要说明的是：

其一，这里写了至少三场战争。一是"诸侯相侵伐"的战争，说明其时诸侯之间发生过战争，神农打不过他们，不能制止他们之间的战争；二是轩辕与炎帝战于阪泉之野，"三战，然后得其志"；三是"蚩尤作乱，不用帝命"，于是黄帝乃征师诸侯与蚩尤战于涿鹿之野，最后把蚩尤擒住，杀了。字里行间还有许多其他的战争，这些战争中，以涿鹿之战为最大最残酷。

其二，战争的结果是轩辕当了天子，取代了神农。其时的主政者是炎帝朝的最后一个王者榆罔。他本来生于河南陈留，建都于河南伊川，向东向北发展，都因轩辕在新郑有熊，势力强大，炎帝的力量难以伸展，不得其志，便迁都曲阜。可那里是少昊的地盘。少昊无奈，只好让他去依附轩辕，从而使轩辕势力大增。少昊在曲阜时，蚩尤曾"于字少昊"，少昊把大野那块地方给了蚩尤。蚩尤在那里大力发展农业生产，实行五刑治世，社会安定，又发明了冶炼技术，制作了许多新的兵器，如剑戟戈矛之类，比起木棒来，这是很了不起的尖端武器，致使蚩尤的势力逐渐强大起来。神农榆罔要求讨回蚩尤的住地，说这里是他的地方。蚩尤不肯给，神农便派兵来打蚩尤。他哪是蚩尤的对手？蚩尤的士兵躲在芦苇丛里，踏弩发箭，榆罔的士兵连蚩尤兵的影子都没见到就败下阵来。榆罔没办法，只好厚着脸皮去找轩辕。轩辕肚皮里早有盘算，他答应出兵，但有个条件，兵权必须由他统一指挥。榆罔勉强答应了，所以才有榆罔丧权失国，回家采草药终其一生的事。

这就是事情的来龙去脉。

其三，涿鹿那场仗是怎么打的？蚩尤是怎么被擒杀的？这得从用兵说起。

《国语·晋语》说："昔少典氏娶于有蟜氏，生黄帝与炎帝。黄帝以姬水成，炎帝以姜水成。成而异德，故黄帝为姬，炎帝为姜，二帝用师以相济也，异德之故也。"[1] 这是一个动听的传说。因为有史料证明炎帝与黄帝，一个生活于中原之南，姜姓；一个生活于中原之西，姬姓。他们是两个不同种姓的氏族。许顺湛先生在赵国鼎先生著的《始祖山》一书的序言中说"第一新郑是黄帝的故里。第二黄帝都有熊，居轩辕之丘，有熊的'地望'在新郑，历史地理学家没有争议。第三与黄帝有关的具茨山、大隗山、风后顶，史书早有记载"。这就彻底否定了黄帝西来之说。

在传说中，神农的母亲是少典妃，是有蟜氏女，名女登。他是女登游华阴时遇神龙首有感而生的。这些说明炎黄不是一母所生的亲兄弟。黄帝、炎帝、蚩尤的性格完全不同。黄帝思想慎密，诡计多端，善于谋划，精于计算。神农则缺少办事能力，不会打仗，自私心重，心眼小，但很勤劳，会采中草药，有一套为人治病的本领。

蚩尤为东夷九黎之君。传说他长得铜头铁额，食铁石，能知天，会吞云吐雾，打仗勇猛，聪明异常，发明了以铜为兵，会五刑治世，又有八十一兄弟相助，一呼百诺。俗话说蚩尤一声吼，大地抖三抖。

蚩尤躲在大野泽的芦苇丛里，不肯出来，没吃过败仗，炎黄都拿他没办法。黄帝的谋士多，又是个爱动脑子的人，他想要战胜蚩尤就必须把他从大野的芦苇丛里引出来。

　　黄帝是个敢摸老虎屁股的人。他知道蚩尤不好惹，就派人送一些礼物找蚩尤求和，请蚩尤出来作当时之官。让他掌管春分、秋分、夏至、冬至四时八节的事。此外，送了一些美女给他。当面夸奖他打仗勇敢，明天道，会治兵器，弄得蚩尤晕晕乎乎的，得意非常。黄帝却暗藏玄机。

　　蚩尤认为黄帝成府深，鬼点子多，有野心，他肚里想什么没人知道。这种人不好对付得小心为妙了。所以把黄帝送他的财物照收，美女一个不要，全送给部属了。黄帝送的美女中有一个叫旱魃的人，蚩尤不肯要女人，送给其下属，正合本意。黄帝吩咐九天玄女做两件事：一是打听蚩尤的兵器是怎么制作的，尤其是那弓弩；二是要她深藏不露，争取信任，在关键时刻做内应，帮助擒拿蚩尤。

　　与此同时，黄帝悄悄安排与蚩尤的决战。他首先让神农带领人马到大野北边骚扰进攻蚩尤住地，并吩咐了几条纪律：一是终日与知天、规纪、神皇、地典、常先、封胡、力牧、震公、太山稽等人策划于密室，奔走于基层，不得与外界有任何接触；二是命神农领军与蚩尤战斗，只准败不准胜，把蚩尤引出大野泽，引到涿鹿以北一带；三是他自己伏兵涿鹿，以休待战。又令人到涿鹿的釜山顶上修池积水，以备不时之需。

　　一切照计而行。蚩尤受不了神农的一再骚扰，便从大野泽中追杀出来。神农节节败退，蚩尤的人马步步紧逼，一直追到涿鹿城釜山下。黄帝的军队就埋伏在这里。只听得一阵摇旗呐喊之后，黄帝大队人马杀了出来，挡住了蚩尤的去路。涿鹿的生死大战就此拉开了序幕。

　　蚩尤是河北人，涿鹿一带是他的老家，他明白黄帝引他到这里战斗，是想把他拖到冬天。可他不怕，早准备窖藏粮食。他什么都不怕就怕水淹，若水淹窖里的粮食无法过冬。

　　战斗一开始，蚩尤命风师雨师，使大风雨，黄帝派太山稽指挥令旱魃应对，霎时风停雨止。

　　蚩尤命龙师喷雾，霎时迷雾朦胧，伸手不见五指，黄帝行车不见东西南北，这时力牧派指南车接应，使黄帝归于正途。

　　斗法不行，黄帝就给蚩尤来真的。黄帝率炎黄之师向蚩尤住地冲杀过来，力牧在前，应龙断后，黄帝居中。黄帝时而高举玉钺呐喊，时而摇鼓励兵，率大队人马冲杀过来。那蚩尤有八十一兄弟，一个个铜头铁额，头上长角，身上长刺，兽身人语，如狼似虎，举刀杖，舞戈矛，发大弩，有的持矛戟，有的使枪棒，有的舞剑铠，如潮水似巨风席卷而来。蚩尤又是第一个用上最先进的冷兵器，第一个用气象打仗，第一个用战阵的人，弄得黄帝不战而败，只好求和。他不得不急召旱魃女问明情况。九天玄女这才告诉黄帝蚩尤冶炼铜兵器的秘密。黄帝从此休战三年，潜心研究冶炼制兵之术，笑云："这就叫学习敌人，武装自己，是胜之宝。"

息了三年，黄帝备齐了粮草，听了太山稽的话，联合了熊、罴、貔貅、虎等氏族的人与天神旱魃、应龙一起再战蚩尤。这次以罴、貔、貅、䝠虎为前驱，鹃、鹖、鹰、鸢为旗帜，黄帝挂擂鼓，在力牧、神皇、旱魃簇拥下，带着大队人马向蚩尤营地冲来。

岂知那蚩尤早有准备，一阵大雾弥漫之后，蚩尤放出一群野牛，野牛头上有刀尾上有火，一齐迅猛地冲了过来，搞得炎黄的队伍不知所措，落荒而逃。黄帝急召旱魃女问明情况，旱魃女告诉黄帝这叫火牛阵。阵中有灵牛供奉，若得灵牛，必胜无疑。黄帝便使人潜入蚩尤阵中偷走灵牛，蚩尤队伍果然大乱。

正在这时，黄帝使人在涿鹿的巩山之上蓄水，以备在久攻不下之时水淹涿鹿。在火牛阵之后，黄帝蚩尤仍难决雌雄。在此情形之下，蚩尤再度使用雨师下雨，黄帝停止攻击，把全部精力用于巩山蓄水。雨停之后黄帝下令应龙决池放水，水淹涿鹿，黄帝乘机攻入涿城，蚩尤寡不敌众，只得派士卒护送百姓向南撤退，自己在后面掩护。在撤兵过程中，隐藏在队伍里的旱魃女突然杀了出来，与应龙里应外合，刺伤了蚩尤。蚩尤受了重伤仍坚持战斗，保护苗人撤退到南方去。应龙不肯罢手，拼命追击。正在这时，半道上杀出了一彪人马，不是别人，正是神农的乐官刑天。是他挡住了应龙，与应龙大战一百多个回合，不分胜负。后来他的头被应龙砍了下来，仍不肯倒下，在肚皮上又长出了个脑袋，以双乳为目，以脐为口，大声叫着，继续与应龙战斗，直到老百姓全部撤走才倒了下来。这使黄帝十分吃惊。他深深钦佩蚩尤与刑天，令人厚葬刑天于具茨山上。但却找不到蚩尤的尸体。原来在与刑天战斗时，蚩尤被人悄悄地背走了，分葬于大野中的阳谷寿张县阚乡和巨野县。其墓犹在。蚩尤不死。今日的南方人都是蚩尤用命换来的，自然很感激他。

注

[1]《国语》下册，上海古籍出版社，第336页。

四十、夏后起用美女行贿天帝换《九歌》

传说夏禹在轩辕山治水时,夏禹的母亲念儿辛苦,做了一些好吃的汤水,让儿媳涂山氏给大禹送去。大禹的家在轩辕山下,离工地不远。轩辕山是古地名,现代人不清楚,大约就在嵩山附近,或者就是北边靠黄河边的坻柱山。大禹为把与坻柱山相连的山凿开,让黄河水从这里通过,他夜以继日地竭尽神力用斧劈手扳肩扛头顶,想把这里的山凿断。

这一天他正在工作,涂山氏给他送饭来了。

大禹见了一惊:"你怎么来了?"

涂山氏说:"是你妈叫我送来的,快来吃,冬笋炖小鸡,还加了几片米苋叶儿,香得很,快,趁热吃!"

大禹停下手头的活,喝了鸡汤,啧啧赞叹,并吩咐说:"你看你,挺着个大肚子还送东西来。以后不要再送东西来了,这里是工地,很危险。"涂山氏点点头,转身走了。

涂山氏走后大禹仍旧干他的活。涂山氏因有孕在身走路吃力,没走多远就坐下来休息,她回头看见大禹变成了一头大黑熊正在奋力地用头顶巨石,不由大吃一惊,"啊!"一声叫了起来。大禹闻声回头一看,只见涂山氏变成了一块石头立在路边,也大吃一惊,喊道:"还我儿子!"话音刚落,只见那块石头朝北裂开,从石头缝里蹦出了一个小孩来。这就是中国的第一个王朝——夏朝的开国之君夏启。夏启建国于三门峡对岸运城边的安邑夏县一带。

夏禹一辈子治水,功高盖世,人民忘不了他。可他儿子夏启却相反,游乐一生,四季逍遥,人民都怨恨他。年轻时,他凭着祖先留给他的神性,驾着二龙飞上天宫,为天上宫阙的歌舞所倾倒,想把天上的歌舞弄到人间来。他向上帝讨要,上帝不肯给他,就贿赂上帝身边的大臣,探得上帝也有好色的弱点,就在人间挑了三个最美丽的少女作为交换条件。开始,上帝也不允许,可是一见三个美女,骨头就酥软了,便一口答应用天上的《九歌》《九代》(大舞)换人间的三个美人。

夏启得《九歌》《九代》回到人间之后,就放弃了政事,终日忘魂于《九歌》

《九代》，就像现代的孩子看动漫玩手机一样，沉湎于酒色，不问政事。上梁不正下梁歪。夏启有 5 个儿子，同游猎于伊洛之间，作"五子之歌"玩乐。启死后，长子太康继位，那 4 个兄弟不服，发生了内乱，太康派兵去镇压，史称"五子之乱"。因他们以前曾同居洛汭之地，故又称为"五观"之乱。

太康跟着老子学，在位 29 年。他荒淫无度，不问政事，竟日"盘于田猎，不恤民事，为羿所逐，不得返国"。

荒淫于田猎，不问政事，是夏朝的传统。从启至夏桀，除个别中兴之君外，无一例外。夏朝是我国的第一个君主国，没有任何约束与监督，君王为所欲为，荒淫成习，代代相传，直至亡国。这不能不说是与夏启没开好头有很大关系。

四十一、商汤为民请命

商汤名帝乙，是契的后代。契佐禹治水，有功，封于商。汤从先王居，称为商汤。商汤又名履，为诸侯之长。夏桀无道，商汤伐桀，桀走鸣条，放逐而死，汤乃践天子命，立商朝。商汤在位后做了几件得人心的事。

（一）商汤求哭

夏桀无道荒淫，下令杀豪杰关逢龙，伊尹屡谏不听，说"日亡吾亦亡矣"。于是汤使人哭之，桀于是囚汤于夏台。获释后，商汤起兵革夏命。

（二）商汤求雨

汤立，大旱七年。汤怀疑得罪了天帝，使人持三足鼎，祝于山川，曰："上天为什么不下雨呀，是我行为不检点，还是不体恤百姓？是我筑室营私，不为他人着想？"殷史卜曰："当以人祷。"商汤怒曰："我请雨为民，岂可以民的性命祷雨？若必以人祷，吾请自当。"说罢，遂斋戒剪发断爪，以己为牲，并祷告说："万方有罪，罪在朕躬；朕躬有罪，无及万方。"言未已，大雨至。

（三）商汤求贤

汤思贤，梦见有人负鼎抗俎对己而笑。寤而占卜求解，说：初，力牧之后曰伊挚，耕于有莘之野，为宰夫。汤闻，以币聘有莘之君，留而不进，乃求婚于有莘君之女，有莘之君遂嫁女于汤，以伊尹为陪嫁品。

四十二、伊尹陪嫁

《吕氏春秋·本味》说:"有侁氏女子采桑,得婴儿于空桑之中,献之其君。其君令烰人养之。察其所以然,曰:'臼出水而东走,毋顾。'明日,视臼出水,身因化为空桑。故命之曰伊尹。此伊尹生空桑之故也。长而贤。汤闻伊尹,使人请之有侁氏,有侁氏不可。伊尹亦欲归汤。汤于是请取妇为婚。有侁氏喜,以伊尹为媵。"

这是一段很有神话色彩的记载。它的主要内容是说,上古时候,有莘氏(即有侁氏)的女子到野外去采桑叶回家喂蚕宝宝,听到有婴儿的哭声,寻声去找,在空桑之地发现了一个婴儿,就抱回家去抚养,并把这件事报告了国君,把孩子献给了国君。国君接过孩子交烰(páo,庖)人抚养。后来经过调查才了解这孩子的母亲是伊水那里的人,怀孕后有一天做了一个梦,梦见有个神告诉他说:"你要注意米臼出不出汗水,如果出了汗水(潮),你就要向东方走,千万别回头。"第二天那女人一起床就去看米臼,伸手一摸米臼子湿漉漉的,抱起孩子就朝东走,并向邻居大喊:"有洪水要来了,快跑呀!"邻居们都不相信。不一会儿,洪水真的来了,很多人都淹死了。那女央求上天道:"天老爷,救救我吧,救救孩子吧,快让我变成一棵大树把孩子藏起来吧,我死不要紧,孩子是无辜的!孩子呀!……"话没说完她真的变成了一棵大桑树,把孩子藏进了树洞里。所以有莘氏国王就给这树洞里的婴儿取了个名字叫伊尹。

到夏朝末年,汤听说有这件事,就找到有莘氏那里讨要这个人,他认为这个人是个神人,一定要得到他。可有莘氏国王说有这个人,他是我的厨子,有一手好手艺我离不开他,不肯给。商汤是个十分聪明的人,很会动脑筋,他想得到的东西,一定要千方百计得到手才算数。他派人去有莘氏那里打听,得知有莘氏有两个女儿,长得很漂亮,国王正为女儿们的婚事发愁呢。商汤得知这一消息,当即决定一定娶有莘氏的二女为妻,他派人备上重礼向有莘国说合。有莘国王得知消息也很高兴,他知道商汤是桀时旧臣,年轻有为,敢说敢做,因批评夏桀荒淫无道亡夏而被罚坐牢,因众多大臣反对,夏桀才把他从牢里放出来,并聚众起义,诸侯莫不响应。所以有莘氏见商汤聘礼,便一口答应了女儿的婚事,并答应了商汤的请求别忘了把伊尹（阿衡）一起带上。所以伊尹作为有莘氏女儿的陪嫁品，即媵人，背着一个切菜墩子随同有莘二女一同来到了商地。商汤一见如故，立即聘他作为谋臣。从此时起伊尹先后辅佐了5代君王，成为商朝第一谋臣。

第五章 兴亡训诫的传说

四十三、巫咸的传说

现代人一听到巫，认为是巫婆神汉，就摇头。其实，巫是上古时上层社会中有知识有文化的人。巫对社会的发展作过很大的贡献。他们是立竿测影的记录者，被称为柱下史；升降于神山采药，被称为神医；是祭礼的主持人，会唱歌，会跳舞，会讲祖先的故事，被尊为"史巫"；会观星、占星、筮数、制历，预卜吉、凶、祸、福，有摄政的本领；有的作王者，如颛顼，有的为人臣，如巫咸巫贤，所以说巫是中华古文化的传承人。

《山海经》里有十巫：巫咸、巫即、巫盼、巫彭、巫姑、巫真、巫礼、巫抵、巫谢、巫罗。其中"巫彭作医""巫咸作筮"都是很著名的。

巫咸世代以巫为业。从黄帝时代就有巫咸氏族了。《归藏易》说黄帝将占筮于巫咸。《庄子逸篇》说黔首多疾，黄帝立巫咸以通九窍。《路史》说神农时巫咸主筮。《世本》说尧舜时巫咸为他们看病。

巫咸不仅会占筮，作医，发明铜鼓，还会占星。殷商时巫咸是重臣，是大戊的臣子，他的儿子巫贤是祖乙的臣子。

传说巫咸的发明有筮、鼓、医、鸿术、占星等。其中占星在天文方面贡献很大。天文学家谢世俊先生在《中国古代气象史稿》中说："巫咸占星的成就大约都汇集在《巫咸星经》中。这部著作中有33个星座144颗星。没有用度数，但描绘了星星的位置。所以仍然可以称为星表。"《庄子·天运篇》、箕子《洪范篇》和甲骨文里也有相关记载，证明巫咸是数学家、星象家和医、鼓、礼仪的传承人不虚。

四十四、少康与玄冥神

《国语·周语上》记载祭公谋父的一段话说："昔我先王世后稷，以服事虞夏。及夏之衰也，弃稷不务，我先王不窋用失其官，而自窜于戎狄之间。"说明夏启以后，从太康起就废除了管理农业生产的农官（稷官）田官，不再以务农为本了。

太康废稷淫乐，后羿站出来废了太康，立太康之弟仲康为夏王，政权实际上落入后羿之手，仲康成了傀儡。仲康死后，后羿又扶其子相继承王位。不久羿又赶跑了相，自己当王。这就是著名的"后羿代夏"，即屈原说的"帝降夷羿，革孽夏民"。

可是后羿为夏王后并未好好发展生产，同样是终日沉湎于游猎，弃贤人而不用，用了伯明氏之谗子寒浞（夷人）为相。寒浞勾结后羿的"家众"，把后羿"杀而烹之"，自己当了夏王，并霸占羿妻室，生了两个儿子，一个叫浇，一个叫豷。当时被后羿赶出的仲康的儿子相正躲在夏人斟寻氏那里，寒浞便派子浇去剿灭斟灌氏和斟寻氏，杀死了相。相的妻子后缗其时已怀孕在身，为躲避战乱，她从一个小洞里爬出逃走了，逃到了她的娘家有仍氏那里，生下了一个儿子。那儿子长大后在有仍氏那里当了"牧正"即放牧的小官，浇知道就去追杀，这年轻人便逃到有虞氏那里当了"庖正"，并娶了有虞氏的两个女儿为妻，在一个叫纶的地方"有田一成，有众一旅"设立了城邑，施行仁政，聚集夏众，以求一搏。这人不是别人正是相子，中兴夏政的第一人少康。

这时有鬲（lì，古炊具）氏那里聚集了夏朝的一帮老臣如靡等人。他们闻风收罗了夏朝的同姓诸侯如斟灌、斟寻等起兵与少康会合，杀灭了寒浞，又灭了浇过和豷戈，恢复了夏朝的统治，揭开了夏朝中兴的历史。少康复位后，首先一件事就是恢复稷官，发展农业生产。"三年，复田稷"。接着又组织民众治水，任用商侯冥为水官。这事《竹书纪年》有记载。

《竹书纪年》说："十一年，使商侯冥治河""冥勤其官而水死"。这事可是一件了不起的大事。冥，据记载，他是契的六世孙，是根圉之子，是先商首领，夏少康时任水官，因治水以身殉职，被敬为玄冥神。后来在四方天神中，玄冥为北方海神北方天神。这是夏朝历史上最有光彩的神灵，也是中华民族四方五位天神之一，被全民族的人民永记在心里。

四十五、孔甲食龙乱政

《左传·昭公二十九年》记载："有夏孔甲[1]，扰于有帝。帝赐之乘龙，河汉各二，各有雌雄，孔甲不能食，而未获豢龙[2]氏。有陶唐氏既衰，其后有刘累，学扰龙[3]于豢龙氏，以事孔甲，能饮食之。夏后嘉之，赐氏曰御龙，以更豕韦之后。龙一雌死，潜醢以食夏后。夏后飨之，既而使求之，惧而迁于鲁县，范氏其后也。"

这件事《国语·郑语》卷十六也有具体记载：董姓，己姓之别受氏为国者也。有飂叔安之裒子[4]曰董父，以扰龙服事帝舜，赐姓曰董，氏曰豢龙，封之鬷川[5]，当夏之兴，别封鬷夷，于孔甲前而灭矣。传曰："孔甲不能食龙而未获豢龙氏，刘累学扰龙于豢龙氏以事孔甲。"

注

[1] 孔甲：夏朝的第15个王，帝不降之子。
[2] 豢龙：豢（huàn），豢养，豢龙，即养龙。豢龙氏、豢养龙之氏族。
[3] 扰龙：扰（rǎo），打搅，扰乱。指捣古，玩弄，饲养龙玩。
[4] 裒（póu）：裒多益寡，意为减少，这里的裒子，即少子，小儿子。
[5] 鬷（zōng）：古姓。鬷川，地名。

上述两书记载虽小有差别，但基本事实相同，均记载孔甲食龙乱政这件事。

孔甲是夏王朝不降之子。《史记》说："帝泄崩，子帝不降立。帝不降崩，弟帝扃立。帝扃崩，子帝廑立。帝廑崩，立帝不降之子孔甲，是为帝孔甲。帝孔甲立，好方鬼神，事淫乱。夏后氏德衰，诸侯畔之。天降龙二，有雌雄，孔甲不能食，未得豢龙氏。陶唐既衰，其后有刘累，学拢龙于豢龙氏，以事孔甲。孔甲赐之姓曰御龙氏，受豕韦之后。龙一雌死，以食夏后。夏后使求，惧而迁去。"[1]这里讲得很清楚，孔甲是不降的儿子，他为王之后不好好干政事，整天装神弄鬼，好色淫乱，确有食图腾禁物龙这件事。

龙是什么样子的动物，不很清楚。在传说中龙是水中的如鳄鱼或蛇一类的动物。龙是华夏氏族的图腾神。食龙就是食图腾祖神,是一种忘本的犯罪行为。

  在过去的社会里,各民族都有自己敬奉的图腾神。图腾神在各民族的心里都是十分神圣的,决不允许任何人猥亵、侮辱、伤害它。任何伤害行为,都会遭到全民族的责罚惩处。作为龙族的子孙,生为王者不仅不敬重自己的祖先,忘了本,竟敢食龙,在龙族人看来这就是忤逆不道的灭族行为。因此,孔甲食龙使龙族世代震撼,愤恨不已。史书纷纷记载,以警世人。

注

[1] 韩兆琦主译,《史记》第一册,中华书局,第38页。

四十六、武丁与傅说妇好的传说

《史记·殷本纪》载:"帝小乙崩,子帝武丁立。帝武丁即位,思复兴殷,而未得其佐。三年不言,政事决定于冢宰,以观国风。武丁夜梦得圣人,名曰说。以梦所见视群臣百吏,皆非也。于是乃使百工营求之野,得说于傅险中。是时说为胥靡,筑于傅险。见于武丁,武丁曰是也。得而与之语,果圣人,举以为相,殷国大治。故遂以傅险姓之,号曰傅说。"

地理志说傅险在虞国、虢国交界之处,那儿有"傅说祠",是傅说隐逸版筑之处,名"圣人窟"。地点在今山西平陆与河南三门峡之间。那里是中条山、崤山两大山系相交处,形成了三门峡砥柱等奇景。传说中大禹治水,斧劈三门,斧劈砥柱就在这里,地势十分险要。

武丁被他父亲小乙下放到这一带劳动锻炼,考察民情,了解了民间疾苦,结识了贤人傅说(yuè),再加上找到了甘盘,拜他为师,由老师甘盘指点治国之道,这对他的一生起到了很大的作用。

武丁是商王朝的第23位君王,名昭。他是盘庚之孙,小乙之子,是商王朝中期最有作为的一位君主,被称为"天下之圣君",号高宗,享国59年。

武丁一生最大的功绩就是任用贤人。他在下放劳动时认识了为生活所迫混迹于"胥靡"(劳役)中的傅说,知其为贤人,想把他招来做臣子,碍于王制,不能直接召入朝中,便利用贵族、大臣们普遍的迷信心理,先占卜,后说夜梦,讲他梦见了圣人,并具体地描述了那圣人的相貌,让人画成图在百官中按图一一寻找,未找着。就命人到朝外百工聚集之处去寻找,结果在三门峡附近的傅岩那地方找到一个与画像一模一样的人。把他弄到宫里,当着众臣给武丁看,武丁一眼就认出他是梦中的贤人。武丁问询治国之道,傅说对答如流。诸如要任人唯贤,不要任人唯亲;要责罚分明,不要随便封官赐爵;等等。这些想法与武丁一拍即合,所以武丁就委以为相。你看武丁多聪明,既用了出身低下的傅说,又不违祖制,还让显贵大臣们一个个无闲话可说。

另一件事是武丁"放逐王子孝己"。《战国策·秦策》记载:"孝己爱其亲,天下欲以为子。"《尸子》说:"孝己一夕五起视亲,衣之厚薄,枕之高下。"有人说高宗听后妃之言，放逐他，才使王子孝己"率于野"。这究竟是怎么回事呢？孝己是孝子，因其母早死，而卒于野。后人同情他而称他为"祖己""小王父己"。说起小王己，不能不使人想起另一件事，即武丁的爱妃妇好。

　　武丁治国的一个十分重要的策略，是对黄河两岸的诸多小国封侯建制，让他们努力发展农业生产，岁岁朝贡，不服者加以征服。征战的统帅者是他的一位最宠爱的妃子妇好。她也是子姓封国的首领。在她的统帅下，才有三十二年"高宗伐鬼方，三年克之""三十四年，王师克鬼方，氐羌来宾"，到"四十三年又灭了大彭，五十年征豕韦"等事。据推测妇好很可能在三十二年征伐鬼方的战斗中负了伤，治而未愈，死了。她的死使武丁伤心不已，不得不御驾亲征，进行了多次讨伐。

　　关于妇好率兵征伐，甲骨文里有不少记载：

　　如：①辛巳卜，口贞：登妇好三千，登旅万呼伐羌。(《黄》150正）

　　②辛巳卜，争贞：今载王登人，呼妇好伐土方，受有佑，五月。(合集6412)

　　③壬午卜，寅贞：王惟妇好命征夷。(合集6459)

　　④甲申卜，觳贞：呼妇好，先登人于庞。(合集7283)

　　⑤贞：王命妇好从侯告伐夷方。贞：王勿命妇好从侯告。

　　这些记录证明武丁以妇好为统帅征伐不服的鬼方、土方、羌方是真实的。安阳殷墟发掘出妇好墓，位于公侯之上，证明妇好实有其人。

　　武丁十分爱这位能征善战的妻子。不幸的是在武丁三十四年的征战中妇好负了伤死了。他们唯一的儿子就是孝己。孝己小名叫小王，是妇好生孩子那天武丁去看望她亲自给他取的名字。不想妇好一病不起，儿子是个孝子，虽"一夕五起视亲"也无法挽回母亲的生命，伤心不已，而日夜守候在妇好墓前，遂"卒于野"。

　　武丁享年90岁左右，在位59年，一世英明，功高盖世，死后贤臣祖已为其立庙，尊为高宗。

四十七、武乙射天

《史记·殷本纪》记载："帝武乙无道，为偶人，谓之天神。与之博，令人为行。天神不胜，乃僇辱之。为革囊，盛血，卬而射之，命曰'射天'。武乙猎于河渭之间，暴雷，武乙震死。"殷商后期的王者为康丁——武乙——文丁——帝乙——帝辛（纣）。武乙名瞿，康丁之子，是商的第28位王者。他是儒家学者最痛恨的人，因为他敢于"射天"，藐视天神。这段文字记的就是他"射天"的过程。

首先，他命人做了一个稻草人，称之为天神。然后令人帮助天神和武乙搏斗。结果天神不能取胜，武乙就放肆侮辱天神。让人在稻草人的肚子里装个皮囊，皮囊里盛满血。武乙对着稻草人，拉满弓仰身射之，那稻草人立即鲜血喷流，他哈哈大笑而去，并命史官把这个活动记下来，命名为"射天"。武乙后来猎于陕西宁夏交界的地方，遇雷暴，被雷打死了。所以人们就说这是武乙"射天"遭到了报应。

这件事，是一次历史性的重大事件，意义非同一般。

首先，它反映了这一活动是王权向神权的挑战。长期以来殷人尊神，事神，凡事都要先鬼而后礼。到武乙时，由于社会的发展与进步，这一观念已经发生了变化。人们对神的信仰已发生了动摇。连国家的统治者也不相信天神，拿天神戏谑，实在是大为不敬。

其次，人被神操弄的背后是贞人利用鬼神意志来左右国家大事。在这里，我们看到了王权的胜利，神权的败落。帝武乙已牢牢把王权掌握在自己手里，神只是一个被戏谑的对象。

第三，武乙"射天"的意识不断传承下去，破除了殷人以迷信为政的传统，开了一代新风。武乙在位35年，子文丁即位，文丁名托，在位11年死，其子帝乙继位，帝乙名羡，在位26年。帝乙之后是帝辛（纣），殷最后一个王者。虽然到殷末废除了贞人的神权统治，改成了王者主持的王权统治。但并不是就不祭祀了。只是废除了迷信统治，重点祭祀天神、地祇，祈求农业丰收，猎有获，祈求年丰人寿。

到商末纣王时,他仍敢于辱天神、藐视天神,认为自己就是天,就是神。《尚书·西伯戡黎》说西北伐黎胜利后,商贤臣祖伊告诉纣王说老天恐怕要终止殷国运了。商纣说:"呜呼!我生不有命在天?"表明自己才是天是神。

长期以来人们迷信周王朝对商纣的虚伪宣传,其实这是不对的。周势力强大后,武王为报仇伐商于河南孟津会师:"武王乃作《太誓》,告于众庶:今殷王纣乃用其妇人之言,自绝于天,毁坏其三正,离逷(tì,远)其王父母弟,乃断弃其先祖之乐,乃为淫声,用变乱正声,怡说妇人。故今予发维共行天罚。勉哉夫子,不可再,不可三!"武王克殷在商纣三十年,公元前1046年。

从武王的《太誓》来看,纣没有太多罪过。所列罪行一是"用妇人之言",二是"离逷其王父母弟",三是"断弃其先祖之乐,乃为淫声",以变乱王。这些东西事实上每朝每代都是一样的。并未提到他废神权的事。这几件事恰恰都是帝纣行人权王政的证明。

四十八、周穆王宾于西王母

吉日甲子,天子宾于西王母[1]。乃执白圭玄璧[2]以见西王母,好献锦组百纯,素组三百纯[3],西王母再拜受之。

乙丑,天子觞西王母于瑶池之上。西王母为天子谣,曰:"白云在天,山陵[4]自出,道里悠远[5],山川间之,将[6]子无死,尚能复来[7]。"

天子答之曰:"予归[8]东土,和治诸夏,万民平均,吾顾[9]见汝,比及三年,将复[10]而野。"

西王母又为天子吟曰:徂彼[11]西土,爰居其野。虎豹为群,于鹊与处。嘉命不迁[12],我惟帝女[13]。彼何世民,又将去子。吹笙鼓簧,中心翱翔。世民之子,惟天之望[14]。天子遂驱升于弇山,乃纪丌迹于弇山之石而树之槐。眉曰"西王母之山"。(本文摘自《穆天子传》)

本文文字艰深,特引注于下。

注

[1]穆天子:指周穆王满。《竹书纪年》说:"穆王十七年,西征昆仑山,见西王母。见其未见,宾于官中。"西王母是一个复合概念,一指西王母国,一指西王母国崇敬的图腾神灵,一指西王母国的君主。西王母国位于昆仑山北坡,产玉,善制玉。穆王拜会的是周时的西王母国君主。所以,她自称帝女。《山海经·西山经》:"西王母其状如人,虎齿,蓬发戴胜,善啸(善笑)。"这个西王母是西王母国的图腾神。

[2]白圭玄璧:以白色的玉圭、黑色的玉璧献给西王母作为见面礼。

[3]组、纯:组(zǔ),绶。纯,纯帛不过五两。指锦祖百缕,金玉百斤。

[4]山陵自出:丘陵很多。

[5]道里悠远:道路遥远。

[6]将子无死:将,请。子,你。无死,身体健康。意指你保重身体。

[7]尚:庶几。

[8]归:还。

［9］顾：愿。

［10］将复：复返此野再相见汝。

［11］徂彼：徂，往。彼，这里。

［12］迁：还。

［13］帝女：天帝之女。

［14］望：瞻望。

故事大意

　　时间：周穆王十七年，穆满北征、西征之后的一个吉日。甲子时辰。

　　地点：昆仑山北坡，即钟山（春山）。丘陵起伏之处为西王母国的都城。

　　穆满常年在外带领大队人马，东讨西逐北伐南征，所到之处，除了巡守之外，还掳杀了各地大量的金银财宝和美女奴隶。遇有不服者征服，征服不从，就将其氏族掳掠迁移。因此普天之下莫不敬畏。

　　这一天，穆天子带着大队人马朝月亮之国（华夏语为西王母国）走来。天子驾八骏之乘，左绿耳右华骝、赤骥、逾轮、山子、渠黄等众多千里马紧随其后，造父、三百、耿翛、芍及为他驾车。旁边还跟了重工、彻止、蘬猲、来白等著名猎犬，旌旗飘荡、鼓乐飞扬，浩浩荡荡，吹吹打打，走向玉山。他们拾级而上，朝西王母王宫走来。这一切早已有人通报。西王母从山上向下望去，早已看得明明白白。她知道穆满这人凶残不好对付，要精心准备一番。

　　几个时辰之后，穆满带着大队人马走上山来。穆满与随从走进白石城金屋石室，眼前出现了一位美貌女子，她眉如月、面如玉，坐在一把镇山椅子上。那椅子上披了一张白虎皮，虎头上有一双大眼瞪着，一条大尾巴在地上微微摆动着。椅背后是一幅巨大的西王母氏族供奉的祖神像，其状如人，豹尾虎齿，蓬发戴胜，端庄，严肃，俨然一幅司天之厉及五残之像。

　　穆满进入石室，兴奋不已，他立即意识到自己置身于玉山，再往上更高的地方就是凉风山了。凡人到达此山便可不死，凉风山上有天帝的悬圃，人到了这里即可呼风唤雨。悬圃再往上就上了天，人就可以化而为神了。穆满压抑不住兴奋之情，庆幸自己就要与诸多天神相见了。因此，他特别兴奋，向后一招叫人献上金银珠宝，拱手朝贺，献给西王母。这些礼物中有最珍贵的白圭黑璧，彩锦百绳，彩缎三百纯，陆续向西王母献上。这时，广乐四起，歌舞相合，西王母叫人捧上美酒与穆满把盏同饮于瑶池之上。西王母乘兴唱到："白云在天，丘陵自出，君王不远万里，不畏山川阻隔，不畏艰险，来到我们这里，欢迎啊，欢迎你的到来！"

歌声将歇，穆天子立即应答："我归东土，治理诸夏，万民安乐，我带着他们的盛情前来朝拜，倍感荣幸！"

　　西王母又为穆天子唱了一曲："你来到我们西土，到这荒野，虎豹成群的地方，与鹊相处，不怕艰苦，不肯退缩，作为天帝之女，实在感激。很可惜，用不了多久，你又要走了，真是吹笙鼓簧，心中翔翔，世民之子，唯天之望。"西王母唱完后，带穆满游弇兹之山，一同游乐。穆王兴奋不已，令人取来笔墨在弇兹之石上写了5个大字"西王母之山"，又在旁边栽了一棵槐树以作纪念。

四十九、褒姒

《国语下·郑语卷16》有一则关于褒姒的故事。事情的起因是：周宣王听到了童谣说"檿弧箕服，实亡周国"，意思是碰到了卖桑箕木弓和矢袋的人时，周就要亡了，十分恼火，下令把卖桑木弧箕木弓和矢袋的人抓起来，格杀勿论。

这时候宫廷里正好有一个小妾生了一个女婴，不是王子。因害怕受处分，便把女婴扔到了路边上。恰巧这时有对卖桑木弓矢的夫妇经过这里见弃婴，可怜她，就把她抱到褒国家里抚养。褒国在今三门峡市东北角一带。当时的国王叫褒姁（xǔ），有狱讼在身，被视为罪人。

古时候有一种观念叫不夫而孕，那童妾生女婴也是不夫而孕的。怎么会不夫而孕呢？这事还得从褒人之神说起。早在夏朝时"褒人之神化为二龙，以同于（交配）王庭，而言曰：'余，褒之二君也'。夏后卜杀之与去之与止之，莫吉。卜请其漦（龙的唾沫、精气）而藏之，吉。乃布币焉，而策告，龙亡而漦在，椟而藏之，传郊之"，这是总结国家兴衰成败的经验教训的训诫故事。在《诗经》《楚辞》《左传》《国语》中一再提到。

为什么《诗经》《楚辞》和《左传》《国语》一再提到褒姒亡国这件事呢？事情的原尾是：在周幽王的祖父周厉王时，有一个7岁的小宫女，碰到了龙吐唾沫所化的鼋神，长大后怀了孕，到幽王的父亲周宣王时生下了一个女儿，因害怕被处罚，那女人就把女婴偷偷地扔了。这时候外面有一对夫妇经过这里，他们是卖桑木弓矢的，唱着民谣经过这里，发现了这个弃婴，抱起来拿回家去抚养。他们的家在褒国，有人说褒国在今天的陕西褒县城东南。后来这女婴长大了，十分美丽，倾国倾城，夫妇二人就把这女子送进褒国宫里，献给褒姒王。褒姁是负罪之人，不能受领。周幽王得此消息十分恼怒，就发兵攻打褒姒国夺得了褒姒这一美女，娶以为妃，倍加宠爱，遇褒姒不悦，幽王就放弃政事，终日与她嬉戏，一掷千金以求一笑。周幽王宫涅于公元前781年即位，到幽王十一年时伐西戎为西戎所杀。

《诗·正月》说："赫赫宗周，褒姒灭之。"《诗·十月之交》说："楀维师氏，艳妻煽方处。"意思是："周幽王任命奸臣楀姓师氏为卿士，掌管教育，居心险恶，让绝世美艳女子与幽王终日炽热相处。"屈原不同意这种看法，认为周之亡，不在美女而在王者。《楚辞·天问》中说："妖夫曳衒，何号于市？周幽谁诛，焉得夫褒姒？"典故中有鸱龟曳衒的故事，指猫头鹰与乌龟相互勾结，一个拽着头，一个咬着尾相互串通一气干坏事。屈原借此指出这明明是王侯为奸才亡国嘛，怎么怪美女呢，分明是王者荒淫，"周法不昭，唯妇言是行"，不立正直有德的人为卿士，而立巧从侥幸的虢石父于侧，有他们上下串通，内外勾结，能不亡国吗？这怎么能怪美人呢？屈原所指的荒淫误国，正是西周灭亡的根本原因，而不是千古误传的是"褒姒祸国""女人是祸水"。

第六章
中国的原始发明创造之神

第六章
中国近现代哲学之开展

创造发明是历史前进的步伐，时代留下的脚印。五帝时期，创造发明呈爆发式涌现。黄帝时代尤其突出。其时的创造，从衣食住行到天文地理样样都有。但在本章并不包括天文，因为有专章"星空神话"专门描述。汇集在本章中的有农、工、商、蚕、医、文字、车、船、八卦、音乐、水井、醴酒、围棋等多方面的内容。有一些是古人向往的，如造机器人，造飞车、铁轮车等，并不是现实，但都成了今天的现实。古人用大智慧、大创造换来了大发展，尤为值得今人敬仰。

农业种植和农具的发明创造，是原始社会从渔猎时代过渡到原始农业时代的核心问题。其中两个人物必须要谈到，一个是炎帝神农柱，一个是周人的始祖农神后稷，他们对原始农业的贡献都是非常大的。

这里我们先说两则有关种子来历的故事。我们都知道，我国北方的人喜欢吃粟，南方人喜欢食稻，而粟和稻都是从野物驯化而来的。这是传说也是科学。

五十、狗尾巴草

五十一、鸟衔穗，象耕田

五十二、神农柱

五十三、农神后稷

五十四、距今8 000年的玉玦

五十五、嫘祖献丝

五十六、仓颉造文字

五十七、偃师造机器人

五十八、距今7 000年的弓矢

五十九、距今7 000—4 000年的水井

六十、王亥经商的传说

六十一、彭祖的传说

六十二、8 000年前跨湖桥人发明了独木舟

六十三、八卦符号与二进制

六十四、中医九针

六十五、宁封制陶

六十六、韩娥卖唱

六十七、古笛

六十八、编钟

六十九、围棋

七十、醴酒

七十一、飞车与铁轮车

七十二、指南车的发明创造

五十、狗尾巴草

传说上古的时候涨大洪水，人与动物都要淹死光了。上帝可怜下民，就派天狗下凡给站在山头上没被淹死的人以谷种，让他们在洪水退去后种粮食过日子。由于洪水太大，天狗没法带种子，就把那些种子粘在尾巴上，翘着尾巴游水来到人间。等它到了丘陵上，准备拿种子给那些活着的人时，却发现尾巴上的野草籽没有了。它无可奈何，只好回天庭向上帝报告，上帝笑而不答。

洪水退去了，散落在湿润土地上的草籽发了芽，长出了穗子，人们明白，这是上帝给他们送来的礼物，就采来晒干，脱壳磨了煮饭吃，发现很好吃。从此以后就保留一些种子，进行人工培育，结果结出了比狗尾巴草粒还要大的谷粒。这就是北方人几千年来的口粮——粟。从此以后，长在山沟里没有被驯化的形似狗尾巴的那种草就叫狗尾草，被驯化后穗子肥大成为人们主粮的叫粟。

五十一、鸟衔穗，象耕田

王嘉《拾遗记》记载："炎帝始教民耒耜，躬勤畎亩之事，百谷滋阜。……时有丹雀衔九穗禾，其坠地者，帝乃拾之，以植于田，食者老而不死。"徐坚《初学记》说："《周书》曰神农之时，天雨粟，神农耕而种之。"《太平御览》卷八十一说："舜葬苍梧九嶷山之阳，其下有群象为之耕。"这就是传说中的鸟衔穗，象耕田。

这里有两个问题，一是谷种是阳雀衔的，不是上帝给的或人上天去偷的，而是野生的；一是稻谷种植生产区在南方。黄淮流域的水稻种植也很早，最原始的种植方法是，一是一年生，人工栽培，用这种方法种稻，吃力，但谷粒饱满收成好。其所以吃力是要犁田，把原有谷桩翻掉做肥料。在原始时代或原始耕作方法是，用人工以脚踩的方法，把割后留下的桩叉踩到泥里做肥料，避免再生稻。"象耕田"即用象帮助踩谷桩，如不用"象耕田"踩谷桩的方法，水稻就会变成多年生的稻谷，这种稻谷的质量差，收成不好。所以象耕田，不仅仅反映野象吃野稻，而是一种原始的耕作方法。

五十二、神农柱

　　传说炎帝神农的母亲是有蟜氏女，名登，是柱下史少典的妃子。有蟜氏有一次游华阳山，在山上看见了一个龙首，随即有感而孕，生下了神农柱。柱一生最大的功绩就是做耒耜，始教民耕作，尝别草木，令人食谷，所以人们称他为"神农""农皇"，并拥戴他为王。据说他的老家在湖北随州，建都于陈（淮阳），后来迁都于空桑之地曲阜。从神农柱至榆罔，传了8世（帝承、帝临、帝明、帝直、帝来、帝哀、帝榆罔），合530年。

　　《春秋命历序》说："有神人名石耳，苍色大眉，戴玉理，驾六龙，出地府，号皇神农。"《古史考》说神农时民食谷的方法是"释米加烧石上而食之"，即在石头上将稻米烤熟了吃。

　　《管子》说神农时"树五谷淇山之阳"。五谷指稻、黍、稷、麦、菽。淇山，或指箕山。在河南新郑。据《管子》说神农还以法律的形式规定："一谷不登，减一谷，谷之法什倍。二谷不登，减二谷，谷之法再十倍。夷疏满之，无食者予之陈，无种者贷之新，故无什倍之贾，无倍称之民。"《汉书》说神农一再教导人民，一定要重视农业，农业强，国力才强。国力强了就如同"有石城十仞，汤池百步，带甲百万"之坚。反之，"而无粟不能守也"。神农的重农思想，以农养民观念，后来成了中华民族以农立国的传统与美德。

五十三、农神后稷

《诗经·大雅·生民》是一篇具有浓郁的神话色彩的歌颂周部族始祖后稷的史诗。诗中说后稷的母亲姜嫄真伟大，生下了周人。她是怎样诞生周人的呢？首先，她虔诚地祭拜天上的众天神。接着她踩了上帝的脚趾印，结果就怀了孕，摆脱了无子的命运。怀胎十月后，生了个儿子，像羔羊一样，胎衣完好，母子平安，便报告了上帝，上帝听巫人说这孩子长大后要高过门框，因此有些不高兴，叫拿出去扔了。姜嫄无奈便叫人把儿子拿出去丢在大道上。结果呢，牛羊不仅不踩他还庇护他，给他喂奶吃。上帝又命人把孩子扔到森林里，结果碰上了砍树人，被砍树人训了一顿又抱了回来。后来再把孩子放到寒冰上，想让他冻死算了，后来被鸟儿们张开翅膀保护了下来。鸟儿们飞走了，孩子哇哇大哭，那哭声很大，响彻了旷野，又只好把他抱了回来。上帝知这孩子是神不该死，才给他取名弃，吩咐姜嫄好好哺养起来。

这孩子的确与别的孩子不同，很小还在爬的时候，就会自己抓东西吃，会走会玩了，就模仿大人的样子自己种五谷杂粮豆菽。他种的豆豆苗又大又长，谷穗又肥又壮，芝麻秆麦秸丢了一地，大瓜小瓜到处乱爬，到处乱糟糟的，也没人管他，可他就在这杂乱之中学会了种庄稼。他从小喜欢务农，大人也没怎么教，他就跟着学会了选良种、播种、育种、栽秧苗、移苗、施肥、锄草。他种的小米、麦子都长得很好，按时抽穗，粒儿又饱又满，穗儿又大又长，上天赐给他黑黍[1]、秬[2]和秠[3]，糜[4]与芑[5]长得都不错，都获得了好收成。收获后，他把秬和秠抱回家。祭祖时，先把收起来的谷子放在臼里舂，然后簸去糠皮，再将米捞起来淘洗干净蒸成热腾腾的米饭，再在上头涂点蒿油，装进木头碗里敬上帝献祖宗。上帝闻到新米的香气也十分高兴。尧舜时，他和禹契一同治水，尧知其贤封了邰地的一块地方，让他到那里去耕种，从此才有了周民族。

《诗经》里除《生民》外，还有《鲁颂·闷宫》等篇目歌颂"赫赫姜嫄"和后稷的宏伟诗篇。

> 注

[1] 黑黍（hēi shǔ）：黑的黍子，谷类作物，籽实碾成米叫黄米，性黏可以吃，也可酿酒。

[2] 秬（jù）：黑黍子

[3] 秠（pī）：黑黍的一种，一壳二米。

[4] 糜（mí）：粥，烂。浪费。

[5] 芑（qǐ）：一种谷类植物。又叫"白粱粟"。

附上述故事原文如下。[1]

厥初生民，时维姜嫄。生民如何？克禋[2]克祀，以弗无子。履帝[3]武敏[4]歆[5]，攸介攸止。载震载夙，载生载育，时维后稷。

诞弥厥月，先生如达。不坼[6]不副，无菑[7]无害。以赫厥灵。上帝不宁。不康禋祀，居然生子。诞寘之隘巷，牛羊腓字之。诞寘之平林，会伐平林。诞寘之寒冰，鸟覆翼之。鸟乃去矣，后稷呱矣。实覃[8]实訏，厥声载路。诞实匍匐，克岐克嶷[9]，以就口食。蓺之荏菽，荏菽旆旆。禾役穟穟[9]。麻麦幪幪[10]，瓜瓞唪唪[11]。诞后稷之穑，有相之道。茀厥丰草，种之黄茂。实方实苞，实种实褎。实发实秀，实坚实好。实颖实栗，即有邰家室。诞降嘉种：维秬维秠，维糜维芑。恒[12]之秬秠，是获是亩。恒之糜芑，是任是负，以归肇祀。

诞我祀如何？或舂或揄[13]，或簸或蹂。释[14]之叟叟，烝之浮浮。

载谋载惟，取萧祭脂。取羝以軷，载燔载烈，以兴嗣岁。

> 注

[1] 摘录于《线装经典》编委会编，《诗经·大雅·生民之什》，云南教育出版社，第301页。

[2] 禋（yīn）：一种升祭祀的祭礼。

[3] 帝：上帝。指帝喾。

[4] 敏：拇，脚拇指。

[5] 歆：欣然。

[6] 坼（chè）：分裂。

[7] 菑：灾。

[8] 覃：长。訏：大。嶷（yí）：识。

[9] 穟穟（suì）：禾苗长得好。

[10] 幪幪（méng）：茂盛。

[11] 唪唪（fěng）：诚实。

[12] 恒，亘。

[13] 揄，舀。

[14] 释：淘米。

《诗经·闷宫》第370页，原文摘录：

闷宫有侐，实实枚枚。赫赫姜嫄，其德不回。
上帝是依，无灾无害。弥月不迟，是生后稷。
降之百福：黍稷重穋[1]，稙稚菽麦[2]。奄有下国，
俾民稼穑。有稷有黍，有稻有秬。奄有下土，
缵禹之绪。后稷之孙，实维大王。居岐之阳，
实始翦商。

注

[1] 稷（jì）：粟类，百谷之长，后稷被尊为谷神。
黍（shǔ）：黄米，粟类，籽实，性黏。穋：晚种早熟的类。

[2] 稙稚：稙（zhī），种得早熟得早的谷子。稚（zhì）：即穉，幼小。指晚种的菽麦。

五十四、距今 8000 年的玉玦

玉琢是一种古老的文化与艺术，从古至今都十分珍视，它展示了中华民族一段辉煌的历史。

1992 年内蒙古自治区敖汉旗兴隆洼聚落遗址出土了两件令世人震惊的文物。一件是玉玦（jué），青黄色，环形似镯，环中有一小缺口，人们称之为玉玦。玉玦有两块，一块放在墓主人的左耳部，一块放在墓主人的头下，说明这是 8000 年前墓主人的饰物。

放在耳边的玉玦直径 2.8—2.9 厘米，孔径 1.3—1.4 厘米，原 0.4—0.6 厘米，青黄色，通体抛光。其年代距今 8 200—7 400 年，是目前发现的最早的玉制品。其制作之精美，让我们看到距今 8 000 年的制玉工艺已经相当成熟了。它也让我们了解了玦的用途，是一种耳饰品。使用时，将玦的缺口朝下穿过耳洞挂在耳垂上，以玉示美。由于玉是珍贵物品，人们常用以祭祀，放玉又能通神。因此，戴玉玦是多能通神的人，如巫觋头人之类。

到了红山文化时期，辽河流域玉器制作发展到了一个更加辉煌的时代。1971 年翁牛特旗三星他拉出土了一条玉龙。此玉龙高 26 厘米，宽 21 厘米，墨绿色，呈 C 字环体。龙体细长，无足，似蛇，龙头如马头，又似猪头，头上有长鬃，作腾飞之势。通体灵动光滑，是我国发现的最早的玉龙体实物。

1984 年我国又在辽宁建平县牛河梁遗址发现一例猪、龙合体的玉玦，人称玉猪龙。此玉猪龙为新石器时代的玉制品，高 15 厘米，最宽处 10.2 厘米，厚 3.8 厘米，C 字形造型，头呈三角形，两耳竖立于头顶，两眼圆睁，嘴前伸，口微张，猪形，体蜷，无足，蛇身，首尾相衔，为缺口所断。

上述这两种玉龙都具有佩饰特征。

新石器时代还出土了许多玉凤。湖南丰县石家河文化孙家冈 14 号墓出土了凤形玉佩。龙凤同穴。此玉凤佩长 12.6 厘米，宽 6.2 厘米，厚 0.2 厘米，长卵形，透雕，凤头顶有羽冠，曲颈长喙，喙下有一小兽，双翅舒展，长尾下垂，向后卷曲，这就是盛传的天帝的使者玄鸟。它为"羽族之长""百鸟之王"，生来就有喜火、向阳、秉德、兆瑞、崇高、尚洁、示美、愉情的品格。这一玉品距今 4 000

余年。

　　石家河文化玉器中另一件宝物是1976年于河南安阳殷墟妇好墓出土的长形玉凤。此玉凤黄褐色，亭亭玉立，侧身回首，它的头、喙、眼似鸡，翅短，尾长，尾翎分开，优美迷人。

　　新石器时代石家河玉凤除上述外，还有环环成一团首尾相衔的玉凤，1955年湖北天门罗家柏岭出土。团形凤为镂空雕。

　　除玉龙玉凤外，玉人的出现也十分引人注目。安徽省含山县铜闸镇凌家滩，1985年起五次发掘，发掘出一个玉人。

　　此玉人高8.1厘米，肩宽2.3厘米。

　　玉人长方脸，浓眉大眼，双眼皮，蒜头鼻，大耳朵，大嘴巴，头上戴圆冠，腰系斜纹腰带，留有八字胡，两臂弯曲，五指张开放在胸前，手臂上戴了许多玉环。玉人背面有一个小鼻，鼻上有一小孔，以示为挂件用，这小孔如头发丝大小，须用直径不超过0.17毫米的钻孔才能钻出直径0.15毫米的管孔芯。即使是现代要钻这么大的小孔也得用激光才成，不知在5 300年之前的工匠们是怎么钻出来的。

　　以上几件玉制品说明制玉在我国距今8 000年前就开始了。制玉技巧越来越高明，制品体态优美，生动，生活气息浓，工艺十分讲究，琢磨、镂、雕、刻、钻与阴刻阳线相结合，精工、细腻、生动、传神，是祭神上品，也多是传神上品。再加玉本身具有的灵性和温润、洁白、无瑕、碎而不可曲的特性，因此千万年来一直为世人所崇敬。宁为玉碎不为瓦全，一直是人们所崇敬品格和人生追求，这是他们与当今为"方孔兄"屈膝者是全然不同的，因为他们心中埋藏的是圣洁的美玉。

五十五、嫘祖献丝

传说中国的养蚕丝始于嫘祖。黄帝娶西陵氏女嫘祖为妻，嫘祖发明了养蚕，被祭祀为"蚕神""蚕祖"。我国湖南、四川都有嫘祖庙。传说她是四川湖南湖北交界那地方的西陵国的人，故有人说她是四川盐亭人，小名主凤。据传她是伏羲的后代，巴人，四川盐亭女。那里至今仍保留有嫘祖山、嫘祖穴、王凤岩、嫘祖教人养蚕的蚕子山、蚕丝山、桑林坝、丝织坪、桑树坡等。黄帝与嫘祖在这里相见定情结婚。这里有轩辕坡、天子山、嫘轩宫、嫘轩殿、西陵寺等遗迹。也有人说嫘祖是北京人，据说北京北海公园里有"先蚕坛""浴蚕池""先蚕殿"等祭祀蚕神的遗迹。

农历三月十五日是嫘祖的生日，这一天全国各地的养蚕人都要烧香祭祀嫘祖。嫘祖与黄帝结婚后生了两个儿子，一个被黄帝下放到了四川长江上游的若水，一个被降江水，西陵老家。黄帝主政后每一次外出巡游总喜欢带着嫘祖一起去，有嫘祖陪伴，黄帝总是十分高兴的。可是却不幸在一次去衡山巡视途中，嫘祖突然感到身体不适，病逝了，这使黄帝十分伤心。

还记得黄帝刚当上中原部落首领时，西陵部落首领携嫘祖前来献丝，送上一匹金灿灿的绢子，这使黄帝喜欢透了。一则他从来未见过这么漂亮的美人，俗话说"南充姑娘天下美"，嫘祖就像标准的南充村姑一样，浓黑的眉毛，单眼皮，大眼睛，樱桃小嘴，脸色嫩得像豆腐一样水汪汪的，说话速度很快，就像从小嘴里蹦出来似的，得得直响，又甜又好听。再则，他从来也没见过丝绸这类东西。只听说这玩艺高贵得很，是用来敬神的，可他没见过。他生活在中原，接触最多的就是舞刀弄棒。现在他战胜了蚩尤，那漂亮姑娘用献给上帝的礼物献给自己，以祝贺胜利，所以黄帝特别高兴。他把嫘祖献给他的一幅生绢往身上一披当成斗篷，在嫘祖面前转了一圈，嫘祖立即以仰慕英雄般目光迎了上去，翩翩而舞，不用说这是黄帝一生中最难忘的时刻。

《山海经·海外北经》说："欧丝之野在大踵东，一女子跪据树欧丝。三桑无枝，在欧丝东，其木长百仞，无枝。"黄帝曾问过西陵女，听说是你发明了养蚕，蚕又叫马头娘，说一说？

嫘祖把小嘴一抿，隔了一会才告诉黄帝，因蚕身似女子，蚕头如马头所以叫马头娘。黄帝又问那你又是怎么把野蚕变成家蚕的呢？嫘祖告诉黄帝这是经过长期对野蚕进行观察，才驯养成家蚕的。蚕子的饲养有一个过程。开始由比芝麻粒小的蚕蛋，孵化出墨蚊大的小蚕，后来就喂它很碎的桑叶，3 天一换沙，它很爱干净，要及时把它吃剩的残渣屎尿换掉。蚕老了，不肯吃桑叶要吐丝了，它的脖子就透明发亮，就要把它拣出来放到簇上。蚕就在簇上结茧。这时蚕就在茧里变成蛹，蛹咬破茧变成飞蛾出壳。蛾下蛋又变成蚕种。就这样蚕就像天上的月亮一样，生而复死，死而复生，生死轮回不灭。这一番话使黄帝无论如何也难以忘记。后来黄帝就把嫘祖葬于岣嵝山（衡山）的嫘祖峰下。所以那里有一座十分古老的嫘祖墓。人们祀之为先蚕，即蚕桑之祖。

说起马头娘，这里想起了一个传说，说的是太古的时候，有一家人家父亲远征去了，家里留有一女和一匹马，女儿想念父亲，就对马儿说："你如果能帮我找回父亲，我就嫁给你。"那马儿听得懂小女孩儿的话，就挣断了缰绳而去，不久那匹马儿跑到了父亲住的地方，父亲一看，是自己家的白马，就拍拍白马说："小白，是不是家里有什么事儿呀？"那马嘶叫了一声，表示应承，老父亲就乘着小白马回了家。骏马见女儿戏谑自己有些不高兴，想夺她而去，被父亲拦住，问女儿是怎么一回事。女儿以实相告，说是想念父亲，才和马儿开玩笑，哪里知道它认真了。父亲听了很不高兴，就用箭射死了小白马，剥了马皮晒在院子里。女儿外出时，脚碰到了马皮，说："小白呀，我是和你说着玩儿的，你怎么当真了呀？你是马，我是人，怎么可以结为夫妻呢？你这不是自讨苦吃吗？"话没说完，那马皮突然飞了起来，卷起女儿就走，女儿大叫，父亲奔了过来救女儿，那马皮飞到了一棵高万仞的野桑树上，那树立即长出枝桠和嫩绿的叶子。马头与姑娘融成一体，变成了许多蚕儿。因此，那蚕儿头似马头，身似女儿身，又白又嫩，在树上吃桑叶。父亲也没办法，只能瞪着两眼让它去。过了不多久，那蚕宝宝就在桑树上结出了茧子，那茧子比后来的家蚕茧大许多，父亲无法只得叫邻居妇女来取蚕饲养，就称这蚕宝宝为女儿（这个故事见牟华林著，《古今注》，校笺线装书局，附录，第 247 页）。传说这神马是天上的天驷星下凡后闯入了民间，遇蚕娘许婚，而父亲不允，被杀，被剥皮而附于桑树上，变成了野蚕。

在遥远的上古时代，中国就会养蚕织绸了。它既是一种高贵文明的享受，又是穷苦人摆脱贫困的美好追求。传说黄帝有个妃子叫嫫姆，她发明了织机。嫘祖养蚕，嫫姆织绵。引得后来的历代的嫔妃们都以丝织为荣，既供王侯们尽享荣华，又使自己沾上光彩。

丝绸不仅使东方苏杭地区，西方巴蜀地区的人民得到实惠，改善了生活，增加了收入，也让孩子们得到了快乐。他们自小帮蚕妇做桑钩，采桑叶，搭桑簇，巴望着卖茧时大人能从城里给他们买回来几个蒸馍吃。那蒸馍是他们最渴望的，上面还有一个红点儿，像印度女人头上的美人痣一样，十分招孩子们欢喜。蒸馍圆圆的白白的，吃起来甜蜜蜜的，又香又脆。大人们把茧子或生丝卖了，都会给孩子们买馍吃，这是孩子们最盼望的。由于嫘祖是四川人，是蚕祖，蚕神，因此四川人有养蚕缫丝的传统。在四川的山沟沟里，你可以看到漫山也都有很多桑树，家家户户都会养蚕，蚕养好了，结了茧，可以拿到城里去卖，换点零用钱。想自己缫丝织绸的，可以请人缫丝。刚织出的是绢，不是绸，绸要用猪胰子漂过，使生绢变成柔软、光滑、光泽优美的绸子。在乡间里用猪胰子漂绸是像在作诗一样，是一种享受。先用乱丝头与猪胰子揉在一起捶打，没出的水把生绢放进去漂洗，生绢就会成柔软润滑的绸子。晚上把漂过的绸子晾在菜叶子上，让露水露一露，太阳出来时再照一下就收起来，那绸子又白又柔美。

　　漂绸的时候是人类最美好的时刻。天上飘着流云，地上悬着露珠。太阳从云缝里钻出来，半壁天空挂满了霞光，地上菜叶和草尖上挂着的露珠，在霞光中闪烁，漂白过的绸子在菜叶胸膛上温柔地荡漾，似彩霞落地，美透了。

　　不过让女娃儿最关心的，并不是这一切，而是悄悄的藏几个烘烤过的茧儿，到年关时拿出来，剪成小蝴蝶或花朵贴在鞋面上，再用五彩丝线绣在鞋上，走起路来就像花儿开在脚背，蝴蝶飞在脚尖上一样，美极了。

　　丝绸生产在我国有极其悠久的历史。2015年11月11日，《新民晚报》艺术评论登载了记者陈若茜访问中国丝绸博物馆馆长赵丰的文章，认为丝绸的出现是源于原始崇拜，从"作茧自缚"到"破茧化蝶"，是不是出于"自缚"才去"作茧"呢？未必。或许这是生死轮回论者所寻找的哲理依据吧。在现实中，我国6 000年以前的丝绸考古发掘不乏其例。1926年，山西夏县西阴村仰韶文化遗址发现了半个蚕茧。茧壳长1.36厘米，茧幅1.04厘米，距今6 000年。1958年，浙江吴县钱三漾遗址发现了家蚕丝线、丝带、绢片，距今4 400—4 200年。

　　1983年，河南青台遗址瓮棺中有丝绸残迹，距今6 000年。不少遗址都发现了纺轮、纺车、针、锥、匕等纺织工具。

　　所有这些都证明世界上最早的丝绸产地在中国，正如赵丰先生一语道破的"世界上所有家蚕丝绸的发现都在中国"，中国是最古老的丝绸古国。

五十六、仓颉造文字

　　文字是社会进入文明时代的标志。中国文字起源很早，早期公认的中国文字是殷墟甲骨文，一种刻画在兽骨与龟甲上的文字。它存在于殷中期。殷墟甲骨文是一种数量庞大，造型规整，使用规范，十分成熟的文字，是中国文字最早的代表者。其后的金鼎文、竹简、帛书等等，都是它的同一家族成员。

　　汉字最显著的特点如下。

　　首先，它是世界上唯一的从古至今一直在使用的文字。苏美的楔刻文字产生于公元前5000—前2900年，通行了3 000年后消失了；古埃及圣书文字产生于公元前3500—前3100年，到公元3世纪被废除了；玛雅文字产生于公元前后，用了1500年，至16世纪因西班牙入侵被废除了。文字是一种文化，文字被废除，即一种文化的毁灭，一个时代的终止。而中国文字从古一直使用至今，从未中断，这是举世罕见的。

　　其次，汉字的数量多，体量大。有人统计说，中国汉字目前有85 568个字，社会在发展，字量在增加，大量的社会内容与生活内容，凝固进了汉字的语言符号里了。因此，每一个字里都蕴含着中国不同历史阶段，不同事物的信息，而成为一种神秘的文化密码。许多失落的历史踪迹，后人都可以通过文字的记载去寻找。

　　第三，汉字的历史十分悠久。殷墟甲骨文大约存在于公元前1300年，殷高宗武丁时期。这是一个中兴的时代，文化很发达，殷墟中保存的甲骨文有4 000个左右。民国时期，中央研究院于1929—1937年15次派遣调查组进行发掘考察，在河南东北的安阳发现了殷代宫殿的遗址。中华人民共和国成立后，河南省考古工作队及中国社会科学院考古所多次在当地发掘，先后出土了许多甲骨，仅现在知道的就达到了11万余片。甲骨上的文字总字数达3 000多个，其中一半已得到解读。[1]殷墟甲骨文是成熟的已普遍使用的文字。这些保存于龟甲和兽骨上的文字的主要内容是卜辞，世称"甲骨卜辞"。但不是全部的甲骨文字，也不是中国文字的起点，它有很长的起源期与成长发展期。在汉字中除甲骨文外，还有比它早的陶文、木刻记事符号，比他晚的有金文和竹简、帛书、篆书、楷书等不同形式的书写文字。殷墟甲骨文是我国最早且大量使用的成熟文字，必然有一个孕育和成长的过程。所以，我们不能说殷墟甲骨文就是我国最早的文字。2008年10月24日，《新民晚报》AB版刊载新华社记者徐剑铭的报道说，四年前山东省昌乐县集中出土100多块兽骨，上面刻有600多个符号，结构布局有一定的规律可循，应该是距今4 500年中国的早期文字。1959年，科学出版社发表了郑州二里岗考古发掘报告，发现二片兽骨上刻有10个字，这10个字是"又、土、羊、乙、巾、贞、从、受、十、月"。字是刻在肱骨上的，字迹与安阳小屯村殷墟甲骨文相同。这些事实说明殷墟甲骨文的出现绝不是偶然的，孤立的。它有一个很长的准备阶段和发展阶段，说明早在五六千年之前，我们的祖先就从结绳记事，转入到以文字或刻符记事，进入用文字传递信息的阶段了。

汉字与世界上许多文字不同，它是音形义结合的方块六书文字。这种文字具有象形，指事，会意，形声，转注，假借等特点。因不同历史阶段的书写方式不同而形态各异。先后形成了篆书、草书、楷书等艺术形式，具有强的视觉效果和审美表现力，能给人以美的享受。

这种文字在发展过程中经历了从结绳记事、木刻记事、器物刻符记事、甲骨记事、石刻记事、金刻记事、简帛记事，它的字数与内容不断增加，但基本特征未变，传递信息、保存历史记忆的功能始终如一。

江西清江县吴城遗址的发掘成果就是一个明证。在吴城遗址中出土了大量的青铜器、陶器、玉器，其中140余件陶器底部有纹状符号，许多符号都是连在一起的，长的有12个符号相连，短的有7个、5个、4个符号相连，很大一部分接近甲骨文字形。所以专家们认为，吴城陶文是现阶段已知的，最古老的中国文字。殷墟甲骨文时期也有青铜铭文存在。1976年，殷墟M5出土了200多件青铜器。其中，109件上有"妇好""好"等字样。妇好是殷高宗武丁的妃子，这些文字的结构与甲骨文一致。故而人们称之为金文，它是甲骨文的继承者。我国考古工作者出土了大量的周代金文。如周康王鼎铭文字数多达19行291字。秦时石鼓文，10个石鼓，每鼓刻一四言诗，文字与青铜同。这些文字后被秦人改为小篆。事实说明，汉字从距今五六千年以来，尽管书写方式不同，字体有变，其功能性状的本质未变，一直都以音形义结合的方块字形态，成为中华文化的载体。可以说每一个汉字都蓄积了丰厚的可追寻的文化信息，是用不烂的传意工具。

长期以来，大量读物都在传说仓颉造字。《世本》王谟辑本第36页说："仓颉作书。"宋衷注曰："黄帝之世，始立史官，仓颉沮诵，居其职矣。至于夏商，乃分置左右，言则左史书之，动则右史书之。故曰左史记言，右史记事。言经尚书，事经春秋者也。"仓颉就是黄帝时记言的史官。《世本》陈其荣增订本注仓颉做书为"仓颉作文字"。《世本八种·张澍稡集补注本》"援神契云,仓颉视龟而作书"。《淮南子》云"仓颉作书"。高诱注"仓颉生而知书写,仿鸟迹以造文章"。《说文》说"黄帝之史仓颉,见鸟兽蹄远之迹,初造书契,仓颉之初作书,盖依类象形,故谓之文,其后形声相益,即谓之字。字者,言孳乳而浸多也。著于竹帛谓之书,书者如也"。《河图玉版》云"仓颉为帝南巡,登阳虚之山,临于玄扈洛汭之水,灵龟负图,丹甲青文以授之,是仓颉为帝,又非史官矣"。而汉熹平六年仓颉庙碑云"仓颉天生德于大圣,四目灵光,为百王作宪"。《孔演图》《元命苞》也说"仓颉四目并明"。

　　仓颉复姓侯岗,生于长安。据说他一生下来就很不平凡,长得一副龙颜大口,四目灵光,聪明睿智,能写能画,长大后天授河图禄字。他既善于观地上鱼纹兽蹄鸟羽山川的纹路、印迹、变化,又善于观察西方七宿白虎星宿的奎宿十九星组成的圆曲星象变化情况。长大后移居中原阳武,即开封那个地方,在那里建立了诸侯国,建立了都城。他执政时使用大臣分掌四方,各如己视,这一点使黄帝十分欣赏,所以将他聘为记言史官。黄帝知道他善于观察天文地理,就命他作书。仓颉就根据黄帝的指示,依照日月星辰、鸟语山川、鸟兽足迹和花草树木的形象画图创造文字,并刻于石骨龟甲之上,创造了依类象形的象形文字,后来又让这些象形图案发出声音来,形成"形声相益"的文字,并在象形、形声的基础上又区别出指事、会意的文字。

　　他先依据观察所得,画出象形文字的一些基本字形,如我们现在说的偏旁的一类字,进而以这些字为基础不断孳生扩展,越积越多。这事儿使神灵很感动。有一天他在洛水边调查时,有灵龟负图"丹甲青文以授之",仓颉据此成功发明了记言文字。这事感天动地泣鬼神,名贯古今,因此人们都尊他为圣人。我怀疑仓颉是否是一个与五帝并驾齐驱的历史时代。在过去那个时代里,孩子们上学的第一件事就是在口袋里揣一个猪耳朵或豆腐干儿献给老师,让老师教他写字,老师教孩子写字的第一件事儿就是要他千万不要把写了的字纸乱丢乱扔,要把它恭恭敬敬放进庙堂的字窟里烧掉,不然就是对仓颉神的不尊敬,还有人说乱丢是要瞎眼睛的。人们尊敬仓颉圣人,给他建庙,给他烧香磕头,感谢他,尊他如上古帝王。人识了字才有文化,不识字,就像睁眼瞎子一样。识字不仅可使人知书达理,有益于立国持家,造就新的人生。所以读书人无一不感激仓颉。

　　但仓颉造字只是传说,历史并未详载,从图画文字来说,仓颉之前早已存在。

　　西方学者对文字的标准比较宽,包括了文字发展的不同阶段,如图画文字也包括在内。我国学者对文字的定义比较严,不包括图画文字,我们采用的是周有光先生的定义,他说文字是语言的书面符号,人与人之间的交流信息的约定俗成的视觉信号系统,这些符号能灵活地书写由声音构成的语言,使信息传到远方,传到后代(《中国大百科全书》语言分册)。

苏美文字最初是巫师文字,埃及文字最初也是巫师文字,周先生的定义,排除了巫师文字,所以我们的文字不包括图画符号一类文字,只包括完全成熟的表意的形声义兼具的文字。所谓仓颉造字是造这种中文字符,不包括图画文字。仓颉虽并不一定是甲骨文的创造者,但却是人民心目中的造字之神,史称为帝。

注

[1]藤枝晃著,李运博译,《汉字的文化史》,新星出版社,第15页。

五十七、偃师造机器人

周穆王西巡狩，越过昆仑山，还没到达弇山脚下，听说徐偃王造反，便急急忙忙乘着造父驾着的千里马车子往回赶。走到半路上有一个木匠要求进见，周穆王问："他叫啥名字？"下人回答说："他说他叫偃师。"周穆王问下人："问过没有，他有啥特殊本领吗？为什么要见我。"下人说："问过了，他说他会造人。"周穆王一惊，沉思一下，说："好吧，叫他进来。"

片刻工夫，下人引偃师进帐。他身后还跟了一个人。

周穆王问偃师："你要求见我，你有何能耐呀？"

偃师说："我会造人。"

周穆王："你会造人？"

偃师点头："对呀，我会造机器人。"

周穆王高兴地说："好呀，你造的机器人在哪里？去拿来我看看。"

偃师说："大王，我把人带来了。"转身对身后的机器人说："过来，见过大王。"又对周穆王说："这就是我造的机器人。"

周穆王又一惊，他本以为那是个真人呢，原来是个机器人，便说："他会唱吗？"

"会的"偃师说。

"唱一个我听听。"

偃师说："唯命所试。"

随即郑乐轻起，偃师拉机器人向前向穆王施了礼，然后清了清嗓子，用女高音唱了起来：

　　有女同车，颜如舜华。
　　将翱将翔，佩玉琼琚。
　　彼美孟姜，洵美且都。

周穆王问："此何人也？"

"这就是我造的机器人呀？"穆王俯视良久，趋步俯仰，然后哈哈大笑起来，大叫："好，好！快，叫他们也来看一看！"

片刻，群妃携宫女蜂拥而至。周穆王对偃师说："他会跳舞吗？"

"会。"

"跳一个。"

"好。你就跳一个吧！"说完偃师在机器人肩上拍了两下。那机器人走向众妃一弯腰一甩手施了个大礼，向嫔妃们发出了跳舞的邀请。其中一个妃子胆子很大，站了出来还了礼，就与机器人在音乐伴奏下跳起了双人舞，引得众人又拍又唱，真是天籁地籁人籁三籁并俱，乐不可支。舞者相视而笑，眉来眼去，乐煞了众人，可气坏了周穆王，引得穆王大发雷霆，急命停止，并令拉出去斩了。

这可急煞了偃师，他赶忙上前向周穆王解释道："大王，这不是真人，是机器人呀！"

"机器人？"

"对呀，机器人。你不信，我折开来给你看。"说完向机器人拍了几下，就把他拆开来，它肚皮里全是一些草、木、胶、漆、黑、白、丹、青之类的东西。五脏六腑、筋骨、皮毛、支节、齿发都全是。周穆王仔细一看，才突然明白了，说："是我……对不起！"

"大王，你吃醋了。不是我的机器人造得好，是你太爱你的妃子了，连他们向木头人送一个秋波也不允许。"说完再把机器人装好，复原。依旧"锁其颐，则歌合律；捧其手，则舞应节。千变万化，惟意所适"。穆王试着废其心，则口不能言，废其肝，则目不能视，废其肾，则足不能步，至此才完全被折服了，赞叹道："人之巧可与神之造化者同工呀！"说罢，对偃师说："这个机器人给我了！"偃师说："听说你要经过这里，我就造了这个礼物。这是献给大王你的。"周穆王闻言十分高兴，令人叫来两部马车把机器人护送回宫里去。

附录

列子·汤问

周穆王[1]西巡狩[2]，越昆仑，不至弇山[3]。反还，未及中国，道有献工人名偃师，穆王荐之[4]，问曰："若[5]有何能？"偃师曰："臣唯命所试。然臣已有所造，愿王先观之。"穆王曰："日以俱来，吾与若俱观之。"

翌日，偃师谒见王。王荐之曰："若与偕来者何人邪？"对曰："臣之所造能倡者。"穆王惊视之，趋步俯仰，信人也。巧夫！领[6]其颐，则歌合律；捧其手,则舞应节。千变万化,惟意所适。王以为实人也,与盛姬内御并观之。技将终,倡者瞬其目而招王之左右侍妾。王大怒,立欲诛偃师。偃师大慑,立剖散倡者以示王,皆傅会[7]革、木、胶、漆、白、黑、丹、青之所为。王谛料之[8],内则肝、胆、心、肺、脾、肾、肠、胃,外则筋骨、支节、皮毛、齿发,皆假物也,而无不毕具者。合会复如初见。王试废其心,则口不能言;废其肝,则目不能视;废其肾,则足不能步。穆王始悦而叹曰:"人之巧乃可与造化者同功乎?"诏贰车载之以归。

注

[1] 周穆王:周武王第五世孙。

[2] 巡狩:视察。

[3] 弇(yǎn)山:弇崹山。未到弇崹山就回转了。

[4] 荐之:视之。

[5] 若:你。日:他日。信人,实人:真人。

[6] 颔(hàn):动摇。

[7] 傅会:附会。

[8] 王谛料之:王仔细看了又看。

五十八、距今 7 000 年的弓矢

《古代社会》一书中有一段话："弓矢的出现晚于戈矛和作武器用的棍棒。弓箭是一大发明，它给狩猎事业带来了第一件关键性的武器，其发明时间在蒙昧阶段晚期。我们用作弓箭作为高级蒙昧社会开始的标志。弓箭必然对古代社会起过强有力的推进作用。它对蒙昧阶段的和影响正有如铁制刀剑之于野蛮阶段，有如火药之于文明时代。"[1]

弓箭是高级蒙昧社会，刀剑是野蛮社会，火药是文明社会三大不同历史阶段的最重大的发明，它促使了社会形态的转型和发展。但弓箭的发明，并不是偶然的，它需要智力的积蓄。比如要制造出一个好弓，就必须先选择有弹性有韧性的制弓材料，必须要有缠绑弓身的动物的筋或植物的纤维，必须要了解它们制成弓以后的张力，以及如何将这两种力和人的臂力结合起来，才能把箭发射出去。没有这一些方面的知识要制成一张好弓，是很困难的。《文汇报》2012年2月18日头版头条新闻登载的一个叫伊春光的人如何制作出锡伯族弓箭，一举占领市场的故事。

李春光65岁，新疆察布查尔锡伯县人，那里保留了清代八旗文化。能骑善射，伊是车工、钳工、漆工出身。他根据《考工记》的记载，制造出了古代弓箭，他的体会如下。

首先，制弓的材料很讲究，要治好弓，必须要"冬天下料，春天刨牛角，夏天制筋，到秋天把它们合起来。做一把弓要操心一年多"。

"弓的内胎是竹制的，用一层牛筋加工成的纤维，弓蹬用牛角，弓梢用硬木配牛角梢头"。弓身要求用野山羊角制成，再缠山牛筋，要求弓的弹力大。"把手用的是牛的大腿骨，两端的木质梢头，配上牛角做的梢头"。牛角要找南方的水牛角，筋要用东北的黄牛筋和鱼胶。

做一张弓要经200多道工序。制出的弓要具有70磅以上的弹力，能射150米远。弓制成后要制作牛皮箭壶。最后在弓上压烙或烫上部族的族徽一类神兽或神秘标志。经过这许许多多艰难制作程序，才能宣告一张弓制成了。

《世本》中有许多关于弓矢发明的记载。

一是说"挥始作弓""夷牟作矢""逄蒙作射"。

一是说挥为"青阳第五子"或"少昊（般）作弓"。"少昊生般，是始为弓。"

一是黄帝作弓。

一是"羿作弓""夷羿作弓"，喾赐羿"彤弓素矢"。

一是"倕作弓，浮游作矢"。

从上述可见，从黄帝作弓、少昊（般）作弓到夷羿作弓或喾赐夷羿弓，各种说法都有。从时间上推算从距今5 000—4 000年前各时代都有。虽然有这些说法上的差异，但决不是虚空的传闻。这一点诸多考古事实可以证明。在考古中发现的弓很少，因为弓多为竹制材料，易腐蚀风化，而矢镞多为石骨或金器，不易腐败。在这里我们仅以矢为例举要说明。

大汶口文化遗存第一期发现矛73例，镞76件。

北辛文化，前期公元前5630—前5000年，后期公元前5000—前4300年。山东滕县北辛遗址发掘出骨、角箭镞40余件，器形细长。锋铤界限不明者25件，其中角镞2件、锋铤界明显者5件、磨制品1件、蚌镞1件。滕县北辛距今约为7 300—6 100年。（以上根据中国社科院考古研究所、山东滕县博物馆撰，《山东滕县北辛遗址考古发掘报告》，见《考古学报》，1984年第2期，第169页）

另外在甘肃齐家文化遗址皇娘娘墓中发现有玉镞，距今约4 050—4 015年。马家浜文化中出土的骨镞，距今7 000—6 000年。浙江慈湖遗址中出土的刀、镞、纺轮、木屐、桨等物，距今5 300—4 000年。

从上述考古发掘中我们可以清楚地看到在我国弓矢发明的时间有6个：

（1）大汶口文化公元前4660—前3970年　距今6 660—5 970年

（2）北辛文化为公元前5630—前5000年　距今7 630—7 000年

（3）滕县北辛　距今7 300—6 100年

（4）齐家玉镞　距今4 050—4 015年

（5）齐家骨镞　距今7 000—6 000年

（6）浙江慈湖　距今5 300—4 000年

这六例中距今7 000—6 000年有4例，距今5 000—4 000年有2例。这就是说我国在六七千年之前就发明了弓矢，进入了高级蒙昧时代了。距今7 000—5 000年正是传说中的少昊黄帝时代，因此说黄帝发明弓矢，黄帝之臣挥、子少昊或工匠巧倕发明弓矢并无不妥。

弓矢的发明不只是狩猎的武器，而且大大升级并取代了以棍棒为主的武器系统。这一发明到殷朝周朝时期又发展成为六弓八矢。

六弓：指王弓、弧弓、夹弓、庾弓、唐弓、大弓。不同的弓有不同的用法。

王弓、弧弓是授予射甲揕质者的，夹弓、庚弓是授予射豻候鸟兽者的，唐弓、大弓是授予学射者的。

八矢：指枉、絜、杀、镞、矰、茀、恒、庳。它们也同样有不同的用法。枉絜用于守城战车等的火攻，镞：音hóu，古代一种箭。杀、镞用于田猎，矰、茀用于诸弋，恒、庳用于散射。

不仅如此，又因王侯公卿士大夫的等级不同，在矢的使用上也有等级的差别。因此，弓矢的使用区分又形成了不同的礼仪制度。所以弓矢的出现、发展和使用和不同历史阶段的社会制度紧紧相连，是社会发展的有力推动者。

注

[1][美]洛易斯·亨利·摩尔根著，杨东莼、马雍、马巨译，《古代社会》，中央编译出版社，第15页。

五十九、距今 7 000—4 000 年的水井

经典中不乏水井发明创造的记载。如《吕氏春秋》"化（伯）益作井"；《世本》"虞姁作舟，伯益作井"，"黄帝见百物，始穿井"；《淮南子》中"昔黄帝始经土设井，以塞争端"；《山海经·中次十经》"又东南五十里，曰视山，其上多韭，有井焉，名曰天井。夏有水，冬竭"。天井，岩下石坑，虞姁（xǔ），传为黄帝臣。经土设井，指在土地上经营耕种必须设井。"设井"是从渔猎生活转为农耕生活，形成初始农耕制度的重要标志。所以《周易·系辞》释井卦才说"井，居其所而迁。困以寡怨，井以辨义，巽以行权"。这都是对井卦来说的。

在现实生活中，古井的出现是很早的。《河姆渡文化》一书中介绍了距今6 000—5 600 年的浙江河姆渡木构水井。该水井位于 T34—T37 中部文化层。水井由 200 根圆木组成。井底深入地下 1.35 米，外围有木栅栏，直径 6 米，面积 28 平方米，其中有 28 根圆木桩直入土中，由 16 根圆木套合成方形竖井。井的四壁以横木榫卯接法对竖木桩加以固定。井上有茅舍护卫。这口井我去看过。简单地说那井是四方形的，四壁由竖木桩和横木档卯榫固定为井字形。井上有围栏，茅草房遮风挡雨，清洁、卫生安全。[1]

浙江省文物考古研究所编《良渚文化遗址群考古发掘报告》记载：1988 年至2000 年省考古队在良渚庙前遗址进行了 6 次发掘，清理出木构水井 2 口。这井与河姆渡井不同，井壁方形，由原木板构成。距今 5 300—4 300 年。

赵晔著《湮灭的古国故都》浙江摄影出版社出版。该书第 192 页记载浙江嘉善新港发现一个木筒井。井壁由一个大圆木剖成两半，均挖空，拼合卯接，木井壁上有若干渗水小孔，然后将此木井沉入地下。这样的木井也很科学卫生、安全。类似水井在嘉兴雀暮桥、江苏江阴横塘绛等良渚文化遗址也有发现。

我国北方黄河中下游也发现了不少水井。如河北邯郸涧沟有井 2 口，山东兖州西吴寺有井 3 口，山西襄汾陶寺有井 1 口。南方广大地区如昆山太史殿、吴兴大三瑾、梅埝、九里湖、武进雪埝、常熟东塘墅等地都发现了许多古井。这些井的构建未必都和上述 3 种木井相同，大体上都是因地制宜，因俗而异。比如我们四川人就喜欢砌石井，即用石条砌成八卦井。砌法依东南西北 8 个方向交错镶砌。

徐旭生先生在《中国古史的传说时代》说："应当注意凿井技术的发明是一件相当惊人的事。大宛在汉太初元年（前104年）城中还没有井，在城外流水中没水。新得秦人（即中国人）才学会穿井取水的方法，这就是以证明凿井技术的非原始性。""我国洪水以前，凿井的技术还没有发明。"[2]这些话说的不是事实，难以成立。

其一，与考古事实不合。徐先生说凿井技术的发明是"相当近的事"到公元前104年还没有水井。考古事实恰恰相反。在我国南方河姆渡木井距今6000—5600年。良渚水井距今5300—4300年，上海崧泽发现马家浜文化晚期井2口垂直型土井，距今6000年；在我国北方山东济宁张山北辛文化土井（深275厘米，口径114—134厘米）距今7300——6300年；大汶口水井1口，距今6100—4600年。这些事实说明我国无论北方和南方在距今6000—7000年时就有水井了，决不是到汉朝时才发明井。这就是说"黄帝穿井""伯益穿井"之说不虚。从黄帝时代（距今6000年）到伯益时（距今4000年）都有井出现。

其二，凿井技术因时因地而异。北方多用土井，南方多用木井，很少见到砌石井的记载。如果徐先生讲的不是水井，而是石井，则应认为是可信的。可惜的是他讲的凿井技术可能以凿石井而否定了木井土井的存在，发明了井，不等于所有地方都有井。凿井技术从土井、木井到石井也是不断发展进步的。

其三，徐先生说"凿井技术为当时的伯益所发明，最合逻辑"，不妥。一则徐先生生前说在汉代（公元前104年）时才有凿井技术，并"最合逻辑"。存在的就是合理的。客观的存在并不依人们的主观认定的逻辑加以分毫的改变。

夏曾佑先生著《中国古代史》上册第十四节《黄帝政教·井田》转述《通典、食货、井田》的相关记载："昔黄帝经土设井，立步制亩，以防不足，使八家为井，井开四道而分八宅，凿井于中。一则不泄地气，二则无费一家，三则同风俗，四则齐巧拙，五则通财货，六则存亡更守，七则出入相同，八则嫁娶相媒，九则无有相贷，十则疾病相救。是以情性可得而亲，生产可得而均，欺凌之路塞，斗讼之心弭。既牧之于邑，朋三为里，里五为邑，邑十为都，都十为师，师十为州。夫始分之于井，则地著，计之于州，则数详。迄乎夏殷不易其制。"

这是一则十分诱人的传说。不仅讲了井田制的来历，十大好处，而且叙述了井与邻里邑都师州形成的密切关系。这种井田制是不是黄帝时代留下的传统呢？值得怀疑。"邻里邑都师州"所闪现的都是周人的想法。考古发掘的事实，至今未见从黄帝至夏禹推行井田制的痕迹。所以我们说它是一则美丽的传说。

注

[1]刘军著，《河姆渡文化》，文物出版社，第104—107页。

[2]徐旭生著，《中国古代史的传说时代》，广西师范大学出版社，第149页。

六十、王亥经商的传说

《中国民间故事全书》河南商丘睢阳区卷刊载了两则有关经商的故事。一则叫《相土与商人》，一则叫《王亥经商》，这都是我们过去没有听到过的。

故事的大略轮廓是：帝喾的曾孙相土被封于商丘当火正官。他很有治世才能，很善于用人，善于向外地学习。传说为了发展本地经济，带了一帮人跑了很多地方，发现商丘出产的不少剩余的东西，外地都很需要，也发现外地的一些东西是商丘所缺少的，因此他提出把剩余的东西相互进行交换。他手下人都很赞成他的想法，可是运输怎么办呢？他想出了一个主意，用一块大木板，下面安上轮子，让人拉，大家给它取名叫"车"，从此相土就成了车的发明者。此后他就拉着货物进行物物交换。这种从事交换的人就被称为"商国人"，简称为"商人"，他们开的店叫商店，从事的行业就叫商业。

夏朝时，商是一个诸侯国，商人的老祖宗是帝喾的儿子契。王亥是契的六世孙。那时，中原马少牛多，王亥想以牛代马，便组织驯养牛，王亥捉了一头牛，想让它拉车，那牛不肯拉，用角顶人，横冲直撞。正在王亥一筹莫展时，来了一个人用一根枝条刺穿牛鼻子，杀了牛的威风，并用绳子从牛鼻子上穿过，从而把牛驯服了。于是，王亥把马车改成了牛车。王亥拉着牛车装货物到外地与人交易，开创了做买卖的新纪元。有一次，王亥到有易国去做生意，被有易国国王绵臣的女儿易娥看中，亲自做了一件坎肩儿送到王亥那里作为试探，王亥因盛情难却，就接受了这件礼物。不想这一举动引来了杀身之祸。因为有易国王绵臣的大臣中一个叫弗善的人正在追求易娥。他知此事后，向有易王诬告王亥与易娥私通，惹得绵臣大怒。弗善便与绵臣商议以酒灌醉王亥，将王亥杀害，没收了王亥的牛车货物。易娥得知此消息，倍感歉疚，亲自跑到商地赎罪，表示愿到商地当奴隶。王亥之子上甲微为替父报仇，带着军队打到了有易国，杀了绵臣与弗善，灭了有易国。

这两个故事中前一个故事，是借相土演绎商人的来历，商丘人笃信不疑。相土经商与否未见记载。《周易·系辞下》记载包羲氏没，神农氏作，"日中为市，致天下之民，聚天下之祸，交易而退，各得其所"。这一记载表明，"日中为市，交易而退"的贸易比相土王亥早了数千年。即便如此，有关王亥的记载仍是很有意义的。因为在《山海经》中只是说有易王杀死王亥夺了他牛，而这里延伸出了有易有个女儿爱上了王亥。弗善为夺取有易女，设计陷害了王亥，虽然这有点儿像现代的爱情故事，可能是后人传说时演绎的。如果按这一思路将这个故事变成一个可视剧，则其剧情如下。

古黄河边，丘陵起伏，清流婉转，碧波横溢，水草肥美，一个简易茅棚宫阙深藏在密林之中，一些千古隐秘，也暗藏在密林之中，这就是早已消失了的上古有易国都，以牧业为主的古国，不过大都是放羊放牛的人。

王亥王恒兄弟带着几个兄弟，赶着一群黄牛来到这肥沃的土地上，兴奋不已。他们赶着的是被驯服的牛拉的大车，来到有易国的土地上，见者无不吃惊，无不奔走相告，他们来到有易国，很有礼貌的先拜见有易国王绵臣，给他捧上了一坛芬芳四溢的苞谷酒，两头大黄牛。那黄牛短角圆睛，毛色金黄，光泽明亮，霞披在身，如老君神牛。这一礼物，有易国王自然十分兴奋，立即吩咐下人，以好酒好菜相待。

有易国土有两件宝物是他日夜都离不开的。一个是谋臣叫弗善，那人三角眼、小耳朵，鬼点子一大把，绵臣跟前的一切坏主意都是他出的；一个是女儿，女儿叫易娥，美丽善良，她是有易王的心肝宝贝，一切好事都是她的主意。

王亥，王恒是两兄弟。王亥是老大，性情豪爽，脾气耿直，嗜酒如命，有一股梁山好汉的味道；而王恒却不同，他白面文静，滴酒不沾，说话慢条斯理，喜欢动脑筋，他眉头一皱便计上心来。他见弗善不断给王亥戴高帽子，一会儿夸他酒性好，有豪气，一会儿夸他心底无私，江湖难觅，便断定弗善不怀好意。可是王恒再三劝阻王亥也没用，王亥越喝越起劲，直至酩酊大醉，王恒知事不好，只好扶王亥去客栈休息。

正在这时候，易娥匆匆走来，拉着王恒就要往外走，王恒不肯，易娥说："快走，晚了就来不及了，他们要派军队来杀你们。走，快走，马我准备好了，在门外。这里我来应付。"说罢，她把王恒推出门外，王恒骑上马刚走，后面的军队便围了上来杀了王亥，又去找王恒，这时易娥借追王恒也跨上马，朝王恒奔去。王恒回到商地，易娥也来到了商地，他们找到王亥的儿子上甲微，把王亥遇害的情形一说，那上甲微义愤填膺，拉起一支大军就直奔有易而去。那弗善和有易昏君，正在为夺得王亥的几十匹神牛而大快朵姬，弹冠相庆，闻歌起舞呢，不料上甲微的军队杀了过来，杀得他们人仰马翻，鸡犬不留，上甲微终于为父报了仇，雪了恨。

六十一、彭祖的传说

《世本》记载:"吴回氏生陆终。陆终娶于鬼方氏之妹,谓之女嬇(kuì)。女嬇一胎生子六人。孕而不育,三年,启其左胁,三人出焉。启其右胁,三人出焉。其一曰樊,是为昆吾,昆吾者卫是也;二曰惠连,是为参胡,参胡者韩是也;三曰篯铿,是为彭祖,彭祖者彭城是也;四曰求言,是为郐人,郐人者郑是也;五曰安,是为曹姓,曹姓者邾是也;六曰季连,是为芈姓。季连者,楚是也。"

彭祖姓篯,简写为钱,名铿,商时是守藏官,周时为柱下史,年800岁。《大戴礼记》《史记》有关记载,出于《世本》,谓彭祖活了800岁。彭祖从而成为世人崇敬的长寿之祖,长寿的仙人。

《列仙全传》说:"彭宗,字法先,彭城人,彭祖的后人。年二十学于杜冲,尝从师采药,忽堕入深谷,手足伤损,逮至危困,良久苏息,肃恭如初。又使之采樵,乃被蛇咬,亦无愠色。冲悯之,乃授丹经五千文及玄一之道。宗宝而修之,日臻幽妙。尝宵中有神灯数枚,浮空映席,又五色云霞,霏霏绕座间,能三昼夜为一息。或日卧水底,竟日方出。或瞑目僵卧,辄一年许不动,尘委其上,积厚如纸,见者皆疑已殒,及起,颜色完鲜,能一气诵五千文,通为两遍。山中毒蛇、猛虎,能以气禁之,潜伏终不得动,宗解之方去。尝有猎者,遥想毁毁,或及门,欲相凌辱,宗用气禁之,其人手足不觉自拘,蠢然尸立,使幽灵击之,傍人唯闻挂杖之声,莫测其所以,俟其悔过,乃释之。年150余岁。"

葛洪《神仙传·彭祖》中记载"彭祖的养生之道是做气功","服气得道,则邪气不得入,治身之本要"。因为"人受精养体,服气炼形,则万神自守其真,不然者,则荣卫枯悴,万神自逝,悲思所留者也"。彭祖的养生秘诀是:"早起之后漱齿,沟,披发,游堂下迎露之清,受天之精,饮水一杯,所以益仇也。"

上面记载的是彭祖的养生长寿和彭宗的养气(气功)长寿的传说。

传说彭祖这个人,自小十分聪明,肯动脑筋,长于逆向思维,被人视为怪才。比如一般人喜欢用右手拿筷子,他偏爱用左手。一般孩子喜欢睡懒觉,他却喜欢早睡早起。他喜欢问一些怪问题,使祖父很难回答。比如祖父说多走路,多动一动对身体有好处，他就问为什么多静一静对人身体没好处呢？所以他祖父要他终身以学为本，拜能者为师，长大了成就一番事业。遵循祖父的教导，彭祖拜了3个名师，一个名伊寿，一个名白石，一个名杜冲。

他六七岁时祖父的朋友伊寿来他家玩，见他聪明好学，想收他为徒，经祖父同意，伊寿带他到王屋山学艺。在那里伊寿教他读书识字，讲解天文医学保健常识，师傅教动功，他演绎出静功之法，与师傅一起共创了动静结合的练功之法。12岁那年，犬戎作乱，彭祖被掳入西域，在沙漠中经受磨难，被奴役，疾病的痛苦使他变得体弱多病。为此，他拜访了许多民间长老，尝尽百草，验试偏方，使身体得到调养康复。他拜访到一位隐藏在民间的老人——白石先生。白石住在白石山白石洞，不为仙不为神，不为名不为利，一心只为强身健体，摸索经验以惠及大众。这使彭祖十分感动，因此拜白石为师，奔走于他门下，跟白石先生春天吃云英，夏天吃云珠，秋天吃云液，冬天吃云母。彭祖跟他学习熬炼云母药丸的本领和养生箴言：童心、蚁食、龟欲、猴行，这一套养生之道最大的秘密是一个字——"度"。一切都要根据自己的条件而定，不能人云亦云，一切都要适度，不能过，过就会造成伤害。喜忧悲乐不能过，寒热不失节，阴阳不失调，所以彭祖体会到"致寿之道无它，第莫伤之而已"，一切短寿都是自己作孽自找的。

《列仙全传》说彭祖年二十学于杜冲。据说杜冲授彭祖五千文与玄一之道。即意守丹田的功法。经过学习，彭祖能三昼夜为一息，能日卧水底，竟日方出，或瞑目僵卧，一年不动，有野兽攻击，可以用气功使之尸立不动，还可点穴位令其致命。

由于彭祖子孙世代进行养生研究，便形成了一套彭祖养生之法。这种功法通过葛洪、陶弘景等道家人继承了下来，成为中华的独特的养生之法。其内容包括摄养术、引导术、服气术、房中术、烹调术等部分。

彭祖养生之法的大要如下。

天黑之后先睡上一觉；夜半三更起来，面向东南方盘腿而坐，先叩齿36次，再上下交合，上下唇闭合，意念开始由动入静，再闭目，内视五脏，可见肺白、脾黄、心赤、肾黑、肝青，进而行气，将气送入丹田。丹田有三，脑门为上丹田，胸为中丹田，下腹为下丹田。气满以后，出气，使气均匀，以舌尖顶唇齿，使津液增多，然后嗽炼使满。生精津，含而不咽，内视，纳气下丹田，再调息嗽津，反复两次再低头咽下，再叩齿，咽津。

做这套功夫时要调整好姿式，呼吸，意念。做到自然、均匀、柔和。半夜起来手摸脚心脐下腰间，按摩眼、面、耳、颈、背，令其极热，再摸鼻梁五六下，指尖梳头百余次。早起要先散发、小便、洗澡、嗽齿、散步，喝白开水后再进食。

彭祖是中国烹饪技术之祖。据说他常食桂芝、鹿角,他很会烧菜。有许多名菜谱都是他留下来的。如羊方藏鱼、麋鹿鸡、雉羹、云母汤、益寿鸡等。传说曾因尧召,为尧烧过一道雉羹,即用野鸡汤加小米、香菇、腌肉、菜芯一起再熬的野鸡汤,尧吃了不知是什么汤,大加称赞说是"天下第一汤",这一点《天问》里也提到过。

据传彭祖流离西域百有余年,少枯,丧49妻,失54子,子孙众多,都汇集于大彭。他们日益壮大,在大彭建立了自己的军队。自尧舜禹以来,出于守藏医药典籍和担当医药保健顾问而被不断加官晋爵,到殷商时,由于商王追求荣华富贵长生不老,求彭祖为他们的健康保驾,彭祖无法只好躲了起来。到武丁43年殷商一举灭了大彭。

彭祖不是神而是智者、贤人,对中华文化从医药保健到饮食烹调都有很多杰出贡献,是中华文化创造的集大成者。

六十二、8 000年前跨湖桥人发明了独木舟

2001—2002年浙江萧山县考古发掘出一艘独木舟。此独木舟位于杭州萧山跨湖桥边上，湖现在已干涸了。考古位置在T0512、T0513之间，靠近湖边的小港边上。那时候湖边有树，湖里有菱，妇女们从这儿上船到湖里采菱，时而歌声飞扬，时而在菱叶丛里嘻嘻哈哈，老远都能听到。采好菱归来把船儿拴在树上，拎着菱角回家。

离这儿不远有个造船厂，专门造独木舟。他们造船的办法就是砍一棵大树锯断，晾干，削去皮和一部分料面，用火烧焦，然后用石斧挖空，就成了一个木船了。我们见到的这艘木船是基本完整的，船头向上翘着，宽约29厘米，离船头25厘米后就变宽了，宽度达52厘米以上。独木舟两侧各发现一支木桨，一支保存较差，已经开裂了，长约140厘米，宽22厘米；另一支保存完好，长140厘米，宽16厘米，桨柄上有一方孔，孔壁光整，无磨损痕迹。独木舟周围有砺石、石锛、锛柄。这样的独木舟在无波的湖里航行是平稳的，但如果遇风浪就有翻船的危险。独木舟使用的时代仍在大量使用竹筏或木筏，如果像《拾遗记》所说"变乘桴以造舟楫"，把独木舟捆绑在木筏或竹筏之上，则既平稳又安全了。这叫边架艇，可以抵御风浪，即使在太平洋上航行也不怕。

这就是浙江萧山跨湖桥独木舟，距今8 000—7 500年。该遗址于2001—2002年发掘。[1]

这个独木舟为何人所发明不清楚。《吕氏春秋·勿躬篇》说"虞姁（xǔ）作舟，伯益作井"；《世本》说"共鼓、货狄作舟"；宋衷注"共鼓见窥木可以浮水而渡，即刳木为舟，货狄见鱼尾划水而游，乃削木为棹，以行舟"，《山海经·海内经》说"帝俊生禺号，禺号生淫梁，淫梁生番禺，是始为舟"。说法不一。

虞姁、共鼓、货狄、番禺似乎也都是五帝时代的人。即距今4 000—5 000年时的人，顶多距今6 000年。可跨湖独木舟却距今有7 000—8 000年。船并不是哪个个人发明的，而是跨湖桥的工人或匠人发明的。也就是说舟是跨湖桥造船厂的工人发明的。因此我们可以说是跨湖桥人发明了独木舟。

注

[1] 本文根据浙江省文物考古研究所编辑，《湘阳江流域考古报告之一：跨湖桥》，文物出版社，第40—52页的有关内容改写。

六十三、八卦符号与二进制

莱布尼茨（Leibnitz，1646—1716年），德国自然科学家、数学家、哲学家，微积分的创始人之一。据说他于1679年发明了二进算术，这是现代科学的基础。现代的电脑计算机用的都是二进制，它来源于莱布尼茨。

他是怎样创造出现代二进制的呢？他有一个朋友叫鲍威特（Bouvet），1687年到中国当传教士。1698年他把阴爻代表0，阳爻代表1的六十四卦排成数字带回国内。1701年4月莱布尼茨将自己列出的0—32的数表寄给鲍威特。鲍威特于1701年11月4日寄给莱布尼茨《伏羲六十四卦次序图》和《伏羲六十四卦方位图》。莱布尼茨经过研究发表了一篇论文《论中国伏羲二进制级数》，并在德国法兰克福创立了中国学院，并说："易图是流传于宇宙间科学之最古纪念物。""伏羲是古代君王，世界知名的哲学家，并且是中华帝国和东洋科学的创造者。"

张吉良著，《周易哲学和古代社会思想》，齐鲁书社，1998年。他在该书中说："周易是我国古代的一部科学著作。它保存了一项具有现代科学价值的数学发明，是附会于这一数学的筹符建立的思想体系。八卦六十四卦就是这一数学的数表，是人类数学史上二进制发明，也就是现代电子计算机和语言的基础。这是我国古代算筹记数法的形式之一。其产生大约在十进制之后和0这个数字发明之前。这是数学。这是《周易》产生以前已有的文化。"这话说得很准确。

如果我们按二进制表述一下八卦的地山水风雷火泽天8个元素，用奇数1（—）表示天，用0（--）表示地，那么

地☷，为000

山☶，为001

水☵，为010

风☴，为011

雷☳，为100

火☲，为101

泽☱，为110

天☰，为111

在我国数的发展中，在远古很长的时间里是没有0这个符号的，只能用0—9符号中任何一个符号表示。二进制是在十进制基础上产生的，是十进制理论的概括，有其先进性。但二进制的爻脱胎于十进制算筹。所以二进制与十进制和八卦数符有着内在的联系。八卦的"—""--"阳阴符号，既是一个阴阳哲学概念的表示，又是算筹1与0的表示符号。正是它将远古科学与现代科学联系在一起了。

六十四、中医九针

《黄帝内经素问吴注》，学苑出版社，《针解篇》记载黄帝问曰："愿闻九针之解，虚实之道。"

岐伯对曰："刺虚则实之者，针下热也，气实乃热也。"

针，指针灸。针有9种针法，谓九针。九针最妙者，"为其各有所宜也"。例如泻阳气者宜镵针，泻分气者宜圆针，致脉气者宜䥱针，发痼疾者宜锋针，取大脓者宜铍针，取暴气者宜圆利针，取痛痹者宜毫针，取远痹气者宜长针，泻机关之水者宜大针。此其各有所宜也。

九针之名，各不同形；

一曰镵针，长一寸六分，头大末锐，以泻阳气；

二曰圆针，长一寸六分，针如卵形，揩摩分间，不伤肌肉，以泻分气；

三曰䥱针，长三寸半，锋如黍粟之锐，主按脉勿陷，以致气；

四曰锋针，长一寸六分，刃三隅，以发痼疾；

五曰铍针，长四寸，广二分半，末如剑锋，以取大脓；

六曰圆利针，长一寸六分，大如牦，且圆且锐，中身微大，以取暴气；

七曰毫针，长三寸六分，尖如蚊虻喙，静以徐往，微以久留之，而养以取痛痹；

八曰长针，长七寸，锋利身薄，可以取远痹；

九曰大针，长四寸，尖如挺，其锋微圆，以泻机关之水也。

刺针的方法：

刺实须其虚者，留针，阴气隆至，针下寒，乃去针也；

刺虚须其实者，阳气隆至，针下热，乃去针也；

帝曰："余闻九针，上应天地四时阴阳，愿闻其方。"

岐伯曰："夫一天、二地、三人、四时、五音、六律、七星、八风、九野，身形亦应之，针各有所宜，故曰九针。人皮应天，人脉应人，人筋应时，人声应音，人阴阳合气应律，人齿面目应星，人出入气应风，人九窍三百六十五络应野。故一针皮，二针肉，三针脉，四针筋，五针骨，六针调阴阳，七针益精，八针除风，九针通九窍，除三百六十五节气，此之谓各有所主也。"

由上述可见，对九针的解释有多种角度，并不是对九针下定义。

其一是讲九种治病的方法；

其二是讲九种针的制作要求；

其三是讲九针治病的原理及它与天文地理阴阳五行五运六气的对应关系；

其四是九针各有所主的，即针对人体的不同部位的特殊功效。

这些都是中医的针灸医理常识。

九针起源于何时，不很清楚。《太平御览》721页说："黄帝命雷公岐伯论经脉，旁通问难八十一，为《难经》，教制九针，著《内外术经》十八卷。"由此看针灸可能始于黄帝。卫生部长张文康先生在《黄帝内经素问吴注前言》中说："包括针灸在内的中医药的现代化，也不应该仅仅是用西方医药理论来衡量、评价和代替自己更重要的是应该重视对中医药传统的整体思维方法等内在固有规律的探索。……从中医学术自身的理论特点和临床实践的感性认识入手，从理论研究和临床实践的紧密结合中解决新问题，发现新规利以实现更高层次继承。"正如《黄帝内经》序言所说它不仅仅是一部医书，而是一部内容非常丰富，规模十分宏伟的科学文献。大针只是其中的一种以针灸方法治病的技术，更不是全部的中医。针灸是中国的独创，从古一直用到今天，而且还推广到了国外，广受欢迎。

针灸具有一般人难以想象的神奇功效。过去的中医大多是行医，即行走于乡间的医生。他们的肩上背着一个布搭链，像个很大的布袋，布袋上有许多小口袋。小口袋里除了分装各种药材外，还有切药片儿的轧刀和针灸用的银针。

传说三国时有个中医叫华佗，有一天他到乡间为人看病，经过一个村子，见村子的人抬了一口棺材出来，后面还滴着血。华佗见血是鲜红的，俯身用手指沾一滴血，看了一看，判断这个产妇未死，就叫他们赶紧把棺材放下，取出银针在那女人心窝上扎了一针。只听到哇的一声，一个婴儿坠地，母亲也醒过来了。村民问华佗："老先生，你怎么知道我们抬的是个女人？"

他回答道："一滴血。"

"你怎么知道她是产妇？没死？"

"一滴血。"

"怎么一针救了两条命呢？"

"由于婴儿抓住母体，把母亲疼死了，所以……"

"真神呀！"[1]

注

[1] 本故事根据河南商丘淮阳区卷，《中国民间故事全书》改写。

六十五、宁封制陶

传说黄帝时代有一个人叫宁封子。一个偶然的机会，他发现了泥巴做成的小玩意儿在火里烧不烂，冷却后反而更坚硬。因此他就刻苦钻研，制造出了许多日常生活用的陶器用品，如锅碗瓢盆之类的用具。烧饭最初是在石板上烧烤煎制的，有了陶器以后，就可以在鼎锅里烧水煮饭了，十分干净卫生。以前人们收了粮食都放在泥地上或木板上储存，容易受潮，被老鼠吃，做成陶缸后，可以用陶缸储存粮食，不易发霉，老鼠吃不到，十分方便，受到老百姓的欢迎。因此宁封子被称为制陶之神。

宁封子是在成都青城山修炼的人，传说他发明陶器是费了一番功夫的。以前有人吃叫花鸡、火烧鱼，都是在鸡身上和鱼身上糊上黄泥巴，在火上烧过后吃。不仅鸡肉鱼肉香嫩，而且那糊在鸡身上的泥壳十分坚硬，可以当水瓢使用。根据这一想法，有一天，宁封子用一个挖来的树桩，糊上黄泥巴，放在火里烧了三天三夜，树桩烧化了，那糊在树桩上的黄泥巴壳子脱了下来，成了一个水桶，用它装水滴水不漏。后来他梦见去万国游历，带回来许多五彩陶器，他把这个梦对妻子说了，妻子很高兴，要和他一起实验。他的妻子会画画，他就用黄泥巴做成缸、杯、盘、盆、钵、碗、罐，让妻子在上面用金属锰、铁等颜料画上图案，如线条花纹、花、鸟、野兽、牵手舞蹈等，再放到土窑里封起来，用柴草火烧三天三夜，冷却后取出来一看，就成了一件件十分精美的陶制品。他把这些陶制品送给黄帝，黄帝十分高兴，就封他为陶正，让他专门管制陶。

据说宁封子在一次烧窑时，因窑顶坍塌，葬身于火海，成为陶神。现在的人没见过以前的土法烧窑，不知道是什么样子，打个比方吧，那窑像一个大炉子。这个大炉子一般是在一个台地上，下面有灶孔，可以架柴火烧，大窑一般有两层，上层放陶泥坯。泥坯放好后盖上草，封上泥，下面点火烧上几天几夜。乡下盖房子用的砖瓦都是这么烧制出来的。

尧舜时代，尧是制陶出身，封于唐地，被称为陶唐氏。舜"耕于历山，陶于河滨，钓于雷泽"，过着打鱼烧窑的日子。皋陶也同样是制陶人出身。如果宁封子的传说是真的，那么从黄帝到尧舜禹时代，华夏民族和东夷民族都是以制陶闻名的。

制陶在中国有悠久的历史，湖南高庙曾出土陶器，上有翼纹，表现了炎帝时代对火的崇拜。2013年11月传来易经新说，说在湖南贵州广西交界处的艮山口，有八种自然现象，有古庙，叫连山八庙，人称连山八卦，并认为这是神农氏的一支——连山支。那里的风俗建筑和连山易有联系。例如新娘出嫁，新郎迎接都要穿越时空之门，要带九朵花，代表九宫八卦，人要打扮成牛首人身的牛神。农历四月八日是牛王菩萨的生日，要进行八牛表演，按八卦图行走，从艮开始。这里山名神农山。神农山有座狗皮城，狗皮城里有一座城隍庙。狗皮城即蜥蜴（龙）城。祭祖由男人进行，从"艮"方向开始。祭祀在半夜里进行，男人们裸体登场，点着篝火，摆上祭品，祭祀时象为神农。这里发掘的高庙石器为打磨石器，陶器为陶罐，距今6 000—5 000年。

西安半坡遗址是典型的母系氏族遗址，遗址面积约5万平方米，距今约6 800—6 300年，分居住区、公墓、烧陶三个区，可见其时制陶业也很发达了。西安半坡发现彩陶鱼纹盆（距今6 600余年），对其彩陶文化的解说曾引起巨大的争论。1987年4月16日社科报第二版曾刊载赵国华先生的文章，此文为赵先生在一次学术会议作的报告《八卦符号与半坡鱼纹》，文中阐述了西安半彩陶鱼纹盆上1—9个数的含义。认为八卦的8个符号是由半坡彩陶图案抽象演化而来，有女性生殖的象征，氏族公社的鱼祭器具，半坡鱼祭场布局图即河图，河图由洛书而来，是文王八卦原始数据的秘密记录。结论：八卦源于半坡"鱼祭"。

半坡彩陶不仅色彩优美，鱼纹内涵也极为丰富，令人遐想无限。

而在东夷的考古中，也同样发现制陶历史十分悠久。远在距今8 500年的后李文化时期，东夷人就有了制陶业了。那时的制陶都是手工制作，如圈底器、圈足器、带足器、釜、钵、盆、罐、碗、盂、瓶、杯、盘、小口壶之类的东西，大都用泥或夹沙用手工搓捏成泥茶盘筑后拍打涂抹而成。就像小孩子玩泥巴时那样，不同的是他们要放在窑里烧制，经烧制而成红色或灰色的陶器。制陶到了距今6 000年之后的大汶口文化时期以后不同了。它有两个显著特点。一是制作由手工制作改为半机械的轮制。比如做一个碗盆缸瓢类的东西，不再用手搓条盘筑，制成后也不用人工涂抹，直接由人操作制作机械就可以摇制涂抹了。不仅省力而且美观，产量多，规格也统一。这一技能，一直流传至当今。

东夷大汶口人制陶的另一个特点是，不仅制陶业早，而且制作水平高，甚至成为一种独特的难以超越的技艺。

据记载，大汶口文化晚期，泰安大汶口遗址晚期墓址出土的黑陶高柄杯就是一个例子。这种高柄杯，陶质细腻，表面透黑，器壁很薄，只有1—2毫米侈口，下部外鼓或折收，杯身较深，空心镂孔，细柄、浅盘、圈足，各有通心高杯覆逗式盖，造型十分别致。杯柄有划纹、弦纹和镂孔等纹饰，技艺高超，极为罕见。可以说这是中国上古制陶业的巅峰之作和显著标志。

六十六、韩娥卖唱

《列子·汤问》中讲了一个会唱歌的女子的故事。故事讲薛谭向秦青学唱歌，未学好本领就走了。在辞别时听了秦青的悲歌，声震山林，情止流云，激动不已，便回心转意，借此秦青给他讲了韩娥的故事。

韩娥是一个普通的女子，她从韩国到齐国去，没粮食吃了，便在齐国都雍门之外卖唱求食，她的歌声特别好听。她离开齐国后，她的声音依旧绕梁三日不绝于耳，以致人们还以为她还没离开呢。韩娥回家时住在旅店里，店里的人知她是歌手，让她唱歌，她也唱。可店里的人欺侮她，说她是卖唱的贱人，这使韩娥很伤心，也不由自主地哭了起来。她的哭声传得很远，连乡里的老老少少都能听到，也感到悲哀。有的人便跪到她面前跟着她哭，他们3天都不饮不食。齐国人知道这个消息，派人来请韩娥回转去。韩娥回到齐国后又开始唱歌了，忘记了旅途中的悲愁。由于齐国的老百姓喜欢她，给她送了许多东西，并送她回到自己家里。齐国雍门附近的人喜欢唱歌，善哀哭，就是从韩娥传下来的。

韩娥是我国见于记载的最早的民间歌手。《诗经》中有许多著名的歌词，《吕氏春秋》古乐部分留下了许多著名的乐曲名称，却没有留下歌手的名字。韩娥是我们见到记载的上古第一位民间歌手。她的歌唱得好，余音绕梁，三日不绝，已成为一段千古的佳话。

故事告诉我们，我国在春秋战国时代已有职业歌手的培训了。秦青就是声乐老师，薛谭就是学声乐的学生。上古人提倡乐治，以音乐治国。据记载周初已有了专门的音乐教育机构"大司乐"了。"大司乐"所辖乐师有1 463人，所有世子和国子都必须接受音乐教育。学制规定，所有世子、国子"十有三年"都要学乐、诵诗、舞蹈、学射、学御，"二十而冠始学礼"。其目的是"致乐以治心"，以乐"敦和"，立"正声、顺气、和乐"之道。前述秦青与薛谭，并非是国子与世子教育机构中的老师与学生，尤如今日的私人培训与音乐教育。但它反映了周时音乐教育的普及程度。

乐治并不是从周代开始的。《吕氏春秋·古乐篇》就记载了上古帝王的许多乐官设置。昔黄帝令伶伦制作乐律，定音黄钟律，曲名《咸池》；颛顼令飞龙制作乐曲，曲名《承云》；帝喾令咸黑作乐，咸黑作《九招》《六列》《六英》；尧立，命质作乐，作乐曲《大章》；舜立，命延改造乐器，让质演练《九招》《六列》《六英》。这些记载与周时的"正声、顺气、和乐"的"以乐为治"思想是前后相衔的。韩娥之声反映的只是上古数代王朝音乐相因的历史传统。

六十七、古笛

8 000年骨笛与曾侯乙编钟

1986年5月至1987年，我国考古工作者在河南省舞阳县贾湖村发掘一群古墓时，出土了25只骨笛，震惊了世界。

音乐考古学家王子初先生在记述这件事时说，这25只骨笛中，有22只是作为随身葬品，置于15座墓中，一件藏于地层中。25件乐器中，有两件是半成品，23件为成品，23件成品可分为三类。

第一类2只，1只五孔，1只六孔，能奏四声五声音阶。距今9 000—8 600年。

第二类14只，残笛2只，其中12支七孔完好，能奏六声七声音阶。距今8 600—8 200年。

第三类7只，其中残笛4只，七孔完好2只，八孔完好1只，能做七声音阶，及七声以外的变化音。距今8 200—7 800年。

1987年8月初，中国艺术研究院音乐研究所和武汉音乐学院的测音小组，以测音频谱测音仪测定，这些骨笛能演奏多种复杂的旋律。

这是一次伟大的发现，说明中华民族的乐器制作很早，这样成批的骨制乐器，在距今8 000—9 000年前出现在世界上，也是绝无仅有，举世罕见的。

成批量的古乐器是上古文明的标志。它表明我国贾湖地区在距今8 000年之前，就进入了文明时代了。那时的贾湖人不仅会制乐器，也会演奏这些乐器。成批出现，说明不是个别的偶然的。有不同的音阶，反映了其时有不同乐律，或许其时也有迎宾祭祀和聚会进行音乐演奏的习惯了。

同时也表明在距今7 500—9 000年时，贾湖这一地区是文化高度发达的地区。贾湖长达千余年的古制乐器的传承，说明其时还有其他的文化样式的传播。

贾湖村地处淮河上游，有沙河、灰河、沱河、泥河环绕，面积100余平方千米。这儿气候温润，水草丰美，野鸟成群，物产丰富，这里热不着，也冷不着，村民们捕鱼食谷，四时蛙鸣犬吠，鹤舞鱼跃，少人来管束干扰。天是他们的，地是他们的，空气草木是他们的，生活在这里，自由自在，常年骨笛声声，山清水秀，十分幸福。村里的古笛的出现绝不是偶然的，一定有产生音乐的特殊环境与条件，不仅有音乐享受的需求，而且有懂音乐的大师，会欣赏音乐的神人。有技艺高超，又懂乐理，又会乐器制造的超人。有了制骨笛的神人，才有万古不朽的骨笛。

　　虽然古笛的发现是一个伟大的历史事件，但并不是古乐的全部。可以说，上古著名帝王或王朝都有古乐的创造，朱襄氏治理天下令士达作五弦之琴；葛天氏当政时"三人操牛尾，投足以歌八阕"；阴康氏时，阴多"作舞以宣导之"，黄帝令伶伦为黄钟之宫，做十二律铸十二钟"以和五音"，帝颛顼令先为乐倡，帝喾令巧倕作鼙、鼓、钟、磬、吹苓、管、埙、箎、鼗、椎、钟等乐器，尧改五弦之瑟为十五弦，舜将八弦之瑟改为二十三弦，如此，等等，在乐器上都有许多重大的改革。

六十八、编钟

乐器从考古发掘来看，也多有实证。《拾遗记》说庖牺发明了陶埙，难以证实，但1979年在陕西临潼姜寨358号墓发现了橄榄形陶埙1件，一孔，发一音。1954年西安半坡出土陶埙1件，一孔，发一音。时间均在距今6 000年之前。

1955年陕西长安斗门镇遗址发掘出陶钟1件，距今4 300—4 000年。

1985年10月，兰州永登县河桥镇出土9件陶鼓，大都完整；后在河南偃师二里头出土了木鼓；在山西襄汾陶寺出土了鼍鼓；在甘肃庄浪小河村等地都出土了陶鼓。最为令人振奋的是湖北随县擂鼓墩一号墓，曾侯乙编钟的出土。曾侯乙是公元前433年那一时期的一个诸侯国。曾是姓，侯是爵位，乙是墓主的名字。这个墓像一个大乐库一样，保存了大量的青铜礼器、容器、兵器、车马，及钟、磬、鼓、瑟、琴、均钟、笙、排箫、篪等乐器，总计达125件。这些乐器中除土木之外，金、革、丝、匏、竹六音齐备，是一个真正的音乐厅。

不仅如此，还出土了一套编钟。这套编钟有钟架一副，钟65件，挂钟构件65副。

这65件钟为青铜钟，由钮钟、甬钟、镈钟3种类型，分上、中、下3层8组悬挂在钟架上，挂钟构件65副，有195个零部件。这样庞大的悬钟，见所未见，闻所未闻，一下摆在世人面前，实在令人震惊不已。

不仅如此，那钟架上还镌刻了187个字，挂钟构件上有740个铭文，表明它是"古乐器中科学与艺术高度结合的顶峰之作"。据王子初先生说："现在欧洲体系的乐理中大小增等各种音程概念和八度音组概念，在曾侯乙编钟的标音铭文中应有尽有，而且完全是中华民族独有的表达方法。"[1]

注

[1] 王子初著，《中国音乐考古学》，福建教育出版社，第201页。

六十九、围棋

《世本·作篇》说:"尧造围棋,丹朱善之。"

围棋,古人称"弈",传说弈棋这种游戏活动是尧舜时代发明的。尧有一个儿子叫丹朱,从小贪玩,不学好,尧不肯把王位传给他。丹朱是中国最早会下棋的人,围棋可能是丹朱和他的玩友们发明的,他会玩围棋也会打仗。尧令他带兵打仗,几次都打胜了,因为围棋玩得好,所以仗打得好。尧不喜欢丹朱,是不喜欢他玩围棋,认为玩围棋是贪玩,不明白其中暗藏着打仗的道理。我国围棋的历史很悠久,发明者是丹朱,他才是棋圣。围棋在春秋时代就已十分流行了,这事《左传》上有记载:"以子围而相杀,故谓之围棋。"东汉马融还为围棋作过一首诗呢,诗名叫《围棋赋》。诗文是:"略观围棋兮,法于用兵;三尺之局兮,为战斗场;陈聚士卒兮,两敌相当;拙者无功兮,弱者先亡,怯者无功兮,贪者先亡。"三国时曹操、孙策、诸葛谨、陆游等都会打仗都喜欢下围棋。宋沈括在《梦溪笔谈》中有两个地方谈到了围棋,都是讲棋法方略的。他在一处说:4个人分两方下围棋,有一种方法可以赢,那就是让我方棋术较差者对付对方棋术最好者,只管急攻,攻他非救不可的地方,使对方的强人受到牵制,无暇顾全大局,再让我方棋术好的人对付对方棋术差的人。这种战法就叫虞卿斗马之法。

另一处记载围棋棋局数目的计算。他说现在我大略说一下,如果棋盘是两路见方就有 4 个子的用子位置,可以变化出 81 种棋局。

三路见方,有 9 子位置,可变化出 3^9=19 638 种棋局;

方四路,有 16 子位置,可变化出 3^{16}=4 306 721 种棋局;

方五路,有 25 子位置,可变化出 3^{25}=847 288 609 443 种棋局;

方六路,有 36 子位置,可变化出 3^{36}=150 094 632 596 999 121 种棋局;

七路以上无法计算了。总之,连接 52 次万倍相乘后所得积数是棋局总数的大概。棋盘上布置出的局面是千变万化的,不可固守。

从这些描述中,可见沈括也是一个围棋行家。

围棋每边 19 格,共 361 路,除去中间一点,为 360 路,合周天之数。棋盘分为四格隔,代表春夏秋冬一年四季,周路 72,代表 24 节气中的 72 候。棋子分黑白（或红）二色，代表阴阳。周边有四角加四边有 8 个中心点，加上棋盘中心点，共 9 点，以对应九宫之数。从这一方面看，棋盘的设置与传统的阴阳历法相关，具有一年 360 天的象征意义。

正因为围棋是一种集历法战法于一体的智力游戏，不仅古代帝王喜欢弈棋，如南朝的宋文帝、齐武帝、梁武帝、唐朝的唐玄宗都是弈棋高手，连许多仕女也喜欢弈棋，唐绢画中就有《弈棋仕女图》，清小说《镜花缘》亦生动地展现了女子下围棋的场景。那全神贯注、精心布局的情景，历历在目，那红黑对弈的棋珠子，不禁令人想起尧子丹珠之名的由来。或许丹珠就是由红珠（白珠）演绎而来的。尧称丹珠为不肖之子，正说明与围棋子中的朱珠有关。

七十、醴酒

我国《世本》中记载的酒神有好几个。一个是仪狄作酒,《吕氏春秋》也说"仪狄造酒"。一个是少康(夏)作秫酒。一个是杜康作酒。对这几位造酒之神,不见详细具体的记载。

从考古事实来看,考古发掘出的酒器倒不少。如觚、角、壶、罐、缸、杯等,这些酒器早在四五千年前就有了。传说大禹有一次喝酒,觉得味道太美了,怕后人酿祸,不许酿酒。这说明酿酒的历史是很早的。

如何酿造酒,《尚书》《说文解字》《左传》等典籍都有用蘖和酒曲酿酒的记载。

我国自古以来都是农业国,粮食是煮酒的主要原料,通常多是以糯米、包谷、高粱为原料,酿成糯米酒、包谷酒、高粱酒。酿酒要有中间媒介曲蘖,谷物在潮湿生热时,生霉发芽称之为蘖,用它可以制造醴酒。如我们做面食的老面一样,作为酵头。这样做出的酒称醴酒,味淡,不如白酒醇度高。曲蘖可以分化成蘖和酒曲,酒曲就是酒母。酿酒可用酒曲发酵,曲种加入不同的草药可酿造出不同风味的醇酒。发酵是利用红曲霉进行发酵的一种方法。贾思勰说有40多种酿酒方法。

这里实际上是有两层涵义,一层涵义是指自己家里做酒酿。主要方法是:第一步是买好酒曲,压碎成末备用;第二步是将糯米或高粱米做成饭,不要太软,稍硬一点,煮或蒸熟,凉起来备用。凉到手背挨着有稍许余温,即可,将酒曲粉洒到米饭上,用筷子搅和拌匀,上面盖一个湿布;第三步是将放过酒曲的饭钵或盆儿放入草窝中,用棉被捂起来发酵;第四步是过了三四天,闻到酒香味儿便揭开来,取出酿酒具,停止发酵。这些只是土法做酒酿的步骤,关键技术是用酒曲的比例。用酒药比用量太少,发不起来,用量过度,酒酿发酸,要有一个度。其次酒曲一定要拌均匀,以防只有异味;特别是曲子要买好的,要防止潮湿,用前最好烘一下。这些是农村里做酒酿的传统方法,不是现代化工厂做白酒的方法。

另一层涵义是指酿白酒,其实原理一样,煮酒用料不同,规模不同,浓淡不同,从而有很大的差别。做白酒的用曲浓度大,做醋浓度小。煮蒸方法也有很大的差别。现在煮酒多用机器或半自动化生产。酒精含醇量很高，大不相同。

酒从古至今都是献给神的最美的礼物；

酒从古至今都是交朋结友的纽带；

酒从古至今都是醉人的诗；

酒从古至今都是迷人的神曲。

就像春蚕吐丝一样，无论陶渊明、李白、杜甫还是白居易、苏东坡，诗仙诗圣们的好诗都是喝酒以后才从口里吐出来的。所以，酒就成了富有诗意的圣物神品。

当然，古人的酒绝对和今天的酒不同，虽然都是属于酒酿（醴酒）一类，度数较低，不是酒精一类度数很高的酒，但吃多了，还是要醉倒诗圣诗仙的。

杜康酒，现在有，是白酒，烧酒，从前的杜康酒，即杜康发明的酒是不是烧酒呢？谁也不敢说是或不是。但从酒的制作发展过程来看，应是一种美味低度酒，类似于酒酿的醴酒。

七十一、飞车与铁轮车

《山海经·海外西经》有"奇肱之国在其北，其人一臂三目，有阴有阳，乘文马"。意思是说奇肱国的人长了三只眼睛，两只眼睛是正常人的双眼，在额头的正中还画了一只竖直的眼睛，两只真眼能看见东西，一只假眼不能看见东西。所以讲他们的眼睛有阴有阳。他们是游牧民，骑着良马放牧，常常把一只臂膀露在外面，有一只穿着袖子。据说"他们善为机巧，取百禽。能作飞车，从风远行。汤时得之于豫州（河南）界中。即坏之，不以示人。后十年，西风至，复作谴之"。

倪秦一、钱发平编译的《山海经》（重庆出版集团）在说这段话时作了这样的解说：奇肱国国民所使用的飞车有着十分奇特的造型。大禹考察水情时曾到过奇肱国，对奇肱国的飞车等许多情形都曾目睹。当时大禹在凿通方山之后，曾经过三身国，继续西行。一日突然远处空中出现了一种似鸟非鸟的车子。同行的伯益问道："这个东西非常奇怪，不知是什么东西，我们跟过去看个明白。"大家都很赞成。于是，他们就令所乘的两条龙掉转方向，紧跟飞车，飞行，降落。夏禹一帮人这才看明白了，原来是飞车飞到了一个繁盛之地，那里廪舍庐市应有尽有，飞车停的地方还有其他许多飞车。大禹骑的龙由于龙身长无法停落，只好停到一个地方去。刚停下就听有轧轧的声音，另外两部飞车凌空飞去。翱翔了一会儿又回来了。大禹伯益等人就到这里去问个明白。见这里的人有三只眼，一只手，他们乘着大马。伯益说："我在犬封国见到过，骑上这种马的人能活1 000岁。"过了一会儿见两个猎户走来，见他们使用机巧捉了几只兔子，大禹前去打听何国何名。猎户告诉他，此地叫"奇肱国"，诸位何方人要探听敝国的情形？一位老者走过来说："诸位是中华人么？老夫病废不能还礼，见谅。不知诸位到此做何买卖？"大禹道："是想见识你们的飞车。"老人带大禹去参观飞车。走到一个广场上，那里停了许多飞车，见一个人走到一部车子前，用手指一扳，只听得机声轧轧，车身便渐渐上升，飞行起来。[1]

这一段文字是对《山海经》中有关大禹骑龙遇飞车的故事的详细注释和生动描述，十分有趣。

奇肱人善为机巧的故事，是人类制造飞行器的最初的想象。中国人不仅很早就想乘飞机上天，而且想乘火车跑。这一点（晋）王嘉撰的《拾遗记》有具体描述。《拾遗记》说："溟海之北，有勃鞮之国。人皆衣羽毛，无翼而飞，日中无影，寿千岁。食以黑河水藻，饮以阴山桂脂。凭风而翔，乘波而至。中国气暄，羽毛之衣，稍稍自落。帝乃更以文豹为饰。献黑玉之环，色如淳漆。贡玄驹千匹。帝以驾铁轮，骋劳殊乡绝域。其人依风泛黑河以旋其国也。"[2]

溟海，神话中的天池，水黑，即深蓝色的大海。气暄，暖和，暄气，阳气。故事写的是，在天池的北面，有一个叫勃鞮的国家，那里的人长有翅膀会飞，所以人们叫它羽民国。那地方很偏僻，但那里的人很自由，想飞到哪里就飞到哪里。那地方比较冷，人的寿命都很长，能活1 000多岁。他们吃的东西都很简单，只吃一些水藻，喝阴山上的桂脂。他们乘风而来，乘波而去，十分自由。颛顼到那里去巡游。他是乘铁轮车去铁轮车回的，知道那里的风俗十分奇怪，他们对中国人却很友善，欢迎颛顼到他们那里巡视。

以上两个故事虽然一个写大禹，一个写颛顼，人物不同，却有许多相似之处。

（1）都想飞。大禹骑龙遇飞车，虽然龙是神物，却羡慕现实的飞车。颛顼虽有铁轮车往返，却羡慕长翅膀会飞的人，因为他们很自由。

（2）想长寿。两个故事里都探听对方的寿命长短，得到的答复都是活了1 000岁。这使他们十分羡慕。

（3）想发明。前一个故事是发明飞车，即当今的飞机。后一个故事发明铁轮车，犹如当今的火车。也许当今的飞机和火车正是在相同的想象的基础发明出来的。

注

[1] 倪秦一、钱发平编译，《山海经》，重庆出版集团，第151—154页。本人对原文作了改动。

[2]［晋］王嘉撰，《拾遗记》卷一，齐治平校注，中华书局，第17页。

七十二、指南车的发明创造

指南车由指南针和车合成。三国时,马钧创造的指南车模型,车有点像我们现代人的小推车,下面是一个有两轮的拖斗车,车里竖一根竿子,竿子顶端有一偶人,伸着磁性之手指着南方。这是战争与航行指示方向的重大发明。如没有这一发明,也许就难有哥伦布发现新大陆了。当然,古代的指南针并不只是上面这一种。除上述外,还有水浮法指南针。即打一碗水,将磁鱼放在水面上静止时,磁鱼首尾会分别指向南北。也有将指南针粘贴在一根蚕丝的中部,再将悬有磁针的丝线悬挂在方向盘的架子上,用这种方法亦可辨南北指向。总之,指南针是用来指示方向的,指南车是用来放指南针的车子,指南针和指南车是两项发明。

在神话传说中说,蚩尤本是炎帝神农榆罔手下的一名当时之官,后来和炎帝闹翻了,打起仗来。那蚩尤会吞云吐雾,榆罔不能胜,而求助于黄帝。黄帝手下有一个人叫风后,是一个观察北斗星辨别方向的专家,著有《风后握奇经》,360字。是他制造了指南车,黄帝送给了炎帝,让炎帝在大雾中也能辨别方向,从而战败了蚩尤。也有人传说3 000年前武王伐纣时,来自越南境内的越裳氏给他送来了一辆指南车[1]。东汉末年三国的马钧重新制造出早已失传的指南车。北宋沈括(1031—1095年)在《梦溪笔谈卷》(二十四,杂志一,磁石指南)里谈到了这件事。他说:"方家(看风水的人)以磁石磨针锋,则能指南,然常微偏东,不全南也。水浮多荡摇,指爪(指甲)及碗唇上皆可为之,运转尤速,但坚滑易坠,不若缕悬为最善。其法取新纩中独茧缕(注:新丝中取一根蚕丝),以芥子许蜡,缀于针腰,无风处悬之,则针常指南。其中有磨而指北者。余家指南、北者皆有之。磁石之指南,犹柏之指西,莫可原其理。"这里描述了指南针的水浮法、缕悬法、指甲法、碗唇法等多种方法及效果。我国是最早发明指南针的国家。指南针这一发明传播到西方,对航海事业产生了极其深远的影响。公元12世纪,我国北宋时就因有这项发明派了庞大的船队到朝鲜,《宣和奉使高丽图经》记载这事,说:"惟观星斗前迈,若晦冥,则用指南浮针。"指南针的出现改变了传统的观象导航的法则,为科学的发展开辟了一个全新的时代。

至于车的发明在我国也很早。《山海经》记载:"番禺生奚仲,奚仲生吉光,吉光是始以木为车。"奚仲作车,或者说奚仲和他的儿子一同发明了车。当然那种车是比较简单的,两个大木轮子,当中以一根轴穿起来,上面放个木板,两边用两根木头辕子牵着就可走了。也有传说是王亥相土为了做生意发明了车子。他们是契的第六代、第七代孙。这就是说车有可能是在夏商之际发明的。磁针与车两者相合为指南车,其应用年代理应在战国之前。

传说大禹治水时,泥行乘蹻。《五洲记》说"昔禹治洪水毕,乃乘蹻车,度弱水"。这种蹻车为何物不清楚。有说蹻即轿(滑竿),有说蹻即橇,类似狗拉雪橇、雪耙子。奚仲发明车就是在这种橇下装两个轮子,加辕,成为马拉车、牛拉车。

指南车与大车不同。从指南车的模型看,它既不同于橇,也不同于春秋战国时的战车,而是像现代的手推车。指南车正是在这种小推车上竖一根竿子悬指南针而形成的。

注

[1] 邓荫柯著,《中国古代发明》,五洲传播出版社,第 10 页。

第七章
水神与治水英雄神话

治水分为两个部分。一是防洪抗洪,抢救人民生命财产,如共工、鲧等。二是搞水利工程建设,如大禹、李冰等。大禹治水是神话,李冰治水是现实。在现实中插入了神话,在神话中融入了科学。

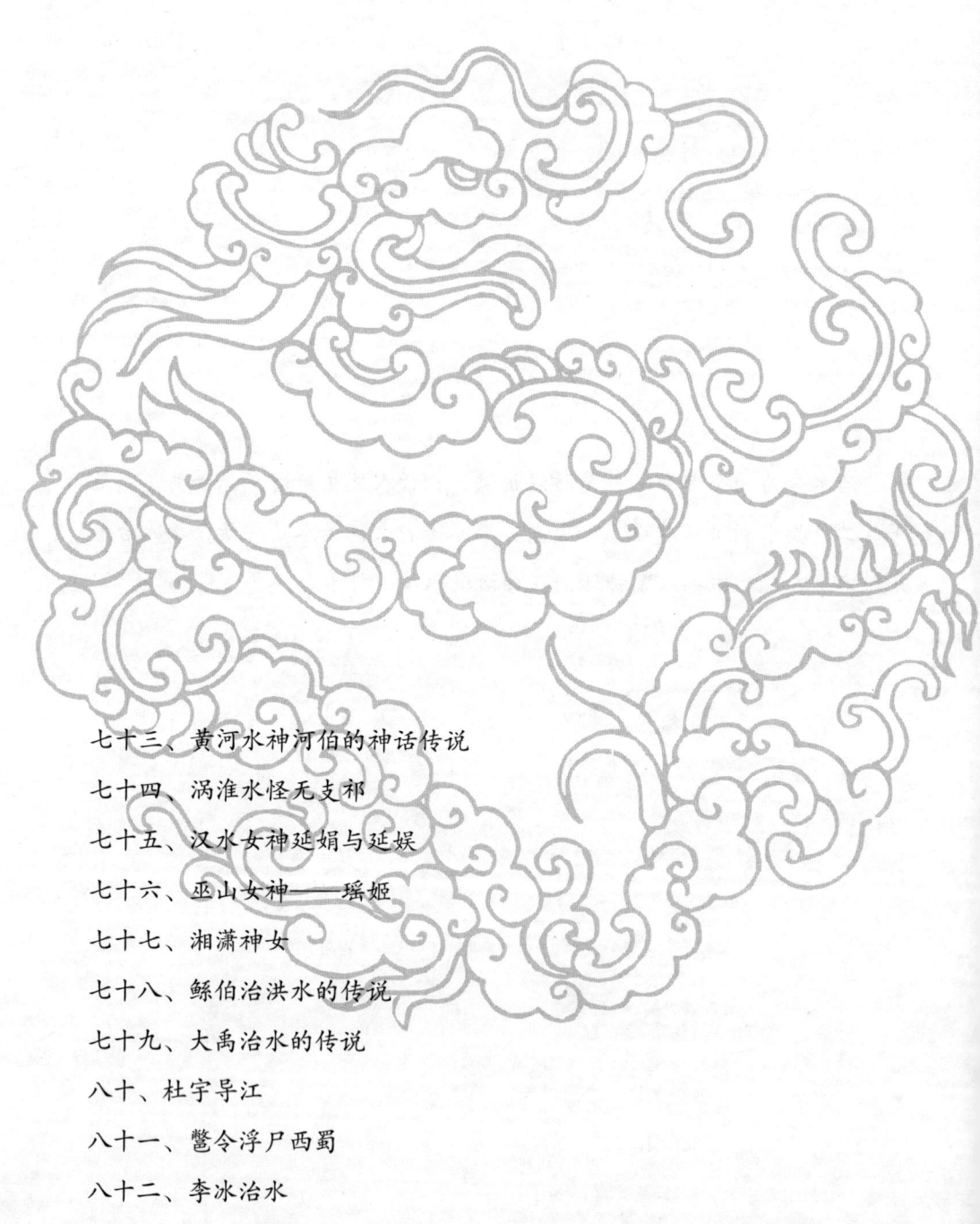

七十三、黄河水神河伯的神话传说

七十四、涡淮水怪无支祁

七十五、汉水女神延娟与延娱

七十六、巫山女神——瑶姬

七十七、湘潇神女

七十八、鲧伯治洪水的传说

七十九、大禹治水的传说

八十、杜宇导江

八十一、鳖令浮尸西蜀

八十二、李冰治水

七十三、黄河水神河伯的神话传说

（一）河伯行贿[1]

河宗柏夭[2]逆（迎）天子燕然之山，劳用束帛加璧，先白，天子使郊父[3]受之。

癸丑，天子大朝于燕然之山、河水之阿，乃命井利、梁固聿将六师。天子命吉日戊午，天子大服冕祎[4]，帔带、搢曶、夹佩、奉璧[5]，南面立于寒下。曾祝佐之，官人陈牲全五具[6]，天子授河宗璧，河宗伯夭受璧，西向沉璧于河，再拜稽首。祝沉牛马豕羊。河宗听命于皇天子。河伯号之帝曰："穆满[7]，女当永致用！甾字[8]！"南向再拜。河宗又号之帝曰："穆满！示女春山[9]之瑶，诏女昆仑（丘）舍四，平泉[10]七十，乃至于昆仑之丘，以观春山之瑶，赐女晦。"天子受命，南向再拜。

己未，天子大朝于黄之山。乃披图视典，周观天子之瑶器，曰："天子之瑶[11]、玉果、璇珠、烛银、黄金之膏。"天子之瑶万金，（公）瑶百金，士之瑶五十金，鹿人[12]之瑶十金。天子之弓射人，步剑[13]牛马，犀角器千金。天子之马走千里，胜人猛兽。天子之狗走百里，执虎豹。柏夭曰："征鸟使翼[14]。"……柏夭既致河典。乃乘渠黄之乘[15]，为天子先，以极西土。

注

［1］本文摘自《山海经·穆天子传》，岳麓书社。

［2］河宗：指河伯。河伯，字柏夭、冯夷、冰夷。夏时河伯封国于河，居龙门。拥岚、胜二州之地，为河、江、淮、济四渎之宗，尊为河宗。古时黄河边上有许多小国，如有易，有洛，有河等。《竹书纪年》云："帝芬十六年洛伯用与河伯冯夷斗。"冯夷是河伯国信奉的主神。河伯国常与周边小国发生矛盾。

［3］郊父：郊公，谋父。

［4］冕祎：冕，冠。祎，盖王后之上衣。

［5］帔带：帔，音弗。巾，天子赤帔；搢曶，曶，音忽，同笏。大圭。笏，

为古篆字。揖，带；夹佩，指左右两佩；奉璧，敬奉河宗玉璧。

[6]牲全五具：指陈奉河伯全牛、马、羊、猪祭品。

[7]穆满：满，穆天子名。女，汝。

[8]旹：古时字。

[9]舂山：即玉山，钟山。昆仑：昆仑指想象中的神山，非指今新疆青海省南面的昆仑山。

[10]平泉：昆仑泉。

[11]珤、琛：均为古寶字。

[12]鹿人：庶人。

[13]步剑：步光之剑。

[14]征鸟：指神异鸟，能一飞八百里。

[15]渠黄：千里马，八骏之一。

河伯最早是天吴神。传说天吴氏族一青年男子游泳时淹死了，被天帝封为黄河水神，命他管理黄河水事。《世本》杂录记载夏时有河伯之国，地点在黄河上游岚州、胜州一带地区。河伯常居龙门，是很有权威的河神，在黄河、长江、淮河、济水四水中地位最高，被尊为河宗。帝王们平时都会祭祀他，求他保平安。周穆王在西征过程中，首先祭拜的就是河伯水神。河伯听到穆天子来访，出迎天子于燕然之山，首先向天子敬奉了见面礼，几百丈锦帛和玉器，天子令祭父收下。癸丑这一天，特地朝于燕然之山。他命井利、梁固聿将六师向河伯之国圣地前进。天子端正了自己的冠冕、巾带、玉珪、佩饰，捧着玉器沉于河，又命官人以全牛全羊全猪全马全狗五牲祭献。河伯接受了。河伯说："穆满，你当永远致用一个旹字。"天子向南再拜。河伯又说："穆满，我将献给你舂山之宝诏你到昆仑再看看那里的几座房屋，神泉，看一看昆仑七宝。"己未这天，穆天子朝于燕然之山，根据河伯的献宝目录看到河伯献给天子之宝有玉果、璇珠、烛银、黄金之膏。这些宝值万金。献给诸候大夫的宝值百金，献给士大夫的宝值五十金，献给庶人的宝值十金。还有天之弓、射人、步剑、牛马、犀器等物。赐给天子之马可日行千里，胜猛兽；狗日行百里，可以执虎豹。还有一些稀罕的鸟。河宗又先于天子乘上千里马渠黄为先导，指引天子到西土进昆仑，访西王母之国。

（二）河伯兴波

《山海经·大荒东经》："有困民国[1]，勾姓而（黍）食。有人曰王亥，两手操鸟，方食其头。王亥托于有易[2]河伯[3]仆牛。有易杀王亥[4]，取仆牛。河伯念有易，有易潜出，为国于兽，方食之，名曰摇民。帝舜生戏，戏生摇民。"

注

[1] 困民国：古部族。王亥为殷侯王子亥。他善饲养牛，驯服牛，被尊为驾驭牛的始祖。

[2] 有易：即有狄，古部落。在黄河北易水附近。后称北狄。

[3] 河伯：名冯夷。夏时封为河伯。古天吴氏裔。

[4]《竹书纪年·夏后氏帝泄十二年纪》云："十二年，殷侯子亥宾于有易，有易杀而放之。十六年，殷侯微以河伯之师伐有易，杀其君绵臣。殷侯子亥宾有易而淫焉。有易之君绵臣杀而放之。故殷上甲微假师于河伯，以伐有易，灭之，遂杀其君绵臣也。"

上述内容的大意是说：黄河中上游地区，住着3个国家。一个是水神河伯之国，一个是牧神殷侯之子王亥之国，一是狩猎之神，有易之国。有一天，王亥赶着牛羊到有易之国地区放牧，有易之君绵臣见其牛羊肥壮，十分羡慕，想夺取其财产，便与河伯谋，河伯建议用美人计陷害王亥。有易君以侍女媚之，岂知此侍女是河伯相好，故而河伯怒，借师与绵臣，杀了王亥，夺了其牛羊。殷侯上甲微知此事后，发兵征有易，河伯见殷侯势大，为讨好殷侯，又借师与殷侯，殷侯一举杀了有易之君绵臣，灭了有易之国。为防后患，河伯在殷侯发兵之际，又偷偷放了有易国的臣民。这就是后来的摇民。即秦之先民。

有人说是有易谋财害命，有人说是王亥淫而被杀，却未曾想到真正的祸首不是别人，正是黄河神河伯。

（三）河伯娶妇

《水经注》[1]卷十记载：

战国之世，俗巫为河伯娶妇，祭于此陌[2]。魏文侯时，西门豹为邺令[3]，约诸三老[4]曰："为河伯娶妇，幸来告之，吾欲送女。"皆曰："诺。"至时，三老廷掾[5]行，赋敛百姓，取钱百万。巫觋[6]行里中，有好女者，祝为河伯妇。以钱三万聘女，沐浴脂粉如嫁状。豹往会之。三老巫掾与民咸集赴观。巫姬[7]年七十、从十女弟子。豹呼妇视之，以为非妙，令巫姬入报河伯，投巫于河中。有顷曰："何久也？"又令三弟子及三老入白，并投于河。豹磬折[8]曰：

"三老不来，奈何？"复欲使廷掾豪长趋之。皆叩头流血，乞不为河伯娶妇。淫祀虽断，地留祭陌之称焉。

注

[1]《水经注》：作者郦道元，字善长（？—527年），是我国南北朝时期河北范阳郡（今涿州）人，地理学家，散文家，袭北魏爵永宁伯，曾任御史中尉，河南尹、持节兼黄门侍郎等职。著《水经注》40卷。这是我国第一部水文地理专著，影响深远。

[2] 陌：田间，路旁。

[3] 邺令：邺（yè），地名，在今河北省临漳县西，邺令，即邺县令。指西门豹为邺县令。

[4] 三老：地方的三位长老。

[5] 廷掾（chuán）：地方官吏。

[6] 巫觋（xí）：女巫，男觋，均指巫人。

[7] 巫妪（yù）：即老巫婆。

[8] 磐折：磐（pán），坚决、磐顿。折，弯曲。磐顿，婉曲地说。

解说：

这个故事摘自我国魏晋南北朝地理学家郦道元的《水经注》，原文的大意是：在我国战国的时期，魏国邺县那个地方有一种不好的风俗，每年地方强豪巫婆神汉都要为河伯选美女投河祭祀，乘机敛财，历代官吏们都禁不了。西门豹到邺当县令时，一下子就刹住了这股歪风。他是怎样治邺的呢？他一到邺县，听说有这种风俗，老百姓十分痛恨，谁也治不了时，就约定当地最有影响的三位地方长老问询。地方长老们告诉他有这么回事。河伯娶妇像过节一样，热闹得很。西门豹说："你们什么时候为河伯娶妇，来告诉我一声，让我也来送送那些被选中的美女。"那些乡绅们一听自然十分高兴，都说："好，好，我们一定把这节日办好。到时候，我们来通知你。"说罢，他们马上分头行动，并与地方的亭长乡长这一类地方官一道大肆向老百姓搜刮钱财，巫婆神汉走乡窜里物色美女，就像为皇帝选妃子一样。选中一个以3万聘礼给女子家长进行补偿。被选中的女子，找专人为她们沐浴、擦粉、化妆打扮。

河伯娶妇的仪式开始了。西门豹早早地就到了那里。祭祀的地方是在河边的田坝子上。仪式开始时，三老廷掾等地方官、巫婆神汉和看热闹的人都到齐了。坝子上彩旗飞舞，神坛上香烛焚烧，青烟弥漫，鼓乐喧天。70来岁的老巫婆带着她的十几个徒弟穿着大红大绿的衣裳，嘴唇涂上了鸡血来到了场上，嘴里念念有词，等待河伯的到来。等了好久，没见河伯来，令人投了全猪全牛到河里，仍不见来。西门豹说："怎么不见河伯来呢？你们过去看看，看他们怎么还不来？"说完令人把老巫婆丢进河里。又过了一会儿，不见老巫婆回来，西门豹又问："怎么这么久还不来呢？再派人去请。"说完，令人把3个长老和3个弟子一起投入河中。又过了一会儿，不见三老回来，他侧眼看了看地方官吏们和地方强豪们，说："三老不来，怎么办呢？"这些地方官吏、豪强们都吓得哆哆嗦嗦，赶快叩地磕头，说："以后小的再也不敢为河伯娶妇了。"他们一个个磕响头，磕得头破血流。老百姓们特别是那些免于一死的美貌女子们泪流满面地纷纷叩头致谢。邺地从此以后再也没有这种淫祀的坏习惯了。但这地头的祭坛却仍留着以作纪念。

上述3个故事说明的是：河伯是黄河水害的化身。

历史上关于河伯的记载很多。在河套地区上古时确有一个河伯国。因其国王封伯而称为河伯。后来他被敬奉为神。所以河伯是一个很古老的神。其神格随着时代的发展而发生了种种不同的变化。河伯有种种不同的称呼。有称冯夷，有称冰夷，在《山海经》里也称蒲夷。河伯作为黄河神，河神之宗。它是由于人们对河水的敬畏而产生的神。

河伯最初的神形描述是怪鱼形象。《山海经·海内北经》："从极之渊深三百仞，维冰夷恒都焉。冰夷人面，乘两龙。"从极之渊，指河套西北腾格里池，河伯冯夷住在这里。郭璞说他"画四面各乘灵车，驾二龙"。在《山海经》里还说他本是天吴水神"朝阳之谷，有神曰天吴，是为水伯，其为兽也，人面八首八足，皆青黄"。《博物志》也说："水神曰天吴，人面，八首，八足，亦曰河伯。"可见其原始神形，像一个水中怪兽，长着八个头、八只足、八条尾巴。

在屈原《九歌·河伯》中，其神形与此迥然不同。他是个风流神仙。洛水女神宓妃是他的妻子，他并不忠于她而是神游于河的浪荡子。他本是人面鱼身，八首八足的水中怪物，一下幻化成了"年三十许，颜色如画，侍卫繁多"，时而乘白马，穿白衣，戴白帽，长着红胡须，时而带着"十二童子驰马西海之上"，时而在水里，时而在岸上的淫雨之中，他到哪里，哪里就"雨水滂沱"，而且还能闻歌起舞，鸣鼓而歌，俨然是一个风流多情的美男子。屈原《九歌·河伯》里男觋扮河伯，女巫迎水神那段唱说得很明白：我愿与你去九河游，不怕暴雨洪波流，"乘水车兮荷盖，驾两龙兮骖螭"，愿与你同上昆仑望四方，"心飞扬兮浩荡"，"日将暮兮怅忘归，怀念我那水乡"，想念那"鱼鳞屋兮龙堂，紫贝阙兮珠宫"，我"愿与你携手同向东，南浦渡口把你送，前波后浪相迎，鱼群列队陪从"。可这美男子面对举世绝伦美人的呼求，却不理不睬。在这里，我们可以看到，河伯已从河里的怪鱼，变成了一个好色的人妖了。所以，他要人们不断为他献美女。由于他是河宗，全国不论东西南北，没有不兴巫仪献美女给他的。这样，他就从一个护河之神，变成了一个水害之神。

上述故事，都是讲黄河神为害的。为什么这么多坏事都集中在河伯身上呢？这和黄河泛滥千年为害有关系。黄河给人们带来了许多好处，抚养了黄河两岸的众多儿女。但它也常常泛滥，为害百姓，淹死了许多人民。因此老百姓痛恨黄河泛滥。黄河神河伯，就是黄河为害这一事实的形象化的表述，是上古以来，广大的中原人民对这一事实的怨恨。

七十四、涡淮水怪无支祁

涡河在淮河的上游。涡河、北肥河、芡河在安徽怀远汇合后称为淮河。淮河自此东注于泗,再东流入黄海。其支流北通黄河,南通长江。按理说这条既通江河又通大海的并不算长的河流,理应造福于两岸人民。但它却是数千年来灾害频发的地区。传大禹治水,三至桐柏山都是惊风走雷,石号木鸣,五伯拥川。即便有黄帝时代的大神天老肃兵在此,也功不能兴。这是什么原因呢?不是因为淮河有黄河那样的壶口、孟门、三门峡的险、急、阻,也不是因为淮河有长江三峡那样陡峭,它流经的大片地区都平坦开阔无阻无险,但却难以治理,因为这里有一个无法无天谁也拿它没办法的水怪无支祁在作怪。不信,请看唐朝人的记述。

〔唐〕李功佐《戎幕闲谈》记载:"禹治水,三至桐柏山,惊风走石,石号木鸣,五伯(霸)拥川,天老肃兵[1],功不能兴[2]。"为什么?因为传说有无支祁作怪。那无支祁形若猿猴、缩鼻高额、青躯白首、金目雪牙、颈长百尺、力逾九象、搏击腾踔[3]疾奔,轻利倏忽[4],闻视不可久。又善应对言语,辨别江淮浅深,原隰之远近。它在淮河上兴风作浪,谁也拿它没有办法。

大禹刚来时听说这个东西在作怪,使他们无法开展淮河的治理工作。就派童律、乌木去收拾那东西,可没有成功。因为来这里治淮的人得了一种怪病,身上出血,抬到医生那里去治疗,还没到,人就死了。后来大禹又派庚辰去,这庚辰懂医术,不准把病人抬走,而是让他们就地平躺着不要动。没多久病人就好了。那无支祁想继续顽抗,庚辰就用法术把无支祁擒了,锁上大铁索,还在它的鼻子上穿了铜铃,然后把它拉到淮阴的龟山足下拴起来。这才使得淮水平安流入黄海。

《方舆胜览》说龟山在江苏盱眙东北三十里。西靠盱眙,三面石壁临水。无支祁就锁在那里。据说有人还亲眼见过呢。那无支祁百兽长鬣,白牙黄爪,张目如电,顾视人群,想发狂怒。看见的人没有不害怕的,收拾了无支祁以后,禹令桐柏等山的长老们帮助治淮河。鸿蒙氏、章商氏、兜卢氏、犁娄氏等稽首请命。在大家的共同努力下,这才把淮河治好了。

> **注**
>
> 　　[1] 五伯：指春秋拥有重兵的五霸。即齐桓公、晋文公、秦穆公、宋襄公、楚庄王。天老，传说中黄帝的大将。
> 　　[2] 功不能兴：即建不成功业。
> 　　[3] 搏击腾踔：腾踔（chuō），腾跳。意指无支祁善于打斗腾跳，飞越。
> 　　[4] 轻利倏忽：倏忽（shūhū），转眼时间，表示极快。

淮河儿女怨气多

　　几千年来，淮河都是一条为害很深的河。虽然经大禹治理，但并未很好解决淮河泛滥。中华人民共和国成立后经过几次数十百万人的不断修治，现在才安静下来。淮河成灾的原因很多，或许战争的破坏是一个不可忽视的重要因素。几千年来，历代帝王中在黄河淮河两岸建都的不少，在两河边上进行大规模战争，放水淹没对方的，并非一回两回，放火烧毁森林的也不是一起两起。争夺中原的战争长达数千年之久，毁坏达数千年之久。无疑给这一片土地带来了沉重的负担和生态的毁灭。加上黄河改道夺淮受阻，使本来就年久失修出路困难的淮河，更加难以忍受。它除了泛滥以外，还有什么办法呢？无支祁，只不过是人民出怨气的铁石证明而已。有人说无支祁是一个氏族，没有详细资料难以证明。与"无处祈"谐音是真的。历朝历代在淮河地区发动的战争，造成了人民生命财产的巨大损失和生态毁灭。淮河泛滥，实际上是生态灾难。人民求天求地都不灵，无计可施，不能不怨。

七十五、汉水女神延娟与延娱

汉水别名夏水、沧浪之水，发源于陕西蟠冢山，经沔水、沧浪之水、汉阳流入长江。地上的汉水与天上的银河相对应，战国时隶属楚国，这里自古以来是兵家必争之地。炎黄时，炎帝沿汉水西进，战国时期周楚、秦楚相争，后来又有楚汉相争，魏蜀吴相争。汉水到丹江口之后，由高山峡谷，突至平原，河水犹如银河从天而降，一泻千里，时而暴涨，时而横溢，泛滥成灾。历史上，这里的战火不知湮灭了多少英雄豪杰，毁坏了多少远古的文明创造，淹没了多少民居、田地、庄稼、畜禽和数之不尽的无辜的善良人民。在天灾、人祸的双重逼迫下，人们幻想着汉江女神的出现。

延娟与延娱[1]

据（晋）王嘉《拾遗记》卷二记载一，周昭王二十四年，"东瓯[2]献二女，一名延娟，一名延娱[3]，使二人更摇此扇[4]，侍于王侧，轻风四散，泠然自凉。此二人辩口丽辞，巧善歌笑，步尘上无迹，行日中无影。及昭王沦于汉水[5]，二女与王乘舟，夹拥王身，同溺于水。故江汉之民，到今思之，立祠于江湄。数十年间，人于江汉之上，犹见王与二女乘舟戏于水际。至暮春上巳之日，禊集[6]于祠间，或以时鲜甘果，采兰杜包裹，以沉于水；或结五色纱囊盛食；或用金铁之器并沉水中，以惊蛟龙、水虫，使畏之，不侵食也[7]。其祠号曰招祇之祠[8]。"

注

[1] 本故事见齐治平校注，《拾遗记》，中华书局，第55页。

[2] 东瓯：古地名，在今浙江、温州地区。

[3] 延娟、延娱：为汉水女神，一作旋娟、提谟（嫫），传为天帝之女，有"玉质凝肤，体轻气馥，绰约窈窕，绝古无伦"之美称。

[4] 摇此扇：指涂修国送给周昭王的鹊翅做的扇子。扇子一名"游飘"，一

名"条翻",一名"亏光",一名"仄影"。昭王使二女摇扇。

[5] 及昭王沦于汉水：相传昭王淹死于汉水。《史记·周本纪》说"昭王南巡狩,不返,卒于江上。"《帝王世纪》说："昭王德衰,南征,济于汉。船人恶之,以胶船进王。王御船至中流,胶液船解,王及祭公俱没于水中而崩。"本神话说是二女拉他下水的。

[6] 禊集：徐广曰："三月上已,临水被除（祭祀）,谓之禊。后为三月三日人们聚集水边祭祀。即今清明节。"

[7] 采兰杜：指禊集这一天,犹如集社一样,人们要奉献时鲜水果,裹兰杜（如粽子）,用五色砂囊盛食装在铁器里入水中,以防蛟龙吞食。

[8] 招祇之祠：即招魂祠。

故事复述

汉江游女

周昭王主政的时候,大约在公元前970多年,涂修国送来了青凤、丹鹊鸟各一雌一雄,到四月的时候凤鹊换毛了,把鹊翅收集起来做扇子,把凤羽收集起来做车盖的装饰都是很漂亮的。那扇子有人叫它游风,有人叫它仄影,扇起风来特别清凉舒服。周昭王纵淫于乐,荒于政事,老百姓都很痛恨他。

当时东瓯即温州那地方,向昭王敬献了两个很漂亮的女子,在他的两侧,为他摇羽毛扇。这扇子一摇,清风四溢,泠然自凉,舒服极了。这两个女孩,口齿伶俐,巧善歌笑,走起路来,步尘上无迹,行日中无影。昭王到南方巡狩,由她们陪着一同到汉水乘船巡游。一路上夹护王身,至中途同溺于水,把昭王给淹死了。那二女便成了汉水游女。此事以后,人们便在汉江边立庙祭祀二女为水神。这就是旋娟、提嬛二神。希望她们能保佑两岸百姓平安。许多年过去了,听说还有人在江上看到过昭王和两个女子嬉戏于船上。每年春天三月三日,大家都要到庙上纪念她们,给她们磕头烧香,敬献水果时蔬,还采兰杜叶子用小米裹成像粽子一类的东西装在铁盒子里沉到水里,给她们吃,防止蛟龙虫鱼吞食,希望她们保佑平安,免遭灾祸。

七十六、巫山女神——瑶姬

《墉城集仙录》说：

云华夫人，王母第二十三女，名瑶姬，太真王夫人之妹也。受回风混合万景炼神飞化之道。尝游东海还，过江之上，有巫山焉，峰岩挺拔，林壑幽丽，巨石如坛，留连久之。时大禹理水，驻其山下。大风卒至，振崖谷陨，力不可制。因与夫人相值[1]，拜而求助。即敕侍女，授禹策召百神之书，因命其神狂章、虞余、黄魔、大翳[2]、庚辰、童律等，助禹斫[3]石疏波，决塞导厄，以循其流。因命侍女陵容华出丹玉之笈[4]，开上清宝文以授，禹拜受而去，又得庚辰、虞余之助，遂能导波决川，以成其功。

（唐）仪凤元年[5]，在巫山之麓修建神女庙，奉祀瑶姬。每年八月十五，月明时有丝竹之音往来峰顶，山猿皆鸣，达旦方止。

注

[1] 相值：相会。

[2] 大翳（yì）：风师风神。

[3] 斫（zhuó）：同"凿"。

[4] 笈（jí）：竹制书箱。

[5] 仪凤元年：唐高宗李治元年，公元676年丙子年号。

全文大意是说大禹治水时，曾治理过长江三峡。这里的情况和黄河壶口、龙门、孟门、砥柱全然不同，不是把直立于河中的山凿开，让上游流来的水通行就可以了。

首先是这里的山险。那险峻让人看了心跳。三峡绵延700里，两岸峭壁入云，高耸千丈，似刀砍斧劈一般，山尖不长草木，如刀尖刺天，鸟不敢飞，猿不敢栖。江涧如深壑鸿沟，在江面上不见日出日入，也不见曦月一轮，只能看见中天投于江面的日影月色，其山险可知。

江面看不到百丈狂涛，平静无波，但却暗流奔暴，一旦巫山崩塌三峡受堵，逆流千里进逼成都，如遇岷山崩塌形成堰塞湖，即命悬成都，后果难测。因而，巫山之下舟船难行，鱼鳖不敢游，除天神看守之外，别无他法，岂有鲤鱼敢来这儿跳龙门的？其水险可知。

从岷江到三峡有24个望娘滩密布着。这些险滩夏伏冬出，如虎如狼，不知吞没了多少达官贵人。据记载，汉永帝元年，巫峡新崩滩崩塌之日，江水逆流数百里，涌浪数十丈；那流头滩、狼尾滩、人滩、黄牛滩，一个个犹如鬼门关，让人不寒而栗。其滩险可知。

在这种情况下，大禹治水来到巫山之下。虽然他跨黄河，去桐柏，敢于挥斥鬼神，斧劈砥柱，面对此情此景，一时间也一筹莫展。他呆呆地站在那里望着那站在巫山之巅的神女。瑶姬本是炎帝的第二个女儿，因未行而亡，封于巫山之阳。她的精魂化为瑶草，落于巫山之上，成为巫山神女。她本是虹霓女神，长得十分美丽，是美的象征。宋玉写《高唐赋》，说她居巫山之阳，为高丘之阻，旦为朝云，暮为行雨，朝朝暮暮不歇视察巫峡流水，故而百姓在阳台下为其立庙，曰朝云寺。巫峡六十里，虽不长，其险峻实使大禹惊呆了。正在这时候，一弯彩虹汲水江中，片刻云华夫人巡游东海归来，发现大禹蹲在那里发呆长叹，便俯身问道：

"英雄，你在叹什么呀？"

大禹扭头一看，是云华夫人，纳头便拜，央求道："天神呀，这么险峻的地方，该如何治理呀？请你指点。"

云华夫人即令侍女授禹策召百神之书。又命狂章、虞余、黄魔、大翳、庚辰、童律等神助大禹一臂之力。要他们帮助大禹凿宽巫峡与西陵峡之间的山石，决塞导流，然后又令侍女陵容华宇拿出丹玉之策授于大禹。大禹受策，一一谢过。云华夫人转身而去。为帮助治水，其身影变成了6尺巨石立于巫峰之巅，终日俯视江岸。在众神的帮助下，大禹凿宽了巫峡出口，水势并冲，狭江遂绝，古人谓之禹断江南。

两岸人民为纪念这位长江仙女，在巫山之麓为其立庙，世世代代奉祀她。庙后有石坛，坛为大禹见神女之处和神女授书之处。每年八月十五月明之时，这里山峦气绝冲霄汉，丝竹达旦猿长鸣，人们在这里祷念大禹，致谢女神。

长江全长6 300余千米，发源于青海巴颜喀啦山东麓。流经四川、重庆、湖南、湖北、江西、安徽、江苏、浙江、上海等省市而入东海。为江、淮、河、济四渎之首。

岷江、雅砻江、嘉陵江、金沙江、大渡河等水域的流水汇入长江后，进入绵延700千米的长江三峡水道。这里与黄河中游从壶口、孟津到三门峡的700千米水道不同：没有陡峭的瀑布，没有伫立于河中央的山峰阻隔，也没有神门、鬼门、人门似的险要，但它们却是蜀水东流，蜀人进出的门户，历来被称为通天河上的鬼门关。

长江三峡在不同阶层不同境遇的人的心里，有不同看法。李白写的"朝辞白帝彩云间，千里江陵一日还。两岸猿声啼不住，轻舟已过万重山"，写的是诗人其时的心境。我年轻时多次乘大木船往返过长江三峡。我看到的是另一幅情景：一提起虾子滩，24个望娘滩，船夫们就不寒而栗。水涨时，锐利如刀的巨石滩藏于水下，稍不小心，就会船毁人亡，一到枯水季节，那些如刀如刺似的巨石群从水底露出水面，犹如巨兽的獠牙巨齿，等待着人们顷刻被吞食。三峡两岸峭壁万丈，相峙而立，上入青天，下插水底，纤夫们赤着臂在峭壁间如线似的栈道上弓着腰、流着汗，哀鸣着、呼号着拉着纤。汗水和泪水不住地从他们额上、背上、腿上滴落下来，悬挂在峭壁上，滚落到江水里。他们小心翼翼地牵着木船在悬岩间爬行着，小心地躲闪那些躲在急流下不声不响的暗石。

他们之中有谁还会欣赏两岸猿声呢？

大禹来这里治水，治什么？治理峡谷中的险滩么？大禹是无法达到治理三峡的目的，他不能不求助于三峡女神。女神也无法，只能授书指导。三峡的治理，是前人的梦想，现代人的杰作。险滩锐石被炸掉了，三峡大坝修起来了，将水位提高到170多米，小船往来无忧，万吨巨轮也可以自由往来。这才是大禹、女神所梦想的神话。

七十七、湘潇神女

洞庭二女

《山海经·中次十二经》：

又东南一百二十里，曰洞庭之山[1]，其上多黄金，其下多银铁，其木多柤[2]、梨、橘、櫾[3]，其草多葌[4]（草头），蘼芜[5]，芍药，芎䓖[6]。帝之二女居之，是常游于江渊[7]。澧沅之风，交潇湘之渊，是在九江之间。出入必以飘风暴雨，是多怪神，状如人而载蛇，左右手操蛇。多怪鸟。

注

[1] 洞庭山，在永顺桑植县西七十余里，曰上洞，与东北40里之下洞并临澧水之上。其北有零水，与辰水分流似屋脊形，故曰洞庭。巴陵陂亦号洞庭，人们以为是洞庭山水所潴，故曰洞庭湖。

[2] 柤（zhā）：山楂。

[3] 櫾（yòu）：柚子。

[4] 葌（jiān）：菅草，茅草。

[5] 蘼芜：香草，川芎。

[6] 芎䓖（xiōngqióng）：白芷别名。

[7] 渊：指巴陵陂水，二女各居一山从澧水或沅水游于九江之渊。

故事的大意是：洞庭山的第一高峰叫肩遇之山，如两肩相遇，从这儿往东南，再往东，又东南120里，就是洞庭山。洞庭山上风华物美，资源丰富，有黄金、白银、铁石。树木很多，那儿长满了山楂树、梨树、橘树、柚子树等，一年四季的水果应有尽有。又出产药材如菅草、川芎、白芷、芍药等。上帝的两个漂亮的女儿就住在这里。她们两人，一人住一个山头，经常从澧水、沅江游水到洞庭湖里去玩。那一带河很多，如湘、观、营、来、浕、渌、涟、浏、汨等谓之九江。九江汇合到湘江里，女神往返于九江之间，进进出出常有飘风暴雨相伴。

那一带水多，水怪也多，为防止水怪们作乱，二女尽心尽力管住他们不让他们捣乱。

前面说她们是上帝的女儿。上帝是谁呀？既不是四方的天帝，也不是帝喾，而是她们的父亲尧。在她们作姑娘的时候，帝尧为了寻找接班人，把他的两个女儿：娥皇、女英，一起嫁给了舜，以考察舜的行为品质。她们用智慧助舜躲过了父母覆仓廪，穿水井等迫害，又助舜成为一代圣君，不想舜南巡苍梧竟一去不复返。洞庭翠竹遍野，绿叶满山，面对历历往事，不禁泪洒翠竹，双双跃入河中成了水神，"斑竹一枝千滴泪"，那点点飞泪就化成了不灭的记忆。

七十八、鲧伯治洪水的传说

（一）鲧是神兽玄鱼神

《吕氏春秋·行论》说："尧以天下让舜。鲧为诸侯，怒于尧曰：'得天之道者为帝，得地之道者为三公。今我得地之道，而不以我为三公'。"认为尧失论，怒甚猛兽，露出了原形，"比兽之角，能以为城，举其尾，能以为旌"。脾气发过之后，尧"召之不来，徜徉于野，以患（威胁）帝，舜于是殛之于羽山，副之以吴刀。禹不敢怨，而反事之"。鲧、鮌（gǔn），三足鳖，又称黄能、熊。羽山，在山东郯城东北。副（pì），破开，吴刀，吴国产的一种快刀。传说鲧（鮌）为原始时代的鲧部落首领，居于河南崇山（嵩山）地区，封为伯，人称崇伯鲧，或鲧伯。被舜杀死于羽山，他死后，其神化为黄熊（黄能），三足鳖，有说三足龟，为熊。因此人们都说鲧是一条大鱼。而鲧在陆地上却是一匹白马。《山海经·海内经》就说"黄帝生骆明，骆明生白马，白马是为鲧"。《世本》说黄帝生昌意，昌意生颛顼，颛顼生鲧。鲧神不死。人们将它的肚子剖开，从肚子里跳出了一个禹神。说明从黄帝——昌意——颛顼——鲧——禹是一个神系。鲧为通假字，故称其为玄冥神。夏人兴起于伊洛之间，"庐泽在其北，伊洛出其南，伊洛竭而夏亡"。许多文献都说"禹都阳城""禹居阳城""禹避舜之子商均于阳城""阳城在箕山之阴，南对箕山"，阳城后来改名为阳翟，所以又有"阳翟夏禹国"，禹封地，禹立都安邑等记载。安邑在山西南面的汾浍之间，即山西的翼城、隰县、吉县一带。也就是临汾盆地。这一点表明今河南登封山西临汾盆地一带是古大夏国的属地，鲧禹活动的中心区域，他们是这里的神。

（二）鲧治洪水

上古时的人都是人神合一的。作为侯伯，尧命鲧治水，九年不成，而被沉于羽渊。这是一个重大事件。为什么崇伯治水反而被杀呢？原来共工是九川之伯主。共工为维护本氏族的安全，在村子边上筑护庄堤。尧时确实发过大洪水，长达 88 年。共工在任上治了 40 多年也未解决问题。共工的办法是"欲壅防百川，堕高淹庳"，即从高的地方挖土填平低的地方。鲧伯治水，沿袭了共工的办法。《国语·周语》有"崇伯鲧……称遂共工之过"，沿用共工的老办法堵洪水，筑堤防洪水，谓之鲧筑城。筑城，即筑堤。《淮南子·原道训》也说"夏鲧作三仞之城，诸侯背之，海外有狡心"。《国语·鲁语》也有"鲧障洪水"的记载。障，即刨高处，填低处，筑堤拦洪水。如果仔细分析一下，这并不是鲧被诛的理由。

第一，防洪。抢救人民生命财产，采用砌石墙、堆沙包、筑护庄堤都是救急的办法，都是眼前的事。而建设防洪水利工程，从根本上治理水患，是长久的办法。防洪抗洪与治水是两个不同的概念。根本的问题是尧舜本身没有统一的治水规划和治水策略，出了问题反而推卸责任。

第二，治水。目标，首先是要为黄河清理出一条主河道，为黄河水找出路。黄河从上游到下游有许多支流，像人身上的血管一样，主河道不通支流淤塞就会形成洪水。诸多典籍都记载，大禹治水之前黄河上下游都处于"乱流"状态。乱流就是没有固定的主河道。要解决这一问题，决不是靠一人之力，借一时之势可以解决的。从三门峡至潼关间的鼎湖、小浪底附近的荥泽，黄河夺淮不成，又走大野南北二线的历程可见，治理黄河，为黄河找出路，是一个系统的水利工程。把防洪与治水工程建设混为一谈，把治水不成归罪于一人，推卸责任，是人王的

重大过失。不能怪于具体的执行人共工或鲧伯。这样做不公平。

第三，鲧腹生子，精神不朽。鲧腹生子，说明鲧的不屈的治水精神，他死了人们"副之以吴刀"，把他们肚子剖开来，又生出了一个治水能人夏禹。夏禹治水成功最主要一点是他为黄河找到了出路。这一点我们从黄河沿岸的禹迹看得出来。他根据不同地域的情况，时而疏通，时而堵，时而以息土填塞，时而筑堤拦洪。这些在阳城安邑虢地的考古事实中都可以看得很明白。

（三）鸱龟曳衔与洪水

鸱是猫头鹰，龟是神龟。鸱龟曳衔的故事原在《楚辞》里多次提到。《楚辞·天问》中说："鸱龟曳衔，鲧何听焉？顺欲成功，帝何刑焉？永遏在羽山，夫何三年不施？伯禹愎鲧，夫何以变化？纂就前绪，遂成考功。何续初继业，而厥谋不同"？屈原讲这个故事的意思是说，鲧治水既然不成功，大家为什么要推崇他呢？那鸱龟一个个相衔而行，鲧为什么听他们的呢？他总想治平洪水，上帝为什么要判他死刑呢？他死了尸体长久地抛弃在羽山，为什么三年都不腐烂呢？不仅如此，肚子里还孕育出了一个伯禹来，怎么会有这么奇怪的事呢？后来伯禹继承鲧去治水，取得了成功，为什么做相同的事，父子俩的方法全然不同呢？洪水的渊源深不见底，一般人是不知道的。传说天上有个天池，那天池底下有个漏水孔，这个孔平时是由一个塞子塞着的。那个塞子是一只乌龟。猫头鹰与乌龟是好朋友，总想拉它去玩。乌龟不肯，猫头鹰说白天没空就晚上出去吧，乌龟还是不肯，说他只会当天池的水塞子，不会飞。猫头鹰说，不要紧，你不会飞，就咬着我的尾巴好了，我会飞，想到那里去玩，我都带你去。遇大江大河你会游水，我就骑在你背上，你带我过去。乌龟觉得有趣，就咬着猫头鹰的尾巴跟猫头鹰一块玩去了。

由于天池少了乌龟这个水塞，因此漏个不停，从而形成了大洪水。每逢烂二月，霖八月，雨下个不停时，老百姓就会骂天漏了。

据说有一天发大洪水，鲧伯很发愁，被乌龟与猫头鹰看到，就问他："崇伯，你发愁啥？"崇伯说："你看漫天大洪水怎么办呀？"

乌龟说："这好办？"

鲧伯说："咋办？"

乌龟说："天帝的后园子里有息土，偷点来就行了。"

鲧伯道："息土？什么是息土？"

乌龟说："就是一种生生不息，可以止洪水的土。"

鲧伯问:"哪里有息土?"

乌龟说:"天帝的菜园子里有。"

鲧伯问:"菜园子在哪里?"

乌龟:"昆仑山下。"

鲧伯说:"谢谢你。我去讨一点。"

乌龟与夜猫子一个拽着一个咬着走了。鲧伯出于止洪水,听了乌龟的话,前去搞息土。息土由于是上帝的私人财物,未经允许,不可以获取,因此鲧没有搞着,反被告发,招来了杀身之祸。

鲧伯死了。他为人民而死,人民也没有忘记他,为他建庙,向他磕头,视他为开天辟地以来的第一代治水英雄。

七十九、大禹治水的传说

（一）两个大禹

传说中的大禹有两个，一个是人的大禹，一个是神的大禹，他们都称禹，都称大禹。《遁甲开山图》说，古时候有个神叫大禹，他是女娲神的第十九代孙，活了360岁。起初他到九嶷山修道，成了仙人。过了3 000多年，尧理天下时，发生了大洪水，到处白茫茫的，庄稼被淹没了，人被淹死了很多。大禹同情人民，就化身投胎到人间。

夏禹的父亲叫鲧。鲧娶有莘氏女女嬉为妻，婚后久不生育。有一天女嬉经过汶山石纽，见路边有野草薏苡青葱可爱，馨香诱人，籽儿洁白芬芳，就随手摘了一粒丢进嘴里，岂知那薏苡粒儿正是3000年前的大禹投胎的化身。女嬉在石纽怀孕10个月，生了个儿子，给他取了个名字叫文命，至此之后才有了人王的大禹。

（二）禹伯

大禹，人称禹伯。为什么叫他禹伯呢？在上古时代伯是一种列于三公的爵位。禹是羌族人。他的父亲鲧，有人说鲧是颛顼的儿子，有人说是颛顼的孙子，有人说鲧是颛顼的曾孙。鲧在尧时被封于崇（嵩），人称崇伯，他纳有莘氏女为妻。那女子曰"志"，名修已（纪），是羌族人，住在四川省汶川羌族自治州，北川县石纽乡刳儿坪。羌族和西南许多少数民族一样，都有石崇拜的传统，认为石头是生命的本原。夏禹就生长在这一文化环境里。所以他也是石崇拜的信仰者。据说他的出生很不平凡。他的母亲修已作姑娘时，有一天做了一个梦，梦见她经过石纽山，见山边的小草结出的草籽，发出淡淡的香味，就随手摘了几粒放在嘴里，这薏苡犹如神珠，吞服之后，便在肚子里翻腾起来。她怀孕了。10个月后在石纽山生了一个儿子。可是难产，还是请了个大夫剖腹后取出来的。

那孩子生下来就虎鼻大口，两个耳朵三个孔，额骨头很高，胸阔，足板心上涌泉穴处纹路鲜明，就给他取了小名叫文命。文命长大后身长九尺二寸，由西羌人抚养长大，所以人们都视他为西羌人。西羌人是一个值得骄傲的民族。汉民族从炎帝起许多杰出的女性氏族都来自羌族。羌族人智慧、勤劳、作战勇敢、勇于创造，在黄帝战蚩尤的时代就是倚重的对象。

鲧是中国历史上最早的治水之神。禹继鲧之后继续治水，他勤劳肯干，"不重径尺之璧，而爱日之寸阴"，把一切精力用于治水事业。因而他形容枯槁，骨瘦如柴，手足胼胝，足不相过，像一尊死而复活的神一样。他当政时，能礼贤下士，一沐三握发，一食而三吐飧。听说有人来拜访，他就会放下筷子，吐掉食物去接见客人。常常一顿饭要停食好几次。尧听其贤，十分称赞，赐他姒姓，封他为伯，所以人们称他禹伯。

（三）大禹其人

根据《竹书纪年》记载：

禹是黄帝之后，从黄帝到禹前后30世。

禹20岁始用。开始治洪水。年32岁洪水平。

74岁舜荐于天。荐之12年，代行天事。5年舜崩。

元年壬子禹居阳城，都平阳（安邑翼）。

5年巡狩，会诸侯于涂山。

8年会诸侯于会稽，杀防风氏。

13年东巡狩，至于会稽，崩。

这是一个简历。其中关于禹死的时间有3个：一是8年秋崩于会稽，一是7年崩，一是13年至于会稽而崩。至于黄帝至禹30世，禹的出生地在川西石纽，在位45年，百岁而终。

种种资料记载，大禹是盖世英雄，是一个非常值得尊敬的人。他的为人，总起来说就是：作为人王智慧机敏，克勤克俭，其德不违，其仁可亲，其言可信；为人处世和蔼可亲，说话合乎声律，该高的高，该低的低，绝不乱吼乱叫；他的举止合乎法度，绝无违法乱纪的行为；人们都以他为标准勤勉恭敬行事，认为他是天下人的标准和楷模。

他与共工、鲧等治水的最大不同之处就是，能带领诸侯百官，发动群众一起敷土治水，不是拘泥于某一个地方由几个氏族的人分工包干，而是把全国分为九个州、九大山、九条河、九大湖泽，全面治理。各处都有人包干疏通、开凿、清理，他的主要任务是到各地检查督促。为此他劳身焦思，薄衣食，孝鬼神，卑宫室，居外13年，三过家门而不入。为治水他献出了自己的一生。

（四）受命治水土

禹一生干了几件事：一是请大章、竖亥步地；一是以息土止洪水；一是定九州，划定土地肥瘦的不同等级，按不同地区不同等级和不同特产进贡纳税，对诸侯国，按远近实行五服进贡制。这里先说一下划定九州的情况。

有一天帝舜说："来吧，禹！现在洪水滔天，人民处在水深之中，希望你站出来帮助抚平水土。"禹接受了。尧时中国的管理体制是将全国划成 12 个州。禹上任之后首先一件事是"别九州，随山浚川，任土作贡"。即将原来的 12 个州，改划成 9 个州。随山砍下树木作路标，将土地分成不同的等级，根据不同土地的土质差别规定向朝廷进贡的赋税的多少。这样就要随山势的不同，进行河道的清理疏通，以打通进贡的航道。这一点和他的父亲及共工以抗洪救灾为目标是不同的。禹划定的九州是：

1. 冀州。凿梁山、岐山，疏恒水、卫水。
2. 兖州。这是黄河下游地区，有九条支流。包括雷夏泽灉水、沮水要疏通。
3. 青州。包括潍水、淄水要疏通。
4. 徐州。包括淮水、沂水的治理，淮、泗、济入菏泽和大野的清理。
5. 扬州。包括彭蠡、震泽的贮水。
6. 荆州。包括长江、汉水、洞庭湖、沱水、潜水、云梦泽的清理。
7. 豫州。包括伊河、洛水、瀍水、涧水入河的疏通。荥波泽的贮水。
8. 梁州。沔水、濛水、对和水渭水的疏通。
9. 雍州。包括弱水、沣水、泾水入渭的问题。

大禹治水不只是疏通河道问题，还有打通山域之间的通道问题。如岍山、岐山至荆山的通道；堂口、雷首至太岳山的通道；砥柱山至析城山、王屋山的通道；熊耳山、外方山、桐柏山至陪尾山的通道，太行山、恒山至碣石山的通道；嶓冢山至荆山，内方山至大别山、岷山至衡山、弱水至合黎山、黑水至三危山的通道等等。陆上道路开通加上水路疏通了，整个交通通畅了，国家就会快速发展起来。俗话说"要想富，先修路"，这是真理，古今如此，概莫例外。

这些只是大禹治水的一个粗略的路线图，在具体实施中是有重点的。首先是疏通黄河。从积石到渤海，为 5 464 千米的黄河找一条通道；在 5 464 千米的黄河的治理中又集中在开龙门、凿三门、劈砥柱这几个地段。这几个地方通了，黄河就通了。黄河通了，支流疏浚了加上山路开通了，整个交通连接一体，经济也就活了。

（五）禹命大辛竖亥步地

步地就是以脚步丈量土地。九州有多大呢？据《淮南子·地刑训》说："使太章步自东极，至于西极，二亿三万三千五百里七十五步；使竖亥步自北极，至于南极，二亿三万三千五百里七十五步；凡洪水渊薮，自三百仞以上，二亿三万三千五百五十里，有九渊。禹乃以息土填洪水。以为名山。"[1]《山海经·海外东经》说："帝（禹）命竖亥步，自东极至于西极，五亿十万九千八百步，竖亥右手把算，左手指青丘北。"这就是大禹命人步地的大略情况。他的治水正是在此基础上进行的。

注

[1] 刘安著，《淮南子·地形训》，黑龙江人民出版社。

（六）禹凿龙门

黄河从宁夏向北到内蒙向东直至托克托县的河口镇，忽然向南行 700 余里，经壶口、孟门、龙门等险要峡谷，到风陵渡突然转弯经大禹渡、三门峡到河南兰考东坝头，又突然拐弯北去，经山东河北流入渤海。这一走势像一个"几"字。大禹治水，主要是治黄河，治黄河主要是黄河中下游地区，即这个"几"字形的半边"乙"，其中的重点工程是壶口、孟门、龙门、三门峡、砥柱及黄河的出水口。主要任务是凿开柱立在河中的山石，让水流通。

大禹是古帝王，是我国最著名的最早的治水英雄，黄河中下游地区布满了大禹留下的足迹和神话传说、碑刻、庙宇。禹凿龙门是其中之一。山西吉县壶口、山西河津龙门、山西永济县孟门。这 3 个地方是"乙"上的 3 个要点，离唐虞都城都比较近，历来水患严重，治理极为艰难。原因是壶口在吉县 25 千米的黄河当中，两山相夹的河道实际上是在一座大山的岩石上开一个大水沟，只有三四十米宽，像一把壶的小嘴，俗称壶口。据说这个口子就是大禹开凿的。有人说他有一柄铜质神斧可以开石劈山。大禹还有移山的本领，原来这里是一座山立在河中间，大禹用斧子砍开了一个大口子，叫十里龙槽，河水就从这个槽里流出。

壶口下面是河津。河津那儿有两座山，东岸叫龙门山，西岸叫黄龙山，黄河边上有一个渡口叫龙门。《水经注·河水》说"龙门为禹所凿，广八十步，岩际镌迹尚存"，故那里又标有禹门口。据说壶口"此石经始禹凿，河中漱广，夹岸崇深，倾崖反捍，巨石临危，若坠复倚，又惊又险。河水至此居高临下，水流交冲，气若浮云，从天而降，往来观者至此，在数十米之外，也会雾露沾衣。俯河水滔滔滚滚，崩浪万寻，悬流千丈，浑洪贔怒，若山腾海啸，驷马难追，惊心动魄"。据说有一次，大禹在龙门地穴中遇到伏羲神，伏羲神示禹八卦之图，列于金版之上，又拿了一个玉简授禹。这个东西是用来量天步地用的，用处大得很。夏禹度量天地用的就是它，这玩意不大，长一尺二寸，象征十二时之数。日后禹就靠这个东西平定水土。类似的传说还有不少。如说："上古时候，龙门未开，吕梁未发，河出孟门，大溢逆流，无有丘陵沃野，平原高阜，尽皆灭亡，名曰鸿水。禹于是疏河决江，为彭蠡之障，干东土，所沃者千八百国。此禹之功矣。"（《吕氏春秋·爱类》）

（七）鲤鱼跳龙门

禹凿开龙门之后，有一件新鲜事千年流传不息，那就是每年春天桃花开，冰雪融化，天渐渐暖和了，黄河鲤鱼趁鼎湖水涨之际，纷纷从海里和黄河支流赶来到孟门下面，像人间的拜佛朝贡一样，迎着龙门口，抢上水，拼着老命往上跳，有的逆水跳上去了。但跳上去的不多。初登龙门者，往往有风雨随之，跳上去的变成了龙，成了仙。跳不上去的还是鱼，只能随大流去东海了。鲤鱼跳龙门是一个很古老的故事。这个故事在封建社会中，被用来影射人事。古代知识分子以金榜题名，福星高照，仕途通达，喻鲤鱼跳龙门。李白的"点额不成龙，归来伴凡鱼"，针对的正是这一社会现象。因此有的人祈祷"他日能为雨，公田报此恩"，有的人白眼，"好去长江千万里，不须辛苦上龙门"。

（八）开三门劈砥柱

黄河经山西陕西向南流到河南、陕西交界处突然拐一个弯向东流去。但在这里出了一个很大的问题，水流不出去，在灵宝这儿形成了一个巨大的湖泊。这是为什么呢？原因有三：一是向东有三门峡和砥柱挡着，不让水东去；二是黄河之水从北向南居高临下，犹如"黄河之水天上来"，向南向西都有大山挡着流不出去，向东也流不通，只能积在这里；三是南面是秦岭余脉，有四五条河的水从南向北流向黄河，也流不出去。故而灵宝古地区就变成了一个大湖。这儿的平阳又是老祖宗黄帝铸鼎于荆山的古城堡，不能不治。可治这里，真是千难万险呀。大禹的办法只有一个：打通三门峡，凿开中流砥柱。这更是难上加难了。贺敬之的诗:"望三门,三门开,黄河之水天上来,神门险,鬼门窄,人门以上百丈崖。黄水劈门千声雷,狂风万里走东海。……"这就是诗人对三门峡最为形象的描写。

三门指的是"中神门,南鬼门,北人门"。其中,鬼门最险,"舟筏入者,鲜有得脱",只有人门"修广,可行舟",所谓广,其宽度不过百米。《水经注》说:"自砥柱以下,五户以上,其间百二十里,河中竦石桀出,势连襄陆,盖亦禹凿以通河,疑此阏流也。其山虽辟,尚梗湍流,激石云洄,澴波怒溢,合有十九滩,水露迅急,势同三峡,破害船舟,自古所患。""昔禹治洪水,山陵当水者凿之,故破山以通河。河水分流,包山而过,山见于水中若柱然,故曰砥柱也。三穿既决,水流疏分,指状表目,亦谓之三门矣。"这就是说现在的三门峡虽险,是经过大禹治理过的,是中分水道后的情形。治好中流砥柱之后,囤积在黄河拐弯处的大湖泊里的水就可通过这里向东流了。

所以自古以来许多诗人都为三门峡、砥柱写下了不朽的赞美诗。(唐)李世民写道:"仰临砥柱,北望龙门。茫茫禹迹,浩浩长春。"柳公权的《砥柱》写道:"孤峰浮水面,一柱钉波心。顶压三门险,根连九曲深。柱天形突兀,逐浪素浮沉。"王思城赞三门是"鬼斧神工砥柱开,黄流滚滚自大来。三门浪卷千堆雪,五户滩朱万壑雷。"郭沫若赞道"坝高一百六公尺,俯瞰黄河地底来""水从梳妆台下过",船夫吼声:"朝我来!"传说古时船夫过三门峡,有个船夫要跳下水中领航,大喊:"朝我来!"后来他就变成了一块石头——砥柱。

(九)涂山娶妇

大禹治水多年,一身的装束打扮是:头戴斗笠,身披蓑衣,以菟为乘,以铜作兵,沐淫雨,栉扶风,薄衣食,常焦思,治黄河从青海河源的积石开始。沿途凿积石,开龙门,劈伊阙,通砥柱,砍大伾,疏九河,有车乘车,有船乘船。山行坐轿,泥行乘橇,大河深涧过不去,就乘上他的小白马——菟菟,展身飞涧。遇大山险阻拦截,或变穿山甲穿山而过,或招浮云为龙,飞身千里之外。他的治水办法与父辈的单一抗洪救灾不同,实行的是全面疏通的水利工程,动员八方诸侯百姓一齐治水。他曾多次召集诸侯开会,了解治水情况。有敢于怠慢者,杀。他与伯益、后稷四处奔走,四时没有一天闲着。他家住在南嵩山之下,多次经过家门,怕误公事,而不敢回家探视一回。他治了黄河又治淮河,在治淮过程中,三上桐柏山。经过涂山时,召集诸侯开会汇报各地治水情况。来的诸侯很多,其中就有当涂国的国王。都城在莫邪山东北的涂山下的马头城,当涂故城。诸侯们聚会一一汇报了注入淮水的水情,从九渡水、油水、大木水、㵲水、慎水、申陂水、莲湖水、柴水、黄水、溵水、决水、沘水、泄水、颍水、肥水、沮水、涣水、泗水、渎水一直到凌水，至广陵淮浦入海，都打听得清清楚楚。淮河也正是众多的河流汇入，因阻塞不通而形成灾害。诸侯们对大禹深入细致了解灾情十分钦佩。其中尤其是涂山国王更是钦佩？他令二女亲自捧茶侍候，以表尊敬。这时有人就借机当红娘叫涂山国将二女嫁与大禹。涂山国王十分高兴，当即点头。那人又促大禹娶涂山二女。涂山二女，一个叫女娇，一个叫女攸，长得如珠如玉，如绿叶上的水滴，如微风摆动的柳枝，拂人面，媚人心，他们捧着茶向大禹走来，大禹一看，便立即点头同意。涂山国王当机立断，借机为他们举行了简单的婚礼。那一对玉女十分崇拜英雄，自然十分喜悦。虽然他们对骨瘦如柴、形容焦黑、走路跷脚的大禹身材并不十分满意，因为他是英雄是王者，便由父作主嫁给他了。唯一使他们不满的是大禹结婚四天后，又一头扎进治水事业，把他们丢到少室山了事。正如《吕氏春秋》所说："禹娶涂山氏女，不以私害公，自辛至甲四日，复往治水，故江淮之俗，以辛、壬、癸、甲为娶嫁日也。"可在涂山二女心里是大为不快的，他们理解大禹治水过门而不入，很想助他一臂之力，禹也不同意，不得不再去工地上找他。

（十）石破得子

前一回说禹娶涂山女，四天即离开爱妻，叫人把她和妹妹一同送到嵩山北坡少室山太室山居住，等治水完成后才回家团聚。

那涂山氏女是一个尖巧智慧的女人，结婚虽然只同欢共枕了四天，渐渐不安起来。因为暂别刚刚满月，肚子里便骚动起来，她意识到自己怀孕了。因她出身神族，信奉九尾狐，被视为九尾狐仙。又因她和大禹一样有石崇拜信仰，认为石头才是生命的本原，石头会生人，会和人打仗，也同样是上天的子民，大地的筋骨。山和人离开石头，那是不可想象的。她相信人是从石头里生出来的，斧钺耜耒镰锄是石头造的，锅碗盆臼，房舍库室是石头造的。石头是不会说话的神。所以她们从小信石、爱石，对石言语，给石烧香磕头，因而便得石为神了。女娇想大禹整天风里来雨里去，在家无论如何安心不下心来，她决定到大禹治水的地方，跟在他身边，给他烧水送饭，做点小事也算是为治水出了点力。所以，她不管大禹同意不同意，借大禹回到辕山治水的机会，再也耐不住了，就徒步找到了辕辕山。

这一天，大禹正在和众人一起凿山石，众人有的用铁锤铜斧斫砸，吆喝之声震山应谷。大禹也在帮忙。这时见到女娇送饭送水来，他吃了一惊，心里很不安地对她说："赶紧离开这里，危险！""不嘛！""走开！你有孕在身，不能呆在这里！"口气十分严厉。女娇无法，这才悻悻离开，还回头说了一句："我走了！你当心一点！"大禹对妻子叫道："以后送饭送水，听到我的鼓声才能送来！"涂氏女转身点头离开了。大禹见妻子走远了，为帮助人们凿山，给大家出一分力，就跑到凿山口的对面，变成一头黑熊帮助穿山拱石。不想这个动作恰恰被眼尖的女娇一回头看见了，她大叫一声："妈呀！他原来是一头熊呀！"说罢，她自己为回避大禹追来的目光，一下由白狐变成了一块石头。大禹转身不见女娇，追来一看，出现在眼前的是一块石头，也大声叫着："还我儿子呀！"

那石头闻声，朝北裂开了一个口子，一个婴儿呱呱坠地——他就是夏朝开国的第一个国王夏启。

这事《汉书·武帝本纪》《绎史》《史记·夏本纪》里都有记载。大禹自己说："予辛壬娶涂山，癸甲生启。予不子，故能成水土功。"

（十一）二龙负舟

大禹动员诸侯庶众一起治水，十三年大见成效，被舜禅位成王。三年丧毕，都于阳城。即位之年即颁夏时历法于邦国，五年巡狩。南巡时，乘木船过长江，舟人发现有二龙负舟，都吓得不得了，大禹一点也不怕，笑着说："我受命于天，屈力以养人，生牲也，死命也，怕啥？还怕一条龙？"许多人不明白他为啥不怕，再说他向二龙挥了挥手，二龙就明白他因乘船用不着乘龙了，所以二龙就悄悄地离开了。大禹在风平浪静中渡过了长江。八年聚会诸侯于会稽。《地理志》记载禹合诸侯于涂山，执玉帛者万国。又记仲尼曰："丘闻之，昔禹致群神于会稽之山，防风氏后至，禹杀之，其骨节专车，此为大也。"节专车，说的是他的骨节很大，车子都装不下。"此为大也"是在回答别人的问询时说的。这事《山海经》里有记载："贯胸国在其东，其为人胸有窍。"窍为孔，胸上有一个大洞。这个孔是怎么来的呢？据说是大禹治水会稽召见天下诸神，吴越山神防风氏后到，禹就把他杀了。后来洪水平了，禹坐龙车巡游海外诸国，经南方，见到防风神后裔，他们大怒，朝禹怒射。这时雷雨大作，二龙驾车载禹而去。防风神知自己闯祸，便以刃自贯其胸而死。禹念其忠诚可嘉，便命人以不死草塞进胸前洞里，使其复生。复生之后，胸前胸后便留下了一个洞。他的后人便在这个洞里穿了一根杠子可以抬着他走路。这就是贯胸国的来历。

（十二）禹访伯成子高

大禹访伯成子高的事发生在他称王之后。故事讲的是大禹想尧治天下时，将伯成子高立为诸侯,舜即位后,伯成子高也是诸侯。禹即位后伯成子高却不愿意当诸侯,而回到家去当农民,亲身耕作。大禹不明白是什么道理,就去拜访他。大禹到伯成子高庄子上,听说他正在地里耕田,就跑过去站在田边下风口处打招呼:"喂,老兄,停一停,我想跟你说几句话。"他睬也不睬。于是大禹问道:"从前尧治天下,你愿立为诸侯,尧授舜王位,舜授我王位,你就辞去诸侯,回家耕田,是什么道理?是我哪里得罪你了么?"

伯成子高回答说:"昔尧治天下,不赏而民劝,不罚而民畏。今子赏罚而民且不仁,德自此衰,刑自此立,后世之乱自此始矣!你快走吧!不要妨碍我耕田!"说完,他不理不睬地埋头干他的事,看也不看大禹一眼。

这件事,也许与大禹在会稽之盟时,杀了防风氏有关。当时,天下诸侯都到了,防风氏迟到了一会,就被大禹杀了,而防风氏也是神族。也许伯成子高对类似事件大为不满,而辞去诸侯。禹也清楚,故而连连躬身拜访,结果依旧辞不为侯。夏朝的厉政与此不无关系。

(十三)大禹铸鼎

大禹完成治水,成就帝业,做的最后一件事就是铸鼎。这事《左传·宣公三年》有记载。说的是夏禹治国有方,远方的国家送来了许多贡品,都画图列出清

单，所以大禹要他们献金铸成雌雄宝鼎，把他们的山川奇异之物的形象都铸在鼎上，使老百姓知道山泽和精怪，了解吉凶，再也不会害怕了。故而宝鼎成为镇国之宝。《史记》多处提到禹铸之九鼎。后人反复追述。这鼎之所以成为宝贝，是因为它很神，能预见吉凶。据说夏桀时，夏将亡，鼎里装上水会沸腾，周末时周将亡，九鼎会震动。鼎从夏传至商传至周，六国时流到秦国，鼎丢失，后来有人在洪泽湖里捞到了一只鼎，也弄丢了。

（十四）禹功神助

　　大禹在治水过程中多次碰到困难，都是由于神的帮助而得以解决。首先，在治水之策上，就多次遇神授策。如在孟门，他走进了一个黑岩洞，遇伏羲神授以黑玉书，指明治水之策。在治长江三峡时，巫山峡崩塌，遇巫山神女云华夫人指点。南巡狩会万国诸侯于会稽山时防风氏后至被禹杀死，其后人欲报仇，见禹正欲射之，忽遇天神帮忙，雷雨大作，让禹逃过一劫。这一切都是因天神帮助成功的。

　　其次，大禹在治水过程中，碰见过许多水中神怪，也是由神出面才解决的。例如经过临洮时，见洮河里有一长人，身体长5丈，足6尺。秦始皇二十六年有长狄十二见于临洮，长5丈，以为祥物，便铸金人十二以象之，各重24万金，坐于宫门之前，秦宰相李斯还为此题字。春秋时，三门峡地区属虢国管辖。虢国分为三虢。东城虢是上阳为虢仲所都。这里北临黄河，因三门峡所阻，黄河水经过这里流不出去，常常悬水百余仞，临之者无不惊悚。这里因水流不出去，在虢邑西北边形成一个大湖，当地人称为马沟。这里据说有个水怪住在水里，它一来就会引起巨浪数十丈高，父老们称之为翁仲。又说这里曾有一个石虎浮进水里也成了水怪。那翁仲在水里常常把头发丝露在水面上，水涨则涨，水减则减，始终与水齐平。有时还会发出嗟嗟嗟的声音，几里之外都能听见。

　　在砥柱下有神怪鼋。《搜神记》记载齐景公时过黄河，到砥柱时他的马一下被鼋衔走了。大家都怕得不得了。幸好这时候古冶子走来，他拔出神剑追至砥柱下，那鼋才松了口放了那匹白马。古冶子左手执鼋头，右手挟那匹左骖马鹄踊燕跃而出，仰天大呼，黄水倒流300步，看的人惊呆了，还以为是河伯呢。类似水怪，大禹遇见不少。传说他在治淮时就遇到过无支祁作怪。《古岳渎经》说，禹治洪水三上桐柏山，忽遇惊风迅雷，石号木鸣。虽五霸拥川，天老肃兵也不能止。禹怒，召集百神来治理。夔龙受命不能治，后来桐柏君长请命，禹因囚鸿（冢）蒙氏、章商氏、兜卢氏、犁娄氏，擒获了淮涡水神无支祁。

　　这些水怪虽然给大禹治水带来了不少麻烦，由于他是人神结合的王侯，又有天神帮助，所以一个一个困难都被克服了。

八十、杜宇导江

[东晋]常璩撰《华阳国志》卷第三蜀志说:"蜀之为国,肇于人皇,与巴同囿。至黄帝,为其子昌意娶蜀山氏之女,生子高阳,是为帝喾(按:误。高阳为颛顼,帝喾为高辛)封其支庶于蜀,世为侯伯。"又说"周失纲纪,蜀先称王,有蜀侯蚕丛,其目纵,始称王。……次王曰柏灌,次王曰鱼凫。王田于湔山,忽得仙道,蜀人思之,为立祠。后有王曰杜宇[1],教民务农,一号杜主。时朱提有梁氏女利游江源,宇悦之,纳以为妃。移至郫邑,或治瞿上。七国称王,杜宇称帝,号曰望帝"。其时"有水灾,其相开明,决玉垒山以除水害,帝遂委以政事,法尧舜禅授之义,遂禅位于开明[2]。帝升西山隐焉"。这是一个颂扬杜宇为治水治蜀而法尧舜禅位于开明王的故事,十分优美。

注

[1]杜宇:传说是宜宾那地方,从天上掉下来的一个神人,后来移居郫县,并在那里与一个从水里冒出来的美女结为夫妇。他本为侯伯,因周失纲纪而称王。在他之前的王已有蚕丛、柏灌、鱼凫等称王。蚕丛纵目人,三星堆有纵目人像,形状与烛龙相似。它们之间或有继承关系。但那时纵目人主要在川西一带游牧。至杜宇,始教民务农。因而蜀中百姓拥护他称帝。实际上他是第八代王。从开明开始是第九代王。

[2]开明为杜宇的宰相,巴人。因治玉垒山有功而提升为相。又因导长江治水有功,而获禅让帝位。

故事所记事实发生在春秋末七国称王时,杜宇称帝事发生在成都平原地区。由于巫山崩塌,加上江、潜、绵、洛泛滥,成都平原沦为水池。当时的人民只好"以坟山为畜牧"。为解决这一水患,大力发展农业,所以杜宇禅位于贤人开明王,自己隐于西山。时值二月,子鹃鸟鸣,劝民务农。人称布谷鸟。

开明王自云梦地区迁徙成都,被杜宇委以重任。当时蜀国拥有褒汉之地,蜀王决玉垒,通巫峡,一代又一代治理成都。移山填海,通江决垒,建制成都,用尽心力，九世不缀。到秦惠王时，受到了惠王的嘉奖。惠王送给蜀王一箱金子，以表彰开明世代的功绩。蜀王也回报惠王一箱珍宝。当惠王打开箱子一看，立刻火冒三丈。为啥？这一箱东西不是珍宝玩物，而是蜀中泥土。群臣见状一齐拱手恭贺。惠王不解，群臣道："恭贺我王将得蜀土。"惠王大喜，转脸吩咐下人作石牛五头相赠。那石牛朝泻金其后，人们称之为"牛便金"。蜀人很高兴，派五丁迎石牛立于江边，又派兵百余看守，石牛遂不便金。周慎王五年秋，秦大夫张仪、司马错、都尉墨等从石牛道伐蜀。蜀王于葭萌拒之，败绩，王遁走，至武阳，为秦所杀。开明氏遂亡。历十二世。

八十一、鳖令浮尸西蜀

《水经注》记载来敏《本蜀论》上的一个故事说:"荆人鳖令死,其尸随水上,荆人求之不得。令至岷山下复生,起见望帝。望帝者,杜宇也,从天下。女子朱利,自江源出,为宇妻。遂王于蜀,号曰望帝。望帝立以为相。时巫山峡(崩)而蜀水不流,帝使令凿巫峡通水,蜀得陆处。望帝自以德不若,遂以国禅,号曰开明。"

故事说的是在荆楚与巴国交界的地方,有一个以鳖为图腾古老的小国叫鳖国(以鳖为图腾)。这个国家的首领死了,他的尸首因江水被堵,水倒灌,随水逆漂流到岷江上游去了。鳖国人到处找他的尸首找不到。这尸首到哪儿去了呢?原来逆流到岷山脚下去了。那时候成都平原不是陆地,而是被倒灌的水注成了一个大泽。蜀国之主杜宇很想把这片土地变成良田,他心里很明白要想开垦这片土地,唯一的办法就是凿通三峡,让蜀水流出去。他想达到这一目的,不仅自己住在玉垒山下,而且亲自开凿玉垒山,而且十分希望有一个人像大禹一样协助他治水。正在这时,有人报告说有一个人要找他。那人正是鳖国首领。杜宇见到他之后,听他说明是来帮助治水的。望帝很高兴,就让他领着人马凿玉垒山,使玉垒山水顺岷江直流。望帝杜宇见他很能干,又让他做了宰相。做了宰相后,杜宇又令他带领人马去凿通三峡中因山体滑坡崩塌的巫峡。这一带正是他的家乡,他十分熟悉。于是他又带着一帮人马去开通三峡。经过数年的努力,巫峡开通了,使成都平原的水能流出去了。积水流走了,水泽成了陆地,望帝的愿望实现了。他便教人民在这片土地种稻种粮、种花种树,从而造就了一个人人称道的沃野千里的"天府之国"。望帝自以为德不如人,便以尧舜为榜样,禅让帝位于这位治水能人。这位能人就是蜀中贤君开明王。

开明上任后的第一件事是治滩。据《水经注》记载,长江三峡至岷江一段江河险滩极多。比较有名的如成湍滩、文阳滩、桐柱滩、虎须滩、和滩、博阳磐石、虎臂滩、瞿巫滩、破石滩、瞿塘滩、黄龛滩、新崩滩、流头滩、狼尾滩、人滩、黄牛滩等,未见记载的如虾子滩之类还有不少。所以民间长期流传着《二十四个望娘滩》的故事。这些石滩有的是地震形成的,有的是山石崩塌形成的，有的是本来就有的，造成了冬不能行船，夏不能灌溉，葬身于险滩的官首要人难以尽数。因此治理险滩就成开明王的主要任务与功绩。

四川民间有一个非常流行的故事，叫《二十四个望娘滩》。故事讲的是在川西地区的山沟沟里有一户人家，母亲是瞎子，儿子十四五岁。母子二人，只靠儿子给人放牛割草为生。一天，这孩子在岩边割青草时，见这儿的青草头天割了，第二天又长出来，长得非常茂盛，后来发现草窝底下有一颗黑色的珠子，就拿回家放在柜子里藏起来。从此家里要米有米，要肉有肉。这事被财主知道后，派人前来讨要，孩子把珠子含在嘴里不肯给，来人要扒他的嘴，被他一下吞到肚子里了，顷刻就变成了一条龙。因他姓聂，人们叫他聂龙，他母亲为保护儿子与财主拼命了。儿子变龙离开了母亲，他回一次头，喊一声娘，成了一个滩，回头24次，喊了24声娘，变成了24个望娘滩。

这个故事说明长江中上游的水患灾害是由许多次山崩地塌造成的。由于这个原因使成都平原难以种庄稼。杜宇开明王开始在川西治水才使成都平原变成了陆海。

杜宇以治水为理想，希望找到比他能干的治水之人。正在这时，巴国巫溪地区的鳖国人前来应召。鳖国人十分能干，杜宇为考察他的能力，叫他带人凿通玉垒山，他很快干好了。杜宇十分满意，命他为相。继而杜宇又命他通巫峡，他也干得很好，便禅让帝位于他，让他做了蜀王。他就是著名的开明王。开明王即位后，继续治理三峡的险滩，一代又一代前后十二代人治水不断，直到李冰父子治水，蜀人治水都一直走在全国的前列。

人们知道有愚公移山，有大禹治水，却不知道有开明王十二代人治水。"天府之国"之所以能成为天府，是和开明王分不开的。没有开明王，就不会有成都。开明王是成都人最不能忘记的人。

第一，鳖国人自愿去蜀国，帮蜀人治水，犹如现代的"志愿者"一样，这在古代也是少见的。鳖国位于巴国与楚国交界的巫山地区，即荆楚之地。古时亦属于巴国。他们知道因山石新崩影响上游人民生活，便去帮助他们治水，这是千古佳话，十分难得。

第二，开明王是以鳖为图腾的人王神。能起死回生。在上古社会的神图腾信仰中，相信死而复活的例子很多。他们相信人死而灵魂不灭，故而可以转世，可以复活。他们认为这是一个普遍的规律。太阳升起来—落下去—又升起来，造成白天—黑夜—白天；月亮初生—上弦月—满月—下弦月—晦月（死霸）循环往复；人也一样。"有鱼偏枯，名曰鱼妇，颛顼死即复苏"（《山海经·大荒西经》）鲧治水无功，被殁，投入羽渊，化为熊（龙）。以吴刀剖腹，得子禹。禹亦同样，可以由人变成熊"凿山"，再由熊变成人。所以，鳖令的复活，是这一观念的延续。

第三，正是在这一观念的支配下，产生了杜宇禅让的事，其事犹如尧舜的再生。春秋战国时期的周朝天下，是一个什么样子呢？他们完全丢弃尧舜治世的原则，遭致天下大乱。仅《春秋》经记载的重大的弑君事件在243年中就有29起之多，大小战争340多起，重大的水灾事件9起，夺田、殴斗、丘赋勒索不计其数，而杜宇称帝的作为与此完全相反，他竭尽全力治水，教民务农，传帝位于贤人，故而称其功如尧舜在世，其德与日月同辉。但这一庄重的颂歌，恰恰是由一个鳖令死而复活的故事传达的。此故事虽小，其内涵至深，令人玄想。

八十二、李冰治水[1]

　　李冰是中国历史上又一位治水英雄，他和夏禹、开明王一样，永远值得人们歌颂。

　　周灭后，秦孝文王以李冰为蜀守。冰能知天文、地理，谓汶山为天彭门；乃至湔氐县，见两山相对如阙，因号天彭阙[2]。仿佛若见神，遂从水上立祀三所，祭用三牲，珪璧沉濆[3]。汉兴，数使使者祭之。

　　冰乃壅江作堋[4]，穿郫江、检江，别支流双过郡下，以行舟船。岷山多梓、柏、木竹，颓随水流[5]，坐致材木，功省用饶[6]。又溉灌三郡，开稻田。于是蜀地沃野千里，号为"陆海"。旱则引水浸润，雨则杜塞水门，故记曰："水旱从人，不知饥馑，时无荒年，天下谓之'天府'也。"外作石犀五头以压水精；穿石犀溪于江南，命曰犀牛里。后转置犀牛二头：一在府市市桥门，今所谓"石牛门"是也；一在渊中。乃自湔堰上分穿羊摩江，灌江西。于玉女房下白沙邮作三石人，立三水中。与江神要[7]：水竭不至足，盛不没肩。时青衣有沫水[8]，从蒙山下，伏行地行，会江南安，触山胁溷崖[9]，水流湍急，破触礁船，历代患之。冰发卒凿平溷崖，通正水道。或曰：冰[10]凿崖时，水神怒，冰乃操刀入水中与神斗，迄今蒙福。

注

　　[1][东晋]常璩撰，薛雅玲整理，《华阳国志》，山东画报社，第26—27页。

　　[2]湔氐（jiāndī）：山名，湔山下的一条河。湔山又名玉垒。氐，古氏族名，星宿名。彭阙：彭山两山对出如阙，视为天门。

　　[3]沉濆（pēn）：水名，将珪璧沉到水里祭祀水神。

　　[4]堋（péng）：分水的堤坝。

　　[5]颓随水流：指梓、柏、竹等毁坏后无人管，随水漂流。

　　[6]功省用饶：利用富饶的自然资源，省工省力。

　　[7]与江神要：与江神要约，约定。

[8]青衣有沫水：青衣那地方有一水名沫水，从蒙山流出，至南安与岷江会合。

[9]湣(hùn)崖：都江堰的山崖名。

[10]冰：李冰。周慎王五年秋，秦惠王遣张仪、司马错、墨等灭蜀，开明氏蜀王十二世亡，周赧王三十年置蜀守。周灭蜀，秦孝文王命李冰为太守。

李冰治水是一个真实的故事。秦孝王命李冰为蜀守，李冰上任后的第一件事就是治水，筑都江堰。这是一个造福万代的伟大水利工程。李冰接任太守前有杜宇、开明变成都水泽为"陆海"之功，又有得沃野千里之利，那么为什么李冰还要没完没了地治水呢？这话得回头说起：汶川至都江堰那一带自古就多地震，每一次地震都会造成山崩地陷形成许多堰塞湖。望帝凿玉垒打通的正是因地震造成的堰塞湖，后来又凿通了巫山峡的山崩造成的险阻，使成都平原从水泽变成了陆地，变成了沃野千里的良田，种上了庄稼。但反过来说，由于坝子里没有水，一遇天旱，虽有沃野，也不保丰收。这正是李冰就任蜀守后的第一任务：兴修水利工程。所以，他上任后相继疏通了郫江、检江、雍江、井江，又导洛通山，引绵入洛，穿湔江，灌良田1 700余顷，成就了名垂千古至今仍在享用的都江堰工程。

川西平原的西边有一座山叫文山，那山就是天上的天彭门。李冰被秦孝公任命为太守后，先到湔氐县视察，见这里两山对峙，有如天上宫阙的两扇门，在云雾飘渺中若隐若现，宛如天阙展现在眼前。所以人们叫它天彭阙。李冰便在湔水之上立了3个祭坛，以牛、羊、猪三牲祭祀天神，又将宝玉、珪璧等宝物经过隆重仪式后沉到江底，祭祀河神。

继而他又反复视察了雍江、郫江、检江，决定实施一项伟大的治水计划：在岷江上筑坝分流，既通水，又灌良田，保证丰收。但治水工程并不顺利，难以想象的困难接踵而至。首先是水神不答应，不断传来施工期有人员伤亡的消息，说是在这里施工得罪了水神。因此，人们不敢大胆工作，怕惹祸上身。为镇压水精，李冰找人造了五头石犀牛，一头放在市桥门口，即石牛门，一头放在湔堰上，分掌羊摩江和灌江口。后来又在下白沙那地方放了3个石人，以帮助镇压水精，以解除施工者心腹心忧。

水神有些吃不消，与李冰谈判，要求李冰不要把水族都灭了。李冰提出的条件是：这条河天旱水少时，不能少于把脚也淹不住，水多时，不能多于淹没人的肩膀。李冰手里有一柄大禹治水时用的宝剑，寒光闪闪，直逼岷江水神的双眼，令他望而生畏，想不答应也不行。所以水神才勉强答应了。

但在开凿溷崖，作分流渠时，又碰到了困难。那溷崖是分流工程中的一个关键，施工难度大。要引水灌田，是非开不可，再难也得开通。一旦开通，就可以实现引江水灌溉千顷良田的梦想。而这里山坚水深流急，是水神的固守之地，一年之中不知有多少活人财货葬送与此。水神认为上次商谈，并未就此协商，这是神的命脉，不容让步。李冰再次操刀入水，与水神格斗，并在自己头上包了一条白丝帕，要朋友们认准那白丝帕，择机相助。在朋友们的帮助下，李冰终于把水神打败了。水神逃走了，但并不服气。

李冰有个儿子，排行老二，人称二郎神。这事《都江堰功臣小传》有记载："秦灭蜀，秦王命李冰为蜀郡守，二郎亦偕其父同至蜀。时蜀地多水患，二郎奉父命往寻洪水祸源，思有以治之。二郎跋山涉水，自秋徂冬，从冬及春，杳无消息。一日入山林，遇猛虎，二郎射虎死，方割取虎头，七猎人出。二郎举虎头示之，七人咸惊。乃求共往侦水患，二郎允之。遂同至灌县城边小河，闻茅屋内有哭声，观之，乃老妪哀其孙将往祭水孽龙者。二郎遂与七人同往白父。李冰授以擒孽龙之法，众人依计而行。至祭日，二郎持三尖二刃刀，与七友同入江神庙，伏神座后。顷之，孽龙随风雨入庙攫祭物。二郎率七友遽出，齐战孽龙，龙不支，窜出庙。四山锣鼓喧天，人声如潮。龙惧入水，二郎与七友亦俱入水与龙斗，龙上岸，亦俱上岸，遂擒孽龙。但孽龙还是逃走了。他们追到新津县童子堰，再次把孽龙擒住。那老妪十分感动送了一副铁链来，二郎即以此链将孽龙锁了，系之于伏龙观石柱下水深潭中，后遂无水患。"[1]

李冰在儿子的襄助下，经过数年的努力，不仅战胜了水神，开通了溷崖，修成了都江堰灌溉水利工程，而且还疏通了郫江、检江等多条河流，实现了天府良田旱涝保丰收的梦想。

李冰治水的故事，常璩的《华阳国志》叙述得很清楚，很有魅力。他把现实的治水工程和神话传说联成了一体，将现实历史与上古传说融为一体，将治水与治世合为一道，给人以生动、形象、博大、难忘的印象。

首先，他将治水故事放在一个特殊的背景上，将李冰治水与夏禹父子治水进行暗喻性类比，以突出其不朽的历史意义。常璩在《华阳国志》卷一巴志中说："昔在唐尧，洪水滔天，鲧功无成，圣禹嗣兴，导江疏河，封殖天下，因古九囿以置九州，蜀国是九囿之一。"《洛书》说："人皇始出，继地皇之后，兄弟九人分理九州，为九囿。""华阳之壤，梁岷之域，是其一囿，囿中之国，则巴蜀矣。"在这种深厚的背景下，鲧治水无功，心尤不死，变成鳖令，浮尸沿江而上，找到了杜宇成了他的宰相，帮他劈玉垒，很有成就，杜宇遂仿尧舜，禅位于他，相传十二世，至李冰。作者轻松将笔一颠，把李冰推到大禹的地位。

其次，写李冰治水，文中具体地谈如何治理少，而写在治水过程中与水神斗争却用了不少笔墨。一个功盖千秋、造福万代的伟大工程，在讲述神话中完成了。工程是现实的，不是神话。工程令人震惊，神话令人喜悦。但我们却在神话讲述中仿佛看到了一个活生生的鲧禹站在人们面前。故事讲的是神话，表现的是人事——一个不朽的现世英雄。

再次，李冰治水并不是只是凿穿一个溷崖，让江水分流，引水灌溉良田，而是颂扬李冰终其一生完成的一个系统的治水工程。他先后穿湔江、郫江、检江、雍江、通井江、导洛水、绵水、齐水，直至三峡，完成的是一个完整的水系治理工程，惠及巴蜀大地，成为中华民族治水史上的一面旗帜。

注

[1]见《中国神话传说辞典》，这事《灌志文征·李冰父子治水记》《蜀中名胜记》《朱子语类》《广元县志》等均有记载。

第八章
中国的星空神话

中国的星空神话起始很早，如青龙白虎之类在6000年之前就有了。二十八宿体系形成后，占星术流行，春秋战国时期迷信于星宿对应。以此判断是否对本地区有利。并以斗转星移，昏旦现于南中天的星斗为指示星。例如地上的东夷西羌南蛮北狄，在天上是黄道带以东为苍龙，以西为白虎，以南为朱雀，以北为玄武。四象所辖天区的星辰对应地上的相应地区。在时间上，以星辰定月次，行十二月次。如正月看毕昴，二月觜宿，三月井宿，四月柳张，五月轸宿，六月角宿亢宿，七月房宿，八月箕宿，九月牛女（牛郎织女），十月虚危（玄武），十一月室壁，十二月奎娄，银河六津。并按十二星次排定月次。每月的星宿都是神，与地上的一个或几个古国照应，以该国名为星名。错乱或侵犯即为不祥。这样的照应特点在希腊等神话中少见。所以我们应明了这一背景，理解星空神话。

八十三、美丽的星空

八十四、中国的第一天帝——喾

八十五、中国的五行天帝

八十六、中国的玉皇大帝

八十七、羲和之国的传说

八十八、嫦娥奔月

八十九、太白金星与皇娥

九十、东方少昊

九十一、春神句芒

九十二、夏神祝融

九十三、秋神蓐收

九十四、冬神玄冥·归墟·禺强

九十五、牛郎织女的传说

九十六、造父、王良御天车

九十七、实沈与阏伯

九十八、尧女令仪狄作酒

九十九、从甲骨里拣回的古王朝

一百、狼妻

一百〇一、拓跋氏的传说

一百〇二、北周的传说

八十三、美丽的星空

久居繁华的都市，只见霓虹闪烁，酒肆喧嚣，银屏佳人，难觅儿时心中最神秘的星斗。迷人的星空被现代的浮云无情地吞噬了。80多年过去了，我仍记得夏日的黄昏时在田间数星星的情景。几个朋友坐在稻田边缺口流水处，一边洗脚聊天，一边凝望着那缀满星星的夜空，交流着各自知道的故事。

有的说天上和人间一样，有皇宫。那皇宫全是由星星造成的，外面的星星宫墙叫紫微垣，里面的星星宫殿叫紫薇宫。紫薇宫门口有两个四星大将五星大将把门。皇宫的最里面最高处是北斗星。天帝站在斗车里，注目远视，巡游四方。那就是天帝，天下最明亮的星星。车子由四条龙马拉着，由天神王良、造父挥着鞭子在天上奔跑。

有的说，紫微宫外面有一条阁道，直通银河边上。银河是天上的一条最美丽的河流。有人叫它天河，有人叫它银河，有人叫它汉河。古人说地上的黄河长江与天上的银河都是相通的。有人划着竹筏从地上的汉水到达天上的银河。银河有多大，没有人知道，科学家们说银河很大，光银盘就有10万光年，银河的银核直径有1万光年，厚度1万光年，银河有1 200亿颗恒星。你看有这么多星星一块发光，夜空有多光华呀！

银河在人民的心里就是天上的河，那儿有6座大桥，古人叫它关梁，一个叫天江，一个叫斗建，一个叫河鼓，一个叫天津，一个叫王良，一个叫河戍。天津是天河的渡口，不是广告上讲的：天天乐道，津津有味。古代许多美丽的神话就发生在这里。据说王母娘娘头上有一根银簪，她用银簪往银河上一划，一座桥就出来啦，她用银簪一划，银河桥就消失了。牛郎织女"七夕相会"就是王母娘娘用银针在天河上划了一划才有的。太白金星与皇娥划着竹筏在银河上谈情说爱，才生下了东夷君主少昊的。

也有人说，星空中还有三垣二十八宿。除上述紫微垣是皇宫外，还有天帝办公的地方，那里叫太微垣，天帝和家人买卖东西和休息娱乐的地方，叫天市垣，天市垣就像人间的集市一样，那儿茶楼酒肆样样都有。天帝与嫔妃们常来这里逛街，看热闹，吃小吃，观风情，这些就是想象中的天上人间。

八十四、中国的第一天帝——喾

中国古代有好几个天帝，不同的历史阶段有不同的天帝。商周之前，图腾信仰流行，敬帝喾为天帝。战国时，五行学术流行，敬五行为天帝——五方天帝。唐宋以后，佛教流行，又敬玉皇大帝为天帝。这些天帝各有特点，因宗教哲学不同而各不相同。

殷商之前，虽也有提到天帝，但都比较抽象，诸如"帝之下都""帝之密都"，帝派某神住某山某地之类。那时的天帝观念比较模糊，大多是现实人生的模拟，缺少神的个性与夸张，更少法力，但在帝喾以后的天帝就不同了。

传说帝喾是鸷、契、弃、尧的父亲，是殷人、周人、秦人的祖先，也是中国最早的天帝。作为人王的帝喾，大约在距今5 000—4 200年。

据《帝王世纪》说："帝喾高辛氏，姬性也。其母（姓字）不见，生而神异，自言其名曰'夋'，骈齿有圣德，能顺三辰。年十五而佐颛顼，三十登帝位，都西亳（河南偃师），以木承水，以五行名官。故以句芒为木正，祝融为火正，蓐收为金正，玄冥为水正，后土为土正。他以五行之官分职而治诸侯，于是化被天下，遂作乐六茎以康帝位。在位七十五年，年百五岁而崩。死葬东郡顿丘（河南濮阳）广阳里。"

《史记》说："帝喾高辛者，黄帝之曾孙也。高辛父曰蟜极，蟜极父曰玄嚣，玄嚣父曰黄帝。自玄嚣与蟜极岁不得在位。至高辛，即帝位。"说是高辛是颛顼的族子。从黄帝到高辛，至少相隔了六七百年，把他说成是黄帝的曾孙，欠妥。高辛有四个妃子。元妃是有邰氏之女，名字叫姜嫄。她生了个儿子叫后稷，是周人的祖先。次妃是有娀氏女，叫简狄，据说她吞了个鸟蛋，怀了孕，生了儿子叫契，他是殷人的祖先。第三个妃子是陈丰氏之女，名庆都，生了个儿子名放勋，即尧。第四个妃子是娵訾氏女，名常仪，生了个儿子名挚。传说中她还生了10个太阳、12个月亮。帝喾还有2个女儿，8个有才气的儿子，世称八元。他们都十分了得。后稷是周人的祖先，契是商、秦人的祖先，帝尧是一代明君，常仪的儿子挚为帝时对东夷十日人比较仁慈，被尧废掉了。常仪以制日历月历成名，被敬为日母月母神。女儿有几个不清楚，只知一个是犬戎之祖，一个嫁与鲧生禹。

西方天帝宙斯奸淫妇女，恶习成性。帝喾仁厚，规矩，爱民，没这方面的问题，受人人敬重。

周人的祖先后稷，是他母亲做少女时踏巨人的脚印有感而怀孕生下来的。一生下来，哭声很大，到处都能听见。帝喾听女巫说这孩子声音太大，长大了会身高过门楣，不祥。帝喾听说不祥就叫人拿出去扔掉。可是总扔不掉。开始扔到森林里，野兽不食，牛马不踩，又拣了回来；后来又扔到田边地头，被农民拣到送了回来；再后来扔到寒冰上，被鸟儿们用翅膀覆着也没冻死。人们这才发现这孩子是神，命大，不该死，便报告给帝喾，帝喾这才同意抱回来抚养，就给他取了个扔不掉的名字——弃。弃长大成人一门心思种庄稼，得名为稷，被敬为农神。

帝喾的另一个妃子叫陈丰氏。有一天她出去玩，观于三河，遇见赤龙从河上飞过，因而有孕，后来就生了个儿子，取名放勋，即尧。据说尧出生之时那赤龙又来了，送来了一卷图，说此儿眉有八采，身长10尺。果然如图所说，尧一生下来就眉有八采，非同一般，15岁成了诸侯，20岁即身长10尺，常做梦登上帝位，后来真的如文所说"其仁如天，其知如神"，成了陈丰氏最大的骄傲与荣誉。

帝喾的另一个妃子有娀氏也生了个儿子名契，他帮尧治水，功高盖世。他就是商人的祖先。据说他与普通人不同。普通人是胎生的，他是卵生的。他妈妈叫有娀氏，有一天她在广野的水塘里洗澡，一只燕子从头上飞过，生了个鸟蛋下来，有娀氏就拣起来吞进肚里，后来就怀孕，生下了个儿子，他就是商人的祖先契。

帝喾的另一个妻子叫常仪，她生了个儿子叫挚。挚曾称帝九年，因对东夷手软而被尧废。常仪生了10个太阳、12个月亮。他们在东夷地区形成了很大的势力。帝挚当政后出于他们都是一个娘生的，碍于兄弟情谊，即使生气，也不肯刀兵相见，因而引起了尧的不满，所以帝挚被尧废了，尧自己登上了大位。

帝喾的儿子是神的不只这几个，传说他有两个儿子，一个叫伯阏（阏伯），一个叫实沈，他们俩兄弟总是弄不到一起，经常干仗，帝喾没办法，只好把他们分开来。让他们一个到东边的商丘建个观象台，叫阏伯台，让他在那里观测大火星；一个到西边山西襄汾他母亲的老家那里建了观象台，即邰台，从13根柱子的缝隙里观测太阳，十三山西话叫实沈。此外，帝喾还有8个儿子，他们个个才艺过人，发明了音乐、舞蹈、美术、乐器，尽都是才艺过人的神奇人物。据《搜神记》记载，高辛氏有老妇人，居于王宫，得耳疾，医为挑治，出顶虫大如茧。妇人置于瓠蓠，覆之以盘，俄顷化为犬，因名"盘瓠"。时戎吴强盛，数侵边境。乃募天下有能得戎吴将军首者，赐金千金，封邑万户，又赐以少女。后盘瓠衔得一头，将造王阙，王诊视之，即是戎吴。少女闻之，启曰："盘瓠为国除害，此

第八章　中国的星空神话

261

天命使然，不可以女子而负明约于天下。"从之。盘瓠将女上南山，入谷，止于石室之中，盖经三年，产六男六女，自相配偶，后母归，以语王，王遣使迎诸男女，衣服褊裢，言语侏离（西夷乐），饮食蹲踞，好山恶都。王顺其意，赐以名山广泽，号曰蛮夷。故世称"赤髀横裙，盘瓠子孙"。

　　《玄中记》也记载说："高辛氏犬戎为乱，帝曰：'有讨之者，妻以美女，封三百户'，帝之狗曰盘瓠，去三月而杀犬戎，以其首来，帝以女妻之，浮之会稽东海中，得地三百里封之。生男为犬，女为美人，是为犬封氏。"从这个记载看，这个故事实际上是一则犬封氏的族源神话，说明南方的少数民族是帝喾的后代。

　　从上述几则记载，可见帝喾子女均为神，都是图腾神钻进娘肚子里以后所生的。帝喾一家与宙斯一家很相近，都是天神。但帝喾成为天帝比宙斯要早。帝喾一家延续了唐尧虞舜夏商周5个朝代，这5个朝代大多称帝喾为天帝。所以说帝喾是中国最早的天帝，也是世界最早的天帝。

八十五、中国的五行天帝

东方的五行天帝指木德天帝太昊伏羲，其色青，管春天，主万物生长，是春天的太阳神。他是雷雨之神，掌二十八宿的青龙七宿：角、亢、氐、房、心、尾、箕，任务是保证风调雨顺，促进农业生产，以利人民生活。特别是其中的心宿是东方人进行农业生产的指示星。人们都知道二月二龙抬头就要种庄稼了。正如明代思想家顾炎武所说，古代民众认识星座、关心星座很普遍，已成一种风俗，他在《日知录》写道："三代以上，人人皆知天文：七月流火，农夫之辞也；三星在户，妇人之语也；月离于毕，戍卒之作也；龙尾伏辰，儿童之谣也。""龙尾伏辰"指的就是东方青龙七宿中的尾宿所预伏的辰星，即大火星的来临。

南方的五行天帝是火德天帝炎帝。他主管的是夏天的万物生长，被称为夏天的太阳神。他掌管着二十八宿中的南方朱雀七宿：井、鬼、柳、星、张、翼、轸。以保证日照充分，木禾实实，是南方各族人民种植生活的福星。每当翼宿与轸宿出现在南中天时，他就告诉人们夏天到来了。

少昊是西方天帝。五行色金，被称为金德天帝。他主管西方七宿，即白虎七宿：觜、参、毕、昴、胃、娄、奎。以确保秋天有个好收成。他时刻注视着南方的天空，每当天驷星房宿升起在南中天，他就告诉人们秋天到来了，要准备收获了。

颛顼是北方天帝，五行色黑，主水，被称为北方水德天帝。在二十八宿中，他主管北方玄武七宿：斗、牛、女、虚、危、室、壁。每当黄昏危宿天明时星宿现于南中天时，他就告诉人们冬天来了，天要冷了，赶快把粮食收藏好，准备过冬了。

中央天地主要管天宫的三垣和统管天下二十八宿。三垣中又主要是管北斗授时。黄帝坐在北斗车里，指挥北斗七星：天枢、天璇、天玑、天权、玉衡、开阳、摇光，环绕北极周天运行，斗柄指东为春天，指南为夏天，指西为秋天，指北为冬天。

从上述简略的叙述中，我们看到这样几个事实：四方五位的二十八宿，无一例外反映的都是星历授时。而这一授时方法为《夏小正》和《十二月纪》等历书所证实，证明夏商周三代，不论是官方、民间或科学家之间，都曾使用过。至少有 4 000 多年的历史了。如果追根溯源，可以追溯到濮阳西水坡 M45 那个时代，M45 墓中的天文四象图与上述四方五位相合，距今达 6 400 余年。这是十分令人震惊的。四方五位天帝神话反映的正是这段辉煌的历史现实。

中国的五方天帝的主要任务是管三垣二十八宿，准确报告春夏秋冬四个季节的来临，以便人民春种、夏管、秋收、冬藏，保证人间风调雨顺，获得农业丰收。与中国第一天帝帝喾一家或古希腊宙斯一家不同的是，中国的五方天帝只管授时，不管人间政事与纷争。

不仅如此，中国的四时五方天地都有一个佐神，东方天地的佐神为句龙，西方天帝的佐神为蓐收，南方天帝的佐神为祝融，北方天帝的佐神为玄冥，中央天地的佐神为后土。他们的主要任务也同样是协助天帝们管好三垣二十八宿，保证人间风调雨顺，获得丰收。

八十六、中国的玉皇大帝

帝喾时期的五行命官到战国时期发展成为五方天帝，唐宋时五方天帝凋谢演变为四海龙王。四海龙王指的是东海龙王敖广，南海龙王敖钦，西海龙王敖闰，北海龙王敖顺，他们都是天帝玉皇大帝管理人间的臣子，直接受玉皇大帝指挥。这是佛教在中国传播时兴起来的天神系统，这一天神系统取代的是五行天帝。五行天帝为道教信奉的天帝。

晋朝末年，《太上洞渊神咒经》里就有五方龙王为帝。东南方之地为青帝，南方之帝为赤帝，西方之地为白帝，北方之地为黑帝。其神形继承五行天帝的特点，摆脱了对图腾的依附，改为慈眉善目的白发仙人的样子，慈祥，可敬。

唐时继承了这一传统，改造成为四海龙王，从而将管理三垣二十八宿的五行天帝，改变成为完全虚拟的玉皇大帝与四海龙王，归属于佛教的信仰系统。这一系统无论如何也无法与西方佛祖抗衡，只能成为本土的佛教神灵而拜倒在西方佛祖脚下。

五行天帝有青龙、白虎、朱雀、玄武的图腾标志，四海龙王取消这些标识，实际上它是封建时代道释哲学借龙神的扩张而形成的新的宗教崇拜，与原始神话是全然不同的。

八十七、羲和之国的传说

传说东南海之外，有一个羲和之国。那里山清水秀，非常优美，有山谷，有甘泉，不冷不热，气候十分宜人。有个美貌的女子，名叫羲和，就住在那儿的甘渊边上。据说她是羲和氏族一个十分能干的女性，继承了母志，专门从事测定日出日入，区分白天黑夜，制定一年的四时八节，从此名扬天下。天神帝喾娶她为妻，她为帝喾生了10个儿子，都以日命名，他们也都继承了她的事业。到帝尧时，尧命羲氏、和氏历象明时，让老百姓明白一年之中什么时候该种，什么时候该收，什么时候该藏，所以羲和就成了管四时八节的天神。

羲和成为天神后，上帝仍命她掌管时辰。除了一年366天分出四时八节外，又为老百姓把一天一夜分成16个时辰。

太阳公公比较懒散，早上不肯早起，要由东方扶桑树上的金鸡（太阳精），有人叫它三足乌，伸长脖子"喔喔喔"地叫几遍才肯爬起来。金鸡一声叫，天下公鸡都应声打鸣。太阳公公嫌吵闹，睡不着，才慢慢爬起来。起床后，不肯走动，一定要金鸡等着，等他在温泉里洗把澡，然后由金鸡把它背到太阳车上。羲和是给太阳公公驾车的，她的太阳车早就停在那儿等着太阳公公了。太阳公公坐上车后，由羲和驾着车子从东方向西方在天上驰行。车子到一个地方，就是一个时辰。太阳公公天麻麻亮上车，到曲阿为天明，到曾泉是吃早饭的时候，到桑野是晏食，到衡阳是半上午，到昆吾是吃中饭的时候，到悲谷是哺时，到高舂时，天就要黑了，到虞泉为黄昏，到蒙谷为天黑。太阳车入崦嵫，经细柳，进虞泉之池，曙于蒙谷之浦，一天到晚周而复始，把经过的地方记下来就成了一天的16个时辰。

《世本》皇古姓氏部分未见有羲和的记载。这说明羲和是伏羲、女娲以后产生的氏族，至尧时才有此专职的天文官职。从故事中，我们可以看到：这是一则歌颂尧时历法的传说。

羲和本是古代中国东南海之外的羲和国的女子，是帝喾之妻常仪的族裔。传说她生十日，为日沐浴。有人说是指制定十月太阳历。或许这确与羲和制定十月太阳历有关。

到后来羲和是帝尧时代的专职历法官员，居东南西北四方，以敬授民时为己任。《尚书·尧典》记明：在尧时，羲和已成为羲仲、羲叔、和仲、和叔四个职位，是司职四方的天文官员，非一人，简称羲和；根据山西襄汾陶寺考古发掘证实，尧时确有以 13 根柱子测太阳制历明时的事实。

在"日乘车，驾六龙，羲和御之"的神话中，羲和是驾悬车御螭（龙）的太阳神。

由上述可知：尧舜时代的羲和已不是一个人，甚至不是一个时代的官职称谓，而是不同时代的羲和氏族的历法官员的简称。羲和到夏朝仲康时，因这个氏族的官员淫逸误时而被诛灭了，不过羲和这个专管天文的官职还保留着，一直到汉武帝时都有。

八十八、嫦娥奔月[1]

"羿[2]请无死之药于西王母,嫦娥窃之以奔月。将往,枚筮[3]之于有黄。有黄[4]占之曰:吉。翩翩归妹[5],独将西行。逢天晦芒[6],毋恐毋惊,后且大昌。"嫦娥遂托身于月,是为蟾蜍[7]。

注

[1] 这个故事原载于(晋)干宝《搜神记》第十四卷。
[2] 羿(yì):尧时射十日的英雄。
[3] 枚筮:占卜。
[4] 有黄:巫师名。
[5] 翩翩归妹:翩翩然,很轻快的样子。归妹,指女子的离开。影射嫦娥将离开。
[6] 晦芒:即昏暗晦暝。
[7] 蟾蜍(chán chú):癞蛤蟆,蛙类图腾神。

故事内容讲的是:羿向西王母求长生不老药,药被嫦娥偷吃了,飞到了天宫。她临走之前,去巫师有黄那里算了一卦,有黄对她解释说:"吉利,快活的妹子,你独将西行,遇到天色昏暗,不要害怕,别惊慌,以后会非常好的。"嫦娥于是带着一只玉兔飞上了月亮。那蟾蜍就成了月宫里的蛙神。

常仪相月引发的联想故事使人产生了诸多疑问:

其一,常仪是帝喾的妻子,帝鸷的母亲,也是尧的"小妈",羿是尧臣,常仪怎么会一下变成了羿的妻子呢?况且羿的妻子也是很美丽的洛神呀?于是有人编出了一段故事说后羿喜新厌旧,所以嫦娥很生气便偷吃了药飞上了月亮。这也不合情理。

其二,偷西王母的丹药,也不合情理。西王母居西北玉山。西王母国以琢玉闻名,故名为月亮之国,汉族译名为西王母国。他们和东方各国的关系不错,不说远的,仅从尧舜到大禹、夏朝、商朝、周朝的周穆王止,都有文献记载,他们每次前来朝拜，都要献玉山的美玉，没有见到有献丹药的记载。再说西王母并不是道家。在周穆王时，道家没产生，还没有炼仙丹这一套东西。因此把西王母当仙人，让她炼丹药显然是后世道士们瞎编的。

其三，一般来说长生不老之药，是保长生不死，并不保长翅飞翔。既然如此，为什么别的人吃了丹药不飞上天，而独有嫦娥吃了会飞上天呢？这也是不合理的。

之所以有上述种种不合理，或许是我们一般人并不理解原文的缘故。四川彭山汉墓1972年出土了一株青铜神树，形象与三星堆神树相似。三星堆神树因以铜钱连接图案，又称摇钱树。据《众神之国三星堆》一书的作者胡太玉先生描述：此物高144厘米，保存完好。树顶有一朱雀，有一仙人持虾蟆丸置朱雀口中，旁有一羽人，手持日、月。朱雀与羽人之间以四枚铜钱连接。树有4层枝叶，每层都有相同的8组图案。青铜树枝上均以西王母为中心，左有蟾蜍捧灵芝，右有玉兔捣药。西王母是女和月母之神；蟾蜍是常仪氏的图腾神。这个故事将月神西王母与常仪合一，喂朱雀吃药，以药作为飞天的能源，生动合理，表现了嫦娥奔月的另一种不同的看法。神话色彩浓郁，十分优美。在天文考古学家陆思贤先生的眼里，嫦娥奔月完全是另一回事。他在《神话考古》中另立新说，让人大开眼界。

先生以仰韶半坡类型彩陶人面鱼纹、临潼姜寨遗址、宝鸡首岭遗址彩陶上的人面鱼纹进行分析，得出的结论是：人面鱼纹以月相变化计日的时间分段是月出—上弦—满月—下弦—晦，表示月亮由出生到死亡的一个周期。

在传说中有常仪相月。

半坡人面鱼纹月相图，见陕西临潼姜寨人面鱼纹盆（月亮历河图）图相内容包括：

（1）月出（新月始生）；（2）上弦；（3）既望；（4）下弦；（5）晦朔；（6）满月阴影陶塑（扶风姜西村）。

第一种形式：额部左侧涂黑，右侧底部作半圆弧面，其余空白。寓意上弦月，在天穹右方。

第二种形式：额部正中作三角形留白，中分两侧呈扇形涂黑。寓意皓月当空，即望月。

第三种形式：额部右侧涂黑，左作半圆弧面，其余留白。寓意下弦月，在天穹左方。

第四种形式：额部全部涂黑，寓意晦朔不见。

第五种形式：额部全黑中突出新月形双眉，并留空白角线。寓意角分一新月的开始。应表示始月出。

　　看了这一组图和陆思贤先生的分类与分析，我们深信，这应是古人的月相计日历法。

　　常仪或常羲氏族经过长期观测，绘出月相，亦应是上古时代的重大发明。故嫦娥奔月亦可以理解为常羲到太阳落下去，月亮升起来的地方，即"甘棠""虞谷""蒙谷"那地方。而那里正是月亮之国，女和月母所在的西王母国。也许嫦娥为弄明白月相变化，从月亮升起来的地方到了月亮之国，见到了月母，住进了月宫。尧派羲和住在这里，神话由此而来。田合禄先生在《周易与日月崇拜》附录六的论文中说易四象符号源于月相，指明大衍之数出于月相，从而证明月相历即河图。这是很有道理的。如果陆思贤先生、田合禄先生的论证无误，那么人面鱼纹盆即是这种历法的实物证明。在论证含山凌家滩玉版八角时，陈久金、张敬国先生证明这就是洛书。据此，我们可以说河图、洛书是两种不同的历法，一个是月亮历，一个是太阳历，均有实物证明。

八十九、太白金星与皇娥

少昊是金天氏的后代。少昊有两个。一个在西方，居白虎星西宫，是西方的天帝。一个在东方，是鸟王国的王者，东方的天神。他们为一父所生，似双胞胎，都在授时方面有成就，但走的路不同。《帝王世纪》说："少昊帝名挚，字青阳，姬姓也。母曰女节。黄帝时有大星如虹，下流华渚。女节梦接意感，而生少昊，是为玄嚣。降居江水，有圣德，邑于穷桑，以登帝位，都曲阜，故或谓之穷桑帝。以金承土，故曰金天氏。位在西方，主秋令，有光明，位居小阴位，故称少昊，号金天氏。"[晋]王嘉著的《拾遗记》中说他的母亲是伏羲之女皇娥。描绘十分生动。转录如下。

（一）太白金星与皇娥[1]

少昊[2]以金德王。母曰皇娥，处璇宫[3]而夜织。或乘桴而昼游，经历穷桑沧茫之浦。时有神童，容貌绝俗，称为白帝之子，即太白之精，降于水际，与皇娥宴戏，奏婐娟[4]之乐，游漾忘归。穷桑者，西海之滨，有孤桑之树，直上千寻[5]，叶红椹紫，万岁一实，食之后天而老。帝子与皇娥泛于海上，以桂枝为表[6]，结薰茅为旌，刻玉为鸠，置于表端，言鸠知四时之候，故《春秋传》曰"司至"，[7]是也。今之相风[8]，此之遗象也。帝子与皇娥并坐，抚桐峰梓瑟。皇娥依瑟清歌，曰："天清地旷浩茫茫，万象回薄化无方[9]。浛[10]天荡荡望沧沧，乘桴轻漾著日旁。当其何所至穷桑，心知和乐悦未央。"白帝子答歌："四维八埏[11]眇难极[12]，驱光逐影穷水域。璇宫夜静走轩织，桐峰文梓千寻直，伐梓作器成琴瑟。清歌流畅乐难极，沧湄海浦[13]来栖息。"及皇娥生少昊，号曰穷桑氏，亦曰桑丘氏。

少昊以主西方，一号金天氏，一曰金穷氏。时有五凤，随方之色，集于帝庭，因曰凤鸟氏。亦因以为姓，因有水屈曲如龙凤之状，有山盘纡亦如屈龙之势，故有龙山、龟山、凤水之目也。亦因以为姓，末代为龙丘氏，蛇丘氏。

注

［1］摘自［晋］王嘉著，《拾遗记》，中华书局，第12—14页。

［2］少昊：有两个，一个是黄帝之子清阳。在神话中他主西宫，是位居西方的天帝。一个名鸷，居于东夷地区，为人王，是以鸟名官的鸟王国的首领。

［3］璇宫：北斗七星指一枢二璇三玑四权五衡六开阳七摇光。据说少昊羲和常羲氏族均以璇玑玉衡观测北斗，命名太一。璇宫指观北斗星的宫室。

［4］婕娟：指悠扬婉转柔美的音乐。

［5］寻：古代小尺为一寻。

［6］表：指立竿测太阳影子的竿柱。薰茅，一种香草。旌，幡旗。挂表茅旗如船上的桅杆。

［7］司至：指管理发布冬至、夏至两个节令的官员与天神。

［8］相风：这是测风向，预报天气的仪器，上古时有，现代也有。这种相风器安装在一根竿子的顶端的横枝上，很灵活，可随风转动，形似鸟，故称之为相风鸟。此鸟有三足，一足用于固定，两足悬空用以转动，俗称三足鸟。这便是三足鸟太阳鸟传说的由来。

［8］回薄：指万象运转回荡，变化无穷。

［10］浛（hán）天：地名，指东浛地（广东一带）之外的地方。乘桴，乘筏。

［11］四维八埏：四维指东南西北四方，八埏指四面八方。

［12］眇（miǎo）：眼瞎，眇天极，眼睛看见的远方。

［13］沧湄海浦：湄（méi），岸边。在碧绿的沧海之滨。

这个故事说少昊氏族的祖先是天神太白金星之精与皇娥的儿子。故事的大意是，少昊的母亲是天上的仙女，十分美丽，很会织锦织绸。有一天黎明她织的彩锦从窗口飘忽了出去，挂在天边成了美丽的彩霞，她感到很疲倦，想出璇宫到外面休息一会儿，解解乏。她放下手中的金梭来到银河边上，见到银河边停了一个竹筏就跳了上去，迎着东海边喷射出的一缕辰光逆流而上。继而太阳从扶桑树下徐徐升起，她来到扶桑树下。那扶桑，有万丈高，红红的叶子，紫色的桑椹，万年结一次果子，吃了以后老而不死。皇娥来到树下准备休息一会儿，这时挂在天边的启明星飞了下来。站在皇娥面前的星斗一下变成了一个容貌绝俗的翩翩少年，自称是太白之子，太白之精。说罢跳上竹筏与皇娥在一起嬉戏玩耍，俄儿那少年拿出一只仙鹤骨笛吹奏起了《婕娟之乐》，其辞为：

天清地旷浩茫茫，万象回薄化无方。
浛天荡漾望沧沧，乘桴轻漾著日旁。
当其何所至穷桑，心知和乐悦未央。

皇娥唱罢，那少年便应声答和，唱道：

四维八埏眇难极，驱光逐影穷水域。
璇宫夜静当轩织，桐峰文梓千寻直，
伐梓作器成琴瑟。
清歌流畅乐难极，沧湄海浦来栖息。

一曲唱罢他们一同泛桴银河之上，在河边摘下香茅草挂在木竿上做船的桅竿，那香茅草在桅杆上随风飘荡像旌旗一样。继而他们又拿出一只玉雕鸟插在桂枝顶上的横枝上，船儿一开，风儿一吹，桂枝上的相风鸟随风转动起来，发出唧唧的叫声。玉鸠婉转，两情相悦，媚眼相连，你唱我和，乐而忘返，便在扶桑树下野合成婚。不久，皇娥就怀孕生了个儿子，他就是少昊。所以，人们叫他穷桑氏或金天氏。

（二）西方少昊

《帝王世纪》说西部少昊帝名挚，字青阳，姬姓也，母亲叫女节。黄帝时"有大星如虹，下流华渚，女节梦接意感，生少昊，是为玄嚣"。后来降居江水。位在西方。他与佐臣蓐收共主秋令。因位居小阴位，故称少昊，号金天氏。他在西部地区主测天上白虎七宿所覆盖的地区的星象。如宁夏、青海、甘肃、川西等地，最远达西方之极的昆仑流沙、三危之国，直至饮气之民，不死之野，太阳落下去的地方。故《山海经·西次三经》说："长留之山，其神白帝少昊居之。其兽皆文尾，其鸟皆文首，是多文玉石。实惟员神磈氏之宫[1]。是神也，主司反景。又西二百九十里蓐收居之。是山也，西望日之所入，神红光之所司也。"《史记》《汉书》星官，律历所载均指西宫昴、毕、觜、参，少昊太白[2]所在。参为白虎[3]。觜三星虎首，参三星为虎身，其余四星为实沈。左右肩股，成白虎形。

注

[1]员神磈氏之宫：这里指的是少昊住在大地的西方，主要任务是测定太阳

落下去时影子的长度。他和助手蓐收主要是在神山长留山观察测定太阳落下去的情况，以确定秋天的时令。即确定秋天这个季节的到来与结束。故称员神，红光神。磈（wěi）氏，传说中的神名，表明他是主测日晷的能手。

　　[2] 太白：指太白金星。太白星是少昊的主测星。它有许多不同的名称。由于它总是跟在太阳的身边，因此，人们观测太白金星首先要观测太阳的运行。太白金星早晨现于东方称明星，又叫启明星。黄昏在西方见到太白星叫长庚星。出现在东北方时，人们又称它为观星。此外，还有殷星、荧星、营星等等称呼。西方少昊观测太阳的目的是观测太白金星。故而也称少昊太白。这是春秋战国时期秦国人推崇的星宿与天帝。

　　[3] 白虎。在二十八宿中西方七宿被想象为以白虎为标志的天区。觜宿为虎头，参宿为虎身，身躯四宿为实沈加上左右肩一宿，共同构成一只虎形。七宿中觜参宿最为明亮，参星成为白虎星的代表者，是西方民族生产与生活的指示星宿。西方七宿照耀的地区，秦国是主要的对应地区。因此"秦襄公既侯，居西垂，自以为主少昊之神，筑西寺，祠白帝"（史记封禅书），至此，少昊才被敬奉为西方天帝、白帝。

九十、东方少昊[1]

春秋传说少昊在东方,先登帝位于鲁北,后徙曲阜,称为穷桑帝。他以金承土,曰金天氏,"世不失职,遂济穷桑"。鲁国旁边的郯国是其后裔。鲁昭公时,秋,郯子[2]来朝,公与之宴。昭子问焉,曰:"少昊[3]氏鸟名官,何故也?郯子曰:吾祖也,吾知之。昔者黄帝氏以云纪,我高祖少昊挚之立也,凤鸟适至,故纪于鸟,为鸟师而鸟名;凤鸟氏,历正也;玄鸟氏,司分者也;伯赵氏,司至者也;青鸟氏,司启者也;丹鸟氏司闭者也[4]。祝鸠氏,司徒也;雎鸠氏,司马也;鳲鸠氏司空也;爽鸠氏,司寇也;鹘鸠氏,司事也。五鸠[5],鸠民者也。五雉[6]为五工正,利器用,正度量,夷民者也。九扈[7]为九农正,扈民无淫者也。自颛顼以来,不能纪远,乃纪于近。为民师而命以民事,故不能故也。"仲尼闻之,见于郯子而学之。既而告人曰:"吾闻之,天子失官,学在四夷。犹言。"

注

[1]赵生群注,《春秋左传新注》,陕西人民出版社,第842页。

[2]郯子:郯国之君,少昊之后。鲁封其于少昊墟,即今山东郯城县西南。鲁昭公十七年(公元前525年)昭公见郯子,故问之。

[3]少昊,这里指的是居处空桑的少昊。空桑在今山东曲阜附近。《山海经·大荒东经》里说"东海之外大壑,少昊之国"。海,一方天池。大壑,巨壑。即海。

[4]五鸟:指凤鸟氏,凤凰,任历正;玄鸟,燕子,春分来秋分去,为司分官;伯赵氏,伯劳鸟,夏来冬去,任司至官;青鸟氏,鸧鹒,立春鸣,夏至止,任司启官(立春立夏为启);丹鸟氏,即鷩雉,秋来冬去,任司闭官(立秋立冬)。

[5]五鸠:祝鸠,即斑鸠,任司徒;雎鸠即王鸠(雕类),任司马;鳲鸠,即布谷鸟,管水土,任司空;爽鸠,即鹰,任司寇;鹘鸠,即鹘雕,任司事,管营造,制器物等事。

[6]五雉:孔颖达疏引贾逵语:"西方曰鷷雉,攻木之工也;东方曰鶅雉,搏

埴之工也；南方曰翬雉，攻金之工也；北方曰鷷雉，攻皮之工也；伊洛而南曰翚雉，设五色之工也。"

[7] 九扈：指春扈鳻鶞，夏扈窃玄，秋扈窃蓝，冬扈窃黄，棘扈窃丹，行扈唶唶，宵扈啧啧，桑扈窃脂，老扈鷃鷃，都是管理农业的官员，称为"农九正"。

上述五鸟、五鸠、五雉、九扈的解说均采摘自倪民编著，《三皇五帝追踪》，旅游教育出版社，第117页，文字有所改动。

  现在的连云港市古时候叫海州。清嘉庆《海州直隶志》说海州是"古少昊氏之遗墟"。据说那里就是东少昊建立的鸟王国。那里位居江苏东北角，东西是黄海，北面是山东。东南150千米处有一座山，叫云台山，少昊时代在大海之中。《山海经》说这儿是海神海若的天池。海在古时候称之为巨壑，天池。少昊把琴扔进大壑指的就是这里。山上有100多座山峰，海外东北方是长山列岛。这里气候温润，水草丰美，鱼虾满池，是候鸟栖息地。据说我国有候鸟560多种，在这里逗留的多达240多种。云台山有一座山峰叫锦屏山，锦屏山有一座将军崖，将军崖上保存了一大批古老的岩画。画的内容连贯成篇，是现代人难以识别的文字。据说这就是东少昊时代保存下来的文物，距今已六七千年了。连云港市发掘出上古时代的炊具陶鬶（guī）。证明上古时代这里确是一个文化繁荣的地方。北京大学教授王大有先生在《三皇五帝时代》少昊一节中介绍了将军岩。他说将军岩古时候叫朐（qú）山，距今7000—6500年，是鸷鸟氏与句芒氏的天文图（天文日月图）。位置在锦屏马耳峰南麓，那里有30—40个祭坛。他将那里的岩画分成四组。A组最上方是太阳（太昊）与句芒，上有四表木，下有八分历和少昊鸷鸟太阳神、少昊八月太阳历、分至启闭的四时历表、符；B组在南侧，是日月星周天行度天盖图，鸟官司天，鸟历星象图；C组在将军岩东侧，有少昊（或其文）的星座人面纹，头插三羽，头戴帝冠，少昊为神，旁有羲和常羲二妻；D组三块巨石，为鸟王国星历天柱，为少昊祭天灵台遗址。[1]

  这是多么有趣有意义的记载。如果王先生所说都是真的，那将是我国历史的重大事件，是又一辉煌的一页。很可惜在这方面的研究与证实在太少了。

  王大有先生所表述的内容与郯子描述他的祖先以"鸟官而鸟名"的记载相一致，与现实的自然环境和传说相协调。

  少昊是我国上古时代著名的王朝。有关它的传说很多，说法多有不同。《帝王世纪》说"少昊名挚，字青阳，姬姓，母曰女节，生少昊，是为玄嚣，降居江水，有圣德，邑于穷桑，以登帝位，都曲阜"，说明少昊是黄帝的儿子。

  《路史·后纪》第七卷说少昊青阳氏，纪姓，名质，是为契。其父曰清，黄帝之第五子，方雷氏之生也。

《世本》说少昊黄帝之子名契，字青阳。黄帝殁，契立。《拾遗记》说少昊是金天氏与皇娥所生。说明少昊是伏羲时代的人。如此种种，说法不一。令人生疑：

第一，到底少昊是皇娥所生，女节所生，还是方雷氏所生？他名清，名挚（质），还是名契，他是金天氏之子、昌意之子还是玄嚣之子？他在西边，为什么建都在东边？少昊既在西边，是西方天帝，颛顼为什么跑到东边来继他的帝位？

第二，究竟有几个少昊？是一个，还是两个？他们各有什么特点？颛顼继位时的少昊社会状况是怎样的？为什么还说是"九黎乱德"呢？

上述种种问题，我以为是由于人们对部族与神、部族与时代的认识混乱所造成的。首先，我认为少昊不是一个具体的人，而是一个很古老的部落联盟。这一个联盟被分成了两个大的少昊部落，一个是少昊清部落，一个是少昊契部落。清在西部，搞天文授时，即被人们传为黄帝之子，居长留之山主测日影和太白星，后主西宫成为西方天神的白帝；一个少昊是契或曰鸷的鸟王国。他同度量，调律吕，封泰山，以鸟名官，以鸟王国闻名于世，被颛顼认作叔父。扔竖琴于大壑（大海）的就是这个少昊。这两个部落原是一个部落联盟，都称为少昊部落。它与羲和、常羲等部落一样都是以测太阳测星星为职业的部落，懂天文，与炎、黄、蚩等氏族集团同处一个历史时代。黄蚩涿鹿之战与炎蚩战争中蚩尤屡屡利用气象知识进行战争，让炎黄吃了不少苦头。为取得对蚩尤战争的胜利，黄帝集团便对东夷联盟集团的成员少昊部落联盟进行分化瓦解。西部白虎部少昊，就是被黄帝部落许婚分化而后贬谪于江水，令其在边疆专职司职日入记录的部落。一部分留在东夷的少昊部落，即少昊挚部落，继续在原地生产劳动，以鸟制历明时，由于这样便形成东少昊与西少昊之分。后人将他们当成一个具体的人，时而西，时而东，时而神，时而王，就不可避免地要形成种种混乱。

其次，少昊部落是一个历史悠久的部落。传说中的金天氏与皇娥逅媾穷桑生少昊，成为少昊氏族的祖先的神话，告诉我们这个部族在伏羲女娲时代就存在了。也就是说少昊为"黄帝之子""黄帝的第五子""嫘妃生昌意""女节生玄嚣""方雷氏之生也"等是虚非实。至少不是金天氏，皇娥所生之少昊。从历史时代估计，从伏羲初到黄帝少昊继位为止，少昊氏族已存在一二千年了。所以把作为氏族的少昊当成黄帝的儿子，当成一个具体的人或神，不能不造成人神不分、时序错乱。

第三，作为郯子高祖的少昊，是东少昊的一支。它的国家管理形式是以鸟名官。这种鸟官制度至少分为四个不同的层次。一个层次是凤凰、燕子、伯劳、鸲鹝、丹鸟等"司分""司至"的时令官；第二个层次是祝鸠、雕、鹰等五鸠，任"司徒""司空""司马""司寇""司事"等管理国家事务的行政官员；再一层次是五雉，即专管理制陶、制木、攻金、攻皮设五色，管百工等手工业的官员；还有一个层次是专门管理农业部的九种农正的官员。这是多么细密分工的国家管理形态。

由于分工过细，管理松懈，才形成了《国语·楚语下》所说的"九黎乱德，民神杂糅，不可方物，夫人作享，家为巫史，无有要质，民匮于祀，而不知其福，嘉禾不生，无物以享"局面，颛顼抓住这一点站出来收拾残局。

注

[1]王大有著，《三皇五帝时代》，时代经济出版社，第372页。

九十一、春神句芒

句芒即句龙。传为东方木德天帝的佐臣,司春,主万物的生长。

《山海经·西次三经》说:"有鸟焉,其状如鹤,一足,赤文青质而白喙,名曰毕方。其鸣自叫也,见则其邑有讹火。"《山海经·海外东经》描绘说:"东方句芒,鸟身人面,乘两龙。"郭璞注云:"木神也,方面素服。"《墨子》曰:"昔秦穆公有明德,上帝使句芒赐之寿十九年。"

在楚帛书十二月神中,秉(毕方/句芒)的神形被绘制为鸟身短尾、方首、面青、方眼无眸、无耳,头顶上有刚生长出的短毛。

（一）句芒赐寿

《墨子·明鬼下》记载秦穆公[1]"当昼日中处乎庙，有神入门而左，鸟身，素服三绝，面状正方。秦穆公见之，乃恐惧奔。神曰：'无惧'，帝享汝明德，使予锡汝寿十年有九，使若国家蕃昌，子孙茂，毋失！"秦穆公再拜稽首，曰："敢问神名？"曰："予为句望。"[2]

注

[1] 秦穆公：德公子。春秋时（公元前659—前621年）在位，以五羖羊皮赎回年已七十的百里奚，释其囚，授之国政，遂称霸一方。

[2] 句望：即句芒。望、芒，古同音。由于句芒是春神，主万物生长，故它又被尊为赐寿之神和族源（子孙）繁茂，国家昌盛之神。这里记述的是句芒赐寿。

（二）九隆神话

（东晋）常璩[1]著《华阳国志》云：

永昌郡，古哀牢国。哀牢，山名也[2]。其先有一妇人，名曰沙壶[3]，依哀牢山下居，以捕鱼自给。忽于水中触有一沉木，遂感而有娠。度十月，产子男十人。后沉木化为龙出，谓沙壶曰："若为我生子，今在乎？"而九子惊走，惟一小子不能去，陪龙坐，龙就而舔之。沙壶与言语[4]以龙，与陪坐，因名曰元隆，犹汉言陪坐也。沙壶将元隆居龙山下。元隆长大，才武。后九兄曰："元隆能与龙言，而黠有智，天之贵也。"共推以为王。时哀牢山下，复有一夫一妇，产十女，元隆兄弟妻之。由是始有人民，皆象之，衣后著十尾，臂胫刻文。元隆死，世世相继，分置小王，往往邑居，散在溪谷。绝域荒外，山川阻深，生民以来未尝通中国[5]也。南中昆明祖之，故诸葛亮为其国谱也。

注

[1] 常璩（公元291—361年），字道将，蜀郡江原人。曾任李势时的散骑常侍。东晋永和三年（公元347年）桓温伐蜀，劝李势降晋，至建康，不受重用，愤而改削旧作为《华阳国志》。

[2] 古哀牢国：在我国云南省哀牢山中。汉晋时属蜀国永昌郡管辖，今属云

南省。

[3]本故事《后汉书·西南夷列传》《华阳国志》《御览》等有载。其中有些字句不尽相同。如人名沙壶，《后汉书》做沙壹，元隆作九隆等，本文从《华阳国志》。故事很古老，反映的是母系社会的风尚。如代表母系社会的老妇人、触沉木有感而孕、沉木化为龙、鸟语与龙、十男与十女婚配、衣著十尾、臂胫刻文等都反映了该氏族母系时期的图腾习俗。

[4]沙壶与言语以龙：后汉书作"鸟"言以与龙。东方句芒本为毕方鸟，亦鸟语，与句芒自然相通。

[5]中国指中央之国。由于山川阻隔，他们久居哀牢山中未能与中原相往来。

到东汉三国时，云南哀牢山里的哀牢古国，属于蜀国管辖。哀牢人的祖先还是处于女人当政时期，祖先叫沙壶，住在哀牢山里，以捕鱼维生。有一天，她在河里捕鱼碰到了一块木头。那时候捕鱼是用竹笼罩子罩下去，然后抓鱼的。见哪儿有鱼动就罩下去，然后用手把鱼抓上来。这一天她伸手抓鱼时，抓到的不是鱼，而是一块大木头。她把那木头推到一边，抓好鱼后就回家了。从这以后不久，就感而有孕了。怀胎十月，一胎生了10个儿子。后来那木头变成了一条龙走上岸来对沙壶说："你为我生了儿子，他们在哪儿？叫来让我看看。"沙壶就把10个儿子叫到身边，叫他们见一见自己的父亲。10个儿子中，9个儿子见龙害怕逃走了。只有一个儿子不怕，没有走开，不仅不怕龙，还骑到龙背上和龙玩耍。那龙很喜欢那个小儿子，舔了舔他，又给他取了个好听的名字，叫元隆。后来，孩子们慢慢长大了。沙壶将元隆安排到龙山下居住，又让他学武艺。再后来元隆的兄长们说元隆与龙言，狡黠，有智慧，我们推他为王吧，于是他们公推元隆为王。哀牢山下有一夫一妇生了10个女儿，与元隆十兄弟配为夫妻，从此以后，一代一代繁育，便培育出了自己的民族和人民。为区别于别的民族，他们的衣服后面都留下了长长的十尾，臂膀大腿上还刻有花纹。人口多了，元隆的兄长们也自立为王分居在哀牢山的溪谷边，过着与世隔绝的生活。虽然他们知道有个中央之国，却没有到过那里。还是诸葛亮来了以后，他们按诸葛亮帽子的样子建起了竹楼，续上了国谱。

九十二、夏神祝融

火正祝融

楚之先祖出自颛顼高阳。高阳者，黄帝之孙，昌意之子也。高阳生称，称生卷章，卷章生重黎。重黎为帝喾高辛居火正，甚有功，能融天下，帝喾命曰祝融。共工氏作乱，帝喾使重黎诛之而不尽。帝乃以庚寅日诛重黎，而以其弟吴回为重黎后，复居火正，为祝融。[1]

《史记》楚世家讲的是，楚国的祖先是帝颛顼高阳的后代，黄帝的孙子，昌意的儿子。其世系是高阳—称—卷章—重黎。重黎在高辛时为火正，功劳很大，被封为专门观察鹑火进行农业种植的官员：祝融。后因天文水利官员共工作乱，帝喾命他去缴灭共工。重黎未将共工消灭干净，帝喾选择庚寅把重黎杀了。重黎有一个弟弟叫吴回，帝喾就叫吴回当重黎的继承人，继续重黎的火正事业，被封为祝融官。

在民俗中，因其掌火（东方先民种植以东方大火星宿二为依据，后来斗转星移，以南方鹑火为依据进行种植）为其立庙，敬为火神。

《山海经》海外南经记载"南方祝融，兽身人面，乘两龙"，其神格为火神，人们为防火灾而敬祝融，后又被敬为灶神。每年腊月二十三灶神朝天帝前，老百姓送灶神时，要涂蜂蜜在灶神嘴巴上，希望他上天言事，多些甜言蜜语，以保下界平安。自古以来，举国上下都敬祝融为五祀之神。

祝融是禅通十八世时即存在的氏族，在《世本》所记的禅通时代即禅通十八世，就有祝融氏族。楚人尊祝融为祖先。《山海经·海内经》说："炎帝之妻，赤水之子听沃生炎居，炎居生节并，节并生戏器，戏器生祝融，祝融降处于江水，生共工。"这里都是指祝融氏族。在王大有先生的炎帝世系年谱中，祝融称过帝，帝序5，寿数70，称帝年限24年，称帝时间46年，生年卒年距1997年为6848—6778年。帝号祝融。帝都宁夏钟山。政绩：创钟山日表。

《大戴礼记·帝系第六十三》中说："颛顼娶于滕氏，滕氏奔之子，谓之女禄氏，产老童，老童娶于竭水氏，竭水氏之子，谓之高緺（guā）氏，产重黎及吴回。"郭注《山海经》云："《世本》云颛顼娶于腾隍氏，谓之女禄，而生老童，老童娶于根水氏，谓之骄福，产重及黎。"从这些记载来看，祝融在炎帝时代是古帝号，古氏族，在帝喾时代是一种官职，即火正官。到尧时代，祝融是掌生杀大权的武官。他杀死禹父鲧。

到战国中期，祝融被祀为南方掌管鹑火的天神南方天帝的佐臣。汉魏以后被敬为民间的火神菩萨，四处为他建火神庙。

注

［1］司马迁撰，《史记·楚世家第十》，韩兆琦译，中华书局，《史记（二）》，第858页。

九十三、秋神蓐收

蓐收是西方天帝的佐臣，是专门测日落影子的云神。西方在五行中属金，其色白，主秋，其神形各说不一。《国语·晋语》称它是"白毛虎爪，执钺"的神。楚帛书的描绘是九月。玄司秋。其神形为两蛇首，青色，各吐岐舌，有钩状四爪，具萧杀气。看上去似蛙黾，即天鼋，称玄武神。《山海经·海外西经》说："西方蓐收，左耳有蛇，乘两龙。"郭璞注："金神也，人面虎爪，白毛，执钺。"《左传·昭公二十年传》说："少昊有四叔，曰重，曰该，曰修，曰熙，……重为句芒，该为蓐收，熙及修为玄冥。世不失职，遂济穷桑。"《吕氏春秋·十二纪》说："其神蓐收。"高诱注云："少昊氏曰该，有金德，死托为金神。"由上述可见，蓐收是流行很广，令人与动植物望而生畏的刑杀之神。

其神迹如下。

（一）虢公贺梦

虢公梦在庙，有神人面白毛虎爪，执钺立于西阿，公惧而走。神曰："无走！帝命曰：'使晋袭于尔门。'"公拜稽首，觉，召史嚚占之，对曰："如君之言，则蓐收也，天之刑神也，天事官成。"公使囚之，且使国人贺梦。虢为文王之弟虢仲之后虢公丑。虢大夫舟之侨告诉其族曰："众谓虢亡不久，吾乃今知之。"六年，虢乃亡。[1][2]

注

[1]《国语·晋语二》，上海古籍出版社，第296页。
[2]左松超著，《新译说苑读本·辩物·第二十三章》，三民书局，第661页。

（二）西望日入

《山海经·西次三经》"又西二百九十里，曰泑山[1]，神蓐收居之。其上多婴短之玉[2]，其阳多瑾瑜之玉[3]，其阴多青雄黄，西望日之所入。其气员[4]。"

注

[1] 泑：同黝。山名。《文选》作濛山，在今甘陇西境。即太阳落下去的蒙谷。
[2] 婴短：婴，即瑛，短玉。
[3] 瑾玉：美玉。
[4] 气员："员"同"圆"，日落时的气象。说明蓐收是观日落之神。

此故事讲的是西方天帝少昊，常住西方的长留之山的魄氏之宫，他的任务是主司日落时的反影。他的佐臣蓐收住在太阳落下去的地方，泑山，即濛山，蒙山。那里的宝贝很多，朝阳的一面多美玉，朝阴的一面多青雄黄。这里的太阳落下去的那一刻特别美。在太阳的反照下，天边变红了，霞光似炉火喷出，漫天红霞万丈，大地的绿树青草白璧房檐全都在顷刻间染得一片金黄，连人的一身从上到下全都是金光闪闪的。蓐收氏族世世代代长年累月在这荒无人烟的地方观察日落，记录日落的情景。终日看不到人影炊烟，听到的只有鸟语蝉鸣，荒凉，寂寞，唯一能使他得到安慰的是那满山满岭的瑾瑜之玉，在风沙袭击中发出的金声玉应之声，和日落时的遍野落霞的温润。他以世代住在这里观测日落，忠于职守

为最大荣耀。故而被后世尊为员神金神。

神话中的蓐收是"白毛虎爪，执钺"的司秋之神。这里值得注意的是两点：

其一是白虎。白毛、虎爪表明它是白虎神。白虎神是我国西部（包括西南少数民族）普遍信仰的神灵，他们崇拜虎的原因各有不同。有的以虎图腾为祖先神；有的以白虎星宿为居住地域的对应神；无论是倾慕虎的勇猛无畏，还是遇险由白虎搭救，报虎恩，祭为祖神；亦或是处于对远古时住山岭与虎豹为伍的敬畏；或许只是一种图腾的选择而已。总之，不论是怎样把虎捧上自己的祖先神的宝座的，它都是西方民族的标志。我以为最主要的恐怕与6 000多年前就观测研究二十八宿的白虎宿的天文崇拜有关。蓐收神可能是代表者之一。

其二是执钺。钺代表的是权威，是掌握生杀大权的那种权威。秋天是丰收的季节，收获后紧跟着的是万物的凋零。主秋和钺的实际内容是两个方面。一方面是保护自己，保护人民，保证收获。一方面带来的是萧杀之气，是杀戮。古人在秋天之前是不可以随意狩猎的。但到了秋天以后，就开始狩猎，征伐，杀戮罪犯。所以钺成了权威的象征。当然，这钺并非青铜、金、银、铁钺，而是石钺。蓐收之所以执钺，应与天神系统的分工有关。主秋，表示刑杀期要到了，所以钺是对大地万物的告诫。

九十四、冬神玄冥·归墟·禺强

禺强神号玄冥，属水，主北方，主冬。在上古时代，禺强是传说中的海神，其父禺京主东海，相当于后来的四海龙王。玄冥神是北方天帝颛顼的佐臣，主风雨。玄冥本是夏时的水官的名称，他为治水而死，被人民祭祀为水神。后人将玄冥和禺疆合而为一，成为北方天帝的佐臣。《史记》天官书中说"北宫玄武危、虚"。指的是玄武是管北方七宿虚危的星官。在颛顼时代，令禺强以危星为主，进行观星测候。颛顼东迁之后，以虚为主观测星空。

在楚帛书十二月历神像中，禺强（禺京）的名字叫"取于兽"（鲸鱼），是海神。位于楚历一月份。其神形为兽身、鸟足、长颈、蛇首，口吐歧舌，手足赤色，身尾青色。禺强和夸父一样都是巨人神，其神力威猛无比。

（一）归墟[2]与龙伯巨人[1]

汤问："物有巨细乎？有修短乎？有同异乎？"

革曰："渤海之东不知几亿万里，有大壑焉，实惟无底之谷，其下无底，名曰归墟。八纮九野[3]之水，天汉之流，莫不注之，而无增无减焉。其中有五山[4]焉：一曰岱舆，二曰员峤，三曰方壶，四曰瀛洲，五曰蓬莱。其山高下周旋三万里，其顶平处九千里。山之中间相去七万里，以为邻居焉。其上台观皆金玉，其上禽兽皆纯缟[5]。珠玕[6]于之树皆丛生，华实皆有滋味；食之皆不老不死。所居之人皆仙圣之种；一日一夕飞相往来者，不可数焉。而五山之根无所连著，常随潮波上下往还，不得暂峙焉。仙圣毒之，诉之于帝。帝恐流于西极，失群仙圣之居，乃命禺强[7]使巨鳌十五举首而戴之。迭为三番，六万岁一交焉。五山始峙而不动。"

而龙伯之国[8]有大人，举足不盈数步而暨五山之所，一钓而连六鳌，合负而趣归其国，灼其骨以数焉。于是岱舆员峤二山流于北极，沉于大海，仙圣之播迁者巨亿计。帝凭怒，侵减龙伯之国使阸，侵小龙伯之民使短。至伏羲、神农时，其国人犹数十丈。

注

[1] 选自《列子·汤问第五》。节录于王强模译注,《列子全译》,贵州人民出版社,"汤问第五"。

[2] 归墟:即幽冥之宫,无底洞,位于大海深处。大壑,指大海。

[3] 八纮九野:指天之八方加中央,即九重天(钧天、苍天、变天、玄天、幽天、昊天、朱天、炎天、阳天)。

[4] 五山:岱舆、员峤、方壶、瀛洲、蓬莱,均为战国时方士编造的仙境。传说有仙人居其上,遍地金玉,长生不老,仙人炼有不死之药,故后世帝如秦始皇、燕昭王等信方士传言,为求长生不老,想要造访仙境。

[5] 纯缟:缟指洁白的(素色)白绢。纯缟,纯净的白色。

[6] 珠玕:珠玉美石。玕(gān),琅玕,美玉。

[7] 禺强:北海冥神,飓风之神。禺疆、夸父、屏翳字意相同,都是指巨人。与下文的风神鸟的屏翳(鲲、鹏)不同之处,在于它是禺疆神化分化而成的分支。

[8] 龙伯之国:巨人之国。《河图玉版》说:"从昆仑以北九万里,得龙伯国人,长三十丈,生万八千岁而死。"《山海经·大荒东经》说:"有波谷山者,有大人之国,有大人之市,名曰大人之堂,有一大人踆其上,张其两耳。"郭璞注昆仑以北九万里得龙伯国,身长三十丈。《博物志外国》记载:"大人国其人孕三十六年,生白头,其儿则长大,能乘云不能走,盖龙类。"夸父,禺强均属巨人幽冥神。

这个故事是夏革讲给商汤听的,故事说:

在渤海东面不知有多少亿万里的地方,有一个大海,它深不见底,那地方就是幽冥之都归墟。八方九天的水,天河奔流的水都往这汇聚。这归墟却看不见它的水有多少增加,也看不见多少减少。那海里有五座大仙山:第一座叫岱舆,第二座叫员峤,第三座叫方壶,第四座叫瀛洲,第五座叫蓬莱。它们上下周围都有三万里,山峰平顶的地方也有9 000里。山与山之间,相隔7万里,作为近邻矗立着。那些山上的台观全是金玉的装饰,连飞禽走兽也都是纯净洁白的颜色。珠玉般的神树遍地都是,结出的果子味道很鲜美,人们吃了花朵果实会长生不老。住在山上的人都像神仙,他们白天晚上自由地飞来飞去。

这五座山是漂浮在水面上的,并不与海底相连,所以常常随着潮水的涨落,波涛的进退而上下来回漂移,使神仙们感到很苦恼。他们多次向天帝诉说苦衷,天帝也怕那些山漂移到西方去了，使神仙们居无定所，便要北海之神禺强让那15只大龟（鳌），把五座仙山用头顶着。这时候巨人国的人来钓鱼，把6只大乌龟钓走了，带回自己的国家了，烧灼巨龟（鳌）的骨头用来占卜。因此另外两座神山岱舆、员峤便随波漂走了，漂到了北极，沉入了大海。那两座神山上的神仙圣人数以亿万计，也随之漂走了。

天帝知道了这个情况后，大怒，让龙伯之国的地方逐渐变小，让它的人民逐渐变小了。到伏羲神农时代，龙伯之国的人还有数十丈高呢，后来就更加小了，成了小人国。

大人国终伯国的北边有一个大海，水很深、很清，叫黑海，又叫天池，海里有一种神鱼，身体长宽都有几千里，这种鱼名鲲。它变成鸟一飞上天就变成了鹏。鹏鸟展翅像云彩垂挂在天空中一样，它身体也非常大，与翅膀相称。这种怪事，社会上一般人怎么知道有这种东西呢？大禹伯益经过这里见过它，伯益给它取了名字，叫鲲鹏。

这是一则归墟信仰神话。据《史记·封禅书》记载，齐国自古以来就有祀八神的习俗。这八神，一曰天主，祠天齐。二曰地主，祠泰山梁父。三曰兵主，祠蚩尤。四曰阴主，祠三山。五曰阳，祠之罘。六曰月主，祠莱山。七曰日主，祠成山。八曰四时主，祠琅琊。可见齐国信神鬼风气之浓厚。

齐国有很好的学术传统。在战国时期，齐国的首都临淄即成立了其时的"高等学府"——稷下学府。各学派在这里自由交流，影响极大。自威宣之时，驺子之徒，如宋无忌、正伯侨、充尚、羡门高、最后之流也在这里"论著始终五德之运"。他们以"阴阳主运显于诸侯，而燕齐海上之方士传其术不能通"，"阿谀苟合之徒自此兴"。所以"自齐威、宣、燕昭使人入海求蓬莱、方丈、瀛洲。此三神山者，其传在渤海中，去人不远；患且至则船风引而去。盖尝有至者，诸仙人及不死之药皆有在焉。其物禽兽尽白，而黄金银为宫阙。未至，望之如云；及到，三神山反居水下。临之，风辄引去，终莫能至云"。

《史记·封禅书》里描述的正是这一仙都引发的崇拜风潮。人们包括秦始皇、威、宣、燕昭之所以疯狂，就是为了求不死之药，寻求长生不老。虽然人们知道这是求神的巫术衰落之后方术兴起的骗局，为了延年益寿，他们宁可信其有，不愿信其无。朝拜归墟深刻地表现了上古帝王们腐朽的一个方面。但故事质朴的本质方面也同时显露出来。

其一，仙乡何在？"未至，望之如云，及到，三神山反居水下；临之，风辄引去，终莫能至云"的真正原因，是潮涨潮落这一自然现象引发的仙乡幻觉。

其二，巨鳌负山神话，可能是流传很广的古老传说，在屈原的《楚辞·天问》就有"鳌戴山抃,何以安之"的疑问(巨鳌顶着山拍手跳舞,山怎么不翻掉呢?)。这句话表明仙乡并不是一个人突然虚构出来的,而是从归墟信仰发展而来的。归墟的特征在《庄子·秋水篇》里也有说明,"天下之水,莫大于海,万川归之,不知何时止而不盈",说明仙乡源自归墟信仰。

其三,禺疆是北海海神。在海里为鲲,在空中为鹏,在陆地为致风致雨的风师雨师一类巨人。其原始神形特征,《庄子·逍遥游》的描述,故事的原型可能为海上飓风或龙卷风一类的自然现象。

《山海经·大荒东经》说:"东海之渚中有神,人面鸟身,珥两黄蛇,践两黄蛇,名曰禺虢。黄帝生禺虢,禺虢生禺京,禺京处北海,禺虢处东海,是惟海神。"这就是说,禺疆即禺京,住在北海,是四海龙王之前管理四海之神。它是鸟身有翅的大神。在仙乡归墟中,他奉天帝之命去处理仙山漂流之事。在飞往天池中,鲲化为鸟,是主宰海气动,作飓风的海神。这飓风不是一般的大风,而是来自海上的暴风,类似今日的台风龙卷风,破坏性极大,可以折树,毁屋,淹没岛屿,所以才有"展翅击水三千里,扶摇而上九万里"的博大壮观情景。

有学者说它是风神,与夸父是同一种神。实际上,禺疆和夸父是不同的。虽说都是风雨之神,夸父是主陆地的,它的活动范围主要在陆地,是主宰西北方的寒风的幽冥之神。禺疆是主宰海上风暴的玄冥之神。他们虽同在北方,但分工不同。况且,夸父神比玄冥神要早许多,夸父神在炎黄时代之前就有了,玄冥神出现于夏商之后,故可推定他们是不同时代的北方主神。

(二)北海有鱼

《庄子·内篇·逍遥游第一》[1]的故事说:

"北冥[2]有鱼,其名曰鲲。鲲之大,不知其几千里也;化而为鸟,其名为鹏[3]。鹏之背,不知其几千里也;怒而飞,其翼若垂天之云。是鸟也,海运[4]则将徙于南冥。南冥者,天池也。《齐谐》者,志怪者也。《谐》之言曰:'鹏之徙于南冥也,水击三千里,抟扶摇而上者九万里,去以六月息者也。'"

又说:"穷发之北有冥海者,天池也。有鱼焉,其广数千里,未有知其修者,其名为鲲。有鸟焉,其名为鹏,背若泰山,翼若垂天之云;抟扶摇羊角[5]而上者九万里,绝云气,负青天,然后图南,且适南冥也。"

注

[1]选自支伟成编,《庄子校释》,《内篇·逍遥游第一》,中国书店出版社,

第1—3页。

[2]北冥、南冥：指神话中的北海、南海，即天池。

[3]鲲、鹏：鲲，大鱼；鹏，大鸟。鲲为游于天池的神鱼，鹏为鲲转化而成的神鸟。

[4]海运：原注为海气动则飓风作，鹏乘此风而南迁。这种鸟很大，一展翅击水震荡达3000余里。

[5]羊角：搏扶摇羊角，有如龙卷风，或海上巨风，到来时扶摇直上时的景象。

《庄子》引述的这两则故事，本是驳斥翱翔于蓬莱之间的燕雀短志的论据。故事的内容是说北海有一种鱼，其名为鲲，鲲之大不知道有几千里，它随海风动而化为大鹏鸟，这鸟也不知道几千里大，他背泰山，展开翅膀就像天上的云彩一样遮蔽了天空，它扶摇而上，一气可达九万里高，每年从北海负青天，绝云气，飞抵南海，到达天池。

九十五、牛郎织女的传说

牛郎织女是一则十分美丽的神话,在我国流传很早很广。早在《夏小正》七月就有"七月汉户案"(汉河岸)"七月,初昏,织女正东乡"(正东向)的记载。春秋战国秦汉时期在民间的诗歌中亦广为流传。

1.《诗经·小雅·大东》跂彼织女

(原文)维天有汉,监亦有光。跂彼织女,终日七襄。

(译文)银河挂天上,如镜闪银光。织女鼎足照,终日迁徙忙。

(原文)虽则七襄,不成报章。睆彼牵牛,不以服箱。

(译文)虽日迁7次,也难成彩章。看那牵牛多明亮,也难驾马拉车辆。

2. 古诗十九首《迢迢牵牛星》

(原文):迢迢牵牛星,皎皎河汉女。纤纤擢素手,札札弄机杼。

(译文):遥望牵牛星,皎美银河女,举着纤纤白嫩手,在札札地投梭织布。

(原文):终日不成章,泣涕零如雨。河汉清且浅,相去复几许?

(译文):整日整夜织不成一段布,不禁泣涕如雨,银河水清又浅,相隔又有多远呢?

(原文):盈盈一水间,脉脉不得语。

(译文):虽只隔了一条河,彼此相见却相视无语。

将上述故事综合复述即为:

传说从前有一个孤儿,靠嫂子抚养长大。那嫂子是一个狠毒的女人,常常虐待他。嫌他吃饭太多,把他赶出了家门,只给他一条不能干活的老黄牛。那孩子每天伴着老黄牛生活,牵它喝清水,喂它吃青草,和它一块儿说话,一块儿睡觉,因此人们叫那孤儿为牛郎。有一天,一群仙女下凡,到河里洗澡。那老牛突然对牛郎说起话来。牛郎一惊问老牛:"你怎么会说话呀?"老牛说:"我本是天神,因得罪了王母,才被罚到人间。孩子,多谢你的照顾。那仙女是天帝的女儿,好得很,美得很,想得到她吗?"那孩子点了点头。老牛示意他把仙女的衣服藏起来，将他一顶，说："去吧！"那群仙女发现衣服被藏了，惊叫起来，找了衣服，穿了飞上了天。只有织女没找着衣服，留在水塘里，牛郎怕那仙女受凉了，就把衣服送到岸边，叫她赶快穿好衣服。这件小事感动了织女，便私自留了下来，和牛郎相好。他们在一个屋子里住，在一口锅里吃饭。有一天，他们煮了一个猪耳朵，一盘青菜，一些长生果，点起了一炷香，在老牛的见证下，对天盟誓，相约成亲。不久便生了一男一女，一块过着男耕女织的生活，十分幸福。春天来了，见着半山腰开着的映山红、木芙蓉，相互争奇斗艳；初夏漫天遍野开着金黄色的油菜花，群蜂嗡嗡，莺啼高枝，使他们都兴奋极了。这时候，老黄牛预感到织女久离天庭，天帝与王母是决不会允许的，便拉着牛郎说："孩子，我活不长了，我估算着织女在这里的时间也不会长久了。我死了以后，对你也派不了用场，只能把这张皮留给你。你想上天就把这张牛皮披在身上，保你万无一失。"老黄牛说完话就死了。正在此时，王母娘娘派人来把织女抓回天庭，牛郎却无法阻止。后来牛郎想起老黄牛留下的话，就把老黄牛的皮剥了披在身上，挑一双儿女追上天空。王母娘娘没料到牛郎竟能上天追赶织女，便从头上取一根金簪在天空一划，天空立刻出现了一条银波滚滚的天河。这河有人叫它天河，有人叫它银河，有人叫它汉河，有人叫它河汉，反正都是指那条天河。就是它把牛郎织女隔了开来，一个在河东，一个在河西，他们只能年年月月相望，对河饮泣，不能相会。

这事老百姓都很同情，怨天怨地。天帝知道后，就允许他们每年七月初七这一天，由天上的鸟鹊，在银河上架起一座鹊桥，让他们相会一次。这就是迄今为止流传于民间的"七夕"鹊桥会。古今不知有多少文人墨客为此挥泪吟诗。

唐代诗圣杜甫在《牵牛·织女》一诗中写道：

牵牛出河西，织女处其东。
万古永相望，七夕谁见同。

宋代著名诗人秦观写了《鹊桥仙》词以寄相思云：

纤云弄巧，飞星传恨，银汉迢迢暗度。
金风玉露一相逢，便胜却人间无数。
柔情似水，佳期如梦，忍顾鹊桥归路。
两情若是久长时，又岂在朝朝暮暮。

（一）天文学上的牛郎织女星

根据天文学家陈久金先生《星象解码》一书的解释，天空中有牛宿、女宿、牛郎星、织女星之分。而我们一般人并不十分清楚。

他说："九月的中星是牛宿和女宿。牛宿六星，似两个相连的三角形，在赤道之南10余度处，银河的东边……牛宿是中国历史上最早的冬至点。故《易传》曰：'日月五星起于牵牛。'即是说，日月五星的运动，皆从牵牛开始算起。"

"女宿四星，在牛宿的东北部，赤道之南，黄道以北。《史记·天官书》曰：'牵牛为牺牲，其北河鼓。……婺女，其北织女，织女，天女孙也。'……织女，河鼓在牛宿、女宿的北面。《天官书》将女宿称为婺女，又将牛宿称为牵牛星。"但在民间则"将河鼓称为牵牛星"。女宿即婺女不是织女，织女为天孙，是天帝的女儿。"织女三星位于赤道北约40º，银河的西边，与河东的牛郎星遥遥相对。""织女三星是三角形，鼎足而居。"故夏小正有"初昏织女正东乡（向）"的星象。

"河鼓星为一等大星，也是全天的十一亮星，在牛宿北面，隔着银河又与河东北的织女星遥遥相对。"《尔雅》等文献说"河鼓为牵牛"，"河鼓为牵牛的说法似乎都为中国古代的天文学家所接受。但实际上，不但中国近代民间将河鼓星称为牛郎星，即使中国上古的民间，也将河鼓星作为牵牛星。河鼓为牵牛是不该有争议的"。

陈先生还说："自从有文字记载的历史以来，牛郎星都是位于织女星之东的。但人们发现二十八宿中牛女的排列都是牛宿在西，女宿在东，它们与牛郎织女的排列方向正好相反。"这是为什么呢？这是因为"二十八宿的形成时代，当在公元前3000年之前。因为只有那个时代，牛女二宿与牛郎织女星的排列方向才是一致的"。所以我们不能将牛宿女宿与织女、河鼓（牛郎）混为一谈。[1]

看了陈先生的上述介绍，我们即可明了"跂彼织女"的三足鼎立，"终日七襄"和"睆彼牵牛""盈盈一水间"的星空位置与来历、变化了。

注

[1]摘自陈久金著，《星象解码》，群言出版社，第11章九月的星宿，第156—158页。

（二）民俗的牛郎织女

　　流行于民间的牛郎织女故事是根据银河两岸两颗亮星的分隔，想象而成。《诗经·小雅·大东》是一首怨诗，诗中表现的是东方诸侯小国怨刺西周王室征税不公，使东方人民劳役繁重，困于役，伤于财，揭示了西周王朝与东方诸侯国之间的矛盾，诗中采用了象征、对比、暗喻等手法进行讽刺。本文是全诗中的一段，借牛郎织女不得相见的故事为织女的终日劳苦迂徙叹息。而古诗"迢迢牵牛星"和秦观的《鹊桥仙》以牵牛织女星比喻人间两情相悦的恋人"柔情似水，佳期如梦，忍顾鹊桥归路"的分离情景。一直到现在，人们仍旧将分居两地的情人，称为"牛郎织女"，这就是借牛郎织女两颗星星写人间的悲欢离合故事的缘由。正是这一点才引发了古今众多有相似情状的人群感情上的共鸣。故而古代以类似情况编织出了许多不同的牛郎织女的故事，进而形成了一种民俗：七夕，古代的情人节。

（三）民俗七夕节

　　七夕节，成于何时，不很清楚。据说王母娘娘定下了天庭的规矩，不可违犯。织女违犯了她定的规矩，所以派天神捉织女到天庭问罪。虽然她一直为女儿这件事生气，但回过来想想，把小夫妻硬生生分开来也未免太残酷了，因而不由自主地鼻子发酸，心发软，偷偷地掉下泪来。所以她又下了一道命令，允许他们小夫妻一年见一次面，用银簪往银河一划，无数鸟鹊飞来架成了一道鹊桥，牛女相会从此成了鹊桥会。这一天晚上也成了人间男女相会的节日。

　　据唐徐坚等著《初学记》卷第四所记七月七日的习俗是：七月七日，其夜洒扫于庭，露施几筵，设酒脯时果，散香粉于河鼓（牵牛）、织女，祭二神相会。见天汉中有奕奕正白气，耀五色，见者便拜，愿乞富，乞子，不得兼求。《荆楚岁时记》说："七夕妇人结彩缕，穿七孔针，或以金银鍮石为针，陈瓜果于中庭以乞巧。有喜子网于瓜上，以为符应。"崔寔说："七月七日这天要做麹，合蓝丸及蜀漆丸，曝经书及衣裳。"汉武帝内传说："七月七日，乃扫除宫掖之内，张云锦之帷，燃九光微灯。夜二唱后，西王母降汉武帝，戴太真晨缨之冠，履玄琼凤文之舄。"由上述可见，七夕至迟在汉时已形成了习俗。自古以来不知有多少诗人为此写下了诗词歌赋，如南齐谢朓的《七夕赋》，隋庚信的《北夕赋》，宋谢惠连的《七夕咏牛女诗》，谢灵运的《七夕咏牛女诗》，梁柳恽的《七夕穿针诗》，梁沈约的《织女赠牵牛诗》，杜审言的《七夕》诗等。"七夕"活动不仅存在于民间，从汉代已进入宫廷，在两晋隋唐时已成为文人雅士托物言志的一种依据与时髦。连梁简文帝也来凑热闹，写了《七夕穿针诗》，"怜从帐里出，想见夜窗开。针欹疑月暗，缕散恨风来"。这小诗虽不见情，不见泪，不闻叹息，却证明了七夕穿针引线的确在那个时代已成为人们纪念七夕所开展的活动的一项内容。

七夕活动的本质内容是：

第一，男女青年争取婚姻（爱情）自由。牛郎织女是追求爱情自由的象征。七夕是他们的一个小小胜利的纪念。

第二，他们追求的梦想中的生活是过着自由自在、无干无扰、男耕女织的生活，而不是汉武帝夜梦求拜西王母赐予冠履。

第三，在上述记载中，我们可以看到祭拜牛女二神也含有求子赐福的意愿。但争取婚姻自由男耕女织的生活理想，并非原始时代人们的普遍理想，而是妇女地位衰落的封建社会的理想。

所以织女与牛郎是原始社会末期才有的神灵。将这两神变成一对爱情的伴侣，无疑是进入封建社会，妇女争取自由的呼声。

九十六、造父、王良御天车

（一）造父之御[1]

季胜生孟增。孟增幸于周成王，是为宅皋狼。皋狼生衡父，衡父生造父。造父幸于周缪（穆）王。造父取骥之乘匹，与桃林、盗骊、骅骝、绿耳，献之缪王。缪王使造父御，西巡狩，见西王母，乐之忘归。而徐偃王反，缪王日驰千里马，攻徐偃王，大破之。乃赐造父以赵城，由此为赵氏。

注

[1][汉]司马迁撰，《史记·赵世家》韩兆琦译，《史记（二）》，中华书局，第940页。

（二）王良之御[1]

哀公二年（前493年）春甲戌，晋赵鞅纳卫大子与郑国战。"甲戌，将战，邮无恤[2]御简子，卫大子为右。登铁上[3]，望见郑师众，大子惧，自投于车下。子良授大子绥[4]而乘之，曰：'妇人也。'简子巡列，曰：'毕万[5]，匹夫也。七战皆获，有马百乘，死于牖下。群子勉之，死不在寇。'繁羽御赵罗[6]，宋勇为右。罗无勇，麇[7]之。吏诘之，御对曰：'痁[8]作而伏。'……郑人击简子，中肩，毙于车中，获其蠭旗。大子救之以戈，郑师北，获温大夫赵罗。大子复伐之，郑师大败，获齐粟千车。赵孟喜曰：'可矣。'……大子曰：'吾救主于车，退敌于下，我右之上也。'邮良曰：'我两靷[9]将绝，吾能止之，我，御之上也。'驾而乘材[10]，两靷皆绝。"

注

[1]赵生群注，《春秋左传新注》，陕西人民出版社，第1007页。
[2]邮无恤：古之善御者。邮无恤为赵简子之子，后立为赵襄子，是三家分

晋灭"知"者之一。又名子良，邮良。

[3] 铁：地名，在今濮阳市。

[4] 绥：登车的绳子。

[5] 毕万：魏始祖，因事晋献公有功，封于魏。

[6] 赵罗：赵武之曾孙。温大夫。

[7] 縻：捆，捆束。

[8] 痁（shān）：疟疾。

[9] 靷（yǐn）：引车行进的革带，服马、骖乘各有一靷，一端系于马颈，一端系于车轴与舆下后方的横木。

[10] 材：指横木。

前一个故事讲的造父，赵国的开山祖，是周穆王的御者。有一次他陪周穆王巡视到西王母国，受到西王母的热情款待，乐而忘返。这时，东方徐国的王者趁机谋反。造父驾着四匹千里马突然赶了回来，使徐王手足无措，束手就擒，这才平息了叛乱。

第二个故事讲的是公元前493年，赵简子带着卫大子、赵罗等人，与郑人战于濮阳，郑人多，且勇，把卫大子吓得滚下了车子。后来在赵简子的激励下才勇敢战斗打败了郑师。这次战斗中，赵简子肩臂中箭，倒在车子里，赵罗被俘。驾车的人是赵简子的儿子，邮无恤。他的驾车技术非常好，连四条靷带都断了，都能控制住四马奔驰疆场。正是由于卫大子与邮无恤的大功，才赢得了这次战争的胜利。赵简子死后，邮无恤立国被称为赵襄子，因不肯给知伯土地而被围困晋阳城长达一年之久，也未能消灭他。知伯无法，使放汾河水淹城，以致城中的百姓死者无数，悬釜而炊。后来邮无恤暗中派人出城对韩、魏说明利害，他们联合起来突袭知伯，分了知伯的土地，灭了晋国。其后人为纪念他称之为王良，祭为天神。

（三）王良造父之御[1]

《淮南子·览冥训》云：

"昔者，王良、造父[2]之御也，上车摄辔，马为整齐而敛谐，投足调均，劳逸若一，心怡气和，体便轻毕，安劳乐进，驰骛[3]若灭，左右若鞭，周旋若环，世皆以为巧，然未见其贵者也。

若夫钳且、大丙[4]之御，除辔衔[5]，去鞭弃策，车莫动而自举，马莫使而自走也。日行月动，星耀而玄运[6]，电奔而鬼腾，进退屈伸，不见朕垠[7]，故不招指，不咄叱，过归雁于碣石，轶鹍鸡[8]于姑余，骋若飞，骛若绝，纵矢蹑风[9]，追猋归忽[10]，朝发榑桑，日入落棠。此假弗用而能以成其用者也，非虑思之察、手爪之巧也；嗜欲形于胸中，而精神逾于六马，此以弗御御之者也。"

注

[1] 摘自赵宗乙译注，《淮南子·览冥训》上，黑龙江人民出版社，第303页，以下注、译均为赵宗乙本摘要。

[2] 王良、造父：王良，原注："晋大夫邮无恤子良也。"邮良，一名邮无政。为赵简子御，死而托精于天驷星，天文有王良星。"有论说者考证认为王良非邮无政而是御者王良。造父，嬴姓，伯翳之后，飞廉之子，为周穆王御。

[3] 驰骛：奔跑。敛谐。指马全身收敛和谐。轻毕，轻车。

[4] 钳且、大丙：天神。原注："此二人，太一之御也。"

[5] 除辔衔：即除辔舍衔。

[6] 玄运：玄，天。运，运行。

[7] 朕垠：朕，兆朕。垠，形状。

[8] 轶鹍鸡：鹍（kūn）鸡，凤凰别名。轶，超越。

[9] 纵矢蹑风：言其行疾，能及矢，故言蹑。

[10] 追猋归忽：猋忽均指疾风。意为快速可追风。

故事的大意是：从前，王良、造父驾车，上车抓住缰绳，马就立刻整齐地保持身体的和谐，举步协调，快慢劳逸一致，心气愉快平和，动作敏捷不觉车重，安于劳苦，乐于前进。飞奔起来转眼即逝，或左或右，如有鞭子指挥，转圈拐弯如同绕着圆环。世人认为他们的驾驭技术精巧，然而却没有见到那更高明的技艺。

像天神钳且、大丙驾车一样，除去缰绳马嚼，扔掉皮鞭竹杖，车不用拉就自己行进，马不用赶就自己奔跑。车儿随着日月运转，马儿伴着星光驰行，如电光闪过，似鬼神飞腾，进退屈伸，不见形迹，不用招手指点，不用大声呵斥，超过了归雁在碣石山的飞翔，赛过了凤凰在姑余山的疾行。总之，它们驰如飞鸟，奔似音弦，如踩着飞矢踏着长风，像追着狂飙搂着疾风，早晨伴着旭日从扶桑出发，傍晚伴着夕阳进入落棠。他们凭"不用"而能成就其"用"，并非靠思虑的精审和手法的灵巧，而意念形成后藏于胸中，用精神来晓谕六马。这就是用不御的方法来驾驭车子的情形。

　　这是一则文字优美叙述十分生动的故事。西周春秋时，驾车征战犹如今日的火箭是其时最先进的武器。造父、王良的驭车之精妙，不是一般人所能做到的，完全是一种想象中的神的境界。

　　造父、王良都是现实中的真人，被神化为天神。《史记·赵世家》记载："赵简子没，其子赵襄子立四年，知伯与赵、韩、魏尽分范、中行故地。晋出公怒，告齐、鲁，欲以伐四卿。四卿恐，遂共攻出公。出公奔齐，道死。知伯乃立昭公曾孙骄，是为晋懿公（约为公元前452年）。知伯益骄。请地韩、魏，韩、魏与之。请地赵，赵不与。知伯怒，遂率韩、魏攻赵。""三国攻晋阳，岁余，引汾水灌其城，城不浸者三版。城中悬釜而炊，易子而食。群臣皆有外心，礼益慢，唯高共不敢失礼。襄子惧，乃夜使相张孟同私于韩、魏。韩、魏与合谋，以三月丙戌，三国反灭知氏，共分其地。"陈久金先生的《星象解码》一书中说："襄子所以能逃脱知伯的追捕，保了赵国，取得了反攻的机会，王良驾车功不可没。故王良称为天上驭马的星神。"此事未见《史记》有很具体的记载。只是注释中有邮良，一名邮无政，其实王良是驭者，是为赵简子驾车的，车技特别好，死而托精于天驷星，即王良星。王良星座由5颗星组成。其中最亮的一颗星为王良星，其余四星为驾着车子的四匹马。

　　造父，据《史记》记载确有其人。《史记》记载造父是秦、赵共祖，他们是伯益的后代。到蜚廉时，生了两个儿子。一个叫恶来，因侍奉殷纣王，为周所杀。一个叫季胜。季胜的重孙即造父。造父在《穆天子传》里有载。自造父而下至奄父（为宣王开车）都是为周王驾车的。可以说赵氏是善御世家。人们以其善驭有功，而以天上星宿命名纪念。造父星和王良星在同一纬度上。造父星也有5颗星，居于辇道，是专为帝后嫔妃开车往来于紫宫的星座之神。

　　专门为黄帝驾车的是钳且、大丙。他们是专门驾北斗车的天一星。由于驾车的天神们都是有道之人，所以他们驾起车来与常人不同。他们不用马嚼，不用马鞭，不用赶，天马就会自己跑。马儿在天上随日月运转，伴星光奔驰。这完全是道家的想象，对道家哲学的宣传的极度夸张。

九十七、实沈与阏伯

实沈与阏伯失和[1][2]

《春秋左传》昭公元年记载：

晋侯有疾，郑伯使公孙侨如晋聘，且问疾。叔向[3]问焉，曰："寡君之疾病，卜人曰：'实沈、台骀为祟'，史莫之知。敢问此何神也？"

子产[4]曰："昔高辛[5]氏有二子，伯曰阏伯，季曰实沈，居于旷林，不相能[6]。日寻干戈，以相征讨。后帝[7]不臧[8]，迁阏伯于商丘，主辰[9]。商人是因[10]，故辰为商星。迁实沈于大夏，主参。唐人是因，以服事夏、商。其季世曰唐叔虞[11]。当武王邑姜[12]方震大叔[13]，梦帝[14]谓己：'余命[15]而子曰虞，将与之唐[16]，属诸参[17]，而蕃育其子孙。'及生，有文在其手曰虞，遂以命之。及成王灭唐而封大叔焉，故参为晋星。由是观之，则实沈，参神也。昔金天氏[18]有裔子曰昧，为玄冥师[19]，生允格、台骀。台骀能业其官，宣[20]汾、洮，障[21]大泽[22]，以处太原。帝用嘉之[23]，封诸汾川。沈、姒、蓐、黄[24]实守其祀。今晋主汾而灭之矣。由是观之，则台骀，汾神也。"

注

[1]赵生群注，《春秋左传新注》下，陕西人民出版社，第723页。

[2]关永礼著，《白话十三经》，济南出版社，第1302页。

[3]叔向：羊舌肸（xī）。

[4]子产：公孙侨。

[5]高辛氏：帝喾。

[6]不相能：不和睦。

[7]后帝：尧。

[8]臧：善。

[9]主辰：主祀星辰。商星，大火，大辰。二十八宿之一。

[10]是因：因袭。商之先祖封商丘。因阏伯之国祀辰星。

［11］唐叔虞：陶唐末世君主，晋之先祖。

［12］邑姜：武王后，姜太公女。

［13］大叔：叔虞，成王同母弟。

［14］帝：天帝。

［15］命：名。

［16］唐：地名，今山西翼城县南。

［17］属诸参：参宿之属。

［18］金天氏：少昊。裔子，后代。

［19］为玄冥师：言昧为水官之长。玄冥，水官。师，长。

［20］宣：疏通。

［21］障：筑堤防。

［23］大泽：台骀泽。

［23］帝用嘉之：指天帝曰嘉之。

［24］沈、姒、蓐、黄：台骀之后。皆晋境内之国。

　　故事讲的是晋国晋平公生病了，郑伯派卿大夫到晋国看望他。晋国的大臣叔向问子产说："我们的君主有病了，去占卜，占卜的人说是实沈台骀星宿在作祟。连太史也不知道这实沈台骀是什么神灵，我想请教你，请你告诉我他们是什么神灵？"

　　郑子产告诉他说："从前一个古帝王叫高辛氏，据说他有两个儿子，年纪大的叫阏伯，年纪小的叫实沈，住在广阔无边的密林里，却不能和睦相处，经常干仗，相互征讨，今天你打我，明天我打你。这使高辛帝喾很伤脑筋，于是就把他们分开来。令阏伯迁于河南商丘，住在那里专门观测东方七宿的大火星，以确定东方民族播种的时节。这一习惯被商朝人继承了下来，便叫辰星（大火星）为商星。而那个小的实沈呢，迁于山西襄汾陶寺，在那里树13根柱子，从柱子的12个缝隙里观察12个太阳的影子，以定时辰，故称十三（实沈）。这一习惯被唐国人（晋的前身）继承了下来。所以参星又称唐人星。唐人后裔因此而祭祀夏朝和商朝。"

　　"到周时周武王时，他的妻子，姜太公的女儿邑姜怀孕时，梦见天帝对她说：'我给你儿子取了个名字，叫虞，将来把虞国封给他，他属于参星，让他在参星照耀的地方繁衍生息。'后来邑姜生下了一个儿子叫太叔，周武王就给他取了个名字叫虞。周武王儿子周成王灭了唐国以后，就将唐国封给他哥哥，太叔。唐虞变成了晋国。晋国人也继承了这一观测参星组织农业生产的习俗，所以参星又称为晋星，实沈成了参神。从前金天氏有裔子曰昧，是玄冥的老师，生有允格、台骀二人。台骀能继续以观测参星为业，忠于职守，赐福于汾河、洮河、大泽、太原等地区。所以被封于汾川地区，其后裔沈、姒（实）、蓐、黄诸姓的人都守其祀。现在平公将实沈、台骀之后灭之，所以台骀很不满意，故而使平公得病。"

这是根据东方民族族星大火星，西方民族族星参星编织而成的故事。两者都是指导农业生产的星辰，它们一升一降，互不相见。将他们比拟为兄弟，十分生活化、亲切、平易、巧妙、优美，过目难忘。

河南濮阳西水坡45号墓出土了蚌塑青龙白虎，说明了二十八星宿在我国的存在至少6 000多年了，是十分古老的观测星。东方苍龙七宿，心宿二，是夏季最亮的星，居住在东方的东夷各民族人民都把它当成自己的族星，根据它的出现与陨落组织农业生产。每年二月二，苍龙心宿二从地平线上升起，像一团烈火，人们称它为大火星，辰星，把二月二这天叫龙抬头。龙抬头了，预示着春耕就要开始了。人们从这一天起要把挂在墙上的犁头取下来，解了绳子，洗刷整理；把锄头磨砺换上好的柄，要开始积肥料，如草肥、灰肥之类。还要搞祭祀活动。

而山西的人最崇拜的是参星，它是西方冬天最漂亮的大星。西方各民族把它当成自己的族星，它代表西方白虎星。实沈是虎头觜参二宿后面身体的四宿。周人之所以祭台骀，主要是祭祀"远祖外祖母"，台骀是后稷的封地。他在那里从

事农业生产，依据的正是参星的出没。所以它是西方的指示星座。这个星座，欧洲人叫猎户座。觜参在我们这里是虎头，在西方是猎人。西方七宿覆盖面极广，从四川、甘肃、陕西、山西、河南北部、河北南部直至山东西部，均以此为指示星。

辰星和参星是我国上古时代最主要的主测星，河南商丘的阏伯庙，山西太原的台骀庙，正是为纪念阏伯与实沈这两个天文观测氏族而立的。

九十八、尧女令仪狄作酒

大禹禁酒的传说

《战国策·魏策二》记载:"昔者,帝(尧)女令仪狄作酒而美,进之禹,禹饮而甘之,遂疏仪狄,绝旨酒,曰:'后世必有以酒亡其国者'。"类似记述《世本》《初学记》《北堂书抄》等都有记载。这段文字的大意是说:从前尧女令仪狄作酒,这种酒可能是酒酿一类米酒,非常好吃,仪狄把这酒敬献给大禹,大禹尝了,觉得非常好吃,又甜又美,怕这种酒贻害后人,便下令禁酒,并疏远了发明这种酒的仪狄。

这一记载说明以下问题:

第一,酒是唐尧时仪狄发明的,仪狄是中国的酒神。

第二,夏禹亲自品尝过这种酒,非常好吃,怕贻害后人,下令禁酒。

第三,夏人饮酒,作秫酒,即高粱酒,饮酒成风有记载。如《初学记》卷二十六,记载说"少康(夏禹子孙)作秫酒"。

从考古发所掘看,夏人饮酒之风盛行也是有证明的。二里头是夏王朝统治的中心,夏人的都城。解放后在这里发掘出的酒器非常之多,如尊、罍、鬶、盉、爵、觚、斝等。

所以说夏人饮酒成风的传说是有根据的。《尚书·大传》说:"夏人饮酒,醉者持不醉者,不醉者持醉者,相和而歌。"这一记述说明夏人爱喝酒,常常喝得大醉。醉了发酒疯。醉的拉着没醉的,没醉的扶着喝醉的人,相互拉着歪歪倒倒地在路上走着,一路走一路喝。这简直像夏人饮酒的风俗画,在尧舜时就有这种情况出现。怕饮酒误国误事,所以大禹才下令禁酒。

九十九、从甲骨里拣回的古王朝

《史记·龟策列传》卷一百二十八,一开头太史公就说自古以来的圣王,在将要建立国家、承受天命创办事业时都要进行卜筮。唐尧以前没有记述不必说了,夏商周三代立国时都是有卜筮的。夏时禹娶涂山氏有卜筮,殷立国有卜筮,玄鸟遗卵问吉凶,周弃好种百谷,筮兆吉利,而得天下。这些王者在治天下时,碰到各种疑难问题,也都要以蓍草或龟甲卜筮才能做出判断,故卜筮在古时候就成了一种"不易之道",一种难以改变的习俗。

就像我们后人以钱币或一块石头的正反卜吉凶做游戏一样,不论蓍草或龟甲卜过之后就扔掉,认为把它们收藏起来就不灵验,不神了。这种求神问卜"断以蓍龟"的风气,历朝历代都有。汉袭秦制,设了专门的卜官,叫太卜官。传说周武王生病了,周公卜三龟,病就好了。殷纣王,暴虐无道,用大龟占,说不吉利,真的就完了。周室衰微,周襄王出逃,晋文公收下他,想恢复他的王位,去占得"黄帝战于阪泉"之野的吉兆,结果获得了周天子彤弓素矢的重赏,又赐予对外征伐的特权。所以龟卜是自古以来就有的问神方式。由于这样,被问卜的龟被称为神龟。传说这种神龟出于长江。古时候规定,庐江太守每年都必须按时送 20 只长一尺两寸的大龟给朝廷的太卜官。一尺两寸长的大龟,要 1 000 年才能长到这么大。太卜官收到大龟后,把乌龟杀了,钻凿成问卜的龟甲与腹甲,放到庙里让人去问吉凶。

神龟之所以有神,是传出来的。传说把龟的前足臂骨穿起带在身上,走进深山老林不会迷路。据传嘉林那地方有神龟,那里便没有猛兽、恶鸟、毒虫,"野火烧不倒,斧头砍不着",老人用龟来垫床腿儿,老人死了,乌龟还活着。更神奇的是"龟是天下的宝物,先得神龟为天子。十言十中,十战十胜。龟在深渊中生,在黄土中长,了解上天的规律,明白上古的历史,安详平和,守静中正,寿命天长地久,三千年也不离故土"。这样,龟就成了象征人的德性的神物了。现代人嘴馋,见乌龟就杀了吃。古人坚信它是神物,所以一定会将乌龟放生,是不会伤害它的。殷人是最信神的民族,常以龟甲决迟疑。史书的记载只是凝固在纸上的传说,没有真凭实据,传说只能是传说,殷墟甲骨文的发现,才把这一传说变成了历史。

河南东北部靠近河北边境,有个地方叫安阳,现在是安阳市,那里是殷朝中期盘庚迁都后的首都,那儿有个村子叫小屯村,因曾经在这里发现了殷人问卜的龟甲而闻名于世,从而揭开了一个历史时代的帷幕。

传说,天津有两个秀才,一个叫孟定生,一个叫王襄,于光绪二十四年（1898年）收买了有字的甲骨,是他们先认出了有字的甲骨,并收藏起来。又有人说是光绪二十五年,古董商人将有字甲骨送到北京出售,被京师团练大臣王懿荣买走了。殷墟甲骨上的文字是商代文字。1903年刘鹗之孙刘会孙出版了刘鹗著录的《铁云藏龟》一书,披露了书中所藏甲骨文21 050片,惊醒国人。在此之前,人们对龟甲的认识有二。一是认为:龟甲有神,是神物,用于求神问卜;一是用于治病。在中药中龟甲是药方,可以卖钱,所以有商人收购。商人们见有人以高价收购,便抬高价钱,从而蟊贼疯起,盗挖小屯龟甲,在此情形之下,志士仁人不忍国史被毁,亦从商人手里高价收购,你争我夺,龟甲就成了赚钱的工具。事情愈演愈烈,龟甲之痛激起了国内外学者的关注。先有王国维、罗振玉、叶玉森、王襄、郭沫若、商承祚、容庚、名义士（加拿大人）、林素辅（日本人）等学者挺身而出,潜心研究,让人们知道那些难认的巡守、征伐、田猎、游历记载的文字背后,隐藏的是一个古老王国的历史。王国维1915年《殷墟卜辞中所见地名考》,1917年《殷卜辞中所见先公先王考》和《续考》,通过卜辞中的先王公亥、相土、季、王亥、王恒、上甲微、报乙、报丙等人名,一下把人们的目光引向那早已消失了的殷商王朝。1949年后受到政府的大力支持,成立了专门的研究机构。在大学里,还开设了释读甲骨文的专门学科,大力培养专门的研究人才。1980年8月,中国考古研究所编撰出版了《小屯南地甲骨》,收录甲骨4589号。1999年8月谢济、彭邦炯、马季凡等先生编撰出《甲骨文合集补编》,收编了甲骨13450号。甲骨发现百年有余,出土有字甲骨10余万片。据说全部有字甲骨有字4 000余,已释读出2 000余字了,这真是天大的喜事。一代才俊从商人手中买回来一段失落的历史;一群先贤用慧眼望见了3 500多年前的祖先,他们在甲骨与财富的剧烈争夺中捡回了丢失的文明。

一百、狼妻

《北史》记载高车[1]在今外蒙古北境。其语与匈奴[2]同。传说其先是匈奴的甥。据说匈奴单于生了两个女儿,姿容甚美,国人皆以为神。单于曰:我有此女,安可配人?将以与天。乃于国北无人之地筑高台,置二女其上,曰:请天自迎之。经三年,其母欲迎之,单于曰:"不可,未彻之间耳。"复一年,乃有一老狼,昼夜守台嗥呼,因穿台下为空穴,经时不去。其小女曰:吾父处我于此,欲以与天,而今狼来,或是神物,天使之然。将下就之。其姊大惊,曰:此是畜牲,无乃辱父母?妹不从,下为狼妻而产子。后遂滋繁其国。

注

[1]高车:丁令,又叫丁灵,汉时叫狄历,古民族又叫铁勒、敕勒。

[2]匈奴:北方古民族。西汉人称突厥,它是匈奴之后。突厥灭,回纥兴。玉关以西,天山南北为回部。突厥,法语音为土耳其。意大利罗马母狼的传说或与此传说相关。

一百〇一、拓跋氏的传说

《北史》上说:"魏之先,出自黄帝轩辕氏。黄帝子曰昌意,昌意之少子,受封北国,其地有大鲜卑山,因以为号。其后世为君长,统幽都之北,广漠之野,畜牧迁徙,射猎为业。淳朴为俗,简易为化,不为文字,刻木结绳而已。时事远近,人相传授,如史官之纪录焉。黄帝以土德王,北俗谓土为拓,谓后为跋,故以为氏。其裔始均,仕尧时:逐女魃于弱水,北人赖其勋;舜令为田祖。历三代至秦汉,獯粥、猃狁、山戎、匈奴之属,累代作害中州,而始均之裔,不交南夏,是以载籍无闻。积六七十代,至成皇帝,讳毛,立,统国三十六,大姓九十九,威振北方。"[1]

注

[1]吕思勉著,《中国大历史》,中国华侨出版社,第221页。

这是有关拓跋氏出自轩辕氏的传说。始于成皇帝一事,有说是捏造的。此故事中杂有神话。拓跋氏在蒙古外,史称匈奴。初居地大泽。大泽为沼泽地——贝加尔湖即古北海一带,泽在北海之北。其单于胡父鲜卑母,人称铁费。公元315年封为北代王。338年邰成帝再盛,地处山西大同。后来又侵东晋,(魏)兼并北方。

一百〇二、北周的传说

《北史·周文纪》说篡西魏权的北周,其先出自炎帝。炎帝为黄帝所灭,子孙遁居朔野。其后有葛乌兔者,雄武多算略,鲜卑奉以为主。遂总十二部落,世为大人及其裔孙曰普回,因狩,得玉玺三纽,文曰皇帝玺。——其俗谓天子曰宇文,并以为氏,普回子莫那。自阴山南徙,始居辽西——为魏舅甥之国。自莫那九世至侯归豆,为慕容廆所灭。[1]

注

[1]吕思勉著,《中国大历史》,中国华侨出版社,第232页。

公元576年北周伐齐,克平阳、邺,齐主纬出走被执,齐亡。次年周武帝卒。子宣帝立,因荒淫无度579年传位于静帝,自称天元皇帝,未几死。其时杨坚辅政,大杀周宗室,尽握朝权,三州总管起兵讨杨坚,为坚败,坚遂篡周自立。李渊的父亲是北周至柱国大将军。李渊七岁袭爵唐为唐国公。隋灭周任侍卫官,太原刺史。刘渊,匈奴人。公元308年(永嘉二年),自称:"吾者汉氏之甥,结为兄弟。兄亡弟绍。"建国号为汉,称汉王。尊刘神为孝怀皇帝。后又建元元熙。

参考文献

1. ［汉］刘安著，赵宗乙译注，《淮南子》，黑龙江人民出版社。
2. ［汉］班固著，《白虎通德论》，上海古籍出版社。
3. 班固撰，《汉书》，中华书局。
4. 董楚平译注，图文本《楚辞》，上海古籍出版社。
5. 王强模译注，《列子全译》，贵州人民出版社。
6. 左松超译注，《新译说苑读本》，三民书局印行。
7. ［晋］干宝原著，黄涤明译注，《搜神记全译》，贵州人民出版社。
8. 田合禄、田峰著，《周易与日月崇拜》，光明日报社。
9. ［美］洛易斯·亨利·摩尔根著，杨东莼、马雍、马巨译，《古代社会》，中央编译出版社。
10. 徐旭生著，《中国古史的传说时代》，广西师范大学出版社。
11. ［明］吴昆著，《黄帝内经素问吴注》，学苑出版社。
12. ［清］顾观光辑，《神农本草经》，兰州大学出版社。
13. 《玉函山房辑佚书》，蔡季襄著，《晚周缯书考证》，中西书局。
14. ［清］马骕纂，《绎史》，上海图书馆藏书。
15. ［清］王聘珍撰，《大戴礼记解诂》，中华书局。
16. 陈久金著，《斗转星移映神州：中国二十八宿》，海天出版社。
17. 黄怀信著，《古文献与古史考论》，齐鲁书社。
18. ［三国］王肃著，《孔子家语》，时代文艺出版社。
19. 谷德明编，《中国少数民族神话》上下册，中国民间文艺出版社。
20. 赵光贤著，《古史考辨》，北京师范大学出版社。
21. 李步嘉校释，《越绝书校释》，中华书局。
22. ［晋］张华等撰，王根林等校点，《博物志》（外七种），上海古籍出版社。
23. 王大有著，《三皇五帝时代》，时代经济出版社。
24. 董立章著，《三皇五帝史断代》，暨南大学出版社。
25. 许顺湛著，《五帝时代研究》，中州古籍出版社。

26. 倪民编著,《三皇五帝追踪》,旅游教育出版社。

27. 何新著,《诸神的起源》,北京工业大学出版社。

28. 李亦圆著,《宗教与神话》,广西师范大学出版社。

29. 司马迁撰,韩兆琦译注,《史记》,中华书局版四卷本。

30. 夏曾佑著,《中国古代史》,团结出版社。

31.《国语》上下册,上海古籍出版社。

32. 赵生群注,《春秋左传新注》上下册,陕西人民出版社。

33. 何新著,《楚帛书与夏小正新解——宇宙起源》,时事出版社。

34. 关永礼主编,《白话十三经》,济南出版社,《尚书》卷。

35. 陆思贤著,《神话考古》,文物出版社。

36. 倪泰一、钱发平编译,《山海经》,重庆出版社。

37. 袁珂校注,《山海经校注》,巴蜀书社。

38. 陈成译注,《山海经》,上海古籍出版社。

39. 李坤编著,《中国大考古》,陕西师范大学出版社。

40. 冯时著,《中国天文考古学》,中国社会科学院出版社。

41. ［英］Catherine Louboutin 著,张容译,《新石器时代:世界最早的农民》,上海书店出版社。

42. 林河著,《中国巫傩史》,花城出版社。

43. 庞进著,《凤图腾》,中国和平出版社。

44. 庞进著,《八千年中国龙文化》,人民日报出版社。

45. 庞进著,《博大精新龙文化》,西安地图出版社。

46. 冯友兰著,《中国哲学简史》,新世界出版社。

47. 谢浩范、朱迎平译注,《管子全译》,贵州人民出版社。

48. 田合禄、田峰著,《周易真原》,山西科技出版社。

49. 陈久金著,《星象解码》,群言出版社。

50.［梁］任昉,《述异记》。

51. 陈江风著,《天人合一》,生活·读书·新知三联书店。

52. 王子初著,《中国音乐考古学》,福建教育出版社。

53.《华夏考古》,《河南舞阳贾湖新石器时代遗址第二至第六次发掘简报》,1988 年第 2 期。

54. 游修龄著,《中国稻作史》,农业出版社。

55. 卫斯撰,《试探我国高粱栽培的起源》,《中国农史》,1982 年第 2 期。

56. 刘军著,《河姆渡文化》,文物出版社。

57. 陈炳应、卢冬著，《古代民族》，敦煌文艺出版社。

58. 苏湲著，《黄帝时代》，清华大学出版社。

59. 《马克思恩格斯选集》，人民出版社。

60. 毕硕本、裴安平、闾国年撰，《基于空间分析方法的姜寨史前聚落考古研究》，《考古与文物》，2008年第1期。

61. 郝娟、利民著，《半坡与史前文明》，三秦出版社。

62. 逄振镐著，《东夷文化研究》，山东齐鲁书社。

63. 山东文物考古研究所，《大汶口续集》，科学出版社。

64. 上海市文物保管委员会，《上海福泉山良渚文化墓葬》，南京博物院。

65. 汪遵国著，《良渚文化"玉敛葬"述略》，《文物》1984年第2期。

66. 吴汝祚著，《良渚文化兴衰史》，社会科学院文献出版社。

67. 周新华著，《稻米部族》，浙江文艺出版社。

68. 蒋卫东著，《良渚博物馆藏——良渚文化玉器精粹》，文物出版社。

69. 王宁远著，《遥远的村居：良渚文化的聚落和居住形态》，浙江摄影出版社。

70. 张玉春译注，《竹书纪年》，黑龙江人民出版社。

71. 恩格斯著，《家庭、私有制和国家的起源》，《马克思恩格斯选集》第四卷。

72. 陈皓注，《礼记集说》《礼记》，上海古籍出版社。

73. 赵晔著，《湮灭的古国故都：良渚遗址概论》，浙江摄影出版社。

74. 周膺著，《中国5000年文明第一证：良渚文化与良渚古国》，浙江大学出版社。

75. 王大有著，《寻根万年中华——中华百家姓图腾始原》，中国时代经济出版社。

76. 王文光、翟国强撰，《中国西南旧石器文化在中华文化形成中的地位》，云南民族大学学报，2004年11月。

77. 陈连开主编，《中国民族史纲要》，中国财政经济出版社。

78. 林惠祥著，《中国民族史》，商务印书馆。

79. 蒋志华编著，《中国世界部落文化》，时事出版社。

80. 郭旭东著，《走进殷墟》，中国文史出版社。

81. [英]威尔斯著，《世界史纲：生物和人类的简明史》，北京燕山出版社。

82. 孙危撰，《中国早期冶铁相关问题小考》，《考古与文物》，2009年第1期。

83. 邓荫柯著，《中国古代发明》，五洲传播出版社。

84. 曾文芳著,《夏商周民族思想与政策研究》,人民出版社。

85. 尚刚著,《天工开物》,生活·读书·新知三联书店。

86. 郭大顺、方殿春、朱达编著,《牛河梁红山文化遗址与玉器精粹》,文物出版社。

87. 郭大顺编著,《中华五千年文明的象征》,文物出版社。

88. 苏民生撰,《我国文字的历史究竟有多久?——考古新发现表明:可以上溯到4500—5000年前》,《瞭望周刊》,1987年第9期。

89. 王志俊撰,《关中地区仰韶文化刻划符号综述》,《考古与文物》,1980年第3期。

90. 何崝撰,《论文字生成机制》(二),《中国文字研究》,2008年第2辑。

91. 蒋志华著,《中国世界部落文化》,时事出版社。

92. 蔡连章著,《古文字基础》,百家出版社。

93. 赵国华撰,《八卦符号与半坡鱼纹》,上海社会科学报第二版,1987年4月16日。

94. 谢世俊著,《中国古代气象史稿》,重庆出版社。

95. 逄振镐著,《论原始八卦的起源》,《北方文物》,1991年第1期。

96. 陈久金、张敬国撰,《含山出土玉片图形试考》,《文物》,1989年第4期。

97. 张吉良著,《周易哲学和古代社会思想》,齐鲁书社。

98. [中国台湾]徐芹庭著,《易经源流》(上下),中国书店出版社。

99. 顾颉刚著,《论易系辞传中观象制器的故事》《周易卦爻辞中的故事》,见《周易全书》第三册,团结出版社。

100. 胡道静、戚文编著,《周易十讲》,上海人民出版社。

101. 雷元星著,《文明的起点》,上海东方出版中心。

102. [阿拉伯]伊本·西那(阿维森纳)著,王太庆译,《论灵魂》,商务印书馆。

103. 黄文主编、陈雪编著,《希腊罗马神话》《波斯神话》《埃及神话》《印度神话》,中国林业出版社。

104. 马学良、今旦译注,《苗族史诗》,中国民间文艺出版社。

105. 陶阳、牟钟秀著,《中国创世神话》,上海人民出版社。

106. 冯广宏著,《三星照耀金沙》,巴蜀书社。

107. 王天权主编,郭文编著,《文明的曙光》,中国纺织出版社。

108. 陈雪良著,《中华远古文明之谜》,文汇出版社。

109. [日] 藤枝晃著，李运博译，《汉字的文化史》，新星出版社。

110. 周濯街著，《房中始祖彭祖》，团结出版社。

111. [英] 维罗尼卡·艾恩斯著，杜文燕译，《神话的历史》，希望出版社。

112. [美] 房龙著，《圣经的故事》，科学普及出版社。

113. 力强编著，《星座与希腊神话》，科学普及出版社。

114. [德] 古斯塔夫·施瓦布著，曹乃云译，《希腊古典神话》，译林出版社。

115. [法] 列维-布留尔著，《原始思维》。

116. 刘文英著，《原始思维与原始文化新探》，中国社会科学出版社。

117. 丁山著，《中国古代宗教与神话考》，上海文艺出版社。

118. 闻一多著，《神话与诗》，上海人民出版社；《闻一多全集》第一卷，生活·读书·新知三联书店。

119. 庞朴著，《火历初探》，《社会科学战线》，1978年4期。

120. 苗启明著，《原始思维》，上海人民出版社。

121. 《大汶口》，文物出版社。

122. 刘青著，《甲骨文卜辞神话资料》，云南人民出版社。

123. [宋] 李籍著，《周髀算经音义》。

124. 庞朴著，《一分为三论》，上海古籍出版社。

125. 任继愈译著，《老子新译》，上海古籍出版社。

126. 施正康、朱贵平、冯慕云编著，《圣经故事全编》，学林出版社。

127. 南怀瑾著，《中国道教发展史略》，复旦大学出版社。

128. 钟宗宪著，《炎帝神农信仰》，学苑出版社。

129. 张玉春等译注，《吕氏春秋》，黑龙江人民出版社。

130. 袁珂著，《中国古代神话》，华夏出版社。

131. 汪玉川、蒙宪编著，《古代神话》，泰山出版社。

132. 王建国著，《古文明之谜》，京华出版社。

133. [汉] 宋衷注，[清] 秦嘉谟等辑，《世本八种》，中华书局。

134. 《帝王世纪》《逸周书》《世本》《古本竹书纪年》合订本，齐鲁书社。

135. 《世本》《竹书纪年》《华阳国志》合订本，四库家藏，山东画报社。

136. 《太平御览》1—4册，中华书局。

137. 陈桥驿点校，《水经注》二种，上海古籍出版社，浙江古籍出版社。

138. [北魏] 郦道元注，[清] 王先谦校，《合校水经注》，中华书局。

139. 陶炎著，《辽东半岛的巨石文化》，《理论与实践》杂志，1981年1期。

140. 茅盾著，《中国神话研究初探》，上海古籍出版社。

141. 玄珠著,《中国神话研究 ABC》,上海书店。

142. 王利器校注,《风俗通义校注》,中华书局。

143. 罗家湘著,《逸周书研究》,上海古籍出版社。

144. ［中国台湾］王孝廉著,《中国神话世界》,作家出版社。

145. ［中国台湾］王孝廉著,《水与水神》,学苑出版社。

146. ［宋］罗泌著,《路史》25 卷本,［美］密歇根大学东亚图书馆藏本。

147. ［晋］王嘉撰,王根林校点,《拾遗记》,上海古籍出版社,［梁］萧绮录,中华书局。

148. ［晋］皇甫谧撰,《帝王世纪》,黄永年校点,《山海经》《新世纪万有文库》等合订本。

149. 李泽厚著,《说巫史传统》,上海译文出版社。

150. 陈鼓应注译,《黄帝四经今注今译》,商务印书馆。

151. 陈鼓应译注,《管子四篇诠译——稷下道家代表作解析》,商务印书馆。

152. 《老子道德经河上公章句》,中华书局。

153. ［汉］严遵著,王德有点校,《老子指归》,中华书局。

154. ［唐］徐坚等著,《初学记》上下册,中华书局。

155. 程俊英译注,《诗经译注》,上海古籍出版社。

156. 木丽春著,《东巴文化揭秘》,云南人民出版社。

157. 吕思勉著,《中国大历史》,中国华侨出版社。

158. 曹定云著,《殷墟妇好墓铭文研究》,云南人民出版社。

后　记

　　此书是我的一套读书笔记。谈的都是自己的认识。有的看法可能与专家相左。

　　我离开教学岗位之后，看了一些书，一些考古与天文历法的书，使我十分震撼，十分激动。有很多东西都是我闻所未闻的。我随手作了一些笔记。现在我把它们整理出来，作一些分析，与朋友们分享。本书的内容环绕探寻神话之源这一论题展开。探索农业初生这一历史时期，即三皇五帝时期为什么会产生大量的神话。渔猎时代的神话之所以不同于采集时代与封建君主制时代的宗教神话，又不同于当代众多的世俗神话，我认为农业的产生和发展是根本原因。

　　为什么这样说呢？这是因为农业产生后虽然人民过上了定居的生活，生活有了很多改善，但他们面临的最严重的问题是一不知天，二不知地，三不知人。不知天，是不知日月星辰的运行规律，无力抗击自然灾害；不知地，即不知怎么种庄稼，不知何时播种，何时收获，如何才能因地制宜；不知人，是不知人是怎么来到这个世界的。他们认为人是神钻到母亲肚子里生出来的，是万物投胎的结果。因此，他们把一切希望都寄托在神灵身上。他们相信神的灵魂是不灭的，祖宗的灵魂是不灭的，祖宗就是神。因而那些生前立竿测影制定历法的祖宗，便被认定为管理日月星辰运行的天神，是知天知地知人的人，是能使人延年益寿的人神。这就产生了以祖宗为中心的天神崇拜、自然崇拜、日月星神崇拜和图腾崇拜，从而形成了集多种崇拜于一身的祖神系统、自然神系统和天神天帝系统。

　　又因老祖宗生前敢于治洪水，敢于补天，敢于教民稼穑，勤于为民采药治病，教民养生，延长人民的寿命，他们的事迹构成了"话"的"材料"，遂神而"话"之成为故事。

　　再加上不同历史时期不同民族的各类联想、补充和对事物的深入思考，进而形成了种种不同形态的原始神话。

　　追寻这些神话的产生过程，为我的晚年生活带来无穷的乐趣。这种乐趣的赠予者是各位提供阅读资料的朋友与专家。在我九十大寿到来之际，我首先要向他们鞠躬致谢，感谢他们为我的晚年提供了可贵的精神食粮。我深深感谢我的大女儿于学松，是她为我找了许多研究资料；感谢上海科学技术文献出版社为我提供的出版机会与帮助，帮我审稿的老编辑是那样的严谨认真，帮我改正了不少错误，使我十分感动。此书出版的一半功劳是属于他们的。我还要感谢我的小女儿于效梅利用业余时间帮我打字。几年前我开过4次刀，有些稿子是在病床上写的，想到一点，写一点，很杂乱，不连贯，夫人李孔妍是我的第一位读者，她先看，帮我修改。所以，在此我也要特别感谢她。

  我不考古，不懂天文，也不搞这方面的研究，只是离休之后读一点闲书，现在我将自己的所感所想辑合成册，旨在向学者专家们请教，恳请指正。

2022 年 3 月 25 日

改于海鸿公寓